本书由复旦大学"金秋"项目资助出版

# 长河短汲

## 中国现代文学暨海外华文文学新论

葛乃福　著

## 内容概要

本书希冀成为一本以论述中国现代文学为主体的，包含祖国台湾、香港和澳门的一些很有影响的作家和个别文学社团作品的文学评论集。凡有海水的地方就有我们的海外侨胞，世界华文文学应该是一个有机的整体。因此，我们有理由将海外华文文学视为我国现代文学的特定组成部分，它们的文学之根和中国现代文学之根是相互依连的。

本书作者自改革开放以来曾多次参加国内外学术研讨会议，结识了一些海内外知名作家，兹将撰写的文学评论遴选出六十七篇，按中国现代文学、中国台港澳文学和海外华文文学这三辑编辑。结集中的评论，均已在国内外报刊发表过，有的是很有影响的报刊。为以存其真，收入本书时均未做改动。

中国现代文学暨海外华文文学犹如奔流不息的长河，但本书只是汲取这长河中的几朵浪花，但愿它能凸显这长河壮阔而亮丽的一程，借此预示它更加美好的未来！

**葛乃福**，笔名叶枫、江鸿、周橹、翎远、水怀珠等，一九六五年毕业于复旦大学中文系，毕业后留系任教。为上海市作家协会会员、复旦大学中文系教授、硕士生导师、上海大学现代诗学研究中心客座研究员、中国现代文学研究学会会员、上海市写作学会理事、深圳中国现代格律诗学会理事，曾任韩国全南大学客座教授，曾任复旦大学中文系写作教研室主任。曾获一九九一至一九九二年度复旦大学本科生教学二等奖、一九九九年上海市育才奖。

在海内外发表散文、报告文学一百余篇，诗作三百余首，论文数十篇。合著有《大学写作》《中国优秀报告文学选评》《中国现代分体诗歌史》等，翻译有《理解卡夫卡》，合编有《中国文学大辞典》《20世纪中国新诗辞典》《20世纪中国散文英华》等。选编有《台港百家诗选》《丰子恺散文选集》等。诗作《赠画家》《海内寻根·海外觅梦》、诗集《无等山下》与论文《怎样丰富和提炼文学语言》《历史需要沉淀——论朦胧诗》《柳暗花明话新诗——试论新诗的出路》等曾在国内和美国、韩国获奖。著有诗集《无等山下》和《春天的色彩》，论著有《长河短汲——中国现代文学暨海外华文文学新论》。

作者照,二〇一一年八月摄于美国夏威夷大学校园。

一九八八年三月五日，著名诗人贺敬之致葛乃福函。函中"大文"指葛撰《驭文之首术　谋篇之大端——〈回延安〉的构思艺术》一文。

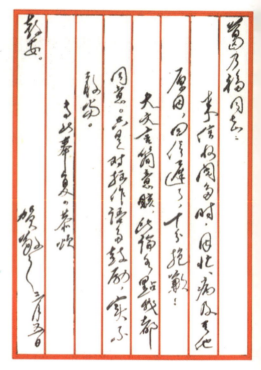

二〇一一年八月世界华文文学夏威夷国际研讨会上和黄河浪会长等合影（左起黄世贞、盼耕、葛乃福、黄河浪、朴宰雨、傅天虹）。

一九九九年二月,作者(左六)在新加坡召开的人与自然:环境文学国际研讨会上。

黄子程　　　曹惠民　　張洪年　　葛乃福　　喻大翔

一九九九年四月,作者在香港文学国际研讨会上宣读论文。

一九九一年八月,作者在北京艾青作品国际研讨会上。

一九九四年十月二十日,臧克家文学创作研讨会在京举行,此照摄于大会会场。(左起)王一桃、潘颂德、葛乃福、著名诗人臧克家和蒋登科(右二)等。

内地的华文文学研究,粤闽沪三地学者开风气之先,上海复旦大学的葛乃福教授,在我印象中是沪市这领域的一位先锋,乃福先生不但在此范畴研撰不辍,表现出色;其对现代文学的著述也选出佳篇,嘉惠学界。葛著新书《长河短汲——中国现代文学暨海外华文文学新论》为其丰美研究成果之结集,在汉语新文学研究的长河中,激起朵朵秀丽浪花。其所成篇章,立论菁引西方文学与中国古代文论,视野之广阔,尤足称道。葛著出版在即,谨缀数言以为贺。

黄维樑
二〇二〇年二月二日
福田

著名作家文博古今学贯中西的黄维樑教授为《长河短汲——中国现代文学暨海外华文文学新论》撰写的序言。

一九九九年二月,在新加坡召开的人与自然:环境文学国际研讨会期间,(右起)黄维樑教授、戴小华会长、晓帆教授和葛乃福教授合影。

二〇〇六年秋，当代杰出女诗人、香港蔡丽双博士赠诗一首。

二〇一二年十月十日，在上海七宝《海派文化》报创刊二十周年庆祝会上，作者与萧斌如研究员（左二）、日华文学作家华纯（右一）合影。

一九九九年十月五日,在韩国全南大学任教期间,在安奇燮教授(左一)陪同下,作者拜访了校长卢成万教授。

二〇〇三年十月二十一日,韩国全南大学三位博士莅临作者家中作客(左起张惠贞、葛乃福、丁海里、金恩希)。

二〇一七年十二月八日,复旦大学中文系百年系庆,作者与文学创作专业一九七六级部分系友合影(左起倪晓明、时海玲、葛乃福、金英新、罗昌平)。

二十世纪八十年代作者在复旦大学优美新村摄的全家福。

# 目　　录

序一：建立广阔的学术视野　　　　　　　　　　　　蒋孔阳　1
序二：文学的知音者——葛乃福教授　　　　　　　　李远荣　1
序三：长河中激起朵朵秀丽浪花——贺《长河短汲》付梓

　　　　　　　　　　　　　　　　　　　　　　　　黄维樑　1

## 第一部分　中国现代文学论述

试论戴望舒诗歌的艺术风格 ............................................................ 3
驭文之首术　谋篇之大端
　　——《回延安》的构思艺术 ................................................... 7
丰子恺及其《缘缘堂随笔》
　　——《丰子恺散文选集》序言 ............................................. 10
追·信·记 ...................................................................................... 23
真善美的巍峨丰碑
　　——试论艾青关于国际题材的诗作 ..................................... 26
施蛰存谈戴望舒的诗 ...................................................................... 36
闻一多与艾米·洛威尔 .................................................................. 40
让诗坛鲜花开得更绚烂
　　——谈东西方诗学的相互影响 ............................................. 44

和日月同辉　与山河共丽
　　——论我国抗战时期诗歌.................................. 48
文学史上熠熠生辉的诗篇
　　——重读《老马》........................................ 55
臧克家谈《乡愁》诗及其他.................................... 60
仰望历史天空的长虹
　　——重读叙事诗名著《古树的花朵》........................ 63
读出作者的灵魂和价值
　　——试论郁达夫的散文.................................... 68
历史需要沉淀
　　——论朦胧诗............................................ 76
柳暗花明话新诗
　　——试论新诗的出路...................................... 89
在前进中探索　在探索中前进
　　——试论加强诗体建设　繁荣新诗创作..................... 100
"这是我们所应当有的新的小说"
　　——重读"左联"时期丁玲创作的小说《水》................ 104
继往开来　繁花似锦
　　——试论中国现代民歌体叙事诗........................... 110
写作学的奠基之作
　　——重读望老的《作文法讲义》........................... 124
莫言是一座里程碑............................................ 130
论百岁作家罗洪............................................. 133
建构新诗美学的蓝图
　　——吴奔星教授《写诗余论》述评......................... 144

创新·启智·攀登
　　——初读《共和国诗历（1949—2000）》.................. 149
《五国日记》：杜宣散文的新开拓 .................. 153
试论李霁野对诗歌的贡献 .................. 157

## 第二部分　祖国台港澳文学论述

正视并重视
　　——《台港百家诗选》后记 .................. 165
多元·融合·个性
　　——试论台港澳现代诗 .................. 170
幽幽故国情
　　——评纪弦的《你的名字》 .................. 182
台湾著名诗人痖弦 .................. 185
小草与九寨沟 .................. 189
我们期待怎样的交流
　　——海峡两岸诗歌交流之检讨 .................. 192
情景双绘　秀色天然
　　——读涂静怡诗集《秋笺》 .................. 198
台湾文学研究的新收获
　　——读《洛夫评传》 .................. 202
"毕竟这是一个散文的世纪"
　　——《20世纪中国散文英华·台港澳卷》前言 .................. 205
令人神往的诗旅
　　——喜读台客诗集《星的坚持》 .................. 225
试论余光中的乡愁诗 .................. 228

剖开顽石方知玉，淘尽泥沙始见金
　　——论叶灵凤及其散文 ........................................... 233
好一篇倾注感情的佳作
　　——读散文《春临太平山》....................................... 247
胸中有山水　笔底涌诗情
　　——读《诗情画意记阳朔》....................................... 250
财经小说《花魁劫》的结构艺术 ........................................ 252
好文不厌百回读
　　——也谈小思的散文 ............................................... 256
论香港环保题材的散文 ................................................... 261
论蓝海文新古典主义及其创作成就 .................................... 269
春到南枝花更好
　　——论香港作家李远荣的郁达夫研究 ......................... 275
"一代完人"的跨世纪颂歌
　　——试论《李光前传》............................................ 289
感人的故乡情结与诗歌的语言特色
　　——喜读诗集《明月无声》....................................... 294
香港散文诗的垦拓者
　　——试论夏马的散文诗 ............................................ 302
知难而进　殚精竭虑
　　——热烈祝贺《燕语》诗集出版 ................................ 306
东风着意花满枝
　　——试论唐至量新著《走出洪荒》............................. 308

也谈建立"澳门文学"形象 ............................................. 323

澳门现代诗与五月诗社 .................................................. 327
铜马蹄影下的众生相
　　——评陶里的《铜马像十四行》 ................................ 332
力挥彩笔画西湾
　　——读游记佳作《西湾四笔》 .................................... 335
喜读两首访鲁迅故居的诗 .............................................. 338

# 第三部分　海外华文文学论述

周颖南与刘延陵 .......................................................... 345
诗评二题 .................................................................... 347
写出一个春天来
　　——试论黄孟文的小说世界 .................................... 351
无律的季节　炽烈的诗情
　　——论陈剑抒情诗 ................................................ 359
论游记文学主题的新开拓 .............................................. 366
诗歌无惧 .................................................................... 372
试论微型小说 ............................................................. 375
《刘延陵诗文集》编后记 .............................................. 378
精笺细注，创见迭现
　　——评《〈阿Q正传〉郑笺》 .................................. 382
龙的传人与唐山精神
　　——试论柯清淡的小说 ............................................ 387
绚丽多姿　五彩纷呈
　　——读《蓝色夏威夷》第二集 .................................. 396

河声浩荡　浪花耀眼
　　——试论黄河浪文学创作的成就 .................................................. 404
试论《故乡的榕树》的艺术构思 .................................................. 412

后　　记 .................................................. 417

# 序一：建立广阔的学术视野

蒋孔阳

我长期在复旦大学中文系从事美学的教学与研究工作，就我个人的体会与经验来说，我深深觉得，大学中文系教师虽然有自己任教的学科与研究的专业，但是，其学术兴趣不应当是单一的、偏狭的，而应该是比较广泛的。也就是说，中文系教师固然应该深入钻研自己任教学科的学术理论问题，更应当有广阔的学术视野，广泛地浏览和阅读古今中外有代表性的文、史、哲著作。这样，不但有助于丰富知识，提高学术修养，也能收到触类旁通之效，促进自己的教学和专业研究。最近，葛乃福同志将他的即将出版的《长河短汲——中国现代文学暨海外华文文学新论》的书稿交给我，要我提些意见，并恳切地嘱我作序。我在浏览书稿和选读书稿中部分篇章之后，不但为乃福近二十年来在众多学术领域深入开拓的精神所感动，为他所取得的学术成果而高兴，也再一次深感大学中文系教师开拓学术领域的重要性和必要性。

乃福大学毕业留校工作已三十多年。粉碎"四人帮"后的二十多年来，乃福教学与行政工作双肩挑，但他在繁重的教学与行政工作之余，从未放松过学术研究。古人说得好："少年易老学难成，一寸光阴不可轻"，乃福时时牢记这一古训，在繁重的教学与行政工作之余夜以继日笔耕不辍，本书便是一个佐证。

在众多的学术领域里深入开拓，是这本文学评论集的一个显著特点。它涉及比较文学、中国现当代文学与海外华文文学等学术领域。我觉得乃福对这些学术领域有较高的学术造诣。收入本书的《让诗坛鲜花开得更绚烂——谈东西方诗学的相互影响》《闻一多与艾米·洛威尔》《喜读两首访鲁迅故居的诗》等比较文学论文写得富有新意。《多元·融合·个性——试论台港澳现代诗》《"毕竟这是一个散文的世纪"——〈20世纪中国散文英华·台港澳卷〉前言》等文章对台港澳地区的现代诗与现代散文进行了多角度多层面的研究。《写出一个春天来——试论黄孟文的小说世界》《无律的季节　炽烈的诗情——论陈剑抒情诗》《左右读者心灵的佳作——淡莹的〈舞女花〉》等文章对新加坡文学进行了深入探索，这些论文表达了作者的真知灼见，因而发表后获得学术界的好评，有些还被转载。

　　在掌握大量史料的基础上提出自己的创见，是乃福这本文学评论集的又一显著特点。收入本书的《文学史上熠熠生辉的诗篇——重读〈老马〉》一文，由于乃福掌握了新的史料，并且又作了深入钻研，因而提出了不少创见。臧克家先生在四十年代、九十年代曾一再说《老马》是闻一多先生看了之后拿到《新月》上发表的。乃福认真查阅了《新月》后指出："《老马》并未单独发表过，而是作者直接收入《烙印》这本诗集的。"从而纠正了诗人的误记。乃福在文章中还具体分析了这首诗的绘画美、音乐美、建筑美及其表现手法。举凡这些都是作者"阐前人所已发，扩前人所未发"（刘熙载《艺概·文概》）。收入本书的论述纪弦、戴望舒、艾青、丰子恺、叶灵凤和郁达夫等作家的许多文章都具有论从史出、史论结合的特点。

　　乃福为人敦厚、朴实、诚恳，他的文章一如他的为人，不尚浮华，不玩弄词藻，不以新名词、新术语炫人眼目，因此读来顺口，看来顺心，绝没有时下有些文章晦涩难懂的弊病。我以为这是一种值得提倡的好文风。

一九九九年四月七日<br>（该文原载《文学报》一九九九年十月二十一日）

# 序二：文学的知音者——葛乃福教授

李远荣

上海复旦大学中文系教授葛乃福先生于我，可谓亦师亦友。

话说一九九六年年底，我应邀参加在浙江省富阳市举行的纪念郁达夫先生诞辰一百周年大会，认识了葛乃福教授，他风度翩翩，儒雅谦逊，使我印象非常深刻。

几天的会议，彼此交换了有关郁达夫研究的心得体会，使我收获颇丰。临别时，他一再鼓励我要出一本郁达夫的研究专集。对葛教授的提议，我一直耿耿于怀，也向这方面努力。

返港后，在郁达夫研究方面我有所长进，陆陆继继发表了不少文章，出书的事可以提到日程上来了。于是我请求葛教授协助，可否在内地出版。葛教授尽心尽力，很快就联系到某大学出版社，该出版社负责人与葛教授较熟悉，也有兴趣出这种学术著作，于是我便把书稿寄去，葛教授答应为拙著写一篇长的序。谁知好事多磨，出版社因选题未定，葛教授又要到韩国讲学一年，出书的事就这样耽搁下来。这期间，葛教授并不忘此事，多方联系，仍不得要领，他一再向我表示歉意，我怎能怪他呢？

直至二〇〇一年，我获新加坡李氏基金会赞助，《郁达夫研究》一书才得以出版。

"五年承一诺"，葛教授先前答应写的序《春到南枝花更好》，如期写来，全文近一万字，字字珠玑，使拙著生色不少。而且还寄来了他的一篇大作《读出作者的灵魂和价值——试论郁达夫的散文》，见解独到，使拙著内容更充实。

葛乃福教授，一九四〇年三月出生，江苏江都人。一九六〇年进复旦大学中文系，一九六五年毕业留校任教，曾开设"文学创作""比较电影学""中西比较诗学""中国现代作家研究""台港澳文学专题研究"等课程。一九九九年至二〇〇〇年赴韩国全南大学讲学一年。多年来，他从事文学研究和教学工作，与人合著了《大学写作》《中国优秀报告文学选评》，合编了《中国文学大辞典》《20世纪中国新诗辞典》（任副主编）、《20世纪中国散文英华》《现代作家游记辞典》（任编委）等，选编了《台港百家诗选》《丰子恺散文选集》《叶灵凤散文选集》（与苇鸣合编）《中国现代微型小说选》《中国现代小说极短篇》（共两册）与《刘延陵诗文集》等。

葛乃福教授以写评论文章为主，兼写诗歌，有时也写一些散文和报告文学。他的评论文章《诗歌写作要以少胜多》《怎样丰富与提炼文学语言》和《论游记文学的环保主题》等，曾先后获上海市写作学会优秀论文奖。他的诗作《海内寻根·海外觅梦》《塔的遐想》《赠画家》与《咏海三帖》等曾在美国、韩国和祖国内地获奖。

二〇〇〇年十二月七日，《文学报》在第一版上发表了这样一条消息："韩国世界诗文学研究会近日在汉城举行二〇〇〇世界诗伽倻金冠王冠大奖授奖仪式，该会将本奖和大奖分别授予中国诗人葛乃福以及韩国诗人陈乙洲，表彰他们为繁荣诗歌创作和增进各国诗人间的交流作出的努力。葛乃福的获奖作品是诗集《无等山下》，他是第三位荣获该奖的中国诗人。"

葛乃福教授的诗歌和评论文章，获得海内外读者的好评。

写于二〇〇二年七月五日
（原载《名流雅士逸闻》，中国文化艺术出版社，二〇〇三年十月版）

# 序三：长河中激起朵朵秀丽浪花

## ——贺《长河短汲》付梓

黄维樑

内地的华文文学研究，粤闽沪三地学者开风气之先。上海复旦大学的葛乃福教授，在我印象中，是沪市这领域的一位先锋。乃福先生不但在此范畴研撰不辍，表现出色；其对现代文学的著述也迭出佳篇，嘉惠学界。葛著新书《长河短汲——中国现代文学暨海外华文文学新论》为其丰美研究成果之结集，在汉语新文学研究的长河中，激起朵朵秀丽浪花。其所成篇章，立论兼引西方文学与中国古代文论，视野之广阔，尤足称道。葛著出版在即，谨缀数言以为贺。

二〇二二年二月二十二日
于深圳福田

# 第一部分
## 中国现代文学论述

# 试论戴望舒诗歌的艺术风格

诗人戴望舒在人生的征途上跋涉了四十五个寒暑，为我国白话新体诗的建立做出了不容低估的贡献。

戴望舒的诗歌可分为三个时期。第一个时期为一九二三年至一九二七年，其诗作编成"旧锦囊"和"雨巷"两辑，收入他的第一个诗集《我的记忆》中。

这期间，戴望舒先后在上海大学文学系和震旦大学法文班就读，有机会接触到晚唐五代诗词、我国"新月派"的歌吟和法国象征派的作品，并深受其影响，如注重诗歌的音乐美，常运用比喻、婉说、曲写表现手法。

《雨巷》是戴望舒早期诗歌的代表作，从中不难看出诗人探索的轨迹。这首诗融中外古今技法于一炉，既像古典诗词那样讲究音律和谐与回环复沓，为此曾被叶圣陶誉为"替新诗底音节开了新纪元"；又较多地运用了象征诗派的表现手法，诗中的"我"和"丁香"都是有着明显的象征意味的。读过这首诗，使人会联想起李商隐的诗（《代赠》："芭蕉不展丁香结，同向春风各自愁。"）和李璟的词（《浣溪沙》："青鸟不传云外信，丁香空结雨中愁。"）由于用语自然贴切，从而达到了"师心不蹈迹"的境界。

戴望舒早期诗歌的题材"多是自己亲身所感受的事物"，较多表现了个人的孤独与伤感，有的甚至近于绝望的哀吟，在《生涯》《忧郁》这两首诗中表现得尤为充分。

戴望舒诗歌创作的第二个时期为一九二八年至一九三七年，这是戴望舒诗歌艺术风格的形成时期，同时也是戴望舒由一个小资产阶级的象征派诗人,成为"一个决心为人民服务的"有才能的抒情诗人的转变时期。

一九二七年夏季某月,戴望舒写了《我的记忆》这首诗。它区别于戴望舒第一个时期诗歌的特点是语言的口语化,诗里没有脚韵,但读起来和谐。从此时起,戴望舒的美学观点起了变化。他认为"诗不能借重音乐,它应该去了音乐的成分"。"单是美好的字眼的组合不是诗的特点。""韵和整齐的字句会妨碍诗情,或使诗情成为畸形的。"他主张诗的韵律是"在诗的情绪的抑扬顿挫上,即在诗情的程度上"体现出来。从此诗人为自己的诗歌创作制了"最合自己的脚的鞋子",形成了"自然""清奇"的风格。

先说"自然"。早期戴望舒在诗中曾用过一些古语和文言,诸如"寂寥""太息"之类,读起来总令人感到不自然。中期,他注意以口语入诗,这不能不说是一大进步。"给我吧,姑娘,那朵簪在发上的／小小的青色的花／它是会使我想起你的温柔来的。"(《路上的小语》)诗句明白如话,读起来朗朗上口。再说"清奇"。早期戴望舒的诗,为了追求形式上的完美,使之成为具有建筑美的方块。第二个时期,他不再只追求形式上的整齐,而是根据内容的需要来安排节数、行数和字数,这就比较科学。

一定的形式是为一定的内容服务的。在节数、行数、字数不作严格规定的情况下,表达思想就比较自由。从这个意义上说,自《我的记忆》起步所开创的诗风是值得肯定的。必须指出的是,在这一时期,戴望舒的诗仍没有完全脱离传统诗词与外来影响的羁绊,说《烦忧》像古代回文诗未尝不可,说《我的记忆》借鉴法国象征派诗人爱吕亚的《自由》未尝不可,说这一时期的爱情诗写得多愁善感、缠绵悱恻也未尝不可。

戴望舒诗歌的第三时期指一九三九年至一九四五年。此时正是我国民族灾难深重的时期。战争的烽火促使诗人走出个人的小天地,与人民同命运共患难,从而开始了新的里程。特别是一九四一年,诗人被捕入狱，历尽磨难，并染上致命的哮喘病，这就从客观上促使他思想与诗风的转变。时代的巨浪，革命的风雨，将戴望舒诗中的"自怨诗和无病的呻吟"涤荡殆尽，代之而起的是焕然一新的雄浑劲健的诗风。这一诗风，是戴望舒清奇自然诗风的承袭与发展。

这个时期是以戴望舒于一九三九年创作的《元日祝福》为标志的。面对硝烟弥漫的祖国，胸对寒光四射的白刃，诗人丝毫未被日寇一时的嚣张气焰所吓倒，而是对祖国的命运与战争的前景充满信心。要真正做到这样，有时要付出高昂的代价，"要通过自己真切的感受，有时甚至通过现实的非常惨痛的教育，才能比较牢固地接受或是拒绝公众所早已肯定或是否定的某些观念。"（艾青《望舒的诗》）

一九四一年，诗人身陷囹圄，他的斗志异常坚定，他的歌声更为高昂。他用诗鞭挞了人间的兽类，他用歌无情地揭露了敌人的凶残："做柔道的敌对手，剑术的靶子／从口鼻一齐喝水，然后踩肚子／膝头压在尖钉上，砖头垫在脚踵上，听鞭子在皮骨上舞，做飞机在梁上荡……"（《等待（二）》）面对敌人的肆虐，诗人做好了牺牲的准备："如果我死在这里／朋友啊，不要悲伤／我会永远地生存／在你们的心上。""当你们回来，从泥土／掘起他伤损的肢体／用你们胜利的欢呼／把他的灵魂高高扬起。"（《狱中题壁》）诗人将要牺牲了，但他仍不放弃斗争，他用诗号召人们："只有起来打击敌人／自由和幸福才会临降／否则这些全是白日梦／和没有现实的游想。"（《心愿》）诗人对广大抗日根据地和革命圣地延安寄予热忱的希望："只有那辽远的一角依然完整／温暖，明朗，坚固而蓬勃生春。""我把全部的力量运在手掌／贴在上面，寄与爱和一切希望／因为只有那里是太阳，是春／将驱逐阴暗，带来苏生／因为只有那里我们不像牲口一样活／蝼蚁一样死……那里，永恒的中国！"（《我用残损的手掌》）超现实主义手法的运用，更使这首诗具有发人深思的艺术魅力。

毋庸讳言，即使在戴望舒后期的诗中，我们仍可以见到儿女情长、英雄气短的作品，如《赠内》《示长女》等，然而，我们不能求全责备。倘若从宏观上去作一番观照,那也是允许的,我们大可不必去对诗人提出苛求。我们可以作这样一个形象化的比喻:戴望舒的诗是一座山,他早期的诗是山脚,中期的诗是山腰,后期的诗是峰巅。峰巅上呈现瑰丽的奇景,山腰里不乏旖旎的风光,山脚下随处都有粗糙的石块。我们在欣赏峰巅的瑰丽奇景时,请不要忘了山脚下的石块;同时,我们在看到山脚下的石块时,也请不要忘了峰巅的瑰丽奇景。这才是可取的正确态度。

(载《中文自修》一九八七年第五期)

# 驭文之首术　谋篇之大端
## ——《回延安》的构思艺术

构思是作者在孕育作品过程中所进行的思维活动。古人说："袖手于前始能疾书于后。"一首好诗总是经过精心构思的，《回延安》也不例外。这首诗一九五六年三月九日作于延安，发表于同年六月号的《延河》杂志。那么，诗人贺敬之这首诗的构思究竟有哪些特点呢？

《回延安》构思的特点之一是在叙事时注重抒情，将叙事与抒情有机结合。这首诗里诗人不是着重写回延安的过程，而是着重写回延安的感受，也就是一个"情"字。有人评论说："假如诗人稍微留恋那众多的史实，和那政治报告式的说理，那我们就得大吃苦头了。"用诗人自己的话来说就是，诗歌"写什么都好，都是为着写出这个情来"。正因为如此，诗人才选择了既为人们所喜闻乐见而又跳跃性强、进展较快的信天游形式。在创作《回延安》三个月后，诗人又发表了《重回延安——母亲的怀抱》这篇特写。尽管二者均叙事抒情，情景兼备，然而稍作比较就会发现诗以抒情为主，特写以叙事擅长。诗人十六岁投奔延安——革命的家，在母亲的怀抱里生活了六年，"羊羔羔吃奶眼望着妈，小米饭养活我长大"，"革命的道路千万里，天南海北想着你……"诗人"感而思，思而积，积而满，满而作"，十年后重返延安，怎能不心潮起伏，激情澎湃？诗人善于遴选最有特征意义的形象和细节来表达自己的感情，虽然诗歌《回延安》的篇幅比特写《重回延安——母亲的怀抱》小得多，但它却有着比特写大得多的容量。

构思的特点之二是时空交错，将现实与历史紧紧地糅合在一起，这样使《回延安》既有历史的纵深感，又使诗人所抒发的感情越发深沉。这也正如有的评论所说的那样："这首著名诗作的可贵还在于，作者在延安的今昔对比和巨大变化中，提炼并升华了主题。"诗的立足点是眼前的现实，并以此为主线，交织着对逝去岁月的回忆，就好像是电影中的闪回镜头那样。闪回是在某一场景中突然插入另一场景镜头或片断的一种电影叙述手法。《回延安》全诗五节，每节均可以举出这方面的例子："……几回回梦里回延安，双手搂定宝塔山""手把手儿教会了我，母亲打发我们过黄河""保卫延安你们费了心，白头发添了几根根""对照过去我认不出你，母亲延安换新衣""赤卫军……青年团……红领巾，走着咱英雄几辈辈人……"等。这样构思的好处是：一、由于回忆历史的插入使《回延安》这种按时间顺叙的方式不显得单调刻板，并能唤起读者的对比与联想；二、由于回忆历史的插入使读者更感到，尽管岁月的流逝，诗人与亲人的分离，但他们的心仍是贴紧的，他们的情感仍是深厚的。

构思的特点之三是篇末点题，卒章显志。诗人在《回延安》的最后一节，乃至整首诗是想着重歌颂延安人民在战争年代为中国革命所作出的巨大的历史性功勋。没有"杨家岭的红旗呵高高的飘"，就没有今天的"社会主义路上大踏步走"，没有"枣园的灯光照人心"，就不会有今天的"走着咱英雄几辈辈人……"整首诗至此，感情达到了高潮。如果说整首诗都是快节奏、大跳跃的话，那么这最后一节诗节奏更快，跳跃也更大。有人评论说："作者把它（指'延安在革命历史上起过作用'——引者）摆在末段来写，不仅是为了便于结构，更主要的是让读者看到过去的延安，还要看到现在和将来的延安。"我以为是对的。延安在历史上所作出的贡献，现在我们看得清晰，将来会看得更清晰。诗中的"我"也不仅仅代表诗人自己，"诗人的'自我'跟阶级、跟人民的'大我'相结合"，诗中的"我"是典型化了的"我"——可否理解为它是千千万万曾受到延安母亲哺育过的革命战士？或许正因为如此，它才引起这么多读者的强烈的共鸣。

信天游基本上都是上句起兴，下句点题。如果说，整首诗前四节是起兴的"上句"的话，那么第五节则是点题的"下句"。船舵总是装在尾部的。诗可以按顺序从前往后构思，也可以逆时针由后朝前构思，就是说，诗人先构思好全诗最后一节那十二行诗，再构思前四节那五十四行诗，倘若我们这样去理解，也未尝不可。

好诗就像名酒一般，越陈越芬芳。时隔三十余年，今天读起这首诗来我们仍激动不已。诗人创作《回延安》所提供的宝贵经验（含艺术构思经验），是很值得我们借鉴的。

（载《中文自修》一九八八年第九期）

# 丰子恺及其《缘缘堂随笔》

## ——《丰子恺散文选集》序言

　　丰子恺以画家、散文家、书法家与翻译家著称于世。早在半个多世纪前,郁达夫就认为,丰子恺首先是位散文家,他说:"人家只晓得他的漫画入神,殊不知他的散文,清幽玄妙,灵达处反远出在他的画笔之上。"郑逸梅等也持有与郁达夫相同的看法,他说:"有人评丰子恺谓书胜于画,散文更胜于书。"一九三一年一月,上海开明书店出版了丰子恺的第一本散文集《缘缘堂随笔》,内收他自一九二五年以来的散文二十篇,以后陆续又有别的散文集问世,自此,"缘缘堂随笔"的名字就不胫而走,"缘缘堂随笔"的影响就久盛不衰。可以这样说,丰子恺随笔集的出版给当时文坛吹进了一股新风。赵景深曾撰文评论道:"(丰子恺)他不把文学故意写得很艰深,以掩饰他那实际内容的空虚。他只是平易的写去,自然有一种美,文字的干净流利和漂亮,怕只有朱自清可以和他媲美。以前我对于朱自清的小品文非常喜爱,现在我的偏嗜又加上丰子恺。"时隔九年,即一九四〇年四月,日本创元社出版了由吉川幸次郎翻译的《缘缘堂随笔》日文本,并由谷崎润一郎撰写了评论文章《读〈缘缘堂随笔〉》。该文称丰子恺为"现代中国最像艺术家的艺术家",将他比作是日本的著名作家内田百间和我国古代的陶渊明、王维。后来,文学史司马长风也高度评价了丰子恺的散文,认为他"在现代散文园地里,树立了巍巍擎天的丰碑"。一九七七年至一九九〇年这十多年内,香港时代图书有限公司、中流出版社、问学社,台湾的洪范书店,上海文艺出版社、浙江文艺出版社和浙江教育出版社等分别出版了《丰子恺致广洽法师书信选》(一九七七)、《缘缘堂随笔》(一九七九)、《丰子恺集外遗文》(一九七九)、《丰子恺散文选集》(一九八一)、《丰子恺文选》(一九八二)、《缘缘堂随笔集》(一九八三)、《丰子恺文集》(一九九〇)等。此外,新加坡也多次出版过他的画集、文集。仅此一斑,足见丰子恺散文在我国现代散文史上的地位和在海内外的巨大影响。

一

丰子恺,名丰润,字慈玉,一八九八年十一月九日(农历九月二十六日)生于浙江省崇德县石门湾(今桐乡县石门镇)一个书香门第。丰子恺的父亲丰鐄,字斛泉,一九〇二年曾中过举人,后因客观原因未能出仕。母亲钟芸芳,生子女十人,丰子恺排行第七。

丰子恺六岁随父亲入学,接受启蒙教育。八岁那年,他的父亲去世了。翌年,丰子恺进私塾读书,以后又入石门湾溪西小学。在小学时改名为丰仁。一九一四年,他以第三名的成绩考取杭州浙江省第一师范学校读书,由国文老师单不厂(ān,同庵)建议,改名为丰子颉(恺)。他从李叔同老师学图画和音乐,从夏丏尊老师学文学。李叔同曾留学日本,所以丰子恺又从李叔同老师学日文。李叔同是丰子恺最崇拜的人,丰子恺的"写文",是在夏老师的指导鼓励之下学起来的。李、夏这二位老师的人品和文品均给丰子恺以深远的影响,引导他将绘画、音乐、书法和文学作为他自己的毕生事业。

第一师范毕业后,丰子恺自费赴日留学,继续学习他所喜爱的绘画和音乐,使他有机会接触日本著名画家竹久梦二等人的艺术熏陶。他认为竹久梦二的画融合了东西方画法的长处,画中有丰富的诗趣。后因经济拮据,于一九二一年底提前回国。回国后相继在上海专科师范、吴淞中国公学、浙江上虞白马湖春晖中学任教。一九二四年冬，春晖同仁因与校长意见不合，集体辞职，丰子恺与友人来沪，共创立达中学（后改为立达学园），并成立"立达学会"，办刊物《一般》。当时他住上海江湾永义里。一九二六年八月，他的老师李叔同（李已于一九一八年皈依佛门，法名弘一法师）云游到上海，住在丰子恺家。丰子恺请他给寓所命名。弘一法师叫他拈阄取字，两次都得"缘"字，因而取名为"缘缘堂"。从此随笔结集，常以"缘缘堂"命名。一九二八年丰子恺任开明书店编辑，两年后辞去此职，在家著书作画。一九三三年，缘缘堂在丰子恺的家乡落成，这是他自己设计的。自此，他从上海回故乡定居，并在杭州另辟寓所，丰子恺常往返于这两地之间，直至抗战爆发。

抗战爆发后，丰子恺扶老携幼，一家人含辛茹苦，逃难至内地桂林、遵义和重庆等地，先后曾在桂林师院、浙江大学和国立艺术专科学校任教。抗战胜利后丰子恺辗转回到东海之滨的家乡。面对已夷为平地的"缘缘堂"（一九八四年底已重建）和一片蔓草荒烟，他只好另在杭州里西湖觅得新巢。

为开画展，于一九四八年九月至翌年四月，丰子恺的足迹遍布台湾、厦门、泉州和香港。为迎接解放，丰子恺怀着无比喜悦的心情风尘仆仆地赶回上海。此后直到一九七五年在浩劫中被迫害而辞世。他一直未离开过他笔耕不辍的陕西南路长乐村"日月楼"。

## 二

同丰子恺的漫画分为描写古诗句、描写儿童相、描写社会相和描写自然相这四个时期一样，纵观丰子恺的思想发展脉络，也可以分为四个时期，即：抗战前，抗战开始至抗战胜利，抗战胜利后至解放前夕和解放后。现分述如下：

抗战前。从一九二五年从事随笔创作开始，至一九三七年十一月丰子恺的家乡沦陷，这十二年可称为他创作的第一个时期，这一时期他随笔创作颇丰，共出版了《缘缘堂随笔》《缘缘堂再笔》《随笔二十篇》《子恺随笔集》《车厢社会》等八本随笔集，就数量而言是丰子恺创作的黄金时期，是以后三个时期所无法比拟的。这时期丰子恺随笔的题材比较单一，注重写"人间的隔膜和儿童天真的对照，又常有佛教的观念"，"或人都是互相隔着一堵墙……把墙撤去的，只有儿童"(赵景深《丰子恺和他的小品文》)。除此而外，他还注重写春天，"因为他喜欢春天，所以紧紧地挽着她；至少不让她从他的笔底下溜过去。在春天里，他要开辟他的艺术的国土。最宜于艺术的国土的，物中有杨柳和燕子，人中便有儿童和女子。所以他自然而然地将他们收入笔端了"(朱自清《〈子恺漫画集〉序》)。朱自清这番话是针对丰子恺的漫画而言的，我想移植到他的随笔也无不可，因为丰子恺"作画等于作文"。

应该说，这时期他的随笔带有理想主义色彩和宗教色彩。他理想的美只有在现实中的儿童身上和春天里才能见到，所以写儿童与春天就成了顺理成章的事。他认为"人的心都有包皮"，这里的"人"指的是成人。他又说："我敢说，凡成人，没有一个不虚伪、冷酷、实利。"他为孩子们长大后会失去童真也变得虚伪、冷酷、实利而悲哀，这显然是受到进化论的影响，缺乏唯物辩证法的分析。虽然这时他也写过深刻反映社会现实的《肉腿》《吃瓜子》《穷小孩的跷跷板》等作品，由于他作品中有时理想色彩较浓，不免流露出"飘然"的态度，柔石与王瑶曾相继指出过，我认为是一语道破的。

因受业师李叔同的影响，丰子恺于一九二八年十一月从弘一法师皈依佛门，法名婴行。他的作品，特别是早期的作品，有的甚至带有浓重的宗教色彩，这也是毋庸讳言的。

抗战开始至抗战胜利。这是丰子恺随笔创作的第二个时期。这时期他出版了《漫文漫画》《甘美的回忆》《子恺近作散文集》《文明国》《教师日记》等五本随笔集。丰子恺早年憧憬着这样的生活：天下如一家，人们如家族，互相亲爱，互相帮助，共乐其生活，这一切在民族危亡的关头成了泡影，抗战的烽火使他的思想起了急剧的变化。具有护生戒杀慈悲心肠的丰子恺开始脚踏实地，直面人生，终于发出这样的呐喊："只要不转乎沟壑，还可凭五寸不烂之笔来对抗暴敌。"(《还我缘缘堂》)"古语云：'众志成城。'我们四百兆人团结所成的城，是任何种炮火所不得攻破的！"(《爱护同胞》)自此，他用他的漫画与随笔做了许多宣传群众、揭露日寇暴行的工作。经过抗战烽火的洗礼，丰子恺的随笔达到了圆熟的高峰，清如无云的蓝天，朴如无涯的大地。他的《中国就像棵大树》《告缘缘堂在天之灵》和"避难五记"(《辞缘缘堂》《桐庐负暄》《萍乡闻耗》《汉口庆捷》与《桂林讲学》)等，在丰子恺随笔中堪称思想性与艺术性结合得较好的篇什，占有重要的地位。

抗战胜利后至解放前夕。这是丰子恺随笔创作的第三个时期。在这时期丰子恺出版了《率真集》《丰子恺杰作选》《猫叫一声》《小钞票历险记》与《博士见鬼》等五本随笔，其中以《率真集》影响较大。抗战胜利的确使丰子恺高兴了一阵，他在《胜利还乡记》一文中写道："这一晚我们到一个同族人家去投宿。他们买了无量的酒来慰劳我，我痛饮数十盅，酣然入睡，梦也不做一个。"刀兵再起的内战代替了硝烟弥漫的民族战争。严峻的现实不容丰子恺乐观。但是，他情愿过着粗茶淡饭的生活，也不愿意出仕："胜利以后他回杭州住，当时的杭州市长受孔祥熙的委托，去拜望父亲，劝他出来做官，许他高官厚禄，但父亲拒绝了。他决不愿卷入混浊的政界。……他的散文平易质朴，但在他的文章中处处表露出他对社会上不合理现象的痛恨，和他对人类和万物的爱心。"(戚志蓉《丰子恺的人品》)在谈及他此时思想的时候，他说，他是一个二重人格的人。一方面是一个已近知命之年的、三男四女俱已长大的、虚伪的、冷酷的、实利的老人；另一方面又是一个天真的、热情的、好奇的、不通世故的孩子。这两种人格，常常在他心中交战。此时，他写的《伍元的话》《口中剿匪记》等具有针砭时弊的作用。

解放后至一九七五年丰子恺逝世。这是丰子恺随笔创作的最后一个时期。据悉，他的随笔创作延续到一九七二年，此后创作的随笔尚未见到。这时期他出版的作品集仅《缘缘堂随笔》(新版)一本，它是在开明版的基础上增删而成，计收随笔五十九篇。另分别于一九六二年冬与一九七二年编选了《新缘缘堂随笔》《缘缘堂续笔》这两本集子，各收新作三十二篇，均因客观原因未能刊行。

这个时期并不短，但创作数量并不多，这是因为：一方面"近来我少创作而多翻译，正是因为脑力不济而'避重就轻'。"另一方面，面对新的社会、新的对象，作者有一个重新熟悉与如何表现的问题。尽管如此，他仍创作不辍，即使在他遭到批斗的一九七二年，他还写了三十多篇随笔，被称为"丰子恺生命最终凝成的心血"。这些随笔都是有感而发，一如他既往的做法："我对于我的描写对象是'热爱'的，是'亲近'的，是深入'理解'的，是'设身处地'地体验的。"因此他这时期的随笔仍散发着泥土的芬芳，并闪耀着思想的光芒，读后颇有"英雄不减当年"之感。这时期他除写了一些游记和回忆往事的随笔外，他还写了相当数量的有较强社会意义的作品（如《胜读十年书》《隔海传书》等），包括一组参观江西革命根据地随笔。这组随笔表达了他对革命先烈的缅怀，对革命根据地人民的感谢和对社会主义建设事业的热情。早期的丰子恺曾主张"兴到落笔，毫无外力强迫，为作画而作画"，不"为了某种目的或作用而作画"，到如今能自动地用画和诗文来讴歌革命先烈和革命根据地人民，这不能不说是丰子恺创作的一个大的变化和质的转变。同时，丰子恺的随笔由早期的出世，到后来的忧世，直到解放后的颂世（也有对新社会中某些现象的批评，如《代画》等），不难看出丰子恺创作思想发展的轨迹。

然而没有多久，十年浩劫便开始了，"四人帮"的走卒向他全面发难，他的漫画（随笔《阿咪》的插图——"猫伯伯坐在贵客的后颈上"）被诬陷为"反社会主义"的毒草，丰子恺也因此被打成牛鬼蛇神,身心受到了严重的摧残,并染上了不治之症,于一九七五年九月十五日含恨与世长辞。"在现今的世界上画家多长寿,倘使没有那些人的批斗、侮辱和折磨,丰先生一定会活到今天。"(巴金语)

在前阶段,文坛上曾讨论"何其芳现象",即一个作家的思想进步了,他的作品反而少了,水准也上不去了。丰子恺解放后的随笔创作是否也可以归入"何其芳现象"呢?这个问题可以讨论。不过,有一点是肯定的,丰子恺创作的主要时期,或曰黄金时期是在二十世纪二十至四十年代,关于这一点,丰子恺长子丰华瞻教授也如是说。

## 三

丰子恺的随笔素享盛名,久传不衰,饮誉海内外,除了它具有深邃的思想性外,也和它精湛的艺术性是分不开的。早在二十世纪三十年代,著名作家郁达夫就称赞他的散文"清幽玄妙""细腻深沉""富有哲学味"。文品离不开人品,美学家朱光潜更是对丰子恺的人品赞叹不已:"我先从子恺的人品谈起,……一个人须是一个艺术家才能创造出真正的艺术作品。子恺从顶至踵,浑身都是个艺术家。他的胸襟,他的言谈笑貌,待人接物,无一不是艺术的,无一不是至爱深情的流露。"

谈到丰子恺随笔的艺术特色,我们不能不谈到他在《〈丰子恺画集〉代自序》中的诗句:"最喜小中能见大,还求弦外有余音。"这两句言简意赅地概括了丰子恺的美学思想,表达了他一生无论在绘画创作中还是在随笔创作中的孜孜追求。

先谈"小中能见大"。小中见大就是作品要开掘得深,就是作品要写得深刻,写出深邃的思想感情,从而使读者受到启迪。丰子恺是很注重在他的随笔里表现"最重要的思想感情"的,他曾说:"文艺之事,无论绘画,无论文学,无论音乐,都要与生活相关联,都要是生活的反映,都要具有艺术的形式,表现的技巧,与最重要的思想感情。艺术缺乏了这一点，就都变成了机械的、无聊的雕虫小技。"茅盾曾把随笔解释为"大题小做"的文章，从某种意义上说，"大题小做"也是随笔的一个特征。"大题小做"和"小中见大"是随笔创作的辩证法。

要说小，丰子恺的随笔的确从小处着手：一是篇幅小，多数随笔均在两千字左右，个别随笔由于容量大（如《辞缘缘堂》和《桐庐负暄》等）而在字数上有所突破。二是题材小。丰子恺惯于从平凡琐碎的现实生活中取材。"他所取的题材，原并不是什么有实用或深奥的东西，任何琐屑轻微的事物，一到他的笔端，就有一种风韵，殊不可思议。"（谷崎润一郎《读〈缘缘堂随笔〉》）缘缘堂之巨，瓜子之小，无不可谈；宇宙之大，苍蝇之微，岂弗能书？"苍蝇蚊子，也一样是宇宙间的生物，和绅士学者，又有什么不同，而不可以做散文的对象呢？所以讲堂上的高议宏论，原可以做散文的材料，但同时，引车卖浆之流的语气，和村妇骂街的口吻，也一样的可以上散文的宝座。"（郁达夫《中国新文学大系·散文二集导言》）作者所追求的不应是"只见苍蝇，不见宇宙"而是"一粒沙里见世界，半瓣花上说人情"，起到睹微知著，小中窥大的最佳接受效果。

《吃瓜子》是这方面的佳作。作者从中国人人人具有三种博士的资格谈起，略写拿筷子博士和吹煤头纸博士，专将吃瓜子博士大书特书。人们对吃瓜子司空见惯，似乎没有什么值得可写，丰子恺独辟蹊径，"扩前人所未发"（刘熙载语），不仅写得引人入胜，而且还从这平平常常的吃瓜子中悟出一个消闲亡国的道理："这是一种最有效的'消闲'法。要'消磨岁月'，除了抽鸦片以外，没有比吃瓜子更好的方法了。""将来此道发展起来，恐怕是全中国也可消灭在'格，呸''的、的'的声音中呢。"

再如《中国就像棵大树》这篇随笔，本来是一幅漫画，一首诗就可以打发的题材，丰子恺既用这一题材画了漫画，又写了一首五言诗，但兴犹未竟，敷衍成篇写成随笔，读者不仅爱读，而且还被作者的爱国之情所深深感染了：

> 中国的兵越打越多。正同这棵树的枝叶越斩越多一样。我们中国就像棵树。
>
> 树大了，根柢深，斩去一点不要紧。他能无限地生长出来，不久又是一棵大树了。……我们中国就同这棵树一样。
>
> 抗战……越加努力抗日，……都是大树所象征的。这大树真可说是今日的中国的全体的象征。

作者用复沓的表现手法，将这棵大树的象征意义反复强调多次，给读者留下了难忘的印象。

无论绘漫画，还是写随笔，丰子恺均主张用含蓄的笔调。他说："我自己觉得真像沉郁的诗人。诗人作诗喜沉郁。'沉郁者，意在笔先，神在言外。写怨夫思妇之怀，写孽子孤臣之感。凡交情之冷淡，身世之飘零，皆可于一草一木发之。而发之又须若隐若现，欲露不露，反复缠绵，终不许一语道破。'（陈亦峰语）此言先得我心。"（丰子恺《我的漫画》）他还说："漫画同随笔一样，也不是可以'漫然'下笔的。我有一个脾气：希望一张画在看看之外又可以想想。"简言之，"还求弦外有余音"就是他对这一创作主张的最好概括。

丰子恺随笔里的含蓄手法表现在以下两方面。一是表现在题材的选择和主题的展示上。朱自清曾说："本集所收，却能为儿童另行创造一个世界。……我为了儿童，也为了自己，张开两臂，欢迎这个新世界！"在随笔中，丰子恺也"为儿童另行创造一个世界"，例如《华瞻的日记》《给我的孩子们》《儿女》《送阿宝出黄金时代》，等等。郁达夫还将丰子恺对于小孩子的爱，与冰心不同的一种体贴入微的对于小孩子的爱，看作是丰子恺随笔的一个显著特色。那么，丰子恺为什么要几次三番地画儿童，写儿童？原来他认为世界上最纯洁的心灵就是儿童的心灵，他用对儿童的赞扬来诅咒成人社会的恶劣。他说:"在那时,我初尝世味,看见了当时社会里的虚伪骄矜之状,觉得成人大都已失本性,只有儿童天真烂漫,人格完整,这才是真正的'人'。于是变成了儿童崇拜者,在随笔中、漫画中,处处赞扬儿童。现在回忆当时的意识,这正是从反面诅咒成人社会的恶劣。"(丰子恺《我的漫画》)这一独特的题材选择与主题展示的含蓄手法或为一般读者所忽视。

　　二是表现在行文技巧上。古人说:"篇章以含蓄天成为上。"含蓄的作品才是容量大的作品。丰子恺的散文犹如他的漫画。这在《读书》这篇随笔中尤其突出。一杂志社嘱丰子恺写篇关于怎样读书的文章。丰子恺没有据题撰文,而是"文不对题"地去写了"关于字的话"。在该文的结尾处,作者写道:"我的感想已经写完,但终于没有写到本题。倘读书与看字有共通的情形,就让读者'闻一以知二'罢。"或许这里的"闻一以知二"就是"含蓄"的同义语。作者要表达的意思很明确:读书与寻认字迹一样,不能仅局限于名家大家之作,在那些不显眼的暗壁角里的无名作家的笔下也会发现"为金碧辉煌的作品中所不能见"的"真率简劲的美"的。

　　亲切是丰子恺随笔的又一特色。丰子恺长子丰华瞻教授说:"父亲文章的风格,一向明白晓畅,讲得娓娓动听,犹似与知心友人谈话一样。"丰子恺的随笔从不摆开做文章的架势,而是与读者促膝交谈,因此读起来有一种亲切感。倘若有人认为这种"与知心友人谈话"可以不用精心地去准备,而是兴之所至地开"无轨电车"那就错了。在谈到创作随笔体会时,丰子恺曾说:"倘是创作,即使是随笔,我也得预先胸有成竹,然后可以动笔。详言之,须得先有一个'烟士比里纯'(即英文'灵感'的译音——引者),然后考虑适于表达这'烟士比里纯'的材料,然后经营这些材料的布置,计划这篇文章的段落和起讫。这准备工作需要相当的时间。准备完成之后,方才可以动笔。动笔的时候提心吊胆,思前想后,脑筋里仿佛有一根线盘旋着。直到脱稿之后，直到推敲完毕之后，这根线方才从脑筋里取出。"(《漫画随笔》)从中，我们不难看到丰子恺是多么讲究他的"谈话"艺术。

既然是谈话，他总是将自己置身于其中，不仅将他的言谈笑貌让对方知道，而且也将自己内心世界和盘托出，用鲁迅的话来说，就是"我的确时时解剖别人，然而更多的是更无情面地解剖我自己……"这样作者与读者是坐在同一条板凳上推心置腹地谈心，心灵的距离一下子消失了。这样谈话的风格或许可以用"细腻深沉""娓娓动听"来概括。不是么，在《肉腿》《作父亲》《焦土抗战的烈士》《胜读十年书》等篇什中，他处处与自己作对比，处处将自己一颗连层纱布都不包的、"赤裸裸而鲜红的"心交给他的读者，这里不妨各引述《肉腿》与《胜读十年书》中的一段：

> 无数赤裸裸的肉腿并排着，合着一致的拍子而交互动作，演成一种带模样。我的心情由不快变成惊奇：由惊奇而又变成一种不快。以前为了我的旅行太苦痛而不快，如今为了我的旅行太舒服而不快。我的船棚下的热度似乎忽然降低了；小桌上的食物似乎忽然太精美了；我的出门的使命似乎忽然太轻松了。直到我舍船登岸，通过了奢华的二等车厢而坐到我的三等车厢里的时候，这种不快方才渐渐解除。(《肉腿》)

> 他(指四川省革命残废军人演出队队员——引者)这手是为了我们而牺牲的；但他不但绝不怨恨我们，却还要用无手的腕来给我们表演艺术！这使我多么惭愧，多么感谢！我恨不得立刻把自己的手扯下来装在他的腕上。这时候我禁不住两行热泪夺眶而出。(《胜读十年书》)

作为丰子恺随笔的读者，巴金是这样谈他的阅读感受的："他在各地发表的散文，能找到的我全读了。阅读时我就像见到老朋友一样，感到亲切的喜悦。他写得十分朴素、非常真诚，他的悲欢、他的幸与不幸紧紧地抓住我的心。"我想这不仅仅是巴老个人的阅读感受，广大读者在阅读丰子恺随笔时也定会深有同感。

丰子恺随笔的特色之四是幽默。诚如王瑶在《散文小品》中所说："他善用速写的笔调写出所见所闻的片断，文笔轻松通俗，趣味很浓，常有使人发噱的地方。"人心中有幽默的趣味，漫画中也有幽默。丰子恺的随笔像他的漫画那样，有一种幽默感。这幽默感是作者将沧桑演为轻松的胸怀和才气。这幽默感既可使随笔免去板滞的毛病，又可使读者得一发泄的机会，真是很可欣喜的事。

幽默感在其随笔里俯拾皆是。在《湖畔夜饮》中，曾提到郑振铎向丰子恺借钱加倍偿还的事，后来郑振铎雨天再度来访，不肯留宿，作者给他一把伞。该文的结尾顺此写道："看他的高大的身子在湖畔柳荫下的细雨中渐渐地消失了。我想：'他明天不要拿两把伞来还我！'"这一幽默的结尾不仅避开了俗套，而且免去了行文的板滞，真可谓神来之笔。

在《胜利还乡记》中，作者回忆在抗日战争中，不仅家乡受到日寇炮火的大量破坏，而且他的老姑母也是在那场劫难中去世的。面对蔓草荒烟里的缘缘堂的废墟，作者彼时彼刻的心情是可想而知的。这时作者突然笔锋一转写道："我带了六个孩子（二男四女）逃出去，带回来时变了六个成人，又添了一个八岁的抗战儿子。倘使缘缘堂存在，它当日放出六个小的，今朝收进六个大的，又加一个小的作利息，这笔生意着实不错！它应该大开正门，欢迎我们这一群人的归来。"俗话说，理不歪，笑不来。作者故意将理说歪，引出笑料，表达沉痛而愤懑之情，起到了歪打正着的效果。

在《读〈读《缘缘堂随笔》〉》中，丰子恺面对吉川幸次郎称赞他在海派文人中是"鹤立鸡群"后写道："这一比也比得不错。鸡是可以杀来吃的，营养的，滋补的，功用很大的。而鹤呢，除了看看而外，毫无用处！倘有'煮鹤焚琴'的人，定要派它实用，而想杀它来吃，它就戛然长鸣，冲霄飞去，不知所至了！"作者明明谦虚地不赞成别人称自己"鹤立鸡群"，认为"鹤除了看看而外，毫无用处"，于是使用了曲笔，反说"这一比也比得不错"，究竟错否？不言自明，读者会从这一幽默的笔调里得出符合实际的结论。

综上所述，我认为深刻、含蓄、亲切、幽默这四点大致可以概括丰子恺随笔的特色了。当然，金无足赤，文无至善至美，丰子恺的随笔也有可以讨论的地方。概言之，他随笔的缺点不大讲求结构，有些作品未免太散；在语言上也未能更好地做到言简意赅，辞约义丰，用他自己的话来说，就是"我的随笔都好比是爆过、放松过的年糕"（《爆炒米花》）！另外，也有人批评他早期作品文笔不纯，语法特别，等等。我认为，瑕不掩瑜，这些缺点并不影响他成为散文的大家。

## 四

丰子恺最早的随笔写于一九二五年，最晚的作品写于一九七二年，时间跨度近半个世纪，我们不难从中看出丰子恺随笔在题材、内容、技法与风格等诸方面的嬗变。有人认为，丰子恺晚期随笔"超脱洪涛汹涌的尘世……将人间事提升为哲学思维奋力垦拓出的新亩，弥足珍贵"！而丰子恺先生长子丰华瞻教授则认为："丰子恺最精彩的作品是在他年轻时写的，……这些作品（指丰子恺晚期作品——引者）不能代表父亲的散文。"这虽为一家之言，也可供参考。

本书在编选过程中，始终得到丰华瞻教授的具体指导，著名散文家徐开垒先生的热忱帮助，谨此一并致以深深的谢意！

一九九〇年岁杪于复旦大学优美新村<br>（载《丰子恺散文选集》，百花文艺出版社，一九九一年版）

# 追·信·记

一九七六年,北京人民出版社出版了两卷本的《鲁迅书信集》,内收一千多封鲁迅的书信。我从书的扉页翻到最后一页,均未见鲁迅致蔡元培的信,这使我感到愕然,因为我曾在蔡元培的材料里发现过一封鲁迅致蔡元培的信,以及鲁迅与蔡元培等人合影照片数帧。信的内容是鲁迅托蔡元培给他的学生荆有麟等人介绍工作,体现鲁迅对青年的关怀。

我有没有记错呢?随后我又查阅了鲁迅日记。鲁迅在一九二七年十二月七日的日记中这样写道:"午后有麟来,付以致蔡先生信。"这说明鲁迅当时给蔡元培写过信是确凿无疑的。

现在这封信究竟在何方呢?一九七六年岁杪我给鲁迅之子周海婴先生写了信,翌年一月二十八日收到北京鲁迅研究室的回函,全文如下:

葛乃福先生:

您来信收悉。感谢您的大力帮助。

鲁迅致蔡元培信稿,我们收到上海市档案馆来信后,已发信给南京(中国第二历史档案馆)查询。

鲁迅致《宇宙风》编辑陶亢德信稿,亦收到上海图书馆来信答复,说已转交上海鲁迅纪念馆保存。我们亦给上海鲁迅纪念馆去信联系了。不知是否能查找到此信手稿,在悬念之中。您便中是否能到鲁迅纪念馆询问一下此信下落?非常感谢您的大力支持。

周海婴先生在您第一封信上作如下批语:"此信提供情况很

重要,请鲁迅研究室研究答复。

周海婴 七七年一月十日

此致
敬礼

鲁迅研究室(章)
一九七七年一月二十八日

为追查到这封信的下落,我造访了我的一位好友,因为我发现此信时他也在场。后来几经周折,这封鲁迅致蔡元培信的复制件终于在南京中国第二历史档案馆找到了。这封信的全文刊登在一九七九年二月出版的《鲁迅研究资料》第三辑和《鲁迅手稿全集·书信》第二册上。这封信的全文如下(据手稿抄录,原无标点):

孑民先生几下,谨启者:久违
雅范,结念弥深,伏知
贤劳,未敢趋谒。兹有荆君有麟,本树人旧日学生,忠于国事,服务已久,近知江北一带,颇有散兵,半是北军旧属,既失渠率,迸散江湖,出没不常,亦为民患。荆君往昔之同学及同乡辈,间亦流落其中,得悉颇辈近态,本非凤心,倘有所依,极甘归命,因思招之使来,略加编练,则内足以纾内顾之劳,外足以击残余之敌。其于党国,诚为两得。已曾历访数处,贡其款诚,尤切希一聆
先生教示,以为轨桌。辄不揣微末,特为介绍,进谒台端,倘蒙假以颜色,俾毕其词,更赐
指挥,实为万幸。肃此布达,敬请
道安

后学周树人 启上
(十二月六日)

蔡元培先生曾任南京临时政府教育总长，北京大学校长。"九一八"事变后，主张抗日，与鲁迅、宋庆龄等组织中国民权保障同盟。他与鲁迅交往甚密，信函不断，从一九一七年至一九三三年，鲁迅给蔡元培写过十六封信，除上面介绍的找到的那一封外，蔡元培的女儿蔡睟盎也曾帮助找到过三封，分别刊登在《鲁迅研究资料》第二辑和《鲁迅手稿全集·书信》第七册上。

据上海图书馆顾廷龙先生说，他在上海市文物图书清理小组工作时，亲眼见过鲁迅致《宇宙风》杂志陶亢德的信。我为查找此信亦作过一番努力，但是至今泥牛入海无消息。

（载《澳门日报》一九九二年二月二十六日）

# 真善美的巍峨丰碑

## ——试论艾青关于国际题材的诗作

在著名诗人艾青众多的诗集中,《域外集》(花山文艺出版社,一九八三年版)格外引人注目,这是因为这本诗集集中收了艾青在国际题材方面的诗歌。艾青是位在国际上享有盛誉的人民诗人,被誉为现代世界上三位最伟大的人民诗人之一。他以敏锐的观察,真挚的感情与娴熟的技巧,为中国人民和世界人民创造了大量的如珠似玉般的诗歌,他的诗作已被译成世界上十多种文字,知音遍天下。

他从年轻时代留学法国时起至今,足迹已遍布全球四大洲,十三个国家和地区,访问了四十多座美丽的世界城市。他播种的是歌声,收获的是友谊。简言之,艾青创作的有关国际题材方面的诗歌有这样一些特点:一是时间长。艾青创作的第一首诗写于一九三二年的《会合》就是以国际为题材的,至一九八三年艾青发表长诗《四海之内皆兄弟》,时间跨度已逾半个世纪。二是数量多。诗人几乎每访问过一个国家或地区,都留下美妙的歌吟。收在《域外集》里的艾青在国外的和写外国的诗就有九十首,实际远比这个数字大得多,约有一百一十首。三是质量高。收在这个诗集里的诗歌虽不能说首首珠玑,但由于艾青的诗写得"真实和纯朴",而备受国际友人(包括中国人民)的称赞。

一位捷克专家说,艾青是一位伟大的文学家。

一位美国学者说,艾青的歌喉像金光闪闪的号角;艾青的语言像阳光一样纯洁,像清新的空气一样令人喜爱。

真善美的巍峨丰碑

一位德国妇女说，艾青是深刻地理解他们民族的苦闷的真诚朋友。

两位意大利青年写信给艾青说："罗马的青年感谢你。真正的罗马感谢你。"

艾青的诗歌（含国际题材的诗歌）是世界诗坛上耸立的一座真善美的巍峨丰碑。

## 一

如上所述，艾青关于国际题材的诗歌时间跨度逾半个世纪，就内容而言，一言以蔽之，是写了诗人与各国人民心心相印的友谊，体现了艾青与世界人民在感情上的息息相通。具体地说，艾青在二十世纪三十年代和四十年代以国际为题材的诗歌主要揭露资本主义的弊端，写了德国法西斯发动第二次世界大战给各国人民（包括法国人民）所带来的沉重灾难，以及人民对侵略战争的抗争。另外，诗人也颇感这方面表现得尚有不足，艾青在《域外集·序》中写道："……接着是八年抗日战争、四年解放战争，曾以雄心写第二次世界大战，完成了四五个片断。那些诗没有收进这个集子，因为它们失去了连贯性。"

尽管如此，读者仍不难窥探诗人的心路历程，即艾青与世界人民在感情上的息息相通。在《巴黎》《马赛》《芦笛》《老人》《马槽》等诗中，诗人写了现代工业给人们精神上和经济上所带来的巨大负担，因此作为现代工业标志的大烟囱也就顺理成章地成了被诅咒的对象："烟囱！／你这为资本所奸淫了的女子！／头顶上／忧郁的流散着／弃妇之披发般的黑色的煤烟……／多量的／装货的麻袋，／像肺结核病患者的灰色的痰似的／从厂旁的门口，／不停的吐出……"（《马赛》）一九二九年至一九三二年诗人在法国留学，他一边工作，一边学画，"在巴黎度过了精神上自由，物质上贫困的三年"（《我的创作生涯》）。

这些诗我们不应该看作是诗人只写自己的东西,因为诗人认为,如果他只写个人的东西,他的作品不引起更多人的共鸣,那么美学价值就很小了。

艾青曾赞美"玛也珂夫斯基/永远是/不可比拟的/新人类的代言者"(《玛也珂夫斯基》),其实他自己也正是这样做的,拜伦写过《哀希腊》。当法西斯蒂向巴黎喷射毒焰的时候,艾青在德军攻占巴黎的第二天写了《哀巴黎》,发出了"而我所哀伤的/也就是你们啊……"的呼唤。诗人预言:"为了抵抗自己的敌人/将有第二公社的诞生!"诗人坚信:"我们依然信任时间——/它将会给爱自由,爱民主的/法兰西人民以胜利。"

以上是艾青与世界人民在感情上息息相通的一个例证。

由于众所周知的原因,艾青沉默了二十一年。在这期间他所写的诗均在文革时被抄走了。我们在考察艾青关于国际题材的诗歌创作时,发现二十世纪六十年代竟是一个断层。

世界是在变化和发展的,人们对它的认识也会随之更臻全面。艾青从二十世纪五十年代至八十年代写的有关国际题材的诗,内容除继续揭露资本主义社会的弊端,如种族歧视、贫富悬殊、劳资矛盾以及物质文明的发展和精神文明的匮乏外,主要将笔触放在歌颂人民的和平建设及友谊上。前者如《一个黑人姑娘在歌唱》《黑人居住的地方》《怜悯的歌》《巴黎》《红色磨坊》《百老汇舞蹈》等,后者如《重访维也纳》《尼斯》《祝酒》《威尼斯小夜曲》《爱荷华》《给巴勃罗·聂鲁达》《小泽征尔》《致亡友丹娜之灵》等。当然,作为人民代言人的诗人对一些重大国际问题也会用诗发表自己的看法的,为声援埃及将苏伊士运河收归国有,诗人写了《"马布鲁克"》;为祝愿东西德人民早日实现祖国统一,诗人写了《墙》,等等。

尽管时代变了,社会前进了,但作为一位人民的诗人,他关心着世界的前途和人类的命运没有变,他的赤诚之心仍和世界人民心心相印,他的拳拳之情仍和世界人民息息相通,"艾青的心和世界人民的心紧紧联结在一起,他是他们的真诚的兄弟和朋友"(吕剑《〈归来的歌〉书后》)。这既可以从这样一段话中得到印证——艾青曾对吕剑说过:"世界的前途如何?人类的命运如何?如何对待人生?我们应该如何回答?如果用诗的形式发言,又该如何表达?"(《〈归来的歌〉书后》),也可以从诗人写《墙》时向一位德国记者作的调查得到印证——"我"理解的是,这里的人们也在思考。我乐意知道今天的德国青年最喜欢哪些诗人,德国的青年作家怎样创作,同传统关系如何?如何对待生活?他们有什么口味?什么美学观念?对社会现实抱什么态度?我特别关心普通人民的生活,这对我是有重大意义的(杨匡汉、杨匡满《艾青传论·重新走向世界》)。

这里需指出的是:面对复杂的异国社会,艾青始终坚持辩证的思考。用他自己的话来说就是:"有歌颂就有暴露,有暴露就有歌颂。暴露和歌颂是一个事物的两方面。"(周宏兴《就当前诗歌问题访艾青》)我们从艾青分别写于二十世纪五十年代和七十年代的两首同题诗《维也纳》中可以看出这种思考,当然,我们在他八十年代写的《芝加哥》一诗中也可以看出这种辩证思考。这中间最要紧的是贯穿着一种发展的眼光。例如二十世纪五十年代,艾青曾访问苏联,写了不少诗,并曾以《宝石的红星》为题出版了单行本,三十年后,艾青回过来省思,认为那些诗大都是肤浅的颂歌,真正可以肯定的只有五六首了。另外,一九五四年艾青访问南美洲时曾路过奥地利维也纳,他在诗中称它"像一个患了风湿症的少妇/面貌清秀而四肢瘫痪",二十六年之后,诗人称她"变得像欢乐的少女,容光焕发了"。这不能理解是诗人的主观随意性,而当该看到诗人是忠于自己的感受的,"所谓感受就是对客观世界的反映","最高的艺术品,永远是产生它的时代的感情、风尚、趣味等等之最真实的纪录"(艾青语)。

这里还需指出的是:人们对诗歌的理解是允许多元的。但是,人为地拔高主题却是艾青所反对的(艾青称之为"牵强附会")。例如,一九五四年诗人访问智利,曾写过一首题名为《礁石》的诗:

"一个浪,一个浪/无休止地扑过来/每一个浪都在它脚下/被打成碎沫,散开……//它的脸上和身上/像刀砍过的一样/但它依然站在那里/含着微笑,看着海洋……"对这首诗有三种不同的理解,有人理解为"礁石"象征着祖国和中华民族,有人理解为"礁石"就是诗人自身的写照,还有人理解为这首诗作于亚非拉反帝斗争高潮的一九五四年,所以"礁石"就是亚非拉人民反帝斗争的形象。对此,诗人认为前两种理解是可以的,而后一种理解偏离了诗人的初衷,"这就未免牵强附会了"(周宏兴《就当前诗歌问题访艾青》)。当时"文革"已结束五年了,但文革时那种"左"的东西还在影响着一些人的思维,动辄就拉扯到世界革命上去了。其实革命是不能像自由贸易那样输出的,各国人民选择何种社会制度,那是他们作主的事情,不需要我们去饶舌。我很赞成艾青的观点:"诗是诗,不是歌,不是小说,不是报告文学。""用诗来代替论文或纪事文是不能胜任的。"(艾青《诗论》)

## 二

艾青家乡的乡亲盛赞艾青是"人民的诗人",为我国当代诗歌"建造了一座真善美混凝土的丰碑"。真善美是文学艺术的最高境界,我想用真善美来概括艾青关于国际题材的诗作的美学价值。

先说真。艾青说:"真是我们对于世界的认识。"它的意思是,诗人要写诗,必须要有生活,必须体验生活,"'体验生活'必须把艺术家的心理活动也溶浸在生活里面,而不是在生活里做一次'盲目飞行'"(《诗论·生活》);另一层意思是,诗人有了生活后,要敢于说真话,要必须说真话。诗人只能以他的由衷之言去摇撼人们的心。艾青就是这样一位深入生活,喜怒哀乐都和人民相一致的敢于说真话的诗人。

艾青那些关于国际题材的诗,无论是在国外写的或者写外国的诗都是源于生活、发自肺腑之言。正因为如此,他的诗才被译成多种外文,才有那么多忠诚的国内外的读者。在国外访问,时间短,往往是走马观花,这给诗人积累生活带来难度。尽管如此,诗人仍抓紧时间,接近国际友人,贴近异国生活。一九七九年诗人访问了意大利等三个国家,尽管行色匆匆,他不放过一切接近国际友人、贴近异国生活的机会:"他希望多看文化设施,博物馆,美术作品。有时候,他遇到一个书亭,会情不自禁地停下欣赏一些封面设计。他希望多跟普通人交谈,住在普通人家,多在佛罗伦萨的街头、威尼斯的拱桥上散步,以便更为细致地观察生活。"(杨匡汉、杨匡满《艾青传论·重新走向世界》)《罗马的夜晚》这首诗就是在这种情况下写成的。艾青参加了意中友协组织的联欢会,访问了普通意大利人的家庭,品尝了一种名叫"披萨"的意大利薄饼,生活一下子充实了许多,诗情随着激情倾注于笔端。"真正的罗马是在这儿,我看到人民的心"这两句充满诗意的话道出了这首诗的主题。

再说善。何谓"善"?艾青解释说:"善是社会的功利性;善的批判是以人民的利益为准则。"(《诗论·出发》)艾青反对单纯凭"政治敏感性"写诗,他要求诗人既要有和人民一致的"政治敏感性",又要有和人民一致的"政治坚定性"。他说:"也有人夸耀自己的'政治敏感性',谁'得势'了就捧谁,谁'倒霉'了就骂谁。这种人好像是看天气预报在写'诗'的。但是,我们的世界是风云变幻的世界。这就使得有的'诗人'手忙脚乱,像一个投机商似的奔走在市场上,虽然具有市侩的鬼精,也常常下错了赌注。'政治敏感性'当然需要——越敏感越好。但是这种'敏感性'又必须和人民的愿望相一致。以个人自私的动机是嗅不出正确的东西的。"(《诗人必须说真话》)

一九五〇年艾青参加中共中央宣传工作代表团访问苏联,在苏联住四个月。他写了许多诗,其中有《宝石的红星》《十月的红场》和《敬礼啊,苏维埃共和国联盟》等,后结集以《宝石的红星》为题于一九五三年出版,三十年后,重读这些诗,感到"大都是肤浅的颂歌",只肯定了该肯定的五六首。

还可以举一例。一九八〇年艾青应邀到美国爱荷华写作并访问。回国时途经香港,他写了一首《香港,香港》。关于这首诗,诗人曾介绍道:"我开始写这首诗时,是完全否定香港的。后来……我作了修改,把骂香港的有些句子删掉了,如'海盗的私生子'之类,加了最后一段。这就比较全面了。"(《美国归来答客问》)诗人还风趣地说:"……香港有很多好吃的,我也吃了。但不能因为吃得好就说香港好。"

以上一正一反两个事例,给诗人的印象是深刻的。正是他从这正反的事例中吸取了有益的东西,从而使他对"善"的认识有了接近本质的理解,从而使他的诗更臻完善,经得起时间的磨炼和读者的检验,超越国界,在人们的口中和心中流传久远。诚如罗曼·罗兰所说:"壮丽的诗句,美妙的文章——犹如罗马的铭文:它们永不为时光磨灭。"

再说美。质言之,艾青国际题材的诗作主要有两种美,一种是散文美,一种是朦胧美。

散文美。艾青对诗歌的散文美是推崇的,早在一九三九年,他就写了《诗的散文美》一文。他认为,散文是先天的比韵文美。用韵文写比用散文写要容易得多。诗人必须首先是美好的散文家。从欣赏有韵到欣赏无韵在诗歌美学上是一大进步。总之,"强调'散文美',就是为了把诗从矫揉造作、华而不实的诗风中摆脱出来,主张以现代的日常所用的鲜活的口语,表达自己所生活的时代——赋予诗以新的生机"(《诗论·前言》)。

我理解,艾青说的诗的散文美或许包括以下三要素,即:"通过形象思维来表现","用现代口语来写","只要有旋律,念起来流畅"。艾青国际题材的诗作是遵循了他自立的这一原则的。

先说形象思维,用形象思维是文艺创作的普遍规律,即使是创造哲理诗也不能例外。艾青认为:"诗只有借助形象思维的方法才能产生持久的魅力。"(《形象思维和艺术魅力》)并以他一九五四年在智利创作的《珠贝》为例。我想用《小泽征尔》为例。音乐是很难表现的,何况又是西洋的交响乐。艾青用月下骑马行军,黄昏情人絮语和暴雨雷霆这三个比喻来将听觉形象诉诸视觉形象,将抽象诉诸形象,增强了这首诗表现的艺术魅力。

再说现代口语。"我手写我口",以现代口语入诗,一定要有很高的功力才行。诗人认为,诗是语言的艺术,最富于自然性的语言是口语。尽可能地用口语写,尽可能地做到"深入浅出"。深厚博大的思想,通过最浅显的语言表现出来,才是最理想的诗。

艾青的诗是以口语入诗的,爱怎么写就怎么写,怎么顺手就怎么写。可以说是做到了"清水出芙蓉,天然去雕饰",实践了他一贯坚持的朴素、明朗、单纯、集中的诗风。一九五二年,他写了一首《给乌兰诺娃》的诗:"像云一样柔软,/像风一样轻,/比月亮更明亮,/比夜更宁静——/人体在太空里游行;//不是天上的仙女,/却是人间的女神,/比梦更美,/比幻想更动人——是劳动创造的结晶。"这首诗句句皆口语,字字经斟酌,看起来顺通,读起来顺口。为表现动用了排比、对偶、比喻等修辞手法和想象、虚实结合等表现技巧,使这首诗写得多姿多彩,耐人寻味,曾赢得周总理的称赞。看似寻常最奇崛,成如容易却艰辛。在成功的背后,诗人所付出的辛勤劳动是不言而喻的。艾青曾介绍过他创作中的甘苦:"我现在写诗,至少要念上三、五遍,不顺口的句子和字眼都要去掉,直到念得比较顺口为止。"(《答〈中国青年报〉记者问》)"现在写诗都要改两三遍,抄两三遍,抄的过程就是改的过程。推敲得很厉害。"(周宏兴《用色彩谱写美的歌声——访诗人艾青》)"念""改""抄"是艾青诗歌(含关于国际题材诗歌)创作的三步曲。也可以说这是另一种的诗中三昧。

再说旋律。"诗的旋律,就是生活的旋律;诗的音节,就是生活的拍节。"(艾青《诗论·生活》)艾青还说:"我用口语写诗,没有为押韵而拼凑诗。我写诗是服从自己的构思,具有内在的节奏,念起来顺口，听起来和谐就完了。"(《与青年诗人谈诗》)这就说明，艾青写诗不是不讲究旋律，不过是将外在的"押韵"变为内在的"节奏"罢了。万变不离其宗，外在的押韵和内在的节奏都是为了一个目的，即使得诗读起来顺口，和谐，流畅，像一条汨汨流水的小河一样。我想以《一个黑人姑娘在歌唱》为例："……一个多么舒服，/却在不住地哭？/一个多么可怜，却要唱欢乐的歌。"这四句诗虽不押韵，却读起来每句都是三顿，顺畅而不拗口，和谐并有旋律。

概言之，诗的散文美也就是诗的自然美。它一扫韵文的虚伪、雕琢和人工气，保持了不需要涂抹脂粉的本色，充满了健康清新的生活气息。

朦胧美，艾青国际题材的诗作也有一种朦胧美。关于这方面，艾青有两段重要论述，即"世界上存在着朦胧的东西，有许多事情看不清楚，也有许多事情使人难于理解。于是出现了朦胧诗"(《从"朦胧诗"谈起》)。"'朦胧诗'可以存在。世界上有许多朦胧的事物，只要写得好，写得美，当然可以写"(《迷幻药》)。诗歌有朦胧美主要是因为读者从与作者的不同角度去理解诗的主题，进而产生了主题的多义性。还因为诗歌较多的运用比喻象征和含蓄等艺术表现手法，这些艺术表现手法有时会像"迷"一样使读者颇难捉摸得透。

在艾青的国际题材诗作中是经常运用比喻、象征和含蓄等艺术手法的，读者对这些诗作的理解角度也不尽相同的，因此读者有时产生朦胧的感觉也是不足为怪的。上面提到的《礁石》那首诗就是如此。这里不妨以《古罗马的大斗技场》为例。这首诗既是针对国际又是针对国内有感而发的。诗人阐述道："在当今的世界上，依然有人保留了奴隶主的思想，他们把全人类都看作奴役的对象，整个地球是一个最大的斗技场。"诗人又说："在《古罗马的大斗技场》里有一段写蒙面斗士的，影射'文化大革命'中互相冲杀着的人被蒙下眼睛，胜利是盲目的，失败也是盲目的。"这种多元的蕴含就会产生一种朦胧美。再以《汉堡的早晨》为例："前天晚上/我在北京院子里看见月亮／笑咪咪，默不作声／／今天早上／想不到在汉堡又看见月亮／在窗外，笑咪咪，默不作声／／不知道她是怎么来的／她却瘦了。"这首诗我们可以理解是诗人在怀念家乡，也可以理解为北京的月亮比汉堡的圆。当有人向艾青请教这首诗主要是写什么时，艾青淡淡地回答，是"写一种感受，一种情绪"。究竟是何种感觉？何种情绪？对不起，这要有劳读者自己去理解了。要问什么是朦胧美？这就是一种典型的朦胧美。

托尔斯泰说过："愈是诗的，愈是创造的。"我们可以将散文美和朦胧美看作是艾青在诗艺方面的创造和贡献。

综上所述，和个别人认为"艾青以前的诗我很喜欢，后来就不如以前好了。不那么能够引起回味"的观点相反，我则认为艾青后期的诗歌（包括有关国际题材的诗歌）比"以前的诗"无论在数量上还是质量上都有了很大的提高。就数量而言，有人统计，仅仅"归来"四年，艾青就创造了二百多首诗，出版了两本新的诗集、一本诗论集，再版了五本诗集和论文集。"这是我国新诗史上的一个突出纪录"（杨匡汉、杨匡满《艾青传论·并非结语》）。就质量而言，艾青说，我五十年创作中出现了两次高潮，一次是抗日，一次是今天。"每首诗都由自己去写——就是通过自己的心去写"（《艾青诗选·自序》）以上我已从真善美这三个方面做了些粗浅分析。

面对荣誉，诗坛泰斗艾青却谦虚地说："应该研究青年人的创作。青年人有新的探索的，你去发现了，是好的；他探索到了，你还没有探索到，说明他比你先走了一步。""勇于探索的人，是会发现美的。"（《答〈诗探索〉编者问》）

长江后浪接前浪，雏凤清于老凤声。我们青年诗人应该学习艾青，研究艾青，争当像艾青一样的国际上享有盛誉的大诗人，这是诗坛寄予我们的厚望！

（载《中国现代、当代文学研究》一九九二年第一期）

# 施蛰存谈戴望舒的诗

台湾著名诗人、诗评家余光中先生的《论戴望舒的诗》一文在大陆《名作欣赏》发表后，受到了大陆读者与诗界的普遍关注。有人认为："这是文学的大反攻"[①]，我看未必如此。有人认为：这是"海峡两岸诗评家相互交流诗观、彼此切磋诗艺的可喜现象"[②]，我欣然赞同。作为诗歌评论工作者应该关心这场讨论，于是我就草拟了讨论中比较集中的五个问题，请教最熟悉戴望舒的施蛰存先生。炎夏溽暑，蛰存先生身体欠佳，闭门谢客，所以我只好用书面形式将上述问题邮寄给他，不久便收到蛰存先生的回复。

乃福先生：

余光中论戴望舒的文章，我在前几年已见到。最近有人寄我广东暨大办的一份诗刊（指《华夏诗报》——笔者），已有人批驳了。

余光中的态度是"目无余子""盛气凌人"，但他举出的一些论点，却不能反对，每一个诗人或小说家都可以说有此缺点。用文学史观点来看，今天的缺点，反而是当时的优点。

写了一些我的看法，供参考。

施蛰存
一九九三年七月廿七日

---

[①] 纪骅：《一个中学生的肺腑之言——致〈名作欣赏〉和余光中先生》，《华夏诗报》，一九九三年六月二十五日（总七十七期）。

[②] 盛海耕：《与余光中先生论戴望舒诗书》一文的《诗刊》编者按，《诗刊》，一九九三年第四期。

他在信中附另纸，逐点回答了我提的问题。

**问**：去年某省《名作欣赏》第三期发表了台湾著名诗人余光中先生《评戴望舒的诗》一文，对戴望舒的诗提出商榷。余文说："在中国新诗史上，崛起于二十世纪三十年代的戴望舒……确乎是一位引人注目的诗人。可是就诗论诗，戴的成就仍然是有限的。"蛰存先生是否同意这样的观点？您认为望舒诗的成就表现在哪些方面？

**答**：我完全同意。古今中外，一切诗人或小说家的成就都是有限的，从来没有成就无限的作家。

**问**：艾青认为戴诗"具有很高的语言的魅力"(《望舒的诗》)而余光中先生却说戴诗的语言"不是陷入欧化，便是落入旧诗的老调，能够调和新旧、融贯中西的成功之作实在不多"，对此蛰存先生是怎么看的？

**答**：我也同意此说。因为望舒的诗是从二十世纪二十年代到三十年代的中国新文学，当时的文学语言，正是从文言蜕化到白话的时候。不但望舒的诗如此，新月派的诗也是如此；不但诗如此，小说也如此，当时有些小说也是半中半西的。

**问**：余先生在他的文章中谈到了戴诗的风格，他说，戴望舒的诗风"基本上仍是阴柔雅丽的"，蛰存先生曾说过："《我底记忆》出版之后，……在当时流行的新月派诗之外，青年诗人忽然发现了一种新风格的诗。"(《戴望舒诗全编·引言》)您认为戴诗风格新在何处？

**答**：在这一句话中，我所谓"风格"，是指诗思的表现方法。它不是古诗，尽管有一些情绪还继承古代诗人的官能感觉，但其表现方法，或说抒情方法，却是新的，吸收法国象征主义影响的。

**问**：余先生认为，戴诗的产量少，格局小，题材不广，变化不多。题材是作品风格最外层的标志。蛰存先生对望舒最熟悉，请您谈谈戴诗在题材选择方面的特点。

**答**：戴望舒是抒情诗人，不是史诗作家。抒情诗人的诗多数是"阴柔雅丽"的，不可能"阳刚豪放"。我们不能以莎馥（又译为萨福——笔者）的诗，用荷马的风格来评论其得失，也不能说李长吉的诗没有杜甫的伟大。

至于说戴望舒诗"产量少，格局小，题材不广"也没有错，不过这不是诗人的缺点。望舒作诗不多，一则所占年月不多，二则他的主要工作不在作诗。抒情诗的格局从来不大，但望舒最后几首诗，如《灾难的岁月》中的那些作品，就不能说"格局不大"了。用"题材不广"来批评一个抒情诗人的作品，是没有意义的，任何一部诗集，都不是百科全书，每一个诗人，都只能以他个人的生活与情感为题材。

**问**：在当前围绕余文的讨论中，有人提出诗歌评论应坚持"历史的观点、发展的观点和辩证的观点"，这也就是说评论工作者应有科学方法的问题。蛰存先生是否认为以上三个观点对海峡两岸的诗歌评论均适用？您认为评论工作者应有怎样的科学方法？

**答**：戴望舒的诗作于二十世纪五六十年代以前，我们评论他的诗要用文学史观点，他的诗在当时是创新的，是从新月派和《女神》派发展而成，又吸取了法国后期象征主义的风格及表现方法。

一切杰出的诗人都是"前无古人"，但决不是"后无来者"。赵翼说得好："江山代有才人出，各领风骚数百年。"《兰亭序》云："后之视今，亦由今之观昔"，今天余光中批评戴望舒，三十年后，也会有人用这些观点评论余光中的。

文学批评家，不可没有历史观点！

《名作欣赏》从去年第二期始，每期发表一篇余光中先生的文章，去年共发表了五篇，它们是：《论朱自清的散文》《评戴望舒的诗》《评闻一多的三首诗》《抽样评郭沫若的诗》《骆驼与虎》，提出了重新给朱自清、戴望舒、郭沫若等名家定位的问题。讨论仍在继续中。除《名作欣赏》外，《诗刊》《文艺报》与《华夏诗报》或刊文，或转载，也参加了这场讨论。"嘤其鸣矣，求其友声。"总的来说，我认为参加讨论者是心平气和的，是"据理力争"的。诚如余光中先生所说:"我们的社会背景不同,读者也互异,可是彼此对诗的热忱与对诗艺的追求,应该一致。无论中国怎么变,中文怎么变,李杜的价值万古长存,而后之诗人见贤思齐、创造中国新诗的努力,也是值得彼此鼓舞的。"① 但愿两岸诗界之间亲切友好而又实事求是的理论探讨,能够形成风气,但愿这场讨论是为"创造中国新诗"所作的一分努力。

(载《香港文学》一九九四年第二期)

---

① 转引自流沙河:《台湾诗人十二家·引言》,重庆:重庆出版社,一九八五年版,第1页。

# 闻一多与艾米·洛威尔

艾米·洛威尔(Amy Lowell)是美国著名的女诗人,她"是一个精力充沛的女人,她为自己创造了一个别出心裁的形象,每当出现在大庭广众之前,嘴里总是叼着根雪茄。她快马加鞭摆脱了庞德的羁绊,领导了一场意象主义运动。打那以后,庞德称意象主义者为'艾米主义者'"①,由此可见她在美国诗坛的地位。她生前与闻一多在诗艺方面的交往却鲜为人知。

一九二二年十一月,当时留美的闻一多致家人信中说:"我到芝加哥比别人都侥幸些,别人整天在家无法与此邦人士接交,而我独不然。"在此之前,他给父母的信中称:"此后可以与此邦第一流文人游,此极可贵之机会也。"而美国著名意象派女诗人兼诗评家艾米·洛威尔就是闻一多当时结交的名流之一。

早在结识艾米·洛威尔之前,闻一多就对她有所了解了。一八七四年二月九日,艾米·洛威尔生于马萨诸塞州布鲁克林市。她家族中有好些人是美国政界和文学界名人。她年轻时周游过世界许多地方,二十八岁时显露了写诗的才华。她的诗作题材广泛,思路开阔,色彩绚丽,情趣多姿。她酷爱中国古典诗歌,特别喜欢李白的歌吟,并对东方古朴的情调与清醇的诗风十分赞赏,她说,读到中国诗后她发现了"一个新的、伟大的文学"②,并说:"如果非要我用一个词给这个(现代诗歌不用的)习语的主要特征下个定义,我就会说

---

① 彼得·B.海:《1900—1930年间的诗歌》,《美国文学掠影》,上海:华东师范大学出版社,一九九二年版,第109—110页。
② 艾米·洛威尔:《松花笺·序言》。

它是'含蓄'""含蓄是我们从东方学来的重要东西之一。"一九二一年，她与佛洛伦斯·艾斯克夫夫人合译了一册中国古诗集，它是以唐代女诗人薛涛自制的彩绘稿纸"松花笺"命名的，其中以李白的作品最多。

一九二三年二月十五日除夕这一天，应美国友人蒲西夫人之邀，在芝加哥艺术俱乐部，闻一多与艾米·洛威尔等人共饮守岁酒。席间，他们谈诗说文，兴致很浓，洛威尔还即席朗诵了自己的作品。她的诗从东方诗艺中汲取了养料，既有类似日本俳句的凝练，又富有中国古诗深邃的意境，一位不谙中文的美国友人，孜孜不倦地学中国古诗学得如此之好，实在不容易，面对这位意象主义和自由诗运动的先锋，闻一多肃然起敬。毫无疑问，岁杪这天是在欢乐亲切的气氛中度过的，从同日闻一多给好友梁实秋的信里可窥一斑："今早一位 Mrs. Buch（蒲西夫人）写信来请我到 The Arts Club（艺术俱乐部）同 Amy Lowell（艾米·洛威尔）等晚餐，并听伊读的诗。Amy Lowell 在此邦是首屈一指的女诗人，比 Eunice Tietjens（尤妮斯·蒂金斯）的声价高多了。"①

在一九二三年九月离开芝加哥赴科罗拉多州之前，闻一多一直与艾米·洛威尔保持交往，并存有她的照片。一九二五年五月，正当闻一多准备离开纽约，十四日将登船回国之际，突然传来了艾米·洛威尔于十二日不幸谢世的噩耗。据说，艾米·洛威尔谢世前还打算译中国诗，这使闻一多更加悲痛，女诗人与他共进除夕晚餐的情景又浮现在他眼前，女诗人即席朗诵的抑扬声调又仿佛响在他的耳畔，于是，他怀着沉痛心情写下了《美国著名女诗人罗艾尔逝世》的讣文，以寄托哀思。此文连同艾米·洛威尔的照片一起，刊登在一九二五年七月一日《京报》副刊一九五号上。文中，闻一多称艾米·洛威尔是映象派（即意象派——笔者）的"首领"，是诗人、批评家、著作

---

① 闻一多：《致梁实秋（一九二三年二月十五日）》，《闻一多论新诗》，武汉：武汉大学出版社，一九八五年版，第215页。

家和翻译家。说她与罗伯特·弗洛斯特、卡尔·桑德堡、埃德温·阿林顿·罗宾逊、埃德加·利·马斯特斯和维切尔·林赛诸人合称为"美国当代六大家",并介绍了她在诗歌创作和批评方面所取得的成就。艾米·洛威尔著有诗集《五彩缤纷的拱顶》(一九一二)、《剑锋与罂粟籽》(一九一四)、《男人、女人与鬼神》(一九一六)、《格兰德之巨宅》(一九一八)与《浮生掠影录》(一九一九)等,另有遗著诗集三册:《几点钟》(一九二六年荣获美国普利策诗歌奖)《东风集》与《歌谣待售》)。她还著有两本诗歌理论著作,即《法国六大诗人》(一九一五)与《现代美国诗歌之趋势》(一九一七)。闻一多称赞她撰写的上下两卷长达一千多页的《济慈传》"材料的丰富,考证的精核,持论的公允,推为空前的杰作",同时,对她的诗和她为加强美中文化交流所作贡献给予很高评价:"罗艾尔女士对于中国诗有极大的敬仰,她的创作往往模仿中国诗,具有特异的风味","她的死是美国文学界的大损失。她死了,中国的文学与文化失了一个最有力的同情者。"遗憾的是这样一篇重要文章,《闻一多全集》《闻一多论新诗》与《闻一多在美国》等书籍均未收录。

　　隔了一天,即一九二五年七月三日,《京报》副刊一九七号上发表了闻一多的充满深沉感情的新诗《也许》,它的副题是"为一个苦命夭折的少女而作",后收入诗集《死水》时副题改为"葬歌",全诗由六节二十四行,删改成四节十六行,但诗的原第五节仍保留着:"也许你听着蚯蚓翻泥,/听那细草的根儿吸水,/也许你听这般的音乐/比那咒骂的人声更美。"艾米·洛威尔生前曾有人(还有美国当时的报章和杂志)攻击包括她在内的意象派诗人写的不是诗,而是"切碎的散文"①,或许这就是诗中"咒骂"句的由来。艾米·洛威尔终身未嫁,以诗为业,故原诗的副题中有"少女"之称。因此,倘若我们将《也许》这首诗看作是为悼念艾米·洛威尔而作的,也未尝

---

① [英]琼斯编《意象主义诗人(1916)》序,《意象派诗选》,裘小龙译,桂林:漓江出版社,一九八六年版,第164页。

不可。

　　这里需要指出的是，有些研究闻一多的学者误认为《也许》一诗写于一九二六年闻一多的爱女立瑛逝世之后，是诗人"怀念早夭的爱女立瑛之作"①，其实这样的解释是不确切的，应予改正！

　　自一九二五年七月一日闻一多在《京报》副刊向读者介绍这位美国著名女诗人以来，艾米·洛威尔的名字越来越为中国读者所熟悉。她的诗作与诗论，包括她于一九二五年荣膺美国普利策诗歌奖的作品，陆续被译成中文，介绍到中国来。美国谚语云："没有朋友，世界就不可爱。"在中美文化交流日益频繁的今天，人们会时时忆起这位中国文学与文化的"最有力的同情者"。

一九九四年元月于复旦大学
（载《中外文化交流》一九九四年第四期）

---

① 鲁非：《哀婉的"葬歌"——〈也许〉赏析》，《闻一多作品欣赏》，南宁：广西教育出版社，一九九一年版，第125页。

# 让诗坛鲜花开得更绚烂

## ——谈东西方诗学的相互影响

尽管有些诗人不愿将自己关在某个"主义"的框架中，但是无法否认曾受某个主义的影响。大约在一九五六年以后，台湾现代诗就受西方现代主义与后现代主义的影响，祖国大陆出现现代诗比台湾晚些。"青山遮不住，毕竟东流去"，东西方诗学的互动互补是"遮不住"的，正因如此诗歌才能发展，诗学才有希望。

东方诗学受西方诗学的影响是明显的。他们的多种现论，诸如结构主义诗学理论、意象派理论、新批评派理论、新写实主义理论、超现实主义理论，等等，以及由这些理论为指导的众多诗学流派，诸如新浪漫主义、意象主义、未来主义、表现主义、超现实主义、后现代主义与具体主义，等等，均对东方诗学有一定的影响。这些理论内容繁多，但归纳起来不外是内容与形式两方面。就内容而言，是注重隐喻、暗示，表现曲折、隐晦。德国存在主义哲学家海德格尔与新批评派理论家艾略诗均为以上理论提供根据。海德格尔说："作者的思想越伟大——这与他著作的内涵和数量无关——他的学识成果中的非思想就越丰富，即那种最先萌生、只能通过他的思想去体现的、尚未形成的思想（Not-yet-thought）。"（转引自《结构主义诗学》）艾略特说："我们的文化十分多样而复杂，而这样的多样性和复杂的效果，于是诗人就不得不越来越包罗万象，越来越用典繁多，越来越曲折隐晦以强求使用语言，必要时甚至打乱语言来表达他的思想。"（《玄学派诗人》）

诗人徐志摩、郭沫若、艾青、辛笛等，他们的诗歌曾分别受到哈代、惠特曼、维尔哈伦与奥登的影响。台湾诗人痖弦、周梦蝶、罗门、侯吉谅等，他们的诗歌曾分别受到里尔克、帕斯、戴维斯与桑德堡的影响，尽管诗人罗门与侯吉谅未谈及他们的都市诗曾受到过何人的影响。美国诗人维切尔·林赛将爵士乐的节奏运用到诗歌创作中去，创作了著名的《刚果河》；台湾诗人罗门将敲打乐运用到诗歌创作中去，创作了著名的《都市的旋律》，这或许是不谋而合吧。就具体的技巧而言，东方诗学吸收了西方诗学的如下技巧：跨行（待续句）、象征、隐喻、通感、暗示、跳跃、无标点、意象叠加、戏剧张力、独创字汇、非节奏的文字以及超现实主义的诸如"类似联想法""直觉暗示法""时空观念的泯灭"等技巧，对有些技巧虽褒贬不一，但均在运用之中。

西方诗学受东方诗学的影响也是明显的。二十世纪初至二十年代，美国诗人庞德、艾米·洛厄尔等将中国古典主义诗歌，诸如李白、王维、王昌龄等诗人的作品介绍给美国与西欧的读者，产生了深远的影响，被称为是"来自中国的精神入侵"，艾略特则称庞德为"我们时代的中国诗的发明者"。他们从中国古典主义诗歌中学到的技巧之一是含蓄，用艾米·洛厄尔的话来说就是"含蓄是我们从东方学来的重要东西之一"（《意象派诗选》）。正因如此，所以庞德帮艾略特修改《荒原》时大删特删："那是一九二二年，我在巴黎把书写潦草、杂乱无章名为《荒原》的原稿呈到他（庞德）的面前……（它离开庞德的）双手时，约摸缩短了一半，就是发表付梓时的那副样子……"（《美国文学掠影》）庞德将自己的诗作《地铁车站》由三十二行删削成两行。这些都说明他对中国诗话与画论中的"意在言外""计白当黑"学得颇为到家。《地铁车站》只有短短的两行："人群中幽然浮现的张张面孔，/湿漉漉黑黝黝树枝上的片片花瓣。"这首名诗则是他借鉴日本俳句家荒木田守武的名句"落花飞返枝头／一只蝴蝶"，这已为大家所熟知。

如果说，以上是中国诗歌对美国诗歌产生影响的第一次浪潮的话，那么，到了二十世纪五十年代末六十年代初，中国古典主义——主要是唐代隐士寒山（又称寒山子）的诗歌——再度在美国诗坛及西欧诗坛掀起浪潮，引起了轰动效应。对寒山诗见仁见智，评价并不相同。有人认为他的诗"从来不登大雅之堂"，也有人认为他是"中国隐士诗人的代表"，他的诗水准在李杜之上："杜诗虽好，但停留在人文主义阶段，无法与寒山子、吕洞宾、陈搏的境界相比，连李白洒脱自如也比不上。"（墨人《两岸诗人与诗》，《葡萄园诗刊》第一二一期）那么，寒山的诗是否有可取之处呢？持"从来不登大雅之堂"的看法固然不对，将他置李杜之上也不一定贴切。这里不妨录他的一首诗："杳杳寒山道，／落落冷涧滨。／啾啾常有鸟，／寂寂更无人。／淅淅风吹面，／纷纷雪积身。／朝朝不见日，／岁岁不知春。"（《杳杳寒山道》），古人说"诗用叠字最难"（顾炎武语），这首诗连用八个叠字，从中不难看出他的实际水准。自十九世纪五十年代末至六十年代初，经美国诗人加里·斯奈德译介了二十四首寒山诗后，寒山诗随即受到美国青年一代，尤其是"垮掉的一代"与披头士、嬉皮士们青睐，成了"抚慰他们动荡而空虚的精神的源泉"，主要在于寒山诗隐逸超脱的内涵："寒山的'天然无价'的原始主义精神和独居荒林寒岩的生活方式，恰好与现代高科技、商业化文明压抑下的美国青年一代对于自然和人性的呼唤融为一体。"（周裕锴《中国禅宗与诗》）

加里·斯奈德堪称美国的"寒山子"，他住在加州山间自己建造的房子里，沉浸于自然，将历史与荒野萦系心中，并曾在日本寺庙习禅九年。他的诗深受寒山诗的影响，在题材、意境、语言和诗风等方面他的诗和寒山的诗有颇为相近之处，例如加里·斯奈德的如下诗作："大地一朵花／草夹竹桃在陡绝的／山坡地光里／垂挂在亘广／结实的空间"（《不为什么》）；"幼兽们／在潮湿的树叶中翻滚／鹿、熊、松鼠。／新鲜的风擦亮／春天的星星"（《科约特谷之春》）；"小木屋和几棵树／在风儿刮动的大雾中飘移……／菜肴在火上炖着／天色已暗，/喝酒"(《收工之后》)。

"生活是一步步的/永不回首的攀登"，写诗亦然。东西方诗学加强交流，互动互补，相互借鉴，诗坛之花就会开得更绚烂！

（载香港《文汇报》一九九四年六月二十六日）

# 和日月同辉 与山河共丽

## ——论我国抗战时期诗歌

一个时期有一个时期的文学。在民族存亡的关头,我们的许多作家在爱国主义精神的感召下,义愤填膺,同仇敌忾,不仅"文章下乡,文章入伍",而且个人"也就从象牙塔里走上十字街头",投入到民族解放的洪流中去,创作出的可歌可泣的作品(含诗歌),不少是堪和日月同辉与山河共丽的!有人说,抗战诗篇是抗日战争中一道迤逦而高大的"精神长城"。用"精神长城"来评价抗战诗篇,它是当之无愧的。

我认为,抗战时期的诗歌有下述三个显著特点。

一是诗歌的数量很大。常言道,愤怒出诗人。不用说那些以诗歌创作为己任的文学工作者,就连一些从来也没有写过诗的工人、农民、军人等,他们出于抒发感情的需要,以笔作枪,投入战斗。抗战战士朱耀章牺牲后,在他身上找到了一首沾满鲜血的遗诗,读来感人至深:"风潇潇,夜沉沉,一轮明月照征人。尽我军人责,信步阵后巡。曾日月之有几何?世事浮云,弱肉强争!火融融,炮隆隆,黄浦江岸一片红!大厦成瓦砾,市镇作战场。昔日繁华今何在?公理沉沦,人面狼心!月愈浓,星愈稀,四周妇哭与儿啼。男儿百战死,壮士十年归!人生上寿只百年,无须留连,听其自然!为自由,争生存,沪上麾兵抗强权。踏尽河边草,洒遍英雄泪。又何必气短情长?宁碎头颅,还我河山。"(《一轮明月照征人》,二〇一五年八月十三日《文汇报》)据不完全统计,一九三七年七月至一九四五年八月这期间，出版的诗集有四百零四部，这还不包括抗战胜利后出版的反映抗战题材的诗集。就个人而言，臧克家、艾青与已移居澳门的华铃（冯景钊）在这一时期创作的诗集分别为十二部、七部与六部，他们或许称得上是该时期产量最多的三位诗人。戴望舒与一九四八年到香港的何达、一九四八年前后到台湾的覃子豪和刘心皇等诗人在抗战时期的作品虽不是很多，却多角度地脍炙人口地深刻反映了我国人民齐心抗战，直至胜利的心声，在诗史上放射出光辉。

二是文学社团很多。抗战时期社团的众多，从一个方面反映文学活动（含诗歌创作）的活跃。《中国现代文学社团流派辞典》一书记载，中国现代文学社团约有一〇三五个，在一九三七年七月至一九四五年八月进行文学活动的社团约有三百多个，其中多数与诗歌活动有关。就香港而言，一九三九年三月至一九四一年四月成立的文学社团有：中华全国文艺界抗敌协会香港分会、中国文化协进会、岭南大学艺文社与中国文艺通讯社等。这时期的文学社团还有澳门的修社与台湾的台湾文艺联盟等。

这里有两个社团很值得一提：一个是怀安社。它一九四一年九月五日成立于延安，一九四五年底基本停止了活动。社员约有五十余人。据不完全统计，该诗社创作了约两千五百多首诗作，有新诗、古体诗与译诗，延安文艺丛书《诗歌卷》与《怀安诗社诗选》里收有这个诗社的部分作品。另一个是湄潭诗社。它成立于浙大抗战期间内迁贵州湄潭以后，有社员江问渔、苏步青等一二十人。他们每月吟诵一次，彼此出题，规定韵脚，相互切磋，限时交卷，后编印过一册《湄江诗存》。一九八〇年美国《华侨日报》上曾选载过该诗集中的部分作品，其中有苏步青教授撰写的《茶场杂咏》与《初春杂咏》等九首诗。

三是诗体样式很多。就诗体而言，既有古体诗，也有新诗。这些新诗包括抒情诗、叙事诗、街头诗、朗诵诗、政治诗、十四行诗以及纪实诗，等等，并运用多种传播媒介，如歌唱、演出、广播、朗诵、壁报、展览等形式,将诗送到群众中去,最大能量地发挥诗歌的应有作用。

这里值得一提的有三种诗体:一是朗诵诗。抗战时期的诗朗诵活动普遍开展,上海、武汉、重庆、昆明、桂林、广州、香港与延安等城市尤其突出。"诗人已不再以在客厅里吟哦为满足,却以在广大群众之间朗诵为光荣"(艾青《抗战以来的中国新诗》)。蒋锡金、光未然、徐迟、高兰、何达等一批诗人对诗朗诵活动很热心。热心的还有广大观众,即使买票,也座无虚席。究其原因,我想这不仅仅是为了"要使诗重新成为'听觉艺术'",而主要仍是要为了"使诗更普遍地,更有效地发挥其武器性,而服务于抗战"(任钧《新诗话·略论诗歌工作者当前的工作和任务》)。

二是叙事诗。据不完全统计,中国抗战时期及稍后创作出版的以抗战生活为题材的叙事长诗约有二十多部,其中有艾青的《向太阳》、臧克家的《古树的花朵》、柯仲平的《边区自卫军》《平汉路工人破坏大队》、光未然的《屈原》与老舍的《剑北篇》等。在抗战极其艰苦的条件下,甚至连纸张都困难,为何能有这么多的叙事长诗问世?主要是生活中的英雄人物感动了他们。著名老诗人臧克家如是说:"几位新朋友,谈到范筑先,谈得那么亲切、感动,像述说一位古代悲剧里的英雄的故事,说的人终于淌下了眼泪,而听得我也酸鼻了。"(《古树的花朵序》)"对那地方的亲切和对范筑先本人的热爱,组成了一股力,压迫着我,苦痛的,负债似的,非用诗给他一个'雕塑'不可!"(《古树的花朵》的写作)于是,臧克家用一年多的时间完成长达五千多行的叙事长诗《古树的花朵》,这是抗战期间写得较长的叙事诗之一。

三是街头诗。街头诗多出现在抗日根据地。街头运动的兴起,是由于延安战歌社与西北战地服务团的提倡,也是由于抗日根据地的军民对这种诗体的喜爱。街头诗拥有最广大的读者,它篇幅短小,文字精练,朗朗上口,过目难忘。它既让广大文化水平不高的读者读得懂，不感到深，又让文化水平较高的读者也喜爱读，不觉得浅，街头诗的难度是很高的。田间、邵子南、史轮等在这方面进行了诸多努力。我认为街头诗具有一种散文美，它的特点是以提炼加工过的口语入诗。这些口语虽不讲究对偶、平仄与押韵，但它之所以被称为诗而不称为散文，是因为它"只是一句句简朴、干脆、真诚的话（多么有斤两的话！）"（闻一多《时代的鼓手——读田间的诗》）这样的话点得着火，照得亮心，"鼓舞你爱，鼓舞你恨，鼓舞你活着"，是诗的语言，具有诗的张力："狗强盗、/你要问么：/'枪、弹药/埋在哪儿？'来，我告诉你：'枪、弹药，/统埋在我的心里！'"（《坚壁》）枪与弹药怎可埋在心里？但是这里的枪与弹药并非实指，所以它又完全可以埋在心里。这些反常合道的语言含有最大容量的诗意，耐人寻味。

如何估计抗战诗歌的成就？看法不尽一致。有人认为，抗战诗歌幼稚，充满"标语口号"，只是"粗暴的叫喊"。这些看法是片面的，是站不住脚的。我认为抗战诗歌无论是在形式上，还是在内容上，都取得了不可低估的成就。

先说形式上的探索。

首先，在新诗的发展过程中，有人曾提出过为了表达内容的需要，表现的文字可放大或缩小，这种注重视觉效果的诗，称之为图像诗。在抗战期间，田间与鸥外鸥等诗人写了图像诗，前者如《假使我们不去打仗》《义勇军》，后者如《被开拓的处女地》。《假使我们不去打仗》与《义勇军》将关键性的字句，如"看，/这是奴隶！"和"敌人的头，/挂在铁枪上……"放大，这些放大了的字也是诗人所要强调的内容，首先闯入读者的眼帘，进而冲击读者灵魂，会产生触目惊心的震撼效果。

其次，十四行诗是一种外来形式，如何使这种外来形式中国化？在抗日战争硝烟弥漫的环境下，诗人也不放松探索。抗战期间，卞之琳、冯至、柳无忌、梁宗岱、孙大雨、袁水拍、穆旦与杭约赫

（曹辛之）等诗人均创作了不少十四行诗。一九四〇年与一九四二年，《慰劳信集》与《十四行集》先后出版。卞之琳与冯至创作的十四行诗或表现了抗战军民的生活，或对历史人物的缅怀，或对抗战业绩的赞颂，不仅扩大了十四行诗的表现题材，同时也在诗行的字数与顿数方面进行了有益的尝试。

再次，艾青曾说过，抗战时期诗歌理论是缺乏的。一九三九年他发表了《诗的散文美》这篇论文，意义非同寻常。从诗美学的角度来考察，五四后，新诗丧失了与生俱来的韵文的一些属性，增加了诸如小说、戏剧、散文的一些属性，扩大了诗的表现力。"诗的散文美"的提出，是对自五四以后新诗的创作实践的总结，也是对抗战初期新诗研究后所得出的正确结论，因为你"抗战以来的新诗的一个趋势，似乎是散文化。"（朱自清《抗战与诗》）艾青说："强调'散文美'，就是为了把诗从矫揉造作，华而不实的风气中摆脱出来，主张以现代的日常所用的鲜活的口语，表达自己所生活的时代——赋予诗以新的生机。"（艾青《〈诗论〉前言》）抗战诗歌就总体而言是与"矫揉造作，华而不实"绝缘的，是每每以鲜活的口语入诗，具有散文美的。

抗战的诗歌在内容方面也有新的开拓。俗话说，战士流血不流泪，抗战诗歌正是表现我们必胜的革命乐观主义精神。战争中总会有牺牲的，即使牺牲，战士们也视死如归；即使牺牲，战士们表示还要继续战斗，当然这是一种革命浪漫主义的写法。柳倩的《假如我战死了》这样写道："让我听江风呼啸，挟着民族的怒吼，/让战友们唱着凯歌回来，践踏过我底白骨。/我像高山，像高山一样庄严、雄浑。/我像大星瞪着国土，再也不许敌寇侵入。"另外，像艾青的《吹号者》里的那位战士牺牲了，"然而，他的手/却依然紧紧地握着那号"。为了不使读者过分伤感，诗人在结尾写道："听呵，/那号角好像依然在响……"始终给作品以高昂的基调。

在抗战时代中，有揭露日寇暴行的，如汪铭竹的《控诉》；有揭露当时社会的一些弊端的,如郭沫若的《罪恶的金字塔》,而更多的是用浓墨重彩描绘抗日英雄们英勇杀敌所建立的丰功伟绩。例如蔡其矫的《肉搏》与覃子豪的《战士的梦》,前者正面描写我英勇的抗日战士在沙场上同敌人肉搏,由于日寇刺刀长,我方的刺刀短,所以,我们的勇士"他猛力把胸膛往前一挺,让敌人的刺刀穿过脊梁/勇士的刺刀同时深深地刺入敌人的胸膛"和敌人同归于尽,这样的勇士很感人!后者侧面着笔。"一般诗作者描写抗战,大都从侧面着笔。如我军的英勇,敌伪的懦怯或残暴,都从士兵或民众的口中叙出。"(朱自清《抗战与诗》)而这篇较独特,它是以战士的梦中所思来映照他白天激烈的战斗生活。勇士在梦中所担心的是撤出战斗,远离战场,所以他竭力呼唤:"我忠实的马儿,我疯狂的马儿/你快快将我载到战争激烈的前方/兄弟们也许正在和敌人格斗/敌人将在锋利的刀枪下死亡",这样的勇士同样感人!诗的结尾,揭示了勇士美丽的内心世界,诗人深情地写道:"我宁愿死在你伟大的怀抱中/因为,我是祖国勇敢的忠实的子孙。"艾略特说:"把思想像蔷薇那么芬芳出来。"诗人这样写虽然显得有些直露,但这样的直露也很好,舍此不足以表达此时此刻诗人的炽热情怀。

反映这时期的诗作还有台湾巫永福的《祖国》、痖弦的《上校》、戴望舒写于香港的《狱中题壁》与《我用残损的手掌》、刘火子写于香港的《热情的祖国》与《海——赠艾青兄》以及澳门梁彦明的《湘行闻捷》与《七七纪念会上赠诸同志》、马万祺的《同仇抗敌》与《抗战胜利》等都是传诵久远的名篇。痖弦的代表作《上校》一诗如今读来仍震撼人心。此诗写于一九六〇年八月,诗中的"他"为十七年前于抗战最大的会战中失去了一条腿而感到光荣。他不辜负祖国的期盼,同胞的重托,为抗战的最后胜利抛洒热血,作出了牺牲,在民族生死存亡关头,表现了一个祖国忠诚的儿子舍生忘死英勇杀敌的大无畏精神。诗中称之为这是一种"自火焰中诞生"的另一种玫瑰,从而赢得了人民的高度赞扬。"他曾听到过历史和笑",这句诗看似随手拈来，却凝练出彩，极富张力。"他"在"会战"中挂彩，此处却精心地选用"历史"和"笑"这两个词来描述，深刻表现了我抗日战士博大胸襟和祖国情怀。

抗日战争是一首波澜壮阔唤起人民觉醒的最最伟大的史诗（诗人圣野语），抗战诗歌的成就是诗人们用血肉与青春换取的。诗人们怀着一颗爱国爱民的心，为了抗战的胜利，为了民族的解放，他们以笔作枪，奔赴战斗的最前线，努力创作，英勇战斗，"在战斗里，胜利或者死"，有些诗人甚至为抗战献出了他们的宝贵生命，历史是会永远铭刻他们的英名的！

抗战诗歌是笔宝贵的精神财富，值得我们好好研究。

（载香港《文汇报》一九九五年十一月五日）

# 文学史上熠熠生辉的诗篇
## ——重读《老马》

老马的长嘶
将黎明唤醒
老马的蹄声
令诗史震撼
——摘自《读诗札记》

《老马》是文坛泰斗臧克家的代表作之一。诗人在《诗与生活》一书中称:"闻先生对我的诗用劲鼓励,把我写的《难民》和《老马》,拿到《新月》月刊上发表了。"[1]诗人在一九九二年一月十八日给笔者的信中也写道:"《老马》是闻一多先生看了之后,拿到《新月》诗刊上发表的,闻先生很看重它。"据查,《老马》并未单独发表过,而是作者直接收入《烙印》这本诗集的。

据诗人注出,《老马》写于一九三二年四月,其时,诗人正在当时国立青岛大学中文系读书。一九二七年武汉大革命的失败和一九三一年"九·一八"事变的发生,均给诗人以很大的影响。"武汉大革命虽然失败了,但我对它怀着无限深情。这时,井冈山星星之火在燃烧,它在我心中闪闪,可是呵,这光亮,太渺茫了,太遥远了呀!对于蒋介石的统治,我是完全否定的,特别在'九·一八'事

---

[1] 臧克家:《诗与生活》,成都:四川人民出版社,一九八一年版。

变之后,丧权辱国,媚外取宠,对内妄图扑灭革命之火,用法西斯手段镇压全国人民,这和我想的,我的心情,多么矛盾啊。"① 可以说,《老马》之所以写得如此深沉,隐约,正是和诗人这种矛盾心情合拍的。

诗人多次指出,他早期的创作是深受闻一多《死水》影响的。在《死水》里,闻一多曾将黄昏比喻为"黑牛",而臧克家则将苦难深重的我国农民比喻为"老马"。作为被乡亲用高粱小米哺育的农民诗人,他对农民是爱得很深的。他说:"贫苦农民的形象,乡村的大自然风光,地主官僚的丑态,黑暗角落里的零零星星,一齐在我心中鲜亮了起来,用它们的颜色,它们的声音,它们要求表现的希望,打动我,鼓舞我,刺激我,使我把曾经看到过的,感受过的,统统化作诗。"② 诗是他向贫苦农民表达厚爱的最好方式。

我国解放前的农民头上有大山压着,具体地说就是:"饥荒、苛税、兵、匪、官、绅",正像老马的超负荷,背上的压力往肉里扣一样。面对着沉重的压力,老马垂首咽泪,表面上忍辱负重,但内心里去蕴藏着座火山。诗的尾句:"它抬起头望望前面",这短短八个字,一语双关,给作品以亮色,向读者暗示,老马的忍耐是有限度的。诗人虽没有像《炭鬼》那首诗发出大声疾呼:"有那一天,心上迸出个突然的勇敢,/捣碎这黑暗的囚牢,/头顶落下一个光天!"但《老马》这首诗的成功之处也正是在这里,因为,诗有诗的独特表达方式,而倾向"应当是不要特别地说出"③。

关于老马的形象,"几乎所有的读者和选本的注释家,都说我写的是受苦受难的旧社会的农民。其实我写这首诗,并没有存心用它去象征农民的命运。……我写了老马,另外也写了许多受压迫的农民

---

①② 臧克家:《诗与生活》,成都:四川人民出版社,一九八一年版。
③ 《恩格斯给明娜·考茨基的信——论倾向文学》,《马克思恩格斯列宁斯大林论文艺》,北京:人民文学出版社,一九五八年版。

形象，实际上也就是写了我自己"①。诗人的这席话是开启《老马》一诗题旨的金钥匙，发人深思。那么，这样理解老马的形象是否会降低《老马》一诗的思想性呢？我认为是不会的，因为诗人是人民的一分子，更是农民的一分子，彼此同甘共苦，休戚与共，写农民是写诗人自己，写诗人自己也就"写的是农民"，诚如著名老诗人臧克家所说："作为诗人，胸怀要宽大，要与全中国人民同呼吸、共命运。没有这种胸怀，就写不出大诗篇。"②或许只有这样理解，才更切近作品的实际。

那么，《老马》在思想内容上是否也有局限性呢？我认为是有的。一首诗写得比较深沉是好的，但写得过于伤感就不敢苟同了。《老马》中写道："这刻不知道下刻的命"，我以为这句话就过于伤感了，这反映，诗人当时对我国农民的力量和方向还"不敢确信"，对现实还没有确切的认识，诚如诗人自己所说："在我初学写诗的那个时代，民族矛盾和阶级矛盾都是很深刻、很尖锐的，由于生活圈子的狭窄和思想上的限制，我写下的诗，和人民与时代所要求的比较起来，差得很远。"③虽是自谦，但也有一些道理。

《老马》这首诗八句，四句一节，分上下两节，在结构上似乎受我国古典诗词的影响，特别是绝句的影响，"他本人最喜欢绝句这一形式，认为绝句概括性强，含蓄性强，抒情性强"④。整首诗可看作是两幅清晰的画面，第一幅写老马和大车，而将给大车装东西的"主子"虚写了；第二幅写了老马和鞭影，亦将挥舞鞭子的"主子"虚写了。这两幅画面写马的姿势并不一样，前者垂首，后者抬头。这不仅是姿势上的差异，而更是诗在题旨上的递进与深化，老马神态上的静谧与跃动。就结构而言，是属于"篇有百尺之锦"⑤一类的，即诗有

---

① 臧克家：《老马》，公木主编《新诗鉴赏辞典》，上海：上海辞书出版社，一九九一年版。
②④ 王一桃：《又见臧克家》，《香港文学》第一一八期（一九九四年十月出版）。
③ 臧克家：《〈烙印〉新序》，北京：人民文学出版社，一九六三年版。
⑤ [明]徐师曾：《文体明辨序说·文章纲领》，转引自《古人论写作》，长春：吉林人民出版社，一九八一年版。

精彩的段落。

谈到诗歌所受的影响，诗人曾说过："我本来就喜欢古典诗歌和民歌，喜欢格律化的作品，像闻先生所要求的'绘画的美、音乐的美、建筑的美'的诗篇，所以一接触到闻先生和徐志摩先生的诗，就似曾相识，一见如故了。"① 如果说，以上谈的是《老马》这首诗的绘画美，那么，这首诗还具有音乐美和建筑美的特色。

先谈音乐美。《老马》韵律严谨，读起来朗朗上口，它遵循的是ABAB，CDCD的公式，即押的是交韵，前后交错，整齐而有变化，足见诗人的匠心。这种押韵方式显然是受了外国格律诗歌，特别是外国商籁（Sonnet）体的影响。《老马》也受民歌的影响，语言口语化，如"横竖"和"这刻""下刻"均为口语，倘若将之改为"反正"和"这时候""那时候"，读起来就要逊色得多了。《老马》更受古典诗歌的影响，它用字颇费斟酌。诗中的"够"字和"扣"字，不仅读起来响亮，而且非常贴切。一个"够"字，写出了载重的力度，一个"扣"字，写尽了负荷的强度，唤醒了读者的不平和同情，非大手笔，断难为之，诚如诗人在谈诗的语言时所指出的那样："我力求谨严，苦心地推敲、追求，希望把每一个字安放在最恰切的地方，螺丝钉似地把它扭得紧紧的。"②

再说建筑美。《老马》每行字数基本整齐，有人将它称之为现代格律体诗。倘若将建筑美简单地归结为节的匀称和句的均齐，那显然是不够的。建筑是一门艺术，它很讲求艺术的辩证法，如虚实结合，歪打正着，等等。

这首诗中就运用了虚实结合的表现手法。前面已说，诗中未正面描写给大车装东西的"主子"，这就留有空白，让读者去想象。有人想象他心黑手毒，有人想象他贪得无厌，我认为均无不可。倘若要正面描写，就不能使这首诗写得如此简洁凝练。

---

① 臧克家：《诗与生活》，成都：四川人民出版社，一九八一年版。
② 臧克家：《〈臧克家诗选〉序》，北京：人民文学出版社，一九五六年版。

这首诗中还运用了歪打正着的表现手法。恰到好处地运用反语，就能起到歪打正着的艺术效果。《老马》这首诗中反语的运用是很成功的："总得叫大车装个够，它横竖不说一句话"，多少血泪，多少愤懑凝结成这开头的两句。诗人对农民的深厚感情也由此可窥一斑。"我从小生长在乡村，生长在农民群众中间，我酷爱乡村，我热爱农民。"① 诗人的这一席话可以与以上两句诗参照来读。古人在谈到诗如何写起句时说："起句须庄重，峰势镇压含盖，得一篇体势。"② 意思是诗歌开头要有气势，能统摄全篇。《老马》的起句峰势峻嶒，"看似寻常最奇崛，成如容易却艰辛"，令人回味再三，拍案叫绝。

在文坛泰斗臧克家九十华诞的喜庆日子里，重读他"全灵魂注入的"《老马》，更有不寻常的意义。台湾著名诗人张默说得好："一首好诗，应是一面熠熠生辉的结晶体。"③《老马》正是这样一面熠熠生辉的结晶体。

《老马》是我国新诗史上的一座高峰。

《老马》是我国新诗史上的一颗亮星。

它熠熠生辉，光照久远！

（载臧克家文学创作评论集《时代风雨铸诗魂》，作家出版社，一九九六年版）

---

① 臧克家：《〈臧克家诗选〉序》，北京：人民文学出版社，一九五六年版。
② ［清］方东树：《昭昧詹言》，转引自《古人论写作》，长春：吉林人民出版社，一九八一年版。
③ 张默：《〈光阴、梯子〉后记》，台北：尚书文化出版社，一九九〇年版。

# 臧克家谈《乡愁》诗及其他

一九九一年八月二十四日,我与友人在北京造访了著名老诗人臧克家。当我将拙编《台港百家诗选》请他指正时,他很高兴地与我们谈起了台湾现代诗,其中也谈到台湾著名诗人余光中与他的名作《乡愁》。克家先生说,《乡愁》诗写得不错,他也喜欢。我告诉他,拙编《台港百家诗选》里亦收了这首诗,他颔首赞成。接着他问我看过《词综》里蒋捷的《虞美人·听雨》没有?他说那首词与余光中先生的《乡愁》诗,意味有点仿佛,说着就走进书斋去找《词综》了。因为天色已晚,在我们的劝阻下,他没有继续找。

回沪后,我一直惦记着这件事,找出清代朱彝尊选的《词综》与胡云翼选注的《宋词选》来读,同时也读了余光中先生的《掌上雨·新诗与传统》一章。在谈到新诗如何借鉴旧诗的技巧时,余先生说:"'春风又绿江南岸'原是王安石的佳句,其独创处在于诗人把原系形容词的'绿'字点化成一个他动词(用作自动词者有王胄'庭草无心随意绿')。后有蒋捷师其意,乃有'红了樱桃,绿了芭蕉'之句。在新诗中这种技巧表现在叶珊的'紫了葡萄,忧郁了黄昏'和痖弦的'海,蓝给它自己看。'"说明余先生对蒋捷的词是素有研究的。联想到余先生散文《听听那冷雨》中的这段文字,简直像用饱蘸感情的笔调在改写《虞美人·听雨》这首词了:"饶你多少豪情侠气,怕也经不起三番五次的风吹雨打。一打少年听雨,红烛昏沉。二打中年听雨,客舟中,江阔云低。三打白头听雨在僧庐下。这便是亡宋之痛,一颗敏感心灵的一生:楼上,江上,庙里,用冷冷的雨珠子串成……雨,该是一滴湿漓漓的灵魂,在窗外喊谁。"

臧克家谈《乡愁》诗及其他

于是，我就写信向克家先生请教。不久，收到他的复信，全文如下：

乃福同志：

信及照片，均已收到了，多谢！

我及全家，均好。我的杂事极多，写赏析文字，已无此精力矣，乞谅。

蒋捷（南宋词人），今将他的《虞美人》词抄在下边，备用。

"少年听雨歌楼上，红烛昏罗帐。壮年听雨客舟中，江阔云低，断雁叫西风。

而今听雨僧庐下，鬓已星星也。悲欢离合总无情，一任阶前点滴到天明。"

与余光中先生的《乡愁》，意味有点仿佛。诗人、词人各有自己的经历与心情，形式相似，而内涵也未必一致。余先生写《乡愁》时，也不一定想到蒋捷的这首词，各此（自）抒一己之情而已，但，我更欣赏《虞美人》，时常吟诵。

好！郑曼问好！

克家

91.11.19

这里值得提出的是，古人说："师其意，不师其辞。"（韩愈《答刘正夫书》)，余先生说："后有蒋捷师其意"，这里的"意"字，窃以为，可诠释为构思。也许它与克家先生在来信中所说"意味"的"意"是同义语吧。

蒋捷（约一二四五至一三一〇年）是南宋著名词人。宋亡后，他隐居太湖竹山，不肯出任元朝官职，所以又称蒋竹山。有《竹山词》一卷传世。他的词成就很高，《四库提要》说："其词练字精深，调音谐畅，为倚声家之榘矱。"清代刘熙载甚至将他称为"长短句之长城"(《〈艺概〉卷四·词曲概》),《虞美人·听雨》堪称蒋捷的名篇。雨是词人泪。阕中以听雨为贯穿线索。同是听雨,时过境迁,心情迥异,或浪漫,或漂泊,或凄苦,色彩鲜明,对比强烈,仿佛是词家在如泣如诉地写自己的传记,值得后人吟诵品赏。

去年七月,我将上述文章寄呈克家先生审阅,他除了改动个别字外,并"写了几百字"寄我,愿一起发表,作为讨论之资:

乃福同志:

来信及文章均拜读了。你愿意发表,我同意。你的文章中,引了余光中先生赞美王安石的名句"春风又绿江南岸"不少话,我想谈谈个人的看法。王诗中之"绿"字,被几代诗人、评论家赞不绝口,我认为太过了。为此,我在拙作《古典诗文欣赏集》中列入了一篇《一字之奇,千古瞩目——略谈"诗眼"》。简言之,我钦佩宋祁《玉楼春》词"红杏枝头春意闹"一句中的"闹"字;苏东坡《有美堂暴雨》诗中"天外黑风吹海立"中的"立"字,令我五体投地。(当然,"海立"二字前人曾用过,但在东坡整个诗的大气氛中,作用与力度大大不同。)但王安石的"绿"字,不能与"闹""立"二字鼎足而三。我并不是说这个用得不好,但我认为,反而不及用"过"或"到"字含蕴一点,更能令人寻味,况且,王句中"绿"字的用法,前人已经用过,并非创新,如李白的"东风已绿瀛洲草",丘为的"春风何时至,已绿湖上山",也都是把"绿"字作(他)动词用的。

我已89岁,精力不济了,读了你的文章,心有所感,顺笔写了几百字,请你指正。

克家
93.7.26

(载《文艺报》一九九四年六月十一日)

# 仰望历史天空的长虹

## ——重读叙事诗名著《古树的花朵》

### 一

在纪念中国人民抗日战争暨世界反法西斯战争胜利70周年颁发纪念章仪式上的讲话中,习总书记指出:"无论是正面战场还是敌后战场,无论是直接参战还是后方支援,所有投身中国人民抗日战争中的人们,都是抗战英雄,都是民族英雄。"在抗战中英勇为国捐躯的范筑先就是这样的一位英雄。当日寇大举侵犯鲁西北的紧急关头,他不顾上级令他率部北渡黄河撤退的命令,毅然带领他的下属和地方武装以及广大百姓,坚守聊城一带的二十几个县,宣传群众,组织群众,带领群众和日寇进行殊死的斗争,以自己及家中亲人的生命谱写了一曲可歌可泣的英雄战歌!

一九四一年四五月间,在河南鄢陵臧克家住在第五战区文工团团员郑桂文家,搜集到范筑先将军壮烈殉国的事迹,即着手构思长诗《范筑先》(一九四二年十二月由重庆东方书社出版时题名改为《古树的花朵》)。从一九四一年将近年中动笔,到一九四二年二月竣稿,半年多的时间就杀青了五千行长诗,诗人的才气和勤奋由此可窥一斑。记得诗人曾在与友人通信中说过这样一段话:"大作品,大诗人,凭什么?凭大思想,大感情,大胸怀,大手笔——还得有大诗才,大学问。"(一九八七年十二月二十九日《致吴开晋教授》)现在我们将这"六大"原原本本地放到臧克家老师身上,我看也是完全适合的。

## 二

既然是宏大叙事，就要首先考虑叙事诗的结构，例如什么该首先向读者交待的，什么是可以殿后的，等等。《古树的花朵》首先是向读者介绍范筑先的思想基础，夯实了思想基础才会有后来的出彩的英雄举动。

范筑先虽然身居高位，但是他有一个"心病"，诚如他自己说的："四十年的内战/给他留下了/一条血的记忆/和一个'专员'的官衔。""这些地方/二十年来/内战的血/把草都染红了"，他对"内战"是有反思的。当年这些内战之地，现在却变成了民族的战场。在日寇入侵大敌当前的形势下，他愿意向霍去病、岳飞等祖辈学习，像驱走匈奴那样，将侵略者赶出中国国土；他愿意向赵登禹和佟麟阁学习，为了祖国献出他们宝贵的生命。他的学习是有具体行动的，这具体行动就是"三严"，即对下属要严，对家人要严，对自己也要严，读过这首叙事诗的人对此都会留下深刻的印象。他不仅为国捐躯，他的儿子范树民和女婿何芳也为国家牺牲了生命。从这一点来说，他是严以律己处处身先士卒的，也正因如此他才备受百姓和下级的爱戴，有人将他比喻为"太阳"，也有人将他看作是"北斗七星"。

## 三

叙事诗里往往要写众多人物，怎样使这些人物有个性，使他们有血有肉？因此人物的细节描写不可忽视。米开朗基罗曾这样说："细节不就是完美，但一个细节可以成就完美。"可见细节的重要。

《古树的花朵》里有些细节描写让人过目不忘，甚至拍案叫绝。在诗中"矛盾的箭头在他心上乱穿"这一节里，写了范筑先召集几位县长、专员开会，发表他坚守国土、不离防地的看法。在开会的会场上出现了一个精心设计的"道具"即岳飞的"还我河山"，诗中是这样描写的:"范筑先/站在主席的地位,/脸向东边,/眼睛正对着一幅横联——/岳飞的'还我河山'!"这时候范筑先虽未讲话,但已先声夺人,这"还我河山"就是个活道具,画龙点睛地揭示了范筑先将要发表意见的主旨。

在诗的第十六节"胜利在堂邑开了第一朵花",这一节里也有一个细节写得很感人。范筑先带了一班人回到了家乡,准备留下来抵御日寇的侵犯,老百姓见范司令真是言必行行必果,都欢欣鼓舞,举行了一个欢迎会。在欢迎的人群中,有一位小脚老太婆,她用布块包了几只鸡蛋准备慰劳范司令,偏偏这鸡蛋被人挤破了,这小脚老太婆急得破口骂人了:"你们发疯了吗?/你们瞎了眼?/你们挤碎了我的鸡蛋。……"这"骂"反映了"爱",即百姓对范司令的崇敬和爱戴之情。

## 四

高尔基说,语言是文学的第一要素。也有人说,诗歌是语言的艺术。著名诗人臧克家在创作中,一贯重视语言的运用与创新,广受好评。诗人余光中对之评价道:"臧克家善用字,尤善用动词,最善用一字的动词。他用的字往往来的险突有力",具有"急鼓沉钟般的音乐性。"(余光中《臧克家的诗——〈烙印〉》)这是确切的评价。他的《古树的花朵》,语言的运用也给读者留下了深刻印象,譬如范筑先做报告,有五万听众,诗中写道:"一个个/把耳朵侧楞起来,/舒贴地预备着/'收'他那亲切的声音",这里不用"听"而用"收"字,"收"字或许可以诠释为全神贯注,指百姓将全神贯注地聆取范将军的报告,真是"诗改一字,界判人天"。

再如,诗中形容范筑先报告的魅力,写道:"他的话被紧张的心弦/一弹出口,/像疾飞的鸟/栖到了/人心的窝巢",就非常形象生动。又如有人向范筑先的二小姐范树琨报告,她哥哥范树民队长已阵亡。范树琨急于了解她先生何芳的安危,却正话反说:"何芳为何不死!?"当听到的回答是"何参谋长也战死了"时,"她一头抢到地上,半天才听见号啕"。这些极富个性的语言不是生活底子薄的诗人所能从容应对的。

叙事诗叙述之简练,也是臧克家所注意的。诗中写范筑先工作忙碌:"他在忙着,/工作纠缠着他,/从白到黑,/从黑到白。"作者故意省略白天的"天"字和黑夜的"夜"字,这是因为作者或许认为这样写读起来更富有音乐性。在用字的简洁上,也诚如作者所说的"下一个字要像一个穷困悭吝的乡下老女人敲一块银元的真假一样"不含糊,他是这样说的,也是这样做的。另外,作者在诗中也运用了不少类似谚语俗语这样群众的形象生动的语言,例如"惯于夜间唱歌的鸟儿/怕见太阳","风信刚起脚,树叶便有声",等等,使诗的字里行间更富有耐人寻味的东西。正因如此,我们在读《古树的花朵》的时候,感到它好读、爱读、耐读,我们既为诗的内容点赞,也为诗的语言叫好。

## 五

古人说:"好书不厌百回读。"臧克家老师的《古树的花朵》曾"印行多版",当然是一本让我们想要重读多读的好书,特别是在纪念中国人民抗日战争暨世界反法西斯战争胜利七十周年的日子里。臧克家老师在《古树的花朵·序》里说:"'英雄'这两个字并没有先入为主地得到我的心。我只想把范筑先写成这样一个人物:时代把他从陷身已久的古井筒里打捞出来,用不屈的决心去打击敌人,建立自己的理想。他有一副新的观念,他接近群众,领导群众,而目的在拯救他们,因为,他认清了时代,也认清了民众的力量。他有欢喜,也有眼泪,有决心,也有矛盾,不存心把他写成一个英雄,只想把他写成一个和群众连结着的有血有肉的人。"作者不存心把他写成一个英雄，读者通过文本，认同臧克家老师笔下的范筑先是一位确确实实的英雄，这足以说明臧克家老师是位大手笔，当然还有其他五个"大"，即大思想，大感情，大胸怀，大诗才，大学问。许多人当读到"最后他（范筑先）仰天大叫了一声，/用仅有的一粒子弹/把自己放倒在地下，/用死，/结束了他的大业，/用血，/证实了他的'诺言'"，都被范将军这种"有同自己的敌人血战到底的气概"所震撼，从而流出崇敬且沉痛的热泪。

　　有人曾建议，倘若这里能像电影那样，用闪回镜头将范筑先的"诺言"——"我决定回聊城，/那里有我的老百姓，/我要守住我的防地，/不然，就为它死！"——重复一遍将会更加深读者对范将军的印象。天地英雄气，千秋尚凛然。"一家的红血，/化一道长虹，/耀眼放亮地/挂在历史的天空。"（《古树的花朵·小引》）仰望历史天空的长虹，我们想得很多很远：我们在纪念壮烈殉国的英烈范将军时，这"长虹"在天空并非短暂地挂着，它是萦绕在我们脑际的爱国主义精神；我们缅怀著名诗人臧克家老师时，这"长虹"就象征着他老人家留给后人的诸多德艺双馨的精神财富。人民诗人人民爱，千秋诗文千秋颂。我们要纪念他，更要学习他，多出好作品，多写好评论，献给我们伟大的祖国，献给我们英雄的人民！

（载慈溪市《上林》二〇一五年第二期）
（《高唱战歌赴疆场——臧克家抗战诗文选》一书，山东大学出版社二〇一五年五月出版，收有叙事诗名著《古树的花朵》）

# 读出作者的灵魂和价值

## ——试论郁达夫的散文

### 一

如果小说是用散文写成的故事这一界定能成立的话，那么郁达夫首先是位散文家。他有理论，有实践，毕其一生在散文领域纵横驰骋，撰写了人物散记、游记、杂感、随笔小品、日记、自传、信札、评论等诸类散文，凡一百一十七万字，成就喜人，在现代诸作家中颇为鲜见。他的散文"如行云流水，时映霞蔚"，似春花秋桂，赏心悦目，广被称道。他那清新自然的文风，吹遍了他的散文所能及的地方。他的游记、信札列入畅销书排行榜。他的散文名篇《故都的秋》《书塾与学堂》百读不厌，已被收入中学课本。他的散文理论名篇《〈中国新文学大系·散文二集〉序言》被广为选载，多所引用。"一粒沙里见世界，半瓣花上说人情"将"作者处处不忘自我，也处处不忘自然与社会"具象化，已成为久诵不衰的名句。台湾著名诗人张默说得好："我确信，一部好的文学作品，不论以何种形式出之，能不能震撼读者的心灵，应为评断该一作品的第一个要件。"时隔半个多世纪，重读郁达夫的散文，仍不失震撼心灵的魅力，或许，郁达夫散文的真正价值就在于此吧。

郁达夫的散文创作和他的诗词创作一样，也是与郁达夫一生相伴始终的。如果从一九一九年十月十三日致胡适的信算起，至一九四五年二月十三日所作《乙酉年元旦遗嘱》止，他散文的创作近二十六个年头。可分为三个时期：即一九一九年十月至一九三三年四月为第一时期。一九三三年四月至一九三八年十二月为第二时期。一九三八年十二月至一九四五年二月为第三时期。在这三个时期中，以第一时期最长，成就也最为可观。

郁达夫说："文学作品，都是作家的自叙传"，他的散文也明显带有"自叙传"的色彩。他主张散文情景兼到，既细且清，真切灵活，这是他散文所追求的目标，也可以将它看作是郁达夫散文的特色。他第二个时期在"风雨茅庐"中充当隐士，走了弯路，对此他曾后悔不迭："我不听他（指鲁迅——引者）的忠告，终于搬到杭州去住了，结果不出他之所料……被弄得家破人亡……对我竟做出了比敌人对待我们老百姓还更凶恶的事情。"①

## 二

散文有散文家的散文与小说家的散文之别。小说家的散文的特征在于"他们在注意到散文自身的特点的同时，自觉不自觉地又将自己娴熟的小说创作技艺带入散文创作"②。郁达夫的散文可看作是小说家的散文。他的一些散文，如《还乡记》《还乡后记》《飘余者》《灯蛾埋葬之夜》等曾被看成是小说。

这里可谈的东西很多，还是围绕郁达夫在《小说论》所谈的结构、背景与人物来稍作分析。

先道结构。郁达夫的散文很注重结构。他的散文中有复杂的结构，《书塾与学堂》即是如此。其中大的事情虽只有一件，但小的事情却有许多。大小结合，穿前插后，跌宕起伏，引人入胜。这大的事件在小说中称为情节，在散文中有人称之为"心灵情节"。我认为它们都一样富有魅力。《书塾与学堂》中写郁达夫小时候吵着要母亲给

---

① 郁达夫：《回忆鲁迅》。
② 王必胜、潘凯雄：《〈小说名家散文百题〉前言》。

他买皮鞋,到哭着提出不要穿皮鞋,写得催人泪下。作家文笔细腻,将买鞋的过程写得很长,造成一种悬念,吸引读者非要一口气看完不可。在《怀鲁迅》中,郁达夫用的是单纯结构的方法,虽只"写了几句哀悼的话",但这几句话字字有分量,句句无费词,"把复杂的事件,化作单纯,把不必要的地方,一律删去"①,全篇一气呵成,极见功力,是鲜见的缅怀鲁迅的美文。

次说背景。郁达夫散文注意对背景的描写,他的那些以人物为主的散文,往往"一半都是在人物性格上刻画,一半是在背景上表现的"②。

在《还乡后记》中,他曾写到在江干一家条件很差的饭店里吃饭,店外的式样、店口的招牌与店里的陈设,均一一展现在读者面前:"饭店的房屋的骨格(骼),同我的胸腔一样,肋骨一条一条地数得出来。幸亏还有左侧的一根木椽,从邻家墙上,横着支住在那里……店里的几张板凳桌子,都积满了灰尘油腻,好像是前世纪的遗物……灰色的店里,并没有什么生动的气象,只有在门口柱上贴着的一张'安寓客商'的尘蒙的红纸,还有些微现世的感觉。"穷人只能进不起眼的小饭馆用餐。作家写饭店的"坍败"正是为了写自己的落魄。同时,这也是一种反衬,从饭店建筑的"坍败"反衬店主却有着一颗善良的心。

郁达夫散文中的背景有时却是淡淡的一抹。例如《怀鲁迅》的结尾,作者写道:"鲁迅的灵柩,在夜阴里被埋入浅土中去了;西天角却出现了一片微红的新月",它使我们想起鲁迅小说《故乡》里那轮"金黄的圆月",作者的千言万语也一起融进这"一片微红的新月"了。

再谈人物。"小说是写人的,小说家在写散文的时候也总是想到人"(汪曾祺语)。郁达夫是写人物的高手。无论是他小说里的人物,

---

①② 郁达夫:《小说论》。

还是散文里的人物,均写得栩栩如生,令读者掩卷难忘。

郁达夫觉得,人物上场,从头上一直要写到脚上,这样未免太冗长了。他推崇屠格涅夫的手法,"只须轻轻淡淡的点写几笔,恐怕效果反而更大"①。这使我们想起鲁迅的一段很有名的话:"……要极省俭的画出一个人的特点,最好是画他的眼睛。我以为这话是极对的,倘若画了全副的头发,即使细得逼真,也毫无意思。"②在这个问题上,郁达夫与鲁迅的看法是一致的,也可将此看做是他们写人物的共同原则。

在写人物的散文中,郁达夫善于抓住被写对象的肖像特征。一九二三年二月十七日,郁达夫首次拜会鲁迅。他以淡淡的笔触,从脸色、胡子、衣服、身材、口音、笑声这几方面描摹鲁迅,文字虽省俭,却让鲁迅给读者留下了极深刻的印象:"他的脸色很青,胡子是那时候已经有了;衣服穿得很单薄,而身材又矮小,所以看起来像是一个和他的年龄不大相称的样子。他的绍兴口音,比一般绍兴人所发的来得柔和,笑声非常之清脆,而笑时眼角上的几条小皱纹,却很是可爱。"③特别是他写鲁迅的笑,将听觉(清脆笑声)与视觉(眼角皱纹)结合起来描写,将鲁迅的笑声写得那样传神而有魅力。

有时他还运用对比的手法来写人物的肖像,在《追怀洪雪帆先生》一文中对洪先生的描写就是如此:

> "雪帆先生相貌魁梧,谈话的声气异常洪亮,面上满面红光,笑起来的时候,却有点羞缩像小女子似的妩媚。"
>
> "他身上的肉,瘦去了往年的十分之七;本来是狭小的两只眼睛,变得很大很大;脸上没有了红光,只剩了两颗很高的颧

---

① 郁达夫:《小说论》。
② 鲁迅:《我怎么做起小说来》。
③ 郁达夫:《回忆鲁迅》。

骨;说话的声气,也变得很幽很缓慢。"

洪先生变化之大竟使郁达夫大吃一惊,疑心他在白昼认错了人。这表明郁达夫观察的细致,也表明被写人事业的辛劳、生活的艰难以及商场的倾轧。

郁达夫散文中很注意细节描写。因为有了细节,散文才更生动。所以巴尔扎克说:"唯有细节将组成作品的价值。"郁达夫散文中有许多耐人寻味的细节。《回忆鲁迅》里记载着这样一件事。一天,郁达夫邀鲁迅、许广平、许钦文吃饭,饭后,茶房给每个人端来一杯咖啡。许广平搅动杯里的咖啡正准备喝,鲁迅很热情地朝她看了一眼,又用告诫亲属似地热情的口气,对许广平说:"密斯许,你胃不好,咖啡还是不吃的好,吃些生果吧!"这充分体现了鲁迅对许广平的关心。

高尔基曾说过:"文学的第一个要素是语言。语言是文学的主要工具,它和各种事实、生活现象一起,构成了文学的材料。"① 郁达夫散文的语言有叙述语言与人物语言之分。叙述语言则通常善用比喻、对比、摹状、引用、讽喻、警句、对偶、排比等修辞手法,使语言既准确又生动,既清丽又富于文采。他散文的人物语言则笔锋常带情感,善于用简洁的文字与点睛之笔写出人物的性格和精神。凡读过他散文的读者,我想我们均不会忘记《还乡后记》江干饭店那店主善解人意的话:"客人,你是赶船的么?船上要用钱的地方多得很哩,这几个铜子你收着用吧";不会忘记《在警报声里》那为国捐躯的烈士在牺牲前感人肺腑的话:"请你们快点把我杀死,我们出发的时候,就大家约好的是决定大家不再回来的";不会忘记《追忆洪雪帆先生》中洪雪帆掷地有声的话:"一般作家,实在太苦不过,假若可能的话,我先想出一种无名作家的丛书,将这丛书的利润提出来,专作救济穷作家之用,积成一种扶助作家的

---

① [苏]高尔基:《和青年作家谈话》。

基金。"

综上所述，称郁达夫是我国现代散文的奠基人与开拓者之一，他也是当之无愧的。有人评价道："他丰厚的中外文学素养、典籍学识和阅历经验，赋予他对生活的敏锐感受力，深透吟味力和高超鉴赏力……他能抒抑郁悲愤之情，萧散闲逸之情，慷慨严正之情；他能作写影传神之笔，清丽潇洒之笔，嘻笑怒骂之笔。"① 我认为这种评价是恰如其分的。

## 三

尽管一九五二年郁达夫即被追认为革命烈士，但在相当长的时间内，人们对其文学成就的评价尚有保留。究其原因有二：一是当时评论界有人从他所受西方一些感伤主义或颓废主义的文学家的影响出发，推导出他的作品也是感伤颓废的。有人曾这样说过："浪漫主义的感伤颓废是达夫先生作品中的一个主调"，"达夫先生这些作品在这个时期，不但已经丧失了它的社会意义，相反的，在一定程度上，倒成了社会前进的障碍了"。二是在郁达夫早期作品中曾有某些消极的，乃至不够健康的东西，郁达夫本人也说过他曾有作品因"描写性欲太精细了，不能登载"② 而被退稿的事，因此被人借以口实。应该指出的是，在郁达夫早期散文中虽白璧有瑕，但瑕不掩瑜。评论界这些"左"的影响直到一九七八年党的十一届三中全会以后才有改变。

这里，让我们来研究一下郁达夫"漂泊记"的代表作《还乡记》与《还乡后记》这两篇散文。过去评论郁达夫作品时总要提到它们，遗憾的是对它们却缺少具体全面的分析。毋庸讳言，这里面也存有消极的东西。从主观上说，这是因为他认为"我若要辞绝虚伪的罪恶，

---

① 俞元桂：《中国现代散文十六家综论》。
② 郁达夫：《给郭沫若》，一九二四年七月二十九日。

我只好赤裸裸地把我的心境写出来"①。从客观上说，是因为他在技巧方面未臻成熟。郁达夫散文在遣词造句方面很见功力，但在叙述时"总是拖泥带水，好像醉汉谈天"。尽管如此，这两篇文章所凸现的思想锋芒却是光照久远的。试想一位留过学的很有才气的知识分子，连乘船的钱都不够，只好走一段路，再乘一段船。到了家怕见家人，要等到天黑才从后门摸进屋内。在《还乡记》中他借环境自嘲地说："你回来了么？你在外国住了十几年，学了些什么回来？你的能力怎么不拿些出来让我们看看？现在你有养老婆儿子的本领么？哈哈！你读出学术，到头来还是归到乡间去啃你祖宗的积聚！"又说："人生是现在一刻的连续，现在能够满足，不就好了么？一刻之后的事情，又何必去想它，明天明年的事情，更可丢在脑后了。一刻之后，谁能保得火车不出轨！谁能保得我不死？罢了罢了，我是满足得很！哈哈哈哈……"这两段话是对旧社会的有力控诉。

  值得一提的是，文中除了写恶，也写了善。在江干饭店用餐时，店主，这位半老妇人，她待顾客满腔热忱，而且极富同情心，她不仅为顾客绞毛巾，关心体贴顾客，还拒收小费，于细微处显示出高尚的品格。我想读者都会被她的古道心肠所深深感动的。郁达夫的话道出了读者的共同心声："啊啊，我自回中国以来，遇见的都是些卑污贪暴的野心狼子，我万万想不到在浇薄的杭州城外，有这样的一个真诚的妇人的。妇人呀妇人，你的坍败的屋橡，你的凋零的店铺，大约就是你的真诚的结果，社会对你的报酬！啊啊，我真恨我没有黄金十万，为你建造一家华丽的大酒楼。"

  因此，我认为郁达夫散文中既有不满与苦闷，也有褒扬与赞颂。莎士比亚曾经说过，戏剧是社会的一面镜子，散文又何尝不是如此呢？尤其像郁达夫这样大家的散文。

  "圣洁的读者拥有的是一种博大的宽容与理解。唯有他们，才会

---

①  郁达夫：《写完了〈茑梦集〉的最后一篇》。

读出作者的灵魂和价值"①。做"圣洁的读者",去重读郁达夫的散文,并且给予新的历史的公允的评价,我想这是我们文学评论者义不容辞的责任。

(载《吉首大学学报(社会科学版)》一九九七年第三期)

---

① 赵玫:《一本我自己打开的书》。

# 历史需要沉淀

## ——论朦胧诗

朦胧诗这名字是评论家章明给起的,他在《令人气闷的"朦胧"》一文中说:"我对上述一类的诗不用别的形容词,只用'朦胧'二字,这种诗体,也就姑且名之为'朦胧体'吧。"① 虽然曾有人给它起过别的名字,诸如"古怪诗""晦涩诗""难懂诗""新诗潮""崛起派""现代诗",等等,最后还是朦胧诗这个中性界定为大家所认同。朦胧诗这一现代主义诗潮发生在中国二十世纪七十年代末、八十年代初,具体地说,或许可从一九七八年十二月二十三日北岛、芒克等人创办文学刊物《今天》算起,至一九八九年三月二十六日现代诗诗人海子逝世时为止。历时近十一年。张同道指出:"现代诗经历了一九八九年海子自杀之后迅速转向,大批诗人转变身份……只有寥寥的高贵头颅还在商业、功利之外坚持现代诗探索,成为可敬的唐吉诃德。"②

十一年的时间虽是历史的一瞬,但它在世界诗坛产生了较大的影响。许多朦胧诗被译成英、法、德、挪威、瑞典等多国文字,有的被收进美国出版的中国青年现代诗集里,有的已在国外出版(如一九八三年瑞典好书出版社出版了《北岛·顾城诗选》,一九九五年韩国高丽园出版社出版了《北岛的诗与诗论》,一九九九年韩国实践文学社出版了《顾城诗选集》等)。特别值得一提的是,韩国许世旭

---

① 章明:《令人气闷的"朦胧"》,《诗刊》,一九八〇年八月。
② 张同道:《探险的风旗——论20世纪中国现代主义诗潮》,合肥:安徽教育出版社,一九九八年版。

的《中国现代诗研究》①一书，有三章评析"今天派""新人群"以及朦胧诗派代表诗人北岛的诗作。

朦胧诗以一九八四年为界，可分为前后两个阶段，前阶段称"朦胧诗"，后阶段称"后朦胧诗"。之所以选定一九八四年为划分的年份，这是因为朦胧诗派（或称"今天诗群"）作为一个群体已经"失散"，高喊"pass 北岛"的后朦胧诗派（或称"新生代诗派"）已经崛起，并且已达到一定的规模。著名的诗歌社团有北京诗人群、"他们"文学社（南京）、"海上"诗群（上海）以及"新传统主义""整体主义""非非主义""莽汉主义"（四川）等。第二个原因是，谢冕、孙绍振、徐敬亚等支持朦胧诗的文章②被当作"逆流"受到批判。一九八四年徐敬亚在报上发表自我批评文章③，至此，关于朦胧诗的公开论争基本划上了句号。

本文对朦胧诗在风风雨雨中走过的历程作一回顾。在二十多年后的今天，或许对当时的一些问题看得更清楚些。

## "并非穿了制服的新诗"

卞之琳说："近两年（严格说是从一九七八年或一九七九年初算起）是涌现了一些并非穿了制服的新诗。"④上述的文学刊物《今天》可以说是这些新诗的摇篮。这个刊物从创刊到一九八〇年第三期后停刊，共出版九期，后来被称为"朦胧诗"派的一些主要诗人的成名作、代表作都曾在这份并非单纯的诗歌刊物上登载过。一九八五年北

---

① [韩]许世旭：《中国现代诗研究》，汉城：明文堂，一九九二年版。
② 谢冕的《在新的崛起面前》（见《光明日报》一九八〇年五月七日），孙绍振的《新的美学原则在崛起》（见《诗刊》一九八一年第三期），徐敬亚的《崛起的诗群——评我们诗歌的现代化倾向》（见《当代文艺思潮》一九八三年第一期），这三篇文章被称为"三崛起"。
③ 徐敬亚：《牢记社会主义的文艺方向——关于〈崛起的诗群〉的自我批评》，《人民日报》，一九八四年三月五日。
④ 卞之琳：《今日新诗面临的艺术问题》，《新华文摘》，一九八一年九月。

京大学五四文学社出版《新诗潮诗集》,该诗集的上册汇集了十三位诗人在《今天》上发表的诗作,他们是北岛、舒婷、顾城、杨炼、江河、芒克、多多、林莽、严力、方含、牛波、黑大春和欧阳江河。其中前五位更具代表性,且常被并称,一九八六年北京作家出版社出版了他们的诗合集《五人诗选》。他们的诗具有共性。他们生于五十年代,"文革"时他们正在农村插队。当时的政治氛围蕴育了他们强烈的社会意识,他们自觉不自觉地扮演了"历史真理代言人"的角色。他们的艺术观"吟咏所发志惟高远"(刘勰语),是社会责任大于艺术责任。这可以从他们对诗的看法得到印证。北岛说:"诗是火。"[①] 江河说:"斗争就是我的主题。"[②] 杨炼说:"我的使命就是表现这个时代——对于我,观察、思考中国的现实,为中国人民的命运斗争是理所当然的事情。"

朦胧诗人们诞生于现实主义一统诗歌的文化氛围里,然而他们却倾向于象征主义、意象主义和超现实主义,经常运用的表现手段是暗示象征、多层结构以及隐喻和意象化,等等,可以说他们走的是和现实主义不完全一样的路子。但是也有人不同意这种说法,例如诗人公刘曾说过:"健康向上和发愤有为的东西只能是倾向于现实主义的东西","无论有什么'崛起',怎么样的'崛起',现实主义之大树依旧巍然不动,默默地将虬根盘结于大地(人民)的深层,除非你不会写今天,不写中国,否则,你就不能不遵循现实主义的原则。这是不以人的意志为转移的。"他还以北岛的《回答》为例分析道:"我不同意那种把它列为现代主义或现代派的代表作的论点。恰恰相反,它们浸透了现实主义的血泪,是从一代人亲眼目睹,亲身感受过的十年动乱造成的苦海汪洋中析出来的结晶体!"[③] 不管怎么说,有一点却

---

[①] 北岛:《诗人谈诗》,《今天》,第9期。
[②] 江河:《纪念碑》,《今天》,第3期。
[③] 公刘:《关于新诗的一些基本观点》,《文学评论》,一九八三年四月第45页。

是大家都认可的，朦胧诗从一出现在诗坛上起，就是与众不同，用形象化的说法就是它是"并非穿了制服的新诗"。

## "希望，请落进我黑色的眼睛"

别的诗都穿着制服，朦胧诗却穿着奇装异服，自然引人瞩目。较早注意它的是诗人公刘，他撰写《新的课题——从顾城同志的几首诗谈起》，文章发表在一九七九年十月出版的《星星》诗刊复刊号上。一九八〇年三月在广西南宁召开第一届诗歌理论讨论会，与会代表见到《星星》诗刊上顾城的诗，特别是那首《弧线》，立即引起了一些人的注意，说这样古怪的东西，存心让人看不懂，于是爆发了争论。到了这一年的八月份，关于朦胧诗的讨论由口头移到笔头（指在全国性出版物上刊发，在这之前，《福建文学》结合舒婷作品，已开展了对朦胧诗的讨论），从印象上升到理论，《诗刊》发表了章明的《令人气闷的"朦胧"》，这篇文章以杜运燮的《秋》和李小雨的《海南情思·夜》为例，提出一个早在南宁会上就有人提出的质疑，朦胧诗是叫人看不懂的诗，他说："一看就懂的诗不一定是好诗，但叫人看不懂的诗却决不是好诗，也决受不到广大读者的欢迎。"一九八〇年底《诗刊》召开了"诗歌理论座谈会"，有人对朦胧诗人在诗中表现"自我"提出批评，指出诗中代表个人的我是"小我"，而代表人民的我则是"大我"。"小我"只是手段，"大我"才是目的[①]。这样前后共提出了两个重要的批评，一是朦胧诗看不懂，一是朦胧诗表现"小我"即"自我"。这两点很快在反对朦胧诗的人中引起了共鸣。

朦胧诗真的看不懂吗？朦胧诗从整体来说是看得懂的，看不懂的只是极个别诗，况且古今中外都有看不懂的诗（也是极个别的），"一个人作品中的一些东西可能不会马上被人理解"（海明威语），这不足为怪。有的评论家之所以看不懂，是因为"这是中国新诗传统

---

① 孙绍振：《历史的选择——纪念朦胧诗二十周年》，《文学报》，一九九八年十二月三日。

断裂了三十年的结果。如果戴望舒的诗、穆旦的诗,没有被打入冷宫,就不会有这样的'气闷'"了。①这些评论家之所以看不懂,也是因为"人们习惯了读政治性的文章,以致他们碰到了一些文艺作品时,就自然而然出现了这种'朦胧'的感觉"②。戏剧性的是,当年那些被一些人认为看不懂的诗,现在可以被这些人很容易地看懂了,从接受美学的角度来看,显然问题不在朦胧诗本身。朦胧诗是表现"小我"即"自我"吗?首先我们对朦胧诗人和朦胧诗作一考察。朦胧诗人在诗中是表现"自我"的,不过这"自我"是个体中的群体,因为没有"小我"就没有"大我",任何"大我"都是寓于"小我"之中的,这就是"小我"与"大我"的辩证关系。舒婷说:"我通过我自己深深意识到,今天,我们迫切需要尊重、信任和温暖。我愿意尽可能地用我的诗来表现我对'人'的一种关切。"杨炼说:"我永远不会忘记作为民族的一员而歌唱,但我首先记住作为一个人而歌唱。"③顾城说得更为透彻:"我觉得,这种新诗之所以新,是因为它出现了'自我',出现了具有现代青年特点的'自我'。""我们过去的文艺、诗,一直在宣传另一种非我的'我',即自我取消、自我毁灭的'我'。——新的'自我'正是在一片瓦砾上诞生的。——他爱自己,爱成为'自我'、成为人的自己,因而也就爱上了所有的人、民族、生命、大自然。"④舒婷的《致橡树》《神女峰》,顾城的《一代人》《眨眼》,杨炼的《瞬间》《石斧》等诗里的"我",我们能说他是"小我"吗?再从理论上来说,"没有特殊就没有一般,任何一般都不能完全包括特殊,尤其是诗歌这种艺术形式,它决定地需要通过诗人的个性来折射人民的共性,——不允许诗人表现自我,就等于抽掉了诗的鲜

---

① 孙绍振:《历史的选择——纪念朦胧诗二十周年》,《文学报》,一九九八年十二月三日。
② [美]郑树森:《关于"朦胧诗"的争论》,《文汇报》,一九八七年一月十五日。
③ 北岛:《诗人谈诗》,《今天》,第9期。
④ 顾城:《请听我们的声音》,老木《青年诗人谈诗》,北京,北京大学五四文学社,一九八五年版。

活的生命,也就等于取消了诗。"①

一九八〇年至一九八三年,谢冕、孙绍振和徐敬亚的"三崛起"将关于朦胧诗的讨论推向了高潮,特别是徐敬亚的文章,被认为是"朦胧诗宣言",发表后引人瞩目。据不完全统计,发表在报刊上的讨论文章共有四百多篇,后被编成《朦胧诗论争集》出版。② 当时讨论的一个特点是对朦胧诗的批评,重点转移到对持支持态度的诗歌评论家的批评。徐敬亚文章发表的那一年正是"清除精神污染"的高潮期,所以该文受到的批评更为猛烈。

我认为对朦胧诗的讨论,应该兼及理论和实践,即朦胧诗理论与创作这两个方面。朦胧诗人是"历史真理的代言人",而上述三位诗歌评论家并未被授权是代表朦胧诗人的发言人,因此我们完全有必要对朦胧诗本身作一考察。

中共中央十一届三中全会公报发表不久,即一九七八年十二月二十三日,文学刊物《今天》创刊了。它凝聚了最初的一批朦胧诗人,组成了"今天派"。在由北岛执笔的《告读者》中有这样的话:"历史终于给了我们机会,使我们这代人能够把埋藏在心中十年之久的歌放声唱出来。"③ 显然,这里的"历史"是指三中全会以后的"新时期"。《告读者》也昭示了他们的宣言:第一,"我们的今天,植根于过去古老的沃土里,植根于为之而生,为之而死的信念中"。第二,"我们文明古国的现代更新,也必将重新确立中华民族在世界民族中的地位,我们的文学艺术,则必须反映出这一深刻的本质来"。第三,"今天,当人们重新抬起眼睛的时候,不再仅仅用一种纵的眼光停在几千年的文化遗产上,而开始用一种横的眼光来环视周围的地平线了"。这里将传统与"现代更新"讲得很辩证,丝毫也看不到"乃横的移植,而非纵的继承"的影子。听其言而观其行,《结局或开始》(北岛)、《纪念碑》(江河)、《乌篷船》(杨炼)、《小巷》(顾

---

① 吴欢章:《回首朦胧诗》,《文学报》,一九九八年十二月三日。
② 姚家华:《朦胧诗论争集》,北京:学苑出版社,一九八九年版。
③ [韩]许世旭:《中国现代诗研究》,汉城:明文堂,一九九二年版。

城)、《祖国呵,我亲爱的祖国》(舒婷),这些诗均可以与上述宣言互相印证。

艺术方面,毛泽东曾说过要在民歌与古典的基础上发展新诗,朦胧诗从它诞生起虽带有"现代化倾向",受到一些外国现代诗的影响,而更多的却是受到我国传统诗歌的影响(包括五四时期新诗的影响),正如《告读者》所说,他们的根是深深地扎在过去古老的沃土里的。这里仅举几例,先说古典。古典往往被人认为是"传统"的同义词。"全面否定传统,就失去判断和消化外来文化的能力,也就失去创造民族文化的根基"①,朦胧诗人们对此有清醒的认识。古典诗讲究押韵、精练、含蓄、警句、对偶、意境,等等。这些古典诗的特色在朦胧诗人的诗中均可以找到例证。有的诗句甚至是古代诗句的移植,例如"没有小舟自横,只有脚印/或深或浅都是独语"(林珂《野渡》),而舒婷的《呵,母亲》:"呵,母亲,/我的甜柔深谧的怀念,/不是激流,不是瀑布,/是花木掩映中唱不出歌声的古井。"情景水乳交融,意境深远,耐人寻味。再说民歌。民歌中常用比喻、呼应、复沓(回环往复的手法),有时也有白描手法。朦胧诗中的有些比喻新颖独特,令人叹为观止,例如将太阳比喻为"救生圈"(梁小斌《大地沉积着黑色素》),比喻为"萎缩的花环"(北岛《结局或开始》),这在"文革"中是不可想象的事。北岛的《青年诗人的肖像》运用了白描手法:"你/生下来就老了/尽管雄心照旧沿着/秃顶的边缘生长。"杨炼在《午夜的庆典》采用了四川民歌中"丧歌"的形式,三小节标题均采自原题,这说明朦胧诗人很注意从民歌中吸取营养。

由于朦胧诗的讨论是在十一届三中全会和关于实践是检验真理的唯一标准的讨论之后,所以其中一些过激的言词已难产生"威慑效果",有趣的倒是自讨论开始后,具体地说从一九七九年到一九八三年五月,"每年全国的报刊杂志平均发表近五万首长歌短吟,出版了

---

① 苗得雨:《不得已又说"新潮"——是"新潮"救了新诗,还是新诗救了"新潮"?》,《华夏诗报》,二〇〇一年六月二十五日。

五百多部新诗集"①。这或许是因讨论而产生的逆反心理吧。限于篇幅，"今天派"以外的一些朦胧诗人，如梁小斌、王小妮、吕贵品、孙武军、吕德安、王家新等，这里就不一一论述了。

## "星星永远是星星么"

经历了长达五年（一九八〇至一九八五年）的关于朦胧诗的讨论，以及与此相联的关于"新的美学原则"问题的讨论和关于"自我表现"问题的争鸣，在中国诗坛上引起了较大变化。对已有一定知名度的朦胧诗人来说，他们曾有一段时间主动搁笔，进行回顾，舒婷就很有代表性。当她三年后重新执笔，诗的激情大不如前，诗的数量大大减少，想自我超越，但不能如愿，或许这就是她兴致转向散文的原因吧。其他的诗人，如江河，他"一九八五年发表的组诗《太阳和他的反光》，取材于古代神话。——诗风与前期有了明显差异：理性的叙说和激情的冲突已经淡化，情绪从喧腾、躁动走向宁静"②。此后他便停止了诗歌创作。再如杨炼，虽然他没有像舒婷那样搁笔回顾，而是转向文化诗创作，发表了《诺日朗》《大雁塔》《敦煌》和《屈原》等，但由于深度不够，也未能超越自我。

这是问题的一方面，另一方面是由于朦胧诗的影响所及，模仿之作蜂起，因为没有朦胧诗人的深刻体验，而仅是形式上的描摹，所以引起读者的不满。对这些模仿复制之作，有人批评道：他们"把'意象'当成一家店铺的宝号，在那里称一两星星，四钱三叶草，半斤麦穗或悬铃木，标明'属于''走向'等等关系，就去煎熬'现代诗'。"③ 以上就是"更年轻的一代"诗人登上诗坛的缘由。这"更年轻的一代"诗人也就是前面提到的"后朦胧派诗人"。"后朦胧派"

---

① 杨匡汉：《诗美的崇高感》，《文学评论》，一九八三年四月，第51页。
② 洪子诚：《中国当代文学史》，北京：北京大学出版社，一九九九年版。
③ 王小龙：《远帆》，老木编《青年诗人谈诗》，北京：北京大学五四文学社，一九八五年版。

也有许多别称,如"第三代""第二次浪潮""新生代""实验派""后新诗潮""后崛起""先锋派",等等。由于时过境迁,社会意识在"后朦胧派"的诗作中已经非常淡化,随之而起的是艺术责任大于社会责任。他们反对诗歌偶像,反对崇高,发展到反对意象,反对隐喻,反对诗眼。① 如果说朦胧诗派仍以"诗言志"作为他们的旨意呈现的话,那么到了后朦胧诗派就开始分化。一部分人仍坚持认为诗应该起到净化心灵、教化人性的作用,而另一部分人则认为诗人和其他人一样,因而也就不必承担诸如净化和教化的任务。王小龙说:"写诗的青年不是踞于人群之上的怪物。不比其他人更聪明、更愚蠢、更高尚、更卑鄙。仅仅因为活着,像其他人一样活着,仅仅因为敏感,甚至不比其他人更敏感,仅仅因为偶然,我们写诗。"② 于坚认为:"诗人不再是上帝、牧师、人格典范一类的角色,他是读者的朋友,他充分信任读者的人生经验、判断力、审美力。他不指令,他只是表现自己生活最真实的体验。"③ 他们两人的看法代表相当一部分人的诗学主张,他们两人都可以用各自的作品《外科病房》《有关大雁塔》来印证他们的主张。

因此我们也想到在朦胧诗讨论时,由于朦胧诗人们的理论水平有限,最后由诗评家介入。到了后朦胧诗阶段,他们都比较注意诗歌理论的建设,有的有单篇理论文章,有的还有诗歌理论专著,例如于坚的《棕皮手记:诗人写作》《诗歌精神的重建》,王家新的《人与世界的相遇》《夜莺在它自己的时代》,唐晓渡的《临窗的芦苇》,陈东东的《词的变奏》,西川的《让蒙面人说话》,翟永明的《黑夜的意识》,周伦佑的《反价值时代——对当代文学观念的价值解构》,海子的《诗学:一份提纲》,等等。

---

① 于慈江:《朦胧诗与第三代诗:蜕变期的深刻律动》,《文学评论》,一九八八年三月,第98页。
② 王小龙:《自我谈话录:关于实验精神》,老木编《青年诗人谈诗》,北京:北京大学五四文学社,一九八五年版。
③ 于坚:《诗歌精神的重建》,陈旭光编《快餐馆里的冷风景》,北京:北京大学出版社,一九九四年版。

上文已述,一九七九年至一九八三年,中国诗歌有了大的发展,到了二十世纪八十年代后期,"中国诗歌人口达到一百多万人,个体诗歌杂志不下三千家,诗歌团体数百个"①。这集中反映在安徽《诗歌报》与《深圳青年报》联合举办的"中国诗坛1986现代诗群体大展"中,它介绍了一百余位"后崛起"的诗人,六十多个诗歌"流派",对此,诗评家谢冕称之为"美丽的混乱",后来编成《中国现代主义诗群大观1986—1988》一书,由上海同济大学出版社出版,成了了解中国现代主义诗歌现状的必备书。

在众多的流派中,有以下几个主要区域诗群,兹列表如下:

| 诗群名称 | 成立时间 | 诗学主张 | 主要成员 | 刊　物 | 主要作品 |
| --- | --- | --- | --- | --- | --- |
| 北京诗人群 | | 坚持人文精神与诗歌传统 | 西川、严力、邹静之、海子、骆一禾等 | 没有统一的刊物 | 《西川的诗》《海子诗全编》《骆一禾诗全编》 |
| "他们"文学社(南京) | 一九八四年冬(一说一九八五年) | "诗到语言为止"(韩东) | 韩东、于坚、丁当、小君、吕德安、王寅、陆忆敏、于小韦、朱文、朱朱等 | 《他们》诗刊(一九八五至一九九五)共出九期 | 《有关大雁塔》《山民》《你见过大海》(韩东)、《〈他们〉一九八六至一九九六》(十年诗选)、《对一只乌鸦的命名》(于坚) |
| "海上"诗群(上海) | 一九八四年秋 | 形式美学和表达策略是他们诗歌的中心 | 王寅、孟浪、张真、陈东东、陆忆敏、宋琳、张小波、李彬勇、孙晓刚等 | | 《明净的部分》(陈东东)、《城市人》(宋琳、孙晓刚、张小波、李彬勇) |

---

① 于坚:《诗歌精神的重建》,陈旭光编《快餐馆里的冷风景》,北京:北京大学出版社,一九九四年版。

续表

| 诗群名称 | 成立时间 | 诗学主张 | 主要成员 | 刊 物 | 主要作品 |
|---|---|---|---|---|---|
| 整体主义（四川） | | | 石光华、杨宏远、刘太亨、宋渠、宋炜等 | | 《呓鹰》（石光华）、《大佛》（宋渠、宋炜） |
| 新传统主义（四川） | | | 廖亦武、欧阳江河、翟永明等 | | 《透过词语的玻璃》（欧阳江河）、《祖国：儿子们的年代》《巨匠》（廖亦武）、《黑夜里的素歌》（翟永明） |
| 非非主义（四川） | 一九八六年一至五月 | "前文化还原"理论 | 周伦佑、蓝马、杨黎、尚仲敏等 | 《非非诗歌》《非非评论》 | 《冷风景》（周伦佑）、《打开肉体之门——非非主义：从理论到作品》等 |
| 莽汉主义（四川） | 一九八四年前后 | 嘲讽性的态度，随意性的口语 | 万夏、胡冬、李亚伟、马松等 | | 《我想乘一艘慢船到巴黎》（胡冬）、《咖啡馆》（马松）、《硬汉们》《中文系》（李亚伟）、《枭王》（万夏） |

与朦胧诗派有五位代表性诗人一样，后朦胧诗派或许也有同样数目的五位代表性诗人，他们是韩东、于坚、欧阳江河、翟永明和海子（查海生）。翟永明被认为是舒婷之后最重要的女诗人和女性诗歌倡导者。她是四川诗人群的重要成员之一，有的评论家将她和陆忆敏、唐亚平、伊蕾、海男和林雪等列入女性诗人，她写妇女的传统

题材而发掘出"黑夜意识"很有新意,或许将她列入新传统主义也无不可。

后朦胧诗是一个新古典主义、新传统主义、新浪漫主义、现代主义和其他各种主义的杂糅,其哲学基础是一种理性怀疑主义,"怀疑的目的是思考与行动,思与行之间是相贯一致无法分割的"①,这种理性怀疑主义也可在朦胧诗派的一些作品(如《回答》《一切》和《红帆船》等)中见到。

我们谈到朦胧诗,往往提及朦胧诗人的作品较多,而提及后朦胧诗人的作品较少,这不是诗评家的偏见,而是表明后朦胧诗这种"宣言多于思想,运动大于创作"的带有现代行为的诗歌运动,在抵制广告式的艺术快餐、确立精品意识方面还做得不够。

## "成熟是一个蓝色的瞬间"

在一九七八年至一九八九年这短短十多年中,我们走过了西方诗歌近半个世纪的路。作为中国新诗发展史上的一个阶段,朦胧诗将永载史册,但它也留给我们一些思考:

(一)新诗似乎是由传统诗(指受传统影响的现实主义与浪漫主义的新诗)、现代诗和朦胧诗这三部分组成的②。朦胧诗既注意吸收古典诗和民歌的优点,又借鉴了现代诗的长处,使新诗的发展上了一个新台阶。而那些内容苍白,语言晦涩的所谓"朦胧诗",都不是正宗的朦胧诗,而是盗用朦胧诗商标的伪劣产品。

(二)中国新诗应是扎根在古老传统里的,又是扎根在中国现实

---

① 斯义宁:《中国当代文学与现代主义研讨会综述》,《文学评论》,一九八八年三月,第172页。
② 有人认为"朦胧诗"是组成我国现代诗的三大板块之一。南野说,我国"使用现代主义艺术手法创作的新诗,其范围包括二十世纪二三十年代以李金发、戴望舒等人为代表的象征体诗歌,中国台湾二十世纪五六十年代兴起的现代派诗,和大陆八十年代出现的'朦胧诗'与'后朦胧诗'(亦称新生代诗)三大板块"(见《生活情怀与思的品质——中国现代诗内部的分层》,发表于《诗探索》,二〇〇〇年第一、二期)。

土壤里的。台湾现代诗走过的弯路,我们应引以为鉴。我们要通过探索建设中国式的现代主义新诗。

(三)借鉴西方诗歌的表现手法不必大惊小怪。有没有这种借鉴大不一样。读者与评论家对青年诗人的探索,要有耐心,要多理解,不要动辄批评。

(四)应该帮助青年诗人提高鉴赏力。《诗刊》多次举行青年诗人"改稿会",以老带新,手把手教,并且帮助青年诗人从理论上提高,这种办法值得肯定。现在有些高校招作家班,这也是一个好办法。

(五)有种说法,写诗的人比看诗的人多,这要作具体分析,写诗的人多这没有什么不好。至于看诗的人少,我见过几篇调查报告,反映的情况不尽相同。经济大潮肯定会对诗歌有不小的冲击。我们无须悲观,诗歌不会消亡。古人说,有水井的地方就有柳永词。我要说,有人群的地方就可见到诗歌的常青树。

中国是诗歌的泱泱大国,有着两千多年的诗歌传统。在中国诗歌史上,群星闪烁,有过骄傲,有过辉煌。作为它的承传者,我们抱愧历史,留下了不应有的遗憾,但是我们要重创辉煌,用李杜的笔,用汨罗江的水研墨写出无愧于时代的诗篇。无论这"蓝色的瞬间"是短是长,我们都要努力使我们的愿望能够实现!

(载《海南师范学院学报》(人文社会科学版),二〇〇二年第一期)

# 柳暗花明话新诗
## ——试论新诗的出路

### （一）

新时期以来，新诗与时俱进，出现了一些新的诗歌报刊，也涌现了很多诗歌新人，出版了数量可观的诗集和诗歌论著，形势可喜。特别是年纪大一些的诗歌爱好者，他们自己掏钱办刊物，写诗、评诗、编诗、印诗，忙得不亦乐乎，情景十分感人。在这方面上海碧柯诗社新声研究小组和重庆诗缘社、重庆南岸区作家协会更值得称道，他们有组织，有刊物，有活动，创作与评论均很活跃，一东一西带动了周边地区，使寂寞诗坛重新有了虎虎生气。

形势可喜的另一方面是可忧。且听著名诗人非马是怎么说的："我昨天（二〇〇二年九月九日）去上海书城，打算到中国当代诗歌书架上找一本我的诗集，可是没有；我想找我朋友们的诗集，还是没有找到，我叫服务员在电脑上搜索，也没有。难道现在诗歌如此没有市场吗？我感到很困惑。"① 非马还说："美国诗坛的情况和中国一样，现在报纸上已经不刊登诗歌了。"②

诗歌为什么会走进低谷？倒是值得我们深思的。我认为在市场经济大潮下，人们（特别是年轻人）的审美趣味有了改变，他们喜欢看浓烈的有情节的东西。小说有情节，所以年轻人爱看小说。"对于

---

① 周铭等：《诗歌少人捧场　非马遭遇尴尬》，《新民晚报》，二〇〇二年九月十日。
② 赵延：《"核子诗人"非马在沪谈诗》，《青年报》，二〇〇二年九月十日。

年轻人来说,似乎文学史就是小说史"(赵丽宏语)①。另一方面,就是我们的新诗存在着种种弊端,这种弊端简言之为三种:"著名诗人杨光治先生已经指了出来,这就是那些大白话(不加锤炼、淡而无味)、大黄话('下半身'是其代表)、大黑话(隐晦至极,不知所云)。"②尤其是"大黄话",流毒不可小看。香港有位评论家著文说,内地某诗刊登载《一个渴望爱情的女人》,他引用了这首诗后,发出了"多么资本主义"③的感慨。类似的诗作还有《归来》和《我想乘艘慢船到巴黎去》等。

"真正伟大的作品都是由伟大的灵魂支撑的"④。我国诗歌有"诗言志"的传统,就是说我国诗歌是讲究教化作用的,而那些"大黄话"的诗作是与"诗言志"的传统相悖的,理应受到读者的遗弃。由此我们想到,一首诗要为读者所喜爱,首先看它能否给读者以积极向上的力量。这里不妨举首打工者屏子的诗《选择》:"如果不能成为高山/我就做一棵大树/如果不能成为大树/我就做一棵小草/如果不能成为小草/我就做一块泥土/生存可以低矮/但灵魂决不卑微。"⑤虽然这首诗有模仿鲁藜《泥土》的痕迹,但我还是喜爱它,并将它从《文学报》上抄录下来。打工诗人屏子的诗都具有这样一种积极向上的力量,在短短的半年内她的诗相继被《诗刊》《星星诗刊》《飞天》《诗潮》《绿风》采用,并得到读者的好评。作者成了生活的幸运者,被江苏省作协吸收为会员,被推选为南京江宁区第九届政协常委。

至于"大白话"(不加锤炼、淡而无味)和"大黑话"(隐晦至极,不知所云)怎么办?诗人在实践中也找到了医治的药方。

医治"大白话"的药方是"善用减法"。用鲁迅先生的话来说就

---

① 周铭等:《诗歌少人捧场 非马遭遇尴尬》,《新民晚报》,二〇〇二年九月十日。
② 申身:《我看〈我的"自白书"〉的代笔》,《小诗原》第十二期(二〇〇三年四月)。
③ 刘济昆:《大陆诗坛下半身派》,香港《东方日报》,二〇〇四年一月一日。
④ 祝勇:《散文家不是匠》,《文汇报》,二〇〇〇年十月三日。
⑤ 屏子:《选择》,《文学报》,二〇〇二年九月五日。

是"写完后至少看两遍,竭力将可有可无的字,句,段删去,毫不可惜"①。如著名诗人王尔碑的诗作《遗憾说……》,初发表时为十行,后收入《王尔碑诗选》删成了两行:"亿万年鱼的泪莹了海/不要去填。"对此王尔碑说:"我觉得原诗写得太实、太满,了无诗意。只留下这两句直觉的精华足够了。故我相信'大无大有'。"②国外也有这样的例子。埃兹拉·庞德《地铁车站》原诗长达三十行,半年后被删成十五行,一年后只剩了两行:"人群中幽然浮现的张张面孔/湿漉漉黑黝黝树枝上的片片花瓣。"我想如果没有这样大刀阔斧的删节,这首诗或许早已被读者遗忘。

医治"大黑话"的药方是"平视法",即以平等的态度来善待读者。且不说"隐晦至极",自己是否知"所云"。即使自己能懂,还应该走到老百姓中去,像古代的白居易那样,将作品念给他们听听,看他们是否能懂。如果他们不懂则应修改,直到他们能懂为止。绝不能有"艺术越想达到哲学的明晰性,便是降低了自己"③的想法。

我想努力克服以上三大弊端,会使诗歌有一个美好的前景。

## (二)

为新诗找出路并非从现在开始。当新诗产生之初,许多写诗的人错误地认为诗的一切"缚束"都不要了,爱怎么写就怎么写,出现了诗歌严重散文化,没有诗意,读起来如同饮白开水。后来有人怪罪胡适的提法"我手写我口"提错了,其实这是不公道的。闻一多于一九二六年五月十三日发表《诗的格律》一文。文章的开头就明确指出:"假如诗可以不要格律,做诗岂不比下棋,打球,打麻将还容易

---

① 鲁迅:《答北斗杂志社问》(一九三一年),《鲁迅全集》第四卷,北京:人民文学出版社,一九五八年版,第289页。
② 陶佳佳:《诗意人生——诗人王尔碑访谈录》,《小诗原》第十五期(二〇〇三年十月)。
③ 波特莱尔:《随笔》,转引自《象征派诗选》,第19页。

些吗？难怪这年头儿的新诗，'比雨后的春笋还多些'"，并说："杜工部有一句经验语很值得我们揣摩的，'老去渐于诗律细'。"① 闻一多的这一说法是有所指的。接着他就提出了他的诗歌主张，即大家所熟知的"三美"的主张："音乐的美（音节），绘画的美（词藻），并且还有建筑美（节的匀称和句的均齐）。"② 这"三美"的主张也可以用这样一句话从反面来概括："他不打算来戴脚镣，他的诗也就做不到怎样高明的地方去。"应该承认，闻一多的改革主张对新诗的健康发展起到了一定的推动作用。章培恒曾这样评价闻一多诗歌主张所起到的作用："新诗中有一派比较注重中国传统诗歌的特色，如闻一多先生。后来还有很多人主张中国的新诗就应该继承那些传统诗歌的特色。因为有了这样的主张，中国新诗里保留的传统的东西越来越多。"③

我们应该充分地认识到闻一多诗歌主张的厚实基础，他是一位博古通今的学者，又曾经到美国去留过学，对美国的意象派有透彻的了解。他既会写诗，又会评诗，是一位既有理论又有实践的学者、教授和诗人。远的不说，一九五八年三月二十二日，毛泽东在成都会议上提出"中国诗的出路"的主张就与闻一多当年提出的主张有某种契合点："中国诗的出路，第一是民歌，第二是古典。在这个基础上产生出新诗来。形式是民族的，内容应该是现实主义与浪漫主义的对立统一。"④ 这某种契合点就是都承认新诗的产生和发展离不开已经在我国读者中扎下根的有着三千多年历史的我国"古典"诗歌。

后来杨逸明提出了类似的主张："我觉得只有新诗写出旧诗的韵味，旧诗写出新诗的感觉，新诗和旧诗才会有真正的生命力。"⑤ "我

---

①② 闻一多：《诗的格律》，《闻一多论新诗》，武汉：武汉大学出版社，一九八五年版，第81、84页。
③ 章培恒：《中国文学的古今贯通——章培恒教授在复旦大学的演讲》，《解放日报》，二〇〇四年七月四日。
④ 陈晋：《文人毛泽东》，上海：上海人民出版社，一九九七年版，第448页。
⑤ 杨逸明：《飞瀑集·后记》，北京：北京图书馆出版社，二〇〇二年版。

以为传统诗词要现代化,新诗要民族化,二者相互吸收对方之长,相向而行,在任何一点上结合而成的一种形式都可以尝试下去。"① 以上两家的观点,我认为只是强调新诗与旧诗要彼此相互学习,取长补短,而不是以一种体裁去替代另一种体裁,这种分流的趋势在新诗产生之初就已逐步形成,而今看得更为清晰。闻一多说:"律诗的格式是别人替我们定的,新诗的格式可以由我们自己的意匠来随时构造。"② 也就是说,律诗(或称旧体诗)的格式已定,它今后发展的方向主要是内容方面,即所谓:"旧瓶装新酒",而新诗尚未定型,格式上的"创造"任务尤其艰巨,但是它格式上的创造是指创造律诗以外的"格式",这就是印证了我的观点,新诗与旧诗是向各自的方向发展,而不会出现这二者"大团圆的结局"。

下面想举例分析一下。新诗形式上的探索由来已久,可以说,在新诗出现之初即已开始,我们可以写下长长的名单。试举例如下:一种是借鉴外国十四行诗的,较早的有冯至和卞之琳,以后有屠岸、吴钧陶等。在诗的行数上进行探索的有赵瑞蕻、徐刚等。对新诗的建设进行多方面实践并提出理论主张的有台湾的刘菲,香港的晓帆、蓝海文,以及法籍华裔熊秉明等。在这方面步子迈得较大当在改革开放以后,一些诗歌团体在这方面做出了显著的贡献。例如:深圳中国现代格律诗学会(成立于一九九四年十月),它主张"现代汉语格律诗应当具有鲜明和谐的节奏,自然有序的韵式"③。重庆诗缘社(成立于一九九六年一月)主张写一至三行的微型诗。"微型诗的短小灵便,更有利于言简意赅地展示现代生活的微妙感受,适应传媒需要,这是别的诗体无法替代的"④。上海碧柯诗社新声研究小组(成立于

---

① 陈广澧:《诗词现代化 新诗民族化——致穆仁先生》(二〇〇三年九月七日),《小诗原》第十五期(二〇〇三年十月)。
② 闻一多:《诗的格律》,杨匡汉、刘福春编《中国现代诗论》(上编),第 125—126 页。
③ 转引自黄淮:《从"千篇一律"到"一诗一律"——话说自创体格律诗》,《小诗原》第十五期(二〇〇三年十月)。
④ 穆仁:《微型诗存编后》,《微型诗》二〇〇二年第四十八期。

一九九九年三月）它主张"今天新声诗派要'背靠传统面向现代'成为新古二家结合宁馨儿"①（或许还有一些诗歌团体在这方面也做了许多有益的工作，恕不一一列举）。这些诗歌团体涌现了不少新诗的革新手，如黄淮、程文、穆仁、梁上泉、陈广澧、李忠利和莫林等，并且奉献出一批成果：《黄淮九言抒情诗》《星花集》（微型格律诗选）、《未荒草》《穆仁诗选》《六弦琴》《新声百首》《大海之歌》《白菖兰》《微云细雨》《另起一行》和《金凤歌》等。以上诸位诗人的探索虽然只是大海中的一滴，但是这些探索都是宝贵的。现在有人在谈诗的出路，我认为诗的出路正是在不断的探索之中，而这个探索是永远没有止境的！

这里值得称道的有几点：（一）这些诗社的宗旨都是着眼于改革，不但不舍弃传统，而且针对"新潮派"对诗传统的颠覆进行"沉思反击"。（二）着眼于使诗歌适应日益紧迫的生活节奏，强调诗歌短而精，坚信这一至三行的超短诗是一种文化积累，会在诗史上留下一些痕迹来。（三）组织志同道合者集体攻关，这些诗社有组织，有社员，有活动，有园地，出成果，已经超出了地域范畴，在海内外产生了一定的影响。

下面就诗刊与探索诗人各举一例。《微型诗》原用"诗缘社"名义主办，后由重庆诗缘社与重庆南岸区作家协会共同主办。一九九六年创刊。八年来已出版诗报、诗刊共五十九期，从一九九七年起推出的"微型诗潮丛书"个人专集三十多种，并公开出版了《微型诗500首点评》和《微型诗存》各一册。所有诗刊、诗集合计发表了万首以上诗作。目前它的读者和作者遍布祖国大陆（除西藏外）和港台地区，影响日益扩大。

李忠利是上海碧柯诗社新声研究小组的成员。他厚积而薄发，近年来诗如井喷，创作活跃，他"完全以当代语言去探索古格律今

---

① 陈广澧：《回顾闻一多的诗歌之路》，《新声诗页》二〇〇四年夏季号，第5页。

用,激活格律的道路,先后写了《一朵雪花从唐代漂来》《洞游》《调笑令》百首等袖珍本,还得了全国二等奖"① 和新声一等奖,这对一位双目失明的盲诗人来说,真是不简单!

他的创作除上所述,还有如下三个特点:(一)他写的诗一般来说富于创新,有幽默感,质量较高,在读者中已有一定的反响,例如有读者"效颦"他的六行体(他自称为"另起一行"),也有诗友读了他的新作《蝈蝈》后情不自禁地模仿起来。(二)他的诗作已引起诗评家们的注意。并给予较高的评价,例如著名老诗人王尔碑读了李忠利的新绝句后称赞道:"雅俗共赏,审美亦审丑,写得有情趣,有深度,现实性强。"(三)为了便于与诗友们联系,他自编自印了《新绝句》诗报,每月一期,每期两版。上面除刊登自己的新作外,还刊登诗友的作品和短论,内容充实,颇有可读性。

## (三)

我们在进行新诗形式探索的时候,不要忘了借鉴外国诗歌对我们有用的技巧。

东方诗学受西方诗学的影响是明显的。他们的多种理论,诸如结构主义诗学理论、意象派理论、新批评派理论、新写实主义理论、超现实主义理论,等等,以及由这些理论为指导的众多诗学流派,诸如新浪漫主义、意象主义、未来主义、表现主义、超现实主义、后现代主义与具体主义,等等,均对东方诗学有一定的影响。这些理论内容繁多,但归纳起来不外是内容与形式两方面。就内容而言,是注重隐喻、暗示,表现曲折、隐晦。德国存在主义哲学家海德格尔与新批评派理论家艾略特均为以上理论提供根据。海德格尔说:"作者的思想越伟大——这与他著作的内涵和数量无关——他的学识成果中的非

---

① 于沪:《上海的新声诗派》,《小诗原》二〇〇四年二月第十七期。

思想（unthought）就越丰富：即那种最先萌生、只能通过他的思想去体现的、尚未形成的思想（not-yet-thought）"①。艾略特说："我们的文化十分多样而复杂，而这样的多样性和复杂的效果，于是诗人就不得不越来越包罗万象，越来越用典繁多，越来越曲折隐晦以强求使用语言，必要时甚至打乱语言来表达他的思想。"②

诗人徐志摩、郭沫若、艾青、辛笛等，他们的诗歌曾分别受到哈代、惠特曼、维尔哈伦与奥登的影响。台湾诗人痖弦、周梦蝶、罗门、侯吉谅等，他们的诗歌曾分别受到里尔克、百师、戴维斯与桑德堡的影响，尽管诗人罗门与侯吉谅未谈及他们的都市诗曾受到过何人的影响。美国诗人维切尔·林赛将爵士乐的节奏运用到诗歌创作中去，创作了著名的《刚果河》；台湾诗人罗门将敲打乐运用到诗歌创作中去，创作了著名的《都市的旋律》，这或许是不谋而合吧。就具体的技巧而言，东方诗学吸引了西方诗学的如下技巧：跨行（待续句）、象征、隐喻、通感、暗示、跳跃、无标点、意象叠加、戏剧强力、独创字汇、非节奏的文字以及超现实主义的诸如"类似联想法""直觉暗示法""时空观念之消灭"等技巧。对有些技巧虽褒贬不一，但均在运用。

## （四）

以上是说诗歌应在形式方面探索，但是仅有这还远远不够。形式是内容的载体，我们还得在内容上狠下功夫。

内容可谈的方面很多，简言之，就是三贴近，贴近实际，贴近生活，贴近群众。

所谓贴近实际，就是诗歌应与时俱进，具有时代感。我们的诗一看就应该知晓是现代人写的，而不像是几百年前写的。发展是硬道

---

① 转引自《结构主义诗学》，第19页。
② 艾略特：《玄学派诗人》。

理，要发展就要有勇于探索精神的人。在改革开放的今天，这样的人成批地涌现，有的就在我们的身边。我们的诗人应该用饱蘸感情的笔写我们今天日新月异的实际，写我们今天的探索者。著名老诗人吴奔星曾写过一首《萤》："越是漆黑，/越是游行，/闪亮些微红火，/从腐草堆中飞腾！//不管黑暗多么吓人，/不问繁星比自己光明，/纵横上下，/黑暗总得裂开一条缝让它通行。//多少双眼睛/看见她在飞行；/但有谁感觉她的存在/一只勇于探索征程的流萤？"①诗歌共三节，分别是写探索者的处境，探索者的精神以及呼吁世人更多地理解和学习探索者的开创精神。还有一首《衡山路的酒吧》，展示了突飞猛进的城市的另一面，让我们看到现代都市在飚升中不是风景的风景。有种人他们消闲的方式就是泡吧："到这里来的人/都不是来喝酒的/这里的酒/贵得让一个酒鬼心疼/比如我就是来这里/让震耳欲聋的音乐/把自己彻底粉碎/然后像灰尘一样地飘回家//我喜欢那些妖冶的女郎/她们身上只披一小片夜色/却把所有的星光/都裸露出来/高跟鞋上摇晃的面孔/和庞德的那根树枝上/湿漉漉的花瓣多么相似/随便摘一朵/都是春天/没有下酒菜/一杯扎啤/照样让我坐到关门/而且仅此一杯。"②

所谓贴近生活，就是要求诗人要有深厚的生活底子，是深深扎根水中的荷花，而不是轻轻贴近水面的浮萍。最近，著名作家蒋子龙指出："作家应该不停地行动，作家的灵魂应该永远在路上，作家要是安于'家'就会'软死亡'！""作家如果不参与到现场，创作之源就会枯竭。老是关在家里，作品就不可能有大的气象。"③这又一次强调了这个道理："文学的生命还是真实，文学的活力来自老百姓蓬蓬勃勃的生活。"④倘若我们的作家将诗歌看作是"任人涂抹的黄油"，

---

① 吴奔星：《江海诗钞——吴奔星新旧诗选》，天津：天津古籍出版社，二〇〇〇年版，第61页。
② 程林：《衡山路的酒吧》，《文学报》，二〇〇三年十月二日。
③ 罗四鸰：《蒋子龙近日在合肥与当地作家交流时直言——作家们，请警惕"软死亡"》，《文学报》，二〇〇四年六月二十四日。
④ 李肇星：《真正的诗篇都是灵魂》，《上海诗人》创刊号（二〇〇四年八月一日）。

那是写不出好诗来的。生活有多种，有战斗生活，有日常生活，有爱情生活等等，现就后二者各举例一首。著名老诗人梁上泉写了一组六行独节体诗《不老草》，其是一首《伴之灵》很有诗意："山没有云，太定形，/林没有鸟，太凄清，/河没有船，太平静，/屋没有人，太孤零。/山河林屋都要有个伴，/伴来灵气，伴来诗情。"①古人说："独学而无友，则孤陋而寡闻。"友就是伴，有了友就会有"灵气"和"诗情"。诗人用形象而凝练的语言阐明了"伴"的重要，给我们平淡的日常生活添上了温馨的一笔。有位女诗人孙思，她的《两棵树》让我们吟诵良久："我只想一块地/什么也不种就种两棵树/有一天/你先走了或者我先走了/那树还活着。"②这首诗看起来很平淡，但意蕴深远，可以说是我所读过的爱情诗中写得较好的一首。有的爱情诗写得色彩绚丽，这首却出奇的素雅，真可以用"绚丽至极归于平淡"来概括它的特色。

所谓贴近群众，就是要和群众交知心朋友，了解以至熟悉他们的生活，那样才能真实地反映他们的生活。一篇回忆著名诗人臧克家的文章说，臧克家每天接送女儿去幼儿园，要经过一座煤厂。工人们的辛勤劳动给他们父女留下了深刻的印象。每天路过那儿，臧克家总是拉着女儿站上几分钟，"多看看这些可敬的人们"。从中我们不难理解臧克家为什么会被称为"人民诗人"。人民永远是我们的衣食父母，我们没有理由不为他们写一些好的作品。改革开放后，大量农民工进城，他们的辛苦已为大家所熟知。李忠利的新作《蝈蝈》可以看作是反映民工生活的真实写照："换个活法千百里，/进城也是空欢喜。/纵使一生叫不停，/茫茫人海无知己。//一个自然主义者，/被谁关在笼子里？"当然关心民工生活的人很多，所以他的《蝈蝈》很快获得诗友唱和，一下子又蹦出了五只新蝈蝈，其中有一首是这样写的："换个活法去城里，盘缠花掉几百几。一路歌声播绿意，大伙听

---

① 梁上泉：《不老草》（六行独节体诗十二首），《小诗原》第十二期（二〇〇三年四月）。
② 孙思：《两棵树》，夏威夷《珍珠港》第二十七期（二〇〇四年四月）。

了皆欢喜。//繁华都市新天地，欣慰人海有知己。"愿我们的诗人们经常吟诵这两句诗："为什么我的眼里常含泪水？因为我对这土地爱得深沉……"①诗是花，人民就是诗的土地了，有土花才香。愿我们的"泪水"化为墨汁，为他们多奉献出诗的精品吧。

据说有一则幽默小语："在天上飞的一只小鸟，随意在半空中，拉下一把鸟粪，就会打中正在北京街上，行走的一个诗人。"②作为一个有十三亿人口的大国，诗人多并不是坏事，关键的是诗人的诗要好，要为大众所喜闻乐见。"生活是一步步的/永不回首的攀登"，写诗亦然。倘若我们有坚定不移的探索精神，又能从传统与外国的诗歌中吸取营养，努力做到三贴近，我想是一定会写出"甘愿让一个读者读一千遍，而不愿让一千个读者只读一遍"（里尔克语）的作品来的！

二〇〇四年八月十日
（载《西南师范大学学报》（人文社会科学版）二〇〇五年第二期）

---

① 艾青：《我爱这土地》。
② 贺志坚：《为什么您选择写诗》，台湾《葡萄园诗刊》二〇〇四·夏季号第一六二期，第25页。

# 在前进中探索　在探索中前进

## ——试论加强诗体建设　繁荣新诗创作

从新诗诞生的那一天起，诗体建设就提上了议事日程。一九二〇年与一九二一年《尝试集》与《女神》相继出版，于是就有了胡适之体与郭沫若的诗体问世。到了抗战期间，《给战斗者》出版，田间体也风行一时。一九四九年以降，为了反映社会变革和祖国建设，又有了郭小川体和贺敬之体。从五四迄今，以诗人命名的诗体大约有二十余种。但是新诗的诗体到底找到了没有？可以说既找到了，但又没有找到，因为各人有各人表达感情的形式，很难用一两种体式包罗万象，或许今后若干年内，也还会在诗体上寻寻觅觅、探索不断。诗人毛泽东说："用白话诗写诗，几十年来，迄无成功。"① 这"迄无成功"也包含这新诗诗体建设方面。

## 一

现以十四行诗为个案来分析一下新诗体的建设。

十四行诗最早译名为商籁体（Sonnet），它起源于文艺复兴时期的意大利。据说是吸收我国旧体诗歌的句式与结构形式，加以改造制作而成的一种格律诗体。然后这种诗体又传播到英、法、德、俄和西班牙等欧洲国家。分彼特拉克式（俗称意大利式）和莎士比亚式（俗

---

① 毛泽东：《给陈毅同志谈诗的一封信》，《毛泽东诗词选》，北京：人民文学出版社，一九八六年版，第168页。

称英国式）两种。前者由两个四行组和两个三行组构成，后者由三个四行组和一个两行组构成。它们的韵式均有严格的规定。我国第一首十四行诗为一九二〇年郑伯奇著的《赠台湾的朋友》。一九四二年，冯至出版了《十四行集》。至此，这个曾被人认为是中国大众不需要的"洋八股"①，居然登堂入室，"入乡随俗"，在中国土壤里深深地扎了根，用冯至的话来说："我采用了十四行体，并没有想把这个形式移植到中国来的用意，纯然是为了自己的方便。我用这形式，只因为这形式帮助了我。"②

较早对十四行诗在中国传播进行小结的是朱自清。他在《诗的形式》一文中指出："这个集子可以说建立了中国十四行的基础，使得向来怀疑这诗体的人也相信可以在中国诗里活下去。无韵诗（即素体诗——引者）和十四行（或商籁）值得继续发展；另种外国诗体也将融化到中国诗里。这是摹仿，同时是创造，到头来都会变成我们自己的。"③新时期以来，先后有《中国十四行诗选》（钱光培选编评说，中国文联出版公司一九九〇年）与《十四行诗在中国》（许霆、鲁德俊编选，人民文学出版社一九九六年）问世，这两部富有创意的《中国十四行诗选》，对中国十四行诗的历史与现状进行了深入研究，并展示了它的美好前景，成果喜人。

我国诗人在运用这种诗歌形式进行写作的时候，进行了若干创造：

（一）十四行诗在欧洲诗人的笔下，抒写友谊与爱情的居多。而到了卞之琳的笔下，十四行诗成了歌颂《〈论持久战〉的著者》《一位"集团军"总司令和空军战士》等的载体。

---

① 蓝海：《中国抗战文艺史》，其中谈到民族化时，曾称十四行诗为"洋八股"。转引自古远清《诗歌分类学》，武汉：中国地质大学出版社，一九八九年版，第173页。
② 冯至：《〈十四行集〉序》，《中国新诗集序跋选（1918年—1949年）》，长沙：湖南文艺出版社，一九八六年版，第446页。
③ 朱自清：《诗的形式》，《新诗杂话》，北京：生活·读书·新知三联书店，一九八三年版，第102页。

（二）十四行诗要求每行诗五个音步，那是因为它的句子比较长。诗人唐湜根据自己的创作实际，将每行诗安排四个音步，即四顿，这样既方便自己的创作，又符合我国读者的欣赏习惯，因为古代七言诗也是每句四顿的，如"红杏 / 枝头 / 春意 / 闹"。

（三）十四行的语言可否每行一样长短（譬如皆为五言）？诗人卞之琳对此作了大胆的尝试。他的十四行诗《空军战士》①在形成上借鉴了法国象征诗人瓦雷里的《风灵》，在语言上却是独创每句五言。

（四）有人认为，十四行诗的缺点是："在形式上还不太符合中国格律诗的对称性美学标准和原理"，我认为这个观点可以商榷。十四行诗有两种基本排列形式，一种排列形式是"四四三三"，另一种排列形式为"四四四二"。前者前后两部分各自对称。后者前三部分并列，左中、右中对称，后两句既可写成联语，又可"卒章显其志"，为全诗作结，符合我国读者的传统阅读习惯。另外，也有诗人创作了"七七"对称式的十四行诗的变体，如周策纵的《象征主义和客观主义——新商籁》②。

十四行在我国是否已经普及了？通过钱光培与许霆、鲁德俊的两部选本，应该得出肯定的结论。但是最近有个奇怪的发现，我统计了收录在《二〇〇五年中国诗歌精选》里的十五首行数为十四的诗，我发现差不多没有一首是正宗的十四行诗。我不敢说这是他们借写十四行诗炫耀自己的才学，但是"他们不知道十四行是定型的诗体及其文体特征，只将诗写成14行，不遵守十四行诗的诗体规范，如诗节的排列方式及格律方式"③，倒并未言错。

---

① 卞之琳：《空军战士》，见《雕虫纪历（1930年—1958年）》(增订版)，北京：人民文学出版社，一九八四年版，第80页。
② 周策纵：《象征主义和客观主义——新商籁》，《香港文学》第三十一期。
③ 王珂：《百年新诗诗体建设研究》，上海：上海三联书店，二〇〇四年版，第240页。

## 二

以上就十四行诗作为个案分析。综上所述,我认为:

(一)形式是内容的载体,"美的灵魂藏在美的躯壳里"[①]。我们对诗体建设应给予足够的重视。缺乏诗体意识会造成诗歌美学的粗糙,也会造成诗歌读者群的疏远。

(二)诗体建设不仅是个理论问题,它也是个诗歌创作的实践问题。它的真正解决不仅要假以时日,更要在理论与实践的结合上取得成效与经验。

(三)诗体建设应该是多元的,应该考虑适应不同层面的作者群与不同审美趣味的读者群。社会前进了,读者的欣赏水平提高了,我们的诗体建设水平也应与时俱进,更上一层楼。

(四)俗话说:"绚丽之极归于平淡。"一般说来,岁数大一些的作者希望写些篇幅短些,语句简约些的诗,有道是:"老来钟情惟小诗,魂牵梦萦近于痴。"(曾伯炎《题寄杨本泉贺年片》)年轻一些的作者希望写些篇幅长些,色彩绚丽些的诗,有道是:"狂诗佑醇酒,宝剑伴美人。"

新诗已走过九十年历程,还有许多事情(诸如诗体建设)要做。诗体建设在前进中探索,在探索中前进,让我们为它再献绵薄吧!

二〇〇六年七月二十一日
(载《中外诗歌研究》二〇〇六年第三、四期合刊)

---

[①] 陆志韦:《渡河·自序》,《渡河》,上海:亚东图书馆,一九二三年版。

# "这是我们所应当有的新的小说"

## ——重读"左联"时期丁玲创作的小说《水》

一九三一年,对著名作家丁玲来说是短篇小说创作的丰收年。在这一年里,她总共创作了九篇小说,它们是《从夜晚到天亮》《田家冲》《一天》《水》《无题》(未完稿)、《杨妈的日记》《多事之秋》(未完稿)、《莎菲日记第二部》和《某夜》(一九三一年七月至一九三二年六月作)等,其中以《水》(有人称之为中篇小说)的影响最大。对这篇小说的评价是肯定的,认为它的重大意义在于跳出了过去小说中的"革命加恋爱"的公式,用茅盾的话来说,就是"不论在丁玲个人,或文坛全体,这都表示了过去的'革命与恋爱'的公式已经被清算"①!因此我们首先想从《水》这篇小说的题材谈起。

一

民国廿年即一九三一年,我国十六省发生了大水灾,它对人民造成的生命的危害和财产的损失是巨大的。作为有良心的作家就应该去表现这一题材。说来凑巧,一方面,在写《水》以前,丁玲"有好久没有写成一篇东西"②。很想动动笔,改变这个"苦闷"的局面;另一方面,她的家乡湖南常德县,在沅江下游,离洞庭湖很近,那地方常闹水灾。一闹水灾,老百姓就倾家荡产,灾黎遍地,乞丐成群,瘟

---

① 茅盾:《女作家丁玲》,《文艺月报》,一九三三年七月十五日第二号。
② 丁玲:《我的创作生活》,《创作的经验》,上海:天马书店,一九三三年版。

疫疾病接踵而至。所有这些惨象,均给她印象很深。因此,她感到去"写农民与自然灾害作斗争还比较顺手"①。当然光有这些还很不够,据丁玲自己介绍,她曾经随新闻记者去访问过水灾后逃离灾区的难民,并将她得到的一些素材写进了小说里去。作家对生活的捕捉和体验是来不得半点虚假的,陆游说得好:"纸上得来终觉浅,绝知此事要躬行。"应该说丁玲对水灾灾情的种种惨象有较多积累,但是她毕竟没有参与老百姓的抗灾队伍,到过抗灾的第一线,经受血与泪、生与死的考验,所以我们在读这篇小说时似乎还感到缺少点什么。评论家冯雪峰一眼就看出了究竟,他很有见地地指出:"它的不满人意的地方,照我看来,是在于以概念的向往代替了对人民大众的苦难与斗争生活的真实的肉搏及带血带肉的塑像,以站在岸上似的兴奋的热情和赞颂代替了那真正在水深火热的生死斗争中的痛苦和愤怒的感觉与感情;这样就使我们只能感到作者自己的信念和热情,而不能借这一幅巨大的群众斗争的油画心惊肉跳地被人民的力量所感动。"②尽管如此,还是写出了"人人心中所有,人人笔下所无"的这篇带有"标志"性的作品,在这一点上,丁玲是颇值得称道的。

## 二

文学是人学,小说尤其是人学。一篇小说让读者阅后,总应该留下些人物的形象。作为小说家的丁玲,她从一九二七年发表第一篇小说《梦珂》以来,已积累了一些塑造人物的经验:"我有一个习惯,就是每写一篇小说之前,一定要把那小说中所出现的人物考虑的详细:我把自己代替着小说中的人物,试想在那时应该具着哪一种态

---

① 《丁玲谈自己的创作》,载《新苑》一九八〇年第四期,转引自《丁玲研究资料》,天津:天津人民出版社,一九八二年版,第209页。
② 冯雪峰:《从〈梦珂〉到〈夜〉——〈丁玲文集〉后记》,载《中国作家》一九四八年一月第一卷第二期,转引自《丁玲研究资料》,天津:天津人民出版社,一九八二年版,第296页。

度,说着哪一种话,我爬进小说中每一个人物的心里,替他们想,那时应该有哪一种心情,这样我才提起笔来。"①

小说《水》中描写的人物是没有问题的,但是究竟有没有一个或几个突出的主人翁?有一种说法:"我记得这篇小说没有一个突出的主人翁,而主人翁就是整个集体。"(许杰《"死硬精神"分外香——为丁玲八十整寿而作》)还有一种说法:"他们的领袖是一个半裸的黑脸农民。"([美]夏志清《中国现代小说史·第一个阶段的共产小说》)冯雪峰也有类似的看法。他说:"她(指丁玲)在小说(指《水》)的结末处,使一个对群众煽动的农民出现,但非常不明确。"(何丹仁即冯雪峰《关于新的小说的诞生——评丁玲的〈水〉》)我们认为他们二位的说法都不全面。首先认为没有一个突出主人翁的说法不对,事实上,小说《水》中是有突出主人翁的。其次认为突出主人翁只是一个半裸黑脸农民也不对,小说《水》中突出的主人公有三个人,他们是一个半裸黑脸农民、一个名叫李塌鼻的人和"一个年轻的汉子王大保",他们三人才是灾民斗争的组织者和领导者。这里半裸黑脸农民恐怕大家均会认同他是"领袖"的,对后两者可能印象就模糊了,正因如此,作家在小说第三节中单独有一小段提醒读者的注意:"亏着这里面有一个年轻的汉子王大保,和一个四十多岁,在三富庄做了二十年长工的李塌鼻,他们……平时并不得人信仰,人们这时却都听信他们的话了。"可以说,他们是群众的斗争里自然而然形成的领袖人物,特别是李塌鼻,他有勇有谋,有胆有识,他一开始并不便冲在前面,等大家群情激昂地起来了,他也就从幕后走到了幕前。他大声地向群众宣传:"别人不起来,我一个人有什么用?现在我们是一伙了……他们拿了我们的捐,不修堤,去赌,去讨小老婆,让水毁了我们的家,死了我们多少人……我们怕什么,逃水荒的人多得很,只要我们在一块,想法,不愁饿死的,你们放心,包在我塌鼻

---

① 丁玲:《我的创作经验》,载《生活·创作·修养》,北京:人民文学出版社,一九八一年版。

身上……"他讲的话句句是事实,句句有分量,将斗争矛头始终指向造成水灾的真正祸首,那些平时欺压百姓,一到大水来了又想发国难财的反动家伙。"饥饿的群里,相信着塌鼻们的话。"百姓们在斗争中才体会到组织的作用,于是慢慢的他们有了组织了。一个小村举出一个头目来。除了李塌鼻和王大保外,群众中又涌现出赵三爷、陈大叔和张大哥等这样一些抗灾斗争的骨干。最后,也是在他们的带领下,比水还凶猛地朝镇上扑了过去。

## 三

小说的语言很重要。高尔基说:"文学的第一个要素是语言。"① 这就是说,语言的重要不仅仅是小说,所有文学作品的语言都很重要。文学是语言的艺术。

丁玲对小说语言的重要性有着清醒的认识。她说:"作者在文字上有时候是有很多的帮助的。因为很好的题材,有时候因为文字的不会运用而失败。"② 她还遵照鲁迅的教导:"从活人的嘴上,采取有生命的词汇,搬到纸上来"③,因此这篇小说的人物语言都是鲜活的群众口语,或许这就是这篇小说语言的最大特点吧。

这里仅举两例,这两例都是半裸黑脸农民说的:

——"蠢东西!真是孬种!你们要抢些什么!老子是不抢的,老子们不是叫化,不是流氓,是老老实实安分的农民。现在被水冲了,留在这里挨饿,等了他妈的这么久的救济,一批一批的死去了,明儿我们都会死去,比狗不如!告诉你,起来

---

① 高尔基:《和青年作家谈话》,载《高尔基文学论文选》,北京:人民文学出版社,一九五八年版,第294页。
② 丁玲:《我的创作经验》,载《生活·创作·修养》,北京:人民文学出版社,一九八一年版。
③ 鲁迅:《人生识字糊涂始》,载《鲁迅论文学与艺术》(下册),北京:人民文学出版社,一九八〇年版,第837页。

是要起来的,可是不是抢,是拿回我们的心血。告诉你,只要是谷子,都是我们的血汗换来的。我们只要我们自己的东西,那是我们自己的呀!……"

——"孬种!怕什么,老子们有这么多,还怕个什么,大家一条心,把这条命交给大家,走,去干,老子们就成了。我告诉你们……"

前者将很深的道理讲得很通俗,难民们听后都能懂得,都能接受。后者句子短促有力,极具鼓动性。古人曰:"民不畏死,奈何以死惧之!"这一段话,或许就是这个意思。

当然,群众的口语并不是粗糙、简单化的,它也富有语言的艺术技巧。譬如小说中运用了不少修辞手法,例如排比、比喻、借代、拟人、对偶,等等,使小说语言更富魅力,也使小说更富可读性。

这篇小说因为写了许多群众的场面,男女老少,七嘴八舌不停口,小说要真实地再现这些场面,的确对语言的要求很高。譬如这是一种生活流,彼此讲什么都是事先没有商量过的,你一言他一语,叽叽喳喳,甚至听不清楚,对表现人物性格和推动小说情节也无助。我认为丁玲的高明之处在于语言的安排因人物的主次而繁简得当;语言的雅俗因人物的性格而分高低;语言的长短缓迫因环境的变化而颇协调。我很佩服丁玲在这大量的群众对话语言中是有针对性地澄清了诸多是非,诸如水灾究竟是天灾还是人祸?镇长一伙是真正帮他们走出困境还是见死不救,巧语搪塞?是农民养活了剥削阶级,还是剥削阶级天经地义地应该占有农民的血汗?等等,等等,这些课本上的深奥内容,农民在你一言我一语的交谈中就很快弄明白了,从而取得了共识,认为团结起来力量大,大家一条心,奔一个出路,与其坐以待毙,不如起来和地主、官僚作殊死的斗争,才能有生存下去的一线希望,这或许就是后来被日本作家认为"这是一篇强有力的小说,可惜生硬了一些"的缘故吧。在当时白色恐怖下,丁玲在小说中公然鼓吹

"农民暴动",这是要有革命胆量的。除了这一篇外,丁玲还有六篇小说被禁,它们是《夜会》《一个人的诞生》《韦护》《一个女人》《自杀日记》《在黑暗中》,占被禁一百四十九种文艺图书总数的百分之四点七,所占比例可谓很高了。(另外胡也频也有七本书被禁)。由此想到国民党机密文件下达(一九三三年二月十九日)后三个月不到,一九三三年五月十四日中午,丁玲就在她的寓所北四川路昆山花园路七号被蓝衣社特务秘密绑架了,这难道与她的作品被禁没有关系吗?

丁玲的小说《水》一问世,就得到鲁迅的肯定。鲁迅和茅盾曾将它推荐给外国友人,选入英译中国现代小说集《草鞋脚》。另外,据丁玲回忆,鲁迅曾向她要《水》的单行本,不止一本,而是要了十几本。① 丁玲的小说《水》的文学价值由此可窥一斑。有人称赞"左联"道:"北斗星辰光焰长",作为"左联"时期的小说杰作《水》,它在中国现代文学史上也会放出光芒的。

(载《纪念中国左翼作家联盟成立八十周年文集》,<br/>香港东方艺术中心出版社,二○一○年版)

---

① 丁玲:《丁玲自传》,南京:江苏文艺出版社,一九九六年版,第91页。

# 继往开来　繁花似锦

## ——试论中国现代民歌体叙事诗

## 一、叙事与叙事诗

一个人要表情达意，并与别人交流，不外乎叙述（或叙事）、描写、议论、抒情和说明。何谓"叙事"？叙事就是叙者对人物、事件和环境所作的概括的说明和交代。这是通常的解释。由于科学的发展，人们对叙事的理解也在不断深化，并呈现多元的趋势。陈均在《九十年代部分诗学词语梳理》一文中，对通常的解释又注入了新的内容，他的理解是：一、叙事"不同于新诗中叙事诗的文类划分，指的是诗与现实关系的修正、新的诗歌建构手段的增强以及诗歌新的可能性"；二、"'叙事并不能解决一切问题'（西川语），而倾向于把叙事当作'综合创造'的手段中的一种，如西川提出'将诗歌的叙事性、歌唱性、戏剧性熔于一炉，而达到"创造力的合唱效果"'"；三、"关于叙事所带来的作者与读者关系的转变以及叙事的方向性问题（如叙事指向'一种可能的生活'及叙事与虚构的关系），等等，都是一些有待深入探讨的话题"[①]。他们的这种理论上的"拓宽"与"努力"究竟效果如何，还有待创作实践的检验。但是有一点是肯定的，随着时间的推移，社会的进步，今日之"叙事"与昔日之"叙事"已不可同日而语了。

---

① 陈均：《九十年代部分诗学词语梳理》，王家新、孙文波编《中国诗歌九十年代备忘录》，北京：人民文学出版社，二〇〇〇年版，第398—400页。

正因如此,"叙事"逐渐演变成一门年轻的学科,即"叙事学"(Narratology)。何谓"叙事学"?"叙事学是研究叙事的本质、形式、功能的学科,它研究的对象包括故事、叙事话语、叙述行为等,它的基本范围是叙事文学作品"①。据说"叙事学"这一名称是它的奠基者法国的茨维坦·托多洛夫于一九六九年第一次提出来的,是在瑞士语言学家斐尔迪南·德·索绪尔奠基的结构主义方法的基础上发展起来的,叙事学,就是结构主义思潮在文学研究领域结下的一颗最丰硕的果实②。现在它已走出法国国门,遍及世界各国,并且已有许多著作问世,如法国叙事学家热奈特著的《叙事话语》、美国普林斯著的《叙事学词典》和里蒙·凯南著《叙事虚构作品》,等等。

让我们再回到话题上来,叙述(或叙事)是文体写作的一种表现手法,运用这种表现手法为主的诗歌被称为叙事诗。

叙事诗首先是诗,然后才是叙事。"西方语言中的'叙事诗'的原义就是'吟诵的诗'"③,因此何其芳曾说"叙事诗"不是在讲说一个故事,而是在歌唱一个故事。④同时,何其芳还提出了"咏事诗"这一诗歌理论术语。何谓"咏事诗"?它是指吟咏故事而非讲说故事的诗。何其芳认为,虽然西方那种长篇叙事诗(史诗)已被近代的长篇小说所替代,但是"中国传统中那种不十分长的咏事诗形式,还是可以利用的"⑤。因此可以说,叙事诗类似于西方的"叙事曲"。它不仅可以唱,甚至曾伴以舞蹈。它的内容常富有叙事性、戏剧性与故事性。

叙事诗"在歌唱一个故事",在我国古代也有这类的情况。《汉书·艺文志》记载:"自孝武立乐府而采歌谣,于是有代赵之讴,秦

---

① 罗钢:《叙事学导论》,昆明:云南人民出版社,一九九四年版,第3页。
② 罗钢:《叙事学导论》,昆明:云南人民出版社,一九九四年版,第4页。
③ 吕进:《中国现代诗学》,重庆:重庆出版社,一九九一年版,第299页。
④ 何其芳:《关于现实主义·谈写诗》。
⑤ 转引自蓝棣之《现代诗若干理论术语·咏事诗》,《现代诗的情感与形式》,北京:华夏出版社,一九九四年版,第347页。

楚之风,皆感于哀乐,缘事而发。"乐府诗有郊庙歌、燕射歌、相和歌以及舞曲、杂曲等,或典礼时演唱,或出行时吹奏,呈现出该时代特有的文化氛围。因此我们推测,当年李白、白居易等诗人用新乐府体写的《长干行》《琵琶行》等叙事诗或许是可以"歌唱"的。

另外,我们知道有些叙事诗是在流传过程中逐渐加工丰富而成的。它的作者或是民间艺人,或是无名氏文人,他们的叙事诗创作很具大众性。它们是另一路的叙事体诗歌,如变文、弹词与诸宫调等。

然而叙事诗又不是一般意义上的诗,它不仅具有诗抒情的功能,而且还具有叙事的功能,所以古人说:"乐府往往叙事,故与诗殊。"[1] 我们在考察叙事诗时,首先要了解这一点。以往叙事诗创作中的或者侧重叙事,或者专注抒情,未能在叙事诗的创作中处理好叙事与抒情这二者的关系,究其原因就是对叙事诗这一概念未能准确地真正地把握,未能科学地界定。

## 二、中国现代民歌体叙事诗

一九四二年五月,召开了延安文艺座谈会,毛主席在会上发表了重要讲话,指出了无产阶级文艺的方向,以及我们作家如何沿着这个方向努力前进,创造许多为人民大众所热烈欢迎的优秀作品。陆定一说,这是毛主席"他给我们指出了道路"[2]。沿着这条广阔的道路,戏剧、美术、小说、曲艺都涌现出一批优秀作品,取得了喜人的成绩。相对而言,好像诗歌有些滞后了似的。"作家对于旧形式的无力也已感到,并且在寻求着新的形式"[3]。就在这时候,李季带了个好头,《王贵与李香香》先后在《三边日报》和延安的《解放日报》上

---

[1] [明]徐祯卿:《谈艺录》。
[2] 陆定一:《读了一首诗》,《解放日报》,一九四六年九月二十八日。
[3] 冯雪峰:《形式问题杂记》,《冯雪峰选集》(论文编),北京:人民文学出版社,二〇〇三年版,第75—76页。

发表了，紧接着出了单行本。随后《柴堡》（指该书一九四七年十一月正式出版）、《戎冠秀》《王九诉苦》《漳河水》《死不着》《赵巧儿》《劳动英雄刘英源》《圈套》《赶车传》（第一部）问世了。诗歌界呈现出欣欣向荣的局面，诗人们在大众化民族化的道路上迈出了新的坚实的步伐。相比较而言，《王贵与李香香》和《漳河水》取得的成绩更大，成为这一簇叙事诗花丛里齐名的佼佼者，广受好评。《王贵与李香香》是写农家孩子王贵与李香香备受地主崔二爷的压榨欺凌而斗争求解放的故事。据李季介绍，这是民国十九年（一九三〇年）发生在陕北三边的一个真实的"民间革命历史故事"，李季将这个故事诗化了。李季细心地考虑到广大农民的欣赏习惯，用三边农民喜闻乐见的当地民歌形式，满怀激情地抒唱曾经发生在三边的这个民间革命历史故事，这对他们来说，真是四川人吃辣子，太对胃口了。它在内容和形式这两方面都是好的，而富有地方特色的"民族形式"似乎更受到好评。

自一九四二年五月以后，我们的诗人并非闲着观望，而是在稍稍地积累，努力地鼓劲，一旦条件成熟，这里套用一句俗话——"瓜熟蒂落，水到渠成"——他们的创作热情就会喷发出来，给人们一个惊喜。

民歌、民谣是人民群众当中自然流露出来的心声。民歌、民谣是北方地区的露天富矿。当柯仲平亲自看到这一富矿后，抑制不住内心的喜悦说："我到陕北之后，从琳琅满目的民歌民谣中，发现到革命现实主义与革命浪漫主义交互辉映，给我诗歌创作带来很大的启迪。"① 李季除喜悦外，他一边深入生活，在偏远的三边基层工作，一边搜集当地的民歌顺天游近三千首，编了《顺天游》一书。在搜集中学习，在搜集中尝到了甜头，他说：这些"萌芽状态的文艺，大大教育了我，从这些美丽动人的优美诗句中，我找到难以估量的教益"②。

---

① 柯仲平：《民间文艺论集·陕北的民歌》，大众书店版。
② 李季：《〈顺天游〉辑者小引》，上海杂志公司。

除李季外，诗人严辰、公木、何其芳和田间也都在搜集民歌方面做出了很大的成绩，并有《信天游选》《陕北民歌选》《民歌杂抄》等编选本问世。

搜集是为了借鉴。和个别诗人片面模仿民歌、缺乏创造性不同，李季在《王贵与李香香》创作中倾注了大量心血，他对这首诗的修改持续到解放后的一九五二年三月，这种一丝不苟的精品意识非常感人。从内容上来说，这首诗歌颂了死羊湾的农民日益觉醒，从自发参加革命到自觉投入革命。诗中多次重复这样的话："不是闹革命穷人翻不了身，／不是闹革命咱俩也结不了婚！""革命救了你和我，／革命救了咱们庄户人。""咱们闹革命，革命也是为了咱！"这也正像《国际歌》所唱的，世上没有救世主，翻身解放做主人还得全靠我们自己。诗中没有把农民的革命简单化，斗争的曲折反复，说明革命的胜利来之不易。即使革命胜利了，也还需要用斗争来保卫。

从形式上来说，这首诗似乎不采用信天游的形式，就无法展示这一波澜壮阔的历史画卷。这是因为信天游虽只是一小节两句，但它可以连绵起伏，环环紧扣，表现繁富的内容，所谓"信天游，不断头，断了头，劳动人民无法解忧愁"。它两两相对，朗朗上口，可圈可点，可歌可诵。它运用传统的比兴手法，或比喻，或借代，或排比，或对偶，复杂多样，绝不单调。我们这些生活在东南沿海的读者，也感到这样的叙事诗清新自然，并爱不释手。除了它的情节而外，这里的人物也塑造得各有个性，栩栩如生。除主要人物如王贵、李香香、崔二爷外，次要人物如王麻子、李德瑞、牛四娃、刘二妈也塑造得形象丰满，呼之欲出。再说语言，有的直接采用信天游的现成句子，如："满天的星星没有月亮，／小心踏在狗身上！"但更多的是经过敲打锤炼，加工制作的。例如，诗人锐意求新，不用现成的句子，如："心急吃不下热稀饭"，"打开窗子说亮话"，"放下屠刀，立地成佛"，而是将旧句翻新，用"心急等不得豆煮烂"，"打开窗子，把话说个明"，"放下杀猪刀成神仙"。令读者折服的是，由于诗人善于炼字炼句,所以往往能平中出奇,首尾呼应。前者如:"王贵笑得说不出话,/看着香香还想她!"后者如:"狗腿子开路,狼跟在后边,/崔二爷又回到死羊湾。"在句子中,诗人不用"白军"而用"狼",因为"狼"更能揭示"白军"的本质,并与句子前面的"狗"相对,前后呼应,独出心裁。古人说,一字之异,判若天地。在这里,"狼"字的运用起到了一种奇妙的效果。

更令人折服的是,作者化腐朽为神奇,将元代书画家赵孟𫖯的妻子管夫人的《我侬词》改造制作成《王贵与李香香》里的鲜活比喻:"沟湾里胶泥黄又多,/挖块胶泥捏咱两个。/……摔碎了泥人再重和,/再捏一个你来再捏一个我。/哥哥身上有妹妹,/妹妹身上也有哥哥。"表现了红军战士王贵与他的妻子李香香之间的深情,后者比前者有了质的变化。李季说:"从事写作的人,应当像追求真理一样去追求语言,应当把语言大量贮积起来。应当经常把你的语言放在纸上,放在你的心里,用纸的砧,心的锤来锤它们。"①李季又说:"不论前人的经验,今人的经验,不依靠自己实践的基础,对你永远只是两张皮,溶合不到一起。关键在于自己的实践,捉摸,只有依它为基础,别人的经验,才是宝贵的。"②这里诗人是在强调深入生活的重要性。倘若不深入生活,何能有"实践的基础",即生活的积累?又何能"把语言大量贮积起来"?更谈不上"用纸的砧,心的锤来锤它们"了。因此,有出息的文学家艺术家,必须到群众中去,到唯一的最广大最丰富的源泉中去。《王贵与李香香》的成功,正是李季遵照毛主席的指示,"长期生活在陕北人民中间,了解、熟悉了人民群众的语言,并在创作过程中加以提炼和创造性地运用的结果"③。

事物总是一分为二的。我们在充分肯定《王贵与李香香》的同

---

① 李季文章见《文艺学习》,北京:作家出版社,一九六四年版,第51—52页。
② 李季:《谈诗短简》。
③ 潘颂德:《中国现代乡土诗史略》,延吉:延边大学出版社,一九九〇年版,第181页。

时,也应看到:一、这首诗重视人物的对话和独白,但对人物行动的刻画有所忽略。二、诗中有这样的句子:"打开窗子,把话说个明,/这一回你从也要从,不从也要从!"这后一句过于直白,与整首诗的语言风格不协调,能否改为:"打开窗子,把话说个明/倘若不从,不要怪我崔二爷太无情!"这样,上下句也押韵。诗人曾将"老狗日你不要耍威风,/不过三天要你狗命!"改为"老狗你不要耍威风,/大风要吹灭你这盏破油灯!"上句去掉了"日"字,改得好,下句拟不改,因为诗中已有这样的诗句:"庄户人没地种就像没油的灯",既将油灯比喻没地种的"庄户人",又将它比喻为"崔二爷",容易混淆,产生误解。

《漳河水》是阮章竞于一九四九年三月二十六日完稿,刊登于一九四九年五月出版的《太行文艺》上。一九四九年做了修改,于一九五〇年出版。它是描写三个妇女苓苓、荷荷与紫金英在党的领导下翻身解放,过上好日子的故事。这就使我们自然地想到花木兰(《木兰辞》)、刘兰芝(《孔雀东南飞》)、李香香等这些有一定历史深度和现实厚度的妇女形象,说明古今诗人都很关注妇女的地位和命运,为她们倾注了满腔的热情。

《漳河水》也是民歌体叙事诗,不过它不是采用陕北的信天游,而是采用了太行的漳河小曲。漳河小曲是总称,它又分为"开花调""刮野鬼""梧桐树""绣荷包""打寒虫""大将"和"一铺滩滩杨树根",等等,而且一个调门又分五六种,这样千腔百调,使得《漳河水》形成多声部多音域的合唱,真是百鸟和鸣,悦耳动听。就艺术表现而言,它有两点与《王贵与李香香》相异。一是它更加重视情与景的结合,《王贵与李香香》虽在这方面也做了努力,但给人总感到情有余而景稍有不足。有人认为:"(叙事)长诗正面描写革命战争不如抒写爱情动人,恐怕与信天游本身适宜于抒情有关。"[①] 二是它着

---

[①] 柯文溥:《中国新诗流派史》,福州:海峡文艺出版社,一九九三年版,第349页。

眼于典型场面与典型事件的描绘,而不是像《王贵与李香香》那样故事连绵曲折,扣人心弦。或许可以说《漳河水》是情节淡化的散文化的结构,而《王贵与李香香》是有情节线索的小说化的结构,它们殊途同归,都用大手笔描绘了中国人民在党的领导下波澜壮阔的争得翻身解放的历史画卷。

至于这篇叙事诗诞生的经过,诗人阮章竞是这么说的:"今年(一九四九年)春天,回去一趟,正碰上是桃红柳绿的时候,一天偶尔在河边走走,山坡树林间传出歌声来……自听了歌声以后,萦绕脑中,找人口述,录下些片断的歌儿,自己又摹仿着编了些,组织成现在的样子。三个女主人公到底是哪个村的,没打听出来。群众说好多村都有这样的故事和大同小异的歌儿。"① 这说明叙事诗中的三位妇女形象都有她们的典型性,在丰富多彩的妇女画廊中均可找到她们各自的位置。

叙事诗的民族形式问题的讨论一直不断,它实际上是要求诗人了解读者的审美需求和欣赏习惯的问题,陆定一说:"革命的文艺如果不学会自己的民族形式,即劳动人民所喜闻乐见的形式,哪怕内容很好,就不可能在几万万人民的头脑里把旧文艺的影响打倒、肃清。"② 可见民族形式是何等的重要。有人认为,民族形式就是"自由诗"的形式,他说:"在这暴风雨的时代,诗歌必须是自由的形式,才能容纳了我们民族的可歌可泣的内容与万马奔腾似的情绪。所以我们为今日大众所提出的'诗的民族形式',主要的应该是'自由诗'的形式,而只是比'五四'时代更自由的更发展的形式。"③ 恐怕问题并不如此简单。为了能清楚地说明问题,我们将部分民歌体叙事诗民族形式列表如下,并作些归纳。

---

① 阮章竞:《〈漳河水〉小序》,《漳河水》,北京:人民文学出版社,二〇〇一年版。
② 陆定一:《读了一首诗》,延安《解放日报》,一九四六年九月二十八日。
③ 力扬:《关于诗的民族形式》,《文学月报》,第一卷第三期(一九四〇年三月版)。

**部分民歌体叙事诗民族形式一览表**

| 篇 名 | 作 者 | 章 数 | 总行数 | 每节行数 | 顿 数 | 备 注 |
|---|---|---|---|---|---|---|
| 王贵与李香香 | 李 季 | 三部十二章 | 七百多行 | 两行 | 四顿 | 写于一九四五年十二月，采用信天游体。 |
| 漳河水 | 阮章竞 | 三部九章 | 约八百行 | 三行、四行或多行 | 四顿 | 一九四九年三月出版。采用的是流行于太行山一带的漳河小曲。 |
| 戎冠秀 | 田 间 | 五章二十三节，前有序诗 | 约七百行 | 四行、五行或多行 | 两或三顿 | 一九四六年九月写，一九四八年出版。 |
| 赵巧儿 | 李 冰 | 四章十八节有《序曲》《尾声》 | 九百四十七行 | 四行、六行或多行 | 三顿 | 一九四八年十月写，一九四九年四月修改，一九五〇年出版。 |
| 死不着 | 张志民 | 二部十八节 | 二百六十行 | 两行 | 三顿 | 一九四七年九月五日写，一九四九年五月出版采用信天游体。 |
| 王九诉苦 | 张志民 | 四章 | 一百九十八行 | 两行 | 四顿 | 一九四八年四月十日写。一九四九年四月出版。采用信天游体。 |
| 柴堡 | 方 冰 | 十三章 | 约一千行 | 三行、四行或多行 | 基本上四顿 | 一九四三年冬写，一九四四年冬改写，一九四七年十一月出版。 |

1. 运用民歌的形式是完全可以写好叙事诗的。民歌是来自人民群众的心声，与人民群众有着天然的联系，是人民群众所喜闻乐见的。"'喜闻乐见'的基本核心是乡情，是民族的欣赏习惯。"① 人民群众所喜闻乐见的形式就是民族形式。民族形式或许可以说就是读起来赏心悦目，听起来动听悦耳的大众形式，因此采用民歌的形式也就是采用了一种民族形式。

2. 上表中，采用民歌的形式表现了农村的题材，表现了在特定历史时期，农民在党的领导下，义无反顾为战胜国内外敌人和陈旧的思想意识所作的不懈的斗争而翻身解放的故事，具有史诗的成分，在文学史上有一定的影响与地位。但也有人认为，"采用民歌的调子来写我们工人的劳动，我看也没有力量"②。让创作实践去证明此言正确与否。

3. 民族形式是为民族内容服务的，因此我们在探讨民族形式的时候，也绝不能忽略内容。《王贵与李香香》与《漳河水》的成功均是很好的证明。就民族形式而言，有人认为它应包括风格、表现方式和语言。就语言来说，它还应包括音韵、节奏、旋律和声调等。

4. 具体来说，民歌体叙事诗的句子以十一字左右为宜，不应太长。每节两行，或四行，或多行。每句三至四顿，每篇诗应根据内容来决定结构。一般来说有序诗和尾曲。中间再分若干章节，这样便于写作与阅读。

5. 一般来说，诸如比兴、铺叙、节奏、押韵、回环复沓、炼字炼句以及叙述技巧（视点、线索、误会、巧合、悬念、延宕、疏密、繁简、伏笔、照应等）都是应该运用并引起注意的。表中的部分民歌体给我们提供了多方面的成功经验，有待我们不断地深入研

---

① 吴冠中：《土土洋洋　洋洋土土》，《清华艺术讲堂》，北京：中央编译出版社，二〇〇七年版。转引自《文学报》，二〇〇七年九月七日。
② 详见一九五八年第四期《诗刊》"工人谈诗"专栏文章。转引自卞之琳《人与诗：忆旧说新》（增订本），合肥：安徽教育出版社，二〇〇七年版，第271页。

究。另外,卞之琳认为:"诗歌的民族形式不应了解为只是民歌的形式。""我国诗歌本来只有为了哼唱(或称'吟')的传统,可是五四以来,受了外国诗的影响,为了念(包括'朗诵')也成了一种传统。这种新传统到今天也不能说不属于我国的民族传统。而照这种新传统写出来的新诗形式也就不能说不是我国的民族形式。这种形式也不应排斥。"① 卞之琳的观点很新,它可以拓宽我们的思路。

## 三、叙事诗(含民歌体叙事诗)发展远景

近年来,诗坛有人讨论诗是否会灭亡的问题。当然,倘若诗消失,叙事诗也就不存在了。

对此,我们是乐观的,人类生存,总有表情达意的需要,而诗就是人类表达感情的最好的载体。有位作家说:"文学是一种生命现象,如果没有文学了,太阳也不会照常升起了。"② 同样,诗歌(含叙事诗)也是一种生命现象,如果没有诗歌了,那么太阳也不会照常升起了。当然,事情是不会那样的。

虽然诗(含叙事诗)不会消失,但也不能盲目乐观。一方面,由于传媒的渠道多了,人们的审美需求多元化了;另一方面,也由于现在的有些诗歌不是三贴近(即贴近现实,贴近生活,贴近群众),而是三远离,所以诗歌已经处于边缘化的境地。就以叙事诗来说,我们还是可以读到一些,例如:《沧桑之城》(赵丽宏)、《舟行纪——百年同济诗传(上部)》(喻大翔)、《二〇〇一年,九月十一日》(胡丘陵)、《漂木》(洛夫)、《朱自清之歌》《(冯)雪峰之歌》(岑琦)以及《和氏璧》(沈用大)、《干将与莫邪》(黄国彬)、《公车上的女生》(麦穗),等等,但总的感觉是不景气,有的作家感叹:"直到'文化大

---

① 卞之琳:《人与诗:忆旧说新》(增订本),合肥:安徽教育出版社,二〇〇七年版,第271—272页。
② 《山东省作协主席、作家张炜来沪演讲表示——应警惕伤害文学的三种写作》,《文学报》,二〇〇七年四月二十六日。

革命'结束以后的新时期,仍然未见有全面复苏的迹象。叙事诗的衰落同时也表明一个注重写实的诗歌时代的结束。"① 有的作家大声呼吁《也谈"呼唤史诗"》②。我们认为,呼唤与不呼唤当然大不一样,但是"史诗",或者说"叙事诗"并不是你一呼唤,它就应声而出的,它是亟须探明原因并大力扶持的,其中创作环境的宽松颇为重要。

报载,二十世纪五十年代著名诗人邵燕祥听说某农场一个青年女工为流言所诬陷,曾写下了小叙事诗《贾桂香》。邵燕祥自己认为这首诗"写得不够深刻,也还有失天真之处"③。但就是这样一首"写得不够深刻"的小叙事诗被打成向社会主义倾泻仇恨的"毒草",诗人也因此被打成了"右派"。

现在政治宽松、清明。一方面是改革开放的现实,为叙事诗的写作提供了源头活水,在改革开放中涌现了许多英雄模范。如果说当年英雄模范是吴满有的话,那么当下的吴满有多得很;另一方面,我国的诗歌传统(含叙事诗传统),为我们提供了可资借鉴的许多优秀作品以及创作中可供借鉴的许多宝贵经验,所以,我们完全相信,一个叙事诗的"丰收期"定会到来。

记得在一九八二年九月《诗刊》社曾在甘肃召开过一个"玉门叙事诗座谈会"。会上有人提出,当时叙事诗有"三少三多",即写现实生活的少,写玄学、神话、民间故事的多;短小、精炼的少,冗长平庸的多;艺术上有独创、对生活有独到见解的少,一窝蜂上的多。④ 时过境迁,日历已翻过了四分之一世纪,现在情况有了变化,但是当时总结出的这"三少三多"也还不同程度地存在,因此下列建议或许是适宜的:

1. 要对五四以来有影响的叙事诗代表作及论述叙事诗的重要论

---

① 於可训:《中国当代文学概论》(修订版),武汉:武汉大学出版社,二〇〇三年版,第76页。
② 邵燕祥:《也谈"呼唤史诗"》,《文学评论》,一九八四年第四期。
③ 罗四鸰:"邵燕祥诗歌创作研讨会"在廊坊举行,〈留下真实,对历史负责〉》,《文学报》,二〇〇七年四月二十六日。
④ 林染:《玉门叙事诗座谈会侧记》,《叙事诗丛刊》第五期,郑州:河南人民出版社,一九八三年版。

文进行系统整理,以丛书的形式出版,以资学习与借鉴。现已出版了的,但远远不够。

2. 要加大力度对五四以来的有影响的叙事诗代表作进行研究。远一点地说,对从《诗经》以来的叙事诗均要花大力气进行研究,总结经验,作为繁荣今天叙事诗借鉴。虽已出版了一些研究成果,如《论叙事诗》《我与叙事诗》《叙事学的中国之路》《中国叙事诗研究》《中国现代叙事诗史》《历代叙事诗赏析》等,希望结出更多的硕果。

3. 我们着眼点是要繁荣当代的叙事诗,这就需要组织诗人深入生活,用群众喜闻乐见的形式(含叙事诗的形式)来表现我们当今改革开放的时代。诚如著名诗评家吴欢章教授所说:"诗人还应努力深入人民群众的生活斗争,尽量丰富自己的生活阅历,并在生活实践中提高认识和分析生活的本领,锻炼自己辨别和洞察生活的真相和假象、主流和支流、现象和本质的眼力。缺乏丰富、深刻的生活经验,诗人的艺术个性就会缺乏源头活水而患上'贫血症'。"①除了以上丰富自己的生活阅历以外,努力提高自己的思想素养和艺术素养也是两个不可忽视的方面,因为思想、生活、艺术是个有机的整体,三者缺一不可。

4. "我们学习新民歌,除了通过它在劳动人民的(思想)感情里受教育以外,主要是学习它的风格、它的表现方式、它的语言,以便拿它们作为基础,结合旧诗词的优良传统、五四以来的新诗的优良传统以至外国诗歌的可吸收的长处,来创造更新更丰富多彩的诗篇。"②在学习民歌的基础上,传承我国古代诗词的优良传统,传承五四以来新诗的优良传统,并结合中国实际吸收外国诗歌的长处,来发展今天的新诗(含叙事诗)。我们的新诗(含叙事诗)以前是这么走过来的,今后仍将沿着这条康庄大道继续向前迈进。

---

① 吴欢章:《"我"是谁——对当下诗歌的思考》,《文学报》,二〇〇七年六月二十八日。
② 卞之琳:《对于新诗发展问题的几点看法》,《人与诗:忆旧说新》(增订本),合肥:安徽教育出版社,二〇〇七年版,第271页。

正像长篇小说代表一个民族的艺术水平一样,叙事诗也是一个民族诗歌艺术的标尺。我们要繁荣新时期的诗歌创作,也应该包括叙事诗在内。继往开来,繁花似锦。我们有了叙事诗骄人的高水准的过去,我们要创造叙事诗更辉煌的未来,这是历史的呼唤。"伟大的诗人,永远是他所生活的时代的忠实的代言人;最高的艺术品,永远是产生它的时代的思想、感情、风尚、趣味等等之最忠实的记录"[1],让我们坚持不懈地朝这个大目标努力吧!

(载吕进、熊辉主编《诗学》第二辑,巴蜀书社,二〇一〇年版,第104—118页。)

---

[1] 艾青:《中国新文学大系(1927—1937)诗集·序》,上海:上海文艺出版社,一九八五年版。

# 写作学的奠基之作
## ——重读望老的《作文法讲义》

有人说作文不是教出来的，因此作文法一类的书籍也显得无足轻重，对这种说法我很不赞同。一九二〇年望老在复旦大学开设了作文法课程，1921年《作文法讲义》在《民国日报·觉悟》上连载，一九二二年《作文法讲义》得以出版，并多次重印，真是一路阳光，值得庆贺！为什么会有这等值得庆贺的事？除了望老这部著作写得好这一主要原因外，还有一个原因就是读者的需求，诚如胡明扬先生在《革命先驱　学界宗师》一文中所说："因为当时的白话文刚兴起，许多学生不会作文。"① 望老在《作文法讲义·小序》中也开宗明义地说："我是为了满足男女同学们底需要，编了这一册书。"

这虽是大半个世纪以前问世的书，但仍然常读常新。综观全书，它有三个鲜明的特点。

一、望老有着深厚的学术造诣和多方面的知识功底。在《作文法讲义》一书中涉及到作文教学中的五种文体，和"词、句、段、篇、语、修、逻、文"等方方面面，并有可操作性。

这本《作文法讲义》要让学生掌握的知识是多方面的。既要让他们掌握谋篇布局等方面的写作知识，又要掌握记叙文、说明文、议论文和抒情散文等文体知识以及相关的逻辑知识，修辞知识，乃至美学方面的知识。总的要求是让学生写出思想积极、重点突出、表达有

---

① 胡明扬：《革命先驱　学界宗师》，《陈望道语言学论文集》，北京：商务印书馆，二〇〇九年版，第2—3页。

力、文从字顺、合乎写作规范的文章。望老向学生提出写的文章要具有"美质"的要求,并要求他们写出"要使人不厌百回读"①的文章,我认为这个要求是很高的。我国是有美文传统的国家,我们应该将这个优良传统传承下去。

望老在书中每讲一个作文方面的知识总是从有影响的乃至名篇名著中举出相应的典型例子,这本身就能说明他学术造诣的深厚和语文知识的广博。难能可贵的是他对新涉及的问题或引用的例子能提出自己的看法甚或做某些修正。例如:五四新文学革命中有人提出废骈之说,这对不对呢?望老认为:"废骈之说,只是一种反动",因为"内容同量,语言又还整齐,正不妨造为骈句"。在这个问题上,他和钱玄同先生的看法完全一致。再如,望老在谈"主旨和停留点底关系"这一节中,引用《儒林外史》一书中的例子:"(王举人)走到门口,与周进举一举手,一直进来",望老认为周进所在位置为停留点,所以这句中"来"字应改作"去"字,才不至于位置颠倒。

我认为,作为作文教材,即使道理谈得深透,倘若没有可操作性,恐怕学生也难以掌握。在"句底宾主"这一节中,望老举"今天梅花开了"这一句目的在于阐述要使句子宾主分明有三种方法:(一)改变结构。这句可改为"今天开的是梅花"。(二)变换位置。这句可改为"梅花开了,今天"。(三)省略成分。这句改为"梅花开了"。通过以上阐述,使学生明白了词在主位的,该摆在重要的处所;在宾位的,该摆在不重要的处所的道理。

二、《作文法讲义》不仅将一些有关作文的理论阐述得很具体,而具有作者自己的独特见解。

既然是讲义,一般来说,书的篇幅不能很长。此书约为六万多字,分为十二章,主要从构造、体制、美质三大部分来论述。构造三章,分别论述作文的词、句、段。体制五章,分别介绍记载、记叙、

---

① 陈望道:《作文法讲义》第五十节"流畅",《陈望道学术著作五种》,上海:复旦大学出版社,二〇〇五年版,第58页。

解释、论辩、诱导等五种文体。美质一章，分别论述作文应具有清晰、遒劲和流畅的特点。有位学者认为"这种'文章美质论'可能就是后人提出文章'准确性、鲜明性、生动性'要求的一个重要的思想来源。提出文章美质论也就把作文法和修辞学有机地联结了起来"①，这是很有见地的看法。这三个部分容量大，信息量密集，如果放开来写，真可以写成一部十倍于此的大书。望老之所以写得这样浓缩，我想是为了让使用这本教材的教师根据各自的特点和不同的教育对象去作调整、发挥和补充。一本好的教材不能把所要讲的话都讲完，总要艺术地留有空白。综观这以后的成百上千种写作教材，基本上沿袭了《作文法讲义》的体例，顶多再加上范文阅读和写作练习这些部分。教学实践证明，这样的体例是可行的，是具有系统性的。

这里我还要强调两点，一是望老的独特见解。望老在该书的第三章第八节中说："单读一种的书或一个人的文章，必易被那所读的书或文所拘牵，所局限……所以我们都该多读各种的书、各人的文，时时刻刻注意其所用的词……这样做去，入后自能将各种书中的词、各个人文章中的词贮在胸中，供我们自由运用。"一九三三年，鲁迅先生在致友人信中说："如果创作，第一须观察，第二是要看别人的作品，但不可专看一个人的作品，以防被他束缚住，必须博采众家，取其所长，这才后来能够独立。"②他们两人的话何其相似乃尔，可能是英雄所见略同吧。但是望老说这段话是一九二二年，要比鲁迅类似的话早说十一年。

二是望老始终注意作文法中的实践性，因为作文是门实践性很强的学科。只有实践，学生才能真正掌握所学到的知识；也只有实践，才能明白学生是否真正掌握了教师讲的知识，并运用自如。望老是很注重实践性的，他专门在第一章"今后的问题"这一节中谈了这

---

① 陈光磊：《陈望道先生对现代中国语言学的历史贡献》，《陈望道语言学论文集》，北京：商务印书馆，二〇〇九年版，第596页。
② 见《鲁迅全集》第十卷，北京：人民文学出版社，一九五六年至一九五八年版，第165页。

个问题。他认为只有实践,只有"革新",才能使我们的文章从"雕琢""涂饰""铺张""空泛"中解脱出来,从而焕然一新。望老早年就曾写作过评论、报告、小说、游记、杂感和诗等作品。他要求学生实践自己也积极带头实践。望老是作文"下水教学法"的最早主张者和实践者之一。望老展望写作的前景,充满了坚定的信念:"作文的态度虽然已经变成这样,建设的事业,却不是少数人尽了短时的努力便可成就。所以文章界虽然隐约已有曙光看见,也还不曾到了天明的时分……除向这面走去,再也没有别的路途。我们只有忍耐着,向这条路一步一步地走去!"可以告慰望老的是:朝着这条路途,写作教师们至今没有停止过自己探索的脚步。

三、精当地要言不烦地论述,努力做到提纲挈领,条分缕析和平允公正。对作文教学中往往未曾强调的标点和书法也予以应有的关注,并将《新式标点用法概略》一文附于书后。

在《作文法讲义》中,用精炼的文字将一些较为复杂的道理说清楚,是颇有难度的。尽管如此,望老在此书中给自己订出三条要求:"在我编时注意所及的范围内,一切都想提纲挈领地说;一切都想条分缕析地说;一切都想平允公正地说。"他是这样说的,也是这样做的。例如该书第三章第七节谈"词的辨别",提出两类词是应该避去的,一类是不纯粹的词,另一类是不精确的词。在分析不纯粹的词时,指出最重要的有四种,而方言就是这四种中的第四种。要谈方言,内容很多,但是望老只用了四行字就将这个问题基本上说清楚了,真是大手笔。首先指出杂用方言就会造成语言的不纯粹,其次谈杂用方言的害处它会减损文章的价值,并举例说明。再次提出倘有特别的理由可以不受此限,但并未举例,也不需要举例,因为这一节是提醒读者不要"杂用方言",而不是可以合理地使用方言。在谈到另一种不纯粹词即在文中穿插外国语时,指出除了已经通行的(如逻辑之类)及真没有适当译语的(如萨坡达奇之类)之外,应努力避去,否则会减损文章的价值。望老接下来以郭沫若的新诗《天狗》为例,

《天狗》一诗第二节的最后两句:"我是 X 光线底光,我是全宇宙底 Energy 底总量!"(Energy 是可以音译成爱耐卢尼的,它的意思是物理学所研究的"能"。)接着望老指出,这样中外文杂糅的诗句"普通人看不懂,懂的人又觉得累赘讨厌",这是措辞很重的批评。望老就是这样一位平允公正的人,哪怕你地位高、名气响,只要他认为你写得不对,他也敢大胆地批评。要繁荣社会主义的文艺批评,这种秉笔直书的文风值得提倡。

读完《作文法讲义》,再读望老精心设计的第一章"导言"前面所列欧阳修的一段话:"练习作文有三多,就是看多,做多,商量多"①,它是点睛之笔,特别有新意。老师在课堂上教学生,或许堪称"商量多",但是外因总是通过内因起作用的,这也就是我们平时所说的"师傅领进门,修行在自身"的意思。老师教(即商量多)固然重要,学生课后去多看(包括看课堂上记的笔记)、多做或许更为重要。聪明的有作为的学生会将这"三多"看作是一个整体,并好学力行。只要坚持不懈,必有长进。我想,《作文法讲义》的读者们会认同这样的理解吧。

"金无足赤,文无完文。"我认为望老的这本著作也有两点可以提出来讨论:1、书中举了一些例文,如《池边》《黄昏》《新村记》《少年的悲哀》和《李小虎小传》等,这些文章当时很好找,也为读者所熟悉,但是时间一久,或许现在对上述例文熟悉的人不多了,这就给当下读者理解书中内容带来不便,最好注有出处以便查阅。2、书中第十二章有一个例子:"如社会里常说的笑话,说有一副对联,叫作'今年真好晦气全无财物进门',可以有两种读法:(一)'今年真好晦气,全无财物进门。'(二)'今年真好:晦气全无,财物进门!'"对联分上下两联,是不含横披的,这怎可读成三句呢?再说对联中是忌用"晦气"这类反义词的。尽管社会流传中将它称作对

---

① 欧阳修语,见[宋]陈师道《后山诗话》。《陈望道学术著作五种》,上海:复旦大学出版社,二〇〇五年版,第8页。

联,但我们在引用时可避免"对联"一词的出现,直须说"社会上流传一则笑话"即可。

在繁荣文艺振兴写作的当下,我们很有必要重读望老的《作文法讲义》,更要彰显他所推崇的:"练习作文有三多,就是看多,做多,商量多。"

(载《上海鲁迅研究》二〇一一年夏季号)

# 莫言是一座里程碑

二〇一二去年十月十一日中午（北京时间晚七时），瑞典文学院宣布，二〇一二年诺贝尔文学奖授予中国作家莫言。这是一个历史时刻！大江南北，热烈欢呼；长城内外，洛阳纸贵！莫言的获奖"表明中国文学所具有的世界意义"。中外绝大多数文学行家均认为莫言被授予诺奖是"实至名归"，因为莫言很善于讲故事，所以也有人称他是中国的拉伯雷。中国作家获得如此殊荣是"迟到的喜讯"，早在九十九年前，印度的泰戈尔就获得了此奖，成为亚洲荣获诺奖的第一人。

关于莫言获诺奖，早在二〇〇六年北大教授陈晓明就有预测，在《中国谁最靠近诺贝尔奖》一文中，他将莫言列为第一推荐对象。陈教授的预测终于被证实。

我们认为，莫言获诺奖，有这样四个"坚实的基础"。一是他写了很多有影响的作品，体裁涉及方方面面，有小说、散文、剧作（包括话剧剧本、电影剧本和电视剧剧本）和诗歌。现在我们虽然见到他的诗歌不多，但他是一位"潜在的诗人"，他说："我自己还写了一些旧体诗词，也写了一些现代诗歌，将来也许我也会出一个诗集。"零星的单行本著作不算，作家出版社已出版了《莫言文集》二十卷，其中包括《红高粱家族》《酒国》《丰乳肥臀》《檀香刑》《生死疲劳》等长篇小说十一部，《透明的红萝卜》《司令的女人》等中短篇小说一百余部，并有散文、剧作等多部。因此，莫言赢得了"会讲故事的人"的赞誉。有这么多的著作问世，说明莫言勤奋，有才气，有厚实的生活底子。有人说生活造就了莫言，也有人说童年时的艰辛生活造就了莫言。

二是莫言的小说具有奔放独特的民族风格。瑞典皇家学院在授奖辞中说，莫言"他将魔幻现实主义与民间故事、历史与当代社会融合在一起"，"莫言的故事有着神秘和寓意，让所有的价值观得以体现"。以上引述中，有着对莫言只是复制哥伦比亚作家马尔克斯的疑问。其实，莫言借鉴魔幻现实主义是次要的，他的作品所张扬的是奔放独特的民族风格。知弟莫如兄。莫言的长兄管谟贤的一段话可供我们参考，他说，莫言确曾受到过以《百年孤独》为代表的拉美魔幻现实主义文学影响，但是对莫言影响既大且深的是著名作家蒲松龄。管谟贤说："莫言的作品是最现实主义不过的现实主义，他小说中的所有事件、人物，基本都是他亲身经历过的，都能在现实生活中找到原型……他（指莫言——引者）是蒲松龄的粉丝，称蒲松龄为'蒲爷爷'，他的小说中不止一次原封不动地引用爷爷讲的神怪故事——这是研究莫言的一扇特别窗户。"

三是莫言在国内外获得了许多大奖，说明他的作品得到国内外的认同和赞扬。在《盛典——诺奖之行》中，列了莫言所获重要奖项一览，除诺奖外，计十六项。获奖作品为《红高粱》《白狗千秋架》《丰乳肥臀》《酒国》《檀香刑》《生死疲劳》和《蛙》等。就国外而言，奖项的国别有法国、意大利、日本、美国和韩国等；就国内而言，奖项地有香港，中国台湾和中国大陆。曾在国内外获过奖的中国作家不胜枚举，但是像莫言这样如此多获奖的中国作家还比较鲜见。这次莫言去瑞典领奖，一位司机对莫言打趣说："就是这块奖牌，论金价，也值近八万克朗。"我们要说的是，莫言获得如许重大奖项，是再多的金钱也买不到的。

四是莫言的作品被翻译成多国文字，在国外读者中产生了广泛影响。诚如中国社科院在《中国文情报告（2012—2013）》蓝皮书中所述，莫言获奖有一个坚实的基础，是许多作品被翻译成多种外文版本，在世界文坛已有相当的认知度与影响力。这些外文有：英、法、德、意、日、西、俄、韩、荷兰、瑞典、挪威、波兰、阿拉伯和越南等多种语言。在诸多翻译家中,美国科罗拉多大学葛浩文教授和毕业于瑞典斯德哥尔摩大学东亚学院的陈安娜教授更值得称道,特别是陈安娜,有人甚至说:"没有安娜就没有莫言。"因为陈安娜是将莫言三部小说译成瑞典文的译者。对此,莫言抱着感恩的心情说:"翻译工作特别重要,我之所以获得诺奖,离不开各国翻译者的创造性工作。"

以上的归纳可能还不够周全,但大致如此吧。就在我们热烈欢呼的时候,随之而来的也有不和谐的声音,北京某出版社出版了本《莫言批判》,汇集四十余篇文章,凡三十七万余字,推出了多位"集体泼冷水"的评论家,这是莫言所预料不到的,也是广大读者所预料不到的。还是莫言的心态平静,他说:"这个世界已经难以产出一个不受人质疑的获奖者,不管配不配,我都已经获得了诺奖。"对此,读者的心态未必平静。一位四川成都的读者发表了《文学"批判"岂能变成了文人"群殴"》(载今年五月一日《中华读书报》)一文,我想诸位关注获诺奖作家莫言的热心读者都已读过,这里恕不赘叙,但要说的是,如果有人不按文理出牌,陷入"团伙化利益共趋"之怪圈,事情就不那么简单了!

我们完全可以说,莫言是一座里程碑。莫言获诺奖,这是我们中国人的光荣,兹赋诗一首谨致贺忱:"莫言光荣获诺奖,一夜春风喜四方。梦想成真终有日,耐得寂寞创辉煌。为人为文皆低调,机智风趣频赞扬。华章廿卷真了得,祝愿为国再争光!"

(载《海派文化》二〇一三年六月十五日)

# 论百岁作家罗洪

从一九三〇年发表作品以来,著名女作家罗洪在文学道路上跋涉了八十余年。下面就她的部分小说和散文做些诠释与评析,读者不难从中了解她在文学创作上所取得的卓著的成就。

## 一、喜读罗洪新作《磨砺》

二〇〇九年二月,百岁老人罗洪创作了以一九五七年反右为题材的短篇小说《磨砺》,真是老树新花,宝刀不老,堪称奇迹。

罗洪是小说名家,她创作过《春王正月》《孤岛时代》《孤岛岁月》等多部长篇小说,也创作过《腐鼠集》《活路》《儿童节》《鬼影》《这时代》《践踏的喜悦》《浮蚁集》《逝去的岁月》等十二部短篇小说集,被著名教授赵景深誉为描写范围广阔的"真正的小说家"(《文坛忆旧》)。

罗洪笔耕不辍,近又有新作问世。在她百岁华诞即将到来之际,更增添了喜庆的气氛。

以一九五七年反右为题材的短篇小说不胜枚举,但是《磨砺》有它显著的特色。首先是它的题目。这篇小说本可以起其他的题目,诸如《一个地下党员的风雨历程》《许锡缵和他的妻子》《怀抱》等。但是,为什么要起《磨砺》这样的题目呢?作者或许认为,按照佛教观点,人生会有许多磨难,调离心爱的工作岗位,受降职处分,乃至被打成右派,都是磨难。这一个个磨难就是人生一个个不可绕道的坎。以平常心态观之,"受点磨砺才好"。这是一种自解自叹的宽慰自己的方法。作者并不要求读者认同,读者尽可以见仁见智。

特色之二,这篇小说表现并塑造了众多人物。主要有三组,一组是许钖缵、朱清和及其两个女儿;一组是徐国盛、某领导、刘处长和离休干部老冯以及五七干校某班长;另一组是地下党干部俞志英和伍云甫。作者的重点是描写前两组人物。小说与其说是情节铺就的,不如说是人物支撑的。我认为这篇小说塑造得最成功的两个人物是徐国盛和刘处长。徐国盛是许钖缵的老朋友,为了躲避敌人的追捕,徐国盛曾在许钖缵和朱清和的新房中过了夜。是朱清和秘密地送他上火车赴延安的。解放后徐任航空局副局长,成了许钖缵的上级。在"反右"时,他未据理力争,反而同意局党组给许戴帽的决定,徐成了典型的明哲保身、恩将仇报的人。事后当许的大女儿许康宁责问他时,他"继续亲切地微笑,无言以对",真是圆滑得可以。另一位是北京航空航天大学离退休处的刘处长,当他得知朱清和为党曾做过很大贡献而未享受离休待遇时,他不是敷衍而是以雷厉风行的工作作风使这一度棘手的问题得到了解决。徐副局长和刘处长都是党的干部,但是他们对党的宗旨认识的深度和执行的力度却大相径庭,值得深思。

特色之三,就是这篇小说的人物语言。高尔基说,语言是文学作品的基本材料。"文学的第一个要素是语言。"(高尔基《和青年作家谈话》)沈阳航空发动机厂的某领导怀疑朱清和是美国特务,找许钖缵谈话,要许和朱清和离婚。这位领导总共讲了五句话,每句都官气十足,左得可以。当许据理申辩时,这位领导立即使出杀手锏,以命令的语气说:"我要问你,你是要党,还是要老婆?"他的头脑里有的是"非彼即此",压根儿就没有"两样都要"的想法,糟蹋了党的形象。这样的人物在极左思潮风行之时并不罕见。

语言有有声与无声之分。小说中的无声语言或许更值得称道。当朱清和已被落实为离休干部时,她没有说一句话。小说写道:"她忍不住,热泪夺眶而出,回到自己的卧室,仰望着许钖缵的遗像,紧握双手,任热泪掉在身上床上。"真是此处无声胜有声。这时一个党的忠诚女儿的形象呼之欲出。读者甚至会认为,如果这时作者让她哪怕是再说一句话,也会显得多余。

反右的题材很难写,也容易写成套路而锐减其可读性。这篇小说容量很大,如向小说周边发展情节,足可以写成一部长篇。但是作者惜墨如金,简练紧凑,务求集中,像"用最经济的手法,极其精练地写出故事中最精采最突出最生动的一个场面,如同彗星在长空中划过,我们所看到的最灿烂活跃的一段"(冰心《试谈短篇小说》)那样,令读者折服。这是大手笔,是写这类题材中的上品,值得庆贺,也值得向读者推荐。

## 二、喜读《罗洪散文》

罗洪既是小说家,也是散文家。一九三〇年她就发表了随笔《在无聊的时候》,二〇〇八年又有新作《学者王元化先生》和《故乡忆旧》(即《华亭笔会·序》)问世,时间跨度大大超过半个世纪,可以说是创造了一个奇迹。已出版的散文集有四本,它们是《流浪的一年》(一九四一)、《咱是一家人》(一九五六)、《往事如烟》(一九九九,与朱雯合著)和《罗洪散文》(二〇〇五)。现就《罗洪散文》谈点学习体会。

《罗洪散文》二〇〇五年七月由北京群言出版社出版,内收六十二篇散文,据作者介绍:"收在这里的散文,大多是这二十年左右记人记事之作,后面的几篇还是二十世纪三十年代抗日战争时期流浪到桂林写的散文。"或许有人会问,罗洪在解放后写的散文为何这样少?她回答说:"二十世纪中期开始的一场一场政治运动,使我的写作热情大大低落了。直到七十年代末,新时期的改革开放,我心中又涌起一股热流。"(《罗洪散文·后记》)喜读她的美文,或许可以用"历史的足迹,时代的画廊"这两句概括之。

我们不妨将她这本散文集分忆友人、赞解放后新人和忆抗战时期的往事这三部分来论述。

先谈忆友人这部分散文。作者的友人很多,这本书里收了对巴金、茅盾、王鲁彦、钱钟书、章靳以、施蛰存、王辛笛、范泉和肖珊等九位友人的回忆。(在《往事如烟》里,有对朱雯、丰子恺和吴健雄的回忆)。罗洪是一位有着丰富人生阅历的作家,她结交的都是在文坛上产生过一定影响,有不少佳作传世的作家。所以有人认为,当你阅读罗洪的这些篇章,"中国现代文学的一脉由此展开,中国一代文化人的品格与心路历程由此浮现,于是你会从这淡淡的淡淡的叙述中,感受到深长深长的回味"。《初识巴金》放在《罗洪散文》的第一篇,可见巴金在作者心目中的位置。从一九三〇年以来,作者夫妇一直与巴金保持着友好交往。他们到巴金在上海的亲戚家看望过他,也在苏州和松江有过难忘的会面。《初识巴金》着重就是写了这三次会面。有人说作家是善于抓传神的细节的,罗洪写第一次见到巴金时就抓住了这样一个细节:"正谈话间,进来一个两三岁的孩子,显然是他亲戚家的。巴金非常高兴地看着孩子,喃喃地说着什么,又问他要点什么,孩子只是摇头,一转身就摇摇晃晃地出去了。巴金满脸笑容地目送他,那天真的模样也像个孩子。"作者写这第一次与巴金见面写得更为生动,给读者留下的印象很深。

再谈赞解放后的新人。解放后,各条战线上都涌现了一大批建设社会主义的积极分子。作为杂志的编辑,他们也常下生活,和这些积极分子交朋友,进而用文艺的形式去表现他们。他们中间有农村干部陈梅珍(《河边》),商业战线干部葛正伦(《一天的开始》),工厂厂长闻松南(《识人》)以及退休的汪崇仁师傅(《心意》),等等。他们或铁面无私,或善于管理,或很有魄力,或人老心红,通过他们可窥时代画廊于一斑。

作者有时深入生活会跑得很远。罗洪就曾经在一九五五年去安徽凤阳县淮光集体农庄采风并深入生活,先后写了《青年庄员陈长禄》《向往》《咱是一家人》《陈连珍老大娘》《老袁这个人》《挤掉它》

和《不能忘记的日子》等七篇作品。四十年后，她回忆起这段生活，又写了《淮河的鱼》这篇散文，房东大嫂用平时做针线活积挣的钱买了两条淮河鱼，在临别时送给罗洪，我国老百姓的善良、热情和好客在文章中有着生动的描绘。后来作者还常回忆这段往事："多少年来，有时想起了，心里还不安呢……这些年来，不知那位大嫂情况如何，她那沉静的模样，常常出现在我眼前。"(《〈咱是一家人〉及其他》)

最后谈忆抗战时期往事的散文。首先这部分散文（选自《流浪的一年》，计十八篇）弥足珍贵。当时忙于逃难，生活极不安定，发表园地又少，所以作者有如许作品保存下来，很不容易。在罗洪这时期的散文中有对平民百姓之间守望相助的热情赞扬，也有对敌人滔天罪行的深刻揭露。前者如《真诚》，当作者两家十口人在逃难途中投宿无门时，是一位年纪较大的盐栈长者向他们伸出了援手，毫不犹豫地对他们说："快坐下吧，没有问题的，我们收拾一间屋子。"这一片真诚，使作者几十年来常常回忆起这一次经历，作者因为对其无以回报而愧疚。后者如《沉痛的回忆》："我们在流亡途中，也听到战线附近的消息，敌人每占领一个城市，总是残暴地屠杀老百姓，把婴孩顶在刺刀上玩耍。见了姑娘就强奸，见了老人就挥刀乱砍。"以致作者怨家庭的拖累，否则她真想投笔从戎，奔赴抗日第一线，把侵略我国的敌人统统赶出去。类似这种题材的散文占有较大比重，它写出了历史的足迹，表现了时代的苦难和悲愤。

罗洪是位认真严谨的作家。她曾说："我要让自己的情绪平静下来，自己慢慢形成的题材，以及在我心里活着的人物，更臻于成熟而形象化，才把它写下来。"(《罗洪致琢人》一九四八年五月一日) 罗洪是位善于学习的作家。朱雯说："（沈从文）那些长信，也深深地启发了罗洪，使她在后来的创作道路上，留下了若干值得自己回顾的脚印。"(《朱雯致沈从文》一九八二年十一月二十九日) 罗洪是位非常勤奋的作家。她说："我们有长期抗战的精神准备，不怕艰辛，总是情绪昂扬，文思汹涌，只要停留下来，即使没有桌子，我们也会在木板上、手提箱上，书写起来。这段时期，写的都是散文……因为有妈妈和妹妹帮我料理生活上的事情，我有时间写作，这段时期写了不少。"（罗洪《我和朱雯》一九九八年六月）罗洪也是一位善于总结自己创作经验的作家，她曾写过《我的创作经验》《创作回顾》《关于创作》《文艺写作的条件》《文字的使用》《底稿和修改》《我的第一篇作品和第一本书》等多篇谈创作体会的文章，真切，实在，言之有物，然而她在谈自己作品时却过谦了："（我）在热爱祖国的激情支配下，陆续写下了一些小说和散文……可惜的是，在质量上还是没有什么突出的成就。"（《〈群像〉后记》）著名出版家赵家璧先生并不这样认为，他说："罗洪的一生，已获得了十多部文艺创作的丰硕成果，成为我国有数的老一代女作家之一了。"（《写我家乡的一部长篇创作——罗洪旧作〈春王正月〉》）对此，我们深有同感。

罗洪是小说家，早期写过诗，所以在她散文中运用了诗歌和小说的一些手法，使她的散文有意境，有人物，有诗情画意，别具风采。如果说，以上是她散文的特色乃至突出成就的话，我们认为这一点也不为过。

## 三、祝贺《恋人书简》再版

由朱雯、罗洪合著的《恋人书简》一九三一年曾由上海乐华图书公司出版，八十年后，尘封的旷世情缘再度启封，绽放百年生命中的爱情之虹，于去年十二月由华商出版社隆重再版，谨致热烈祝贺！此书的再版社会反响十分强烈，先后已有萧斌如、王圣思和汤淑敏等诸位著文评论，为该书题签的杨绛先生更是连连赞叹"编得好"。我以为这编得好原因有三：一是此书刊载了与之相关的不少名家的评论，从不同角度对该书以及对朱雯、罗洪这两位著名作家的为人和为文进行了论述，使这本书的内涵更为丰富。二是这本书图文并茂。朱行健教授提供了他父母年轻时的许多照片和一些手稿。三是书籍的装帧，有罗洪的好友、著名作家杨绛的题签，有旅美画家周未为封面作画以及罗洪先生自署的题词"青春留痕"。这方方面面如众星拱月，使得这本书显得厚实，娟美和庄重，令人爱不释手。当然这一切都离不开华商出版社总编辑许顺利和诸位编辑付出的辛劳。

"爱情是支美好的歌，然而这支歌是不容易编好的。"前苏联诗人施企巴乔夫曾如是说。"恋人书简"顾名思义就是想到什么就写什么，爱怎么写就怎么写，完全是心灵的真情倾诉，不存在矫饰的"编"的问题。因此，作为恋人书简的双方要在以下三个方面一致才能写好爱情这支歌，即志同道合的感情基础，互敬互助互谅的品德操守，以及尊重双方父母和友爱双方弟妹的敬老爱幼精神。

先谈志同道合的感情基础。通读他们的书信，常有感人的山盟海誓，这可以称得上是他们爱情的中坚，令读者会油然想起诗人元好问的名句："问世间，情是何物？真教生死相许。"而志同道合就是他们的感情基础。罗洪致朱雯的信中用了"志同道合"这个词，她说："我在临睡前，有时把我们的爱，仔细分析一下，觉得我们之间爱的因素是'同志'，是志同道合。"以后，罗洪又回忆道："所以我们结婚之后，真的实现了能在一起读书一起写作的梦想。"可以说，"一起读书一起写作"是婚前的梦想，是婚后的现实，是"志同道合"的具体化。他们是文学青年，他们想在文学上做出一番事业，所以他们走到一起来了。几乎在每一封信中都可以读到他们在谈诗说文，当然也有谈翻译的事儿。他们彼此认真地读对方的作品，并认真地谈自己的看法，当然更多的是相互勉励，所以他们的进步都很大。著名作家郑伯奇称赞朱雯是"极有天才的作家"，而朱雯也称赞罗洪的文章写得好，他在致罗洪的信中说："我在一二年前，决乎料不到在我鄙陋之故乡，有一个是作文艺研究及写文章的女子！"惊喜之情溢于言表。朱雯的艺术才能是多方面的，除文学外，他还会绘画、篆刻，还懂音乐，会演奏，这些都赢得了罗洪的喜欢，她甚至说："我希望自己也有点成就,才不愧对我的爱人。"朱雯与罗洪结伴而行,一个是著名的文学翻译家、作家、教授,一个是被钱钟书和赵景深分别称为"真奇才"与"真正的小说家"。他俩为人都很低调,其实是完全可以进入文学史家的视野的。一九八二年九月,罗洪小说集《倪胡子》在台北远景出版事业公司出版和文学史家郑树森的论文《读罗洪小说札记》的发表就是这方面的新的信息。

次谈互敬互助互谅的品德操守。在本书中,两位恋人总是彬彬有礼,这和他们所受到的教育有关,同时也与他们的品行修养有关。在每封信的结尾,一个常常称"我爱珍重",一个往往道:"祝你愉快",使我们想起古人"举案齐眉"的礼节。这或许会被某些人认为是生活小节,但是这种互相尊重正是白头偕老的助动力。当然他们之间也少不了互助和谅解。朱雯打算出一本《诗与散文》的书,想请罗洪帮助誊写稿件,虽然罗洪对于抄写的事儿不太喜欢,但还是答应了下来。罗洪想将她的小说结集出版,想请朱雯写一篇序,朱雯将这件女友托他的事做得很认真,共写了约六千字。他们就是这样一丝不苟地完成彼此交付的工作。通过相互帮助,加深了了解,增进了友情,使爱情的基石加多加高了许多。谅解对方的事也可以举出两件,一件是约会定于七点钟,罗洪于六点缺五分就赶到了约会地点,而朱雯却姗姗来迟,八点钟才到。这时候罗洪说:"我倒不知什样把适才的焦躁完全驱走了。"另一件是朱雯在一封信中流露出悲观的情绪,甚至萌生自杀的念头。罗洪收到此信后感到很吃惊:"你为什么突然这样悲哀呢?"但并不是责怪而是开导对方说:"人类生成的天性就蠢得和蜗牛一样,总是向前爬,决不因为想到这些而自杀的……"她的开导令朱雯难过、后悔和不安。如果不是罗洪这样耐心地做过细的工作,或许真会酿成什么乱子呢。

再谈尊敬双方父母,友爱双方弟妹。恋爱的后续就是组织家庭。能否尊敬双方父母、友爱双方弟妹,对最终能否组织一个幸福的家庭关系极大。孟子就曾说过:"老吾老,以及人之老;幼吾幼,以及人之幼",我们要有这样的襟怀。话虽这么说,家中的方方面面要处理得周到并非易事。从书中了解,朱雯的家庭有"一些复杂的情形",对此罗洪认为,家庭的问题总有解决的一天,她以为只要使朱雯妈妈安适就好了。而且在她未来的婆婆过生日的时候,致信朱雯说:"你妈诞辰,我礼也没有送,太说不过去。但我幻想两年后的一日,则那天我们陪她玩,她假如欢喜看戏,那么我们为她定最好的座位……"听了这些话,朱雯自然高兴,从而对未来的家庭很抱乐观。同样朱雯对罗洪之弟也是像自己的亲弟弟一样爱护的。一次朱雯打电话到罗洪家,是罗洪的弟弟接的电话,他谎称他姐姐已经睡了,而且还有点不舒服,其实当时罗洪并未睡,而是在玩留声机。事后罗洪将事情经过和盘奉告,朱雯对此并不介意。有了这种对老人敬重,对弟妹宽容的态度,也是他们最后能美满地走到一起的一个重要原因。

综上所述,以上三点两位恋人不仅做到了,而且做得很好,很感人。读者从《恋人书简》这本书里学到了很多很多。《恋人书简》内涵丰富,文字清新,文笔优美,像散文诗一般,堪媲袖珍爱情百科全书。海明威说:"最好的写作一定是在恋爱的时候",要感谢罗洪和朱雯老师给广大读者奉献了他们"最好的写作"。

最后,请让我们引用一位作家的话作为结语:"一个人在一生中遇到多少人并不重要,只要有一个人让她(他)放心地去爱,她(他)就找到了自己的家。"

## 四、老作家的人格魅力

今年十一月十九日是从二十世纪三十年代走来的我国最年长的女作家罗洪的百岁华诞。在这喜庆的日子里,首先使我们想到的是老作家罗洪的人格魅力。

古人将人品看得比文品更重。何谓"人品"?简言之,人品就是一个人的人格魅力,被钱钟书先生誉为"真奇才"的女作家罗洪就具备这样的人格魅力。

首先是她的勤奋刻苦精神。从一九三〇年在《真美善》月刊上发表散文和短篇小说以来，迄今她的创作生涯已有八十年了，用她自己的话来说，就是"回顾以往的写作生活，总感到写作时间不短"。在这不短的时间里，她创作了散文集三部，短篇小说集七部，长篇小说三部，另有中篇小说《夜深沉》一篇。在这基础上，二〇〇六年编辑出版了三卷本《罗洪文集》。值得一提的是，她的作品既有解放前写的，也有解放后写的。解放后繁重的编辑工作，使她感到"实在太吃力了"，即便如此，她仍笔耕不辍。一九九六年她创作了长篇小说《孤岛岁月》。她是这样介绍的："（跌了一跤，右肩胛骨受伤，尚未痊愈）我担心来日不多，一定要想办法尽快写出来。写的时候用右手的食指和中指夹着笔，再让左手的两个指头帮着顶住笔。稿纸用镇纸压住，写出来的字大得不得了。人还要立着，坐着不好写。"《孤岛岁月》就是在极其艰难中写出来的。创作是艰苦的脑力劳动，如果没有勤奋刻苦精神，断难想象罗洪能有如此丰硕的精神产品问世。

其次是她的谦虚谨慎精神。罗洪的作品多，影响大，她始终牢记"满招损，谦受益"的古训，淡泊名利不张扬，用她自己的话来说，就是："我这个人一生一世就是淡泊，名啦利啦，不看重，无所谓。"罗洪的作品受到许多名家的赞扬，例如赵景深先生说："以前女小说家都只能说是诗人，罗洪女士才是真正的小说家。"（《文坛忆旧》）施蛰存先生说："（罗洪）她所写的人物性格，都是江南小城市里常见的典型人物，典型性格……因此，我对她的作品的印象，常常觉得，小说就应该这样写。"（《罗洪，其人及其作品》）这些很有见地的评论，罗洪静静地听之，并不沾沾自喜。令人感动的是，她常常想到自己作品的不足，从而有一种内疚感。例如她曾对一位编辑说，她写的作品"质量太差，内心惭愧"。她对某些人高度评价她的作品保留了自己的看法，她说："有人认为我的小说比冰心等人的要好一点，我不赞同。"这是一种非常可贵的精神。俗话说，苦恼是比出来的。不去和别人比,就会减少许多苦恼。如果实在要比的话,她就将自己的弱点去比别人的长处,见贤思齐,取长补短。这或许也是罗洪的长寿之道吧。写到这里,我想起苏州大学范培松教授的一段话:"现在的年代,'老母鸡'似乎已成稀罕物,常常在学界撞见的是一些高昂啼鸣的'小公鸡',他们虽然没有什么'蛋'可炫耀,但他们的声调可以令满世界震动。不过,震动之后,我常常会感到一点寂寞。"(《"老母鸡"钱仲联》)范教授的话是赠给当下文坛某些不知天高地厚的人的金玉良言,也可以从另一方面看作是对女作家罗洪这种谦虚谨慎精神的褒奖。

人间俊彦,文坛楷模。女作家罗洪的人格魅力当然并不囿于以上这些,但仅此两点,就足够让我们好好地学一辈子了。

(载《中西汇通:海派文化的传承与创新》,
上海大学出版社,二〇一三年版)

# 建构新诗美学的蓝图

## ——吴奔星教授《写诗余论》述评

### （一）

著名诗人、学者吴奔星教授（一九一三至二〇〇四）在一九三七年一月发表了《诗的创作与欣赏》一文，提出了新诗应该"三新"，即新意境、新比兴和新辞藻，阐述了很好的见解，涉及到新诗的美学层面。时隔三年，到一九四〇年二月，吴教授发表了《写诗余论》这篇长文，以古代诗论的写法，共有二十八则，可以看作是他对《诗的创作与欣赏》这篇论文的延续与发展，在诗与生活、诗的内容和形式、诗的语言和诗的鉴赏批评等诸方面言简意赅地提出了建构新诗美学蓝图的系统思考，为其日后诗歌美学的建立奠定了扎实的基础。至今读来，仍有很强的现实意义。

### （二）

先谈诗与生活。这得从他对诗下的定义谈起。他说"凡以和谐的音节，经济的辞藻，表现个人的观感或刻画精彩（或生动）的人生，都可称之为诗"，简言之，"诗是苦乐的象征，灵魂的散步"。倘若没有生活，何来"个人的观感"和"精彩的人生"？在吴奔星看来，只有"具备锐利的眼光"，"才能去取宇宙万有中的写作对象"，作者肯定的是"宇宙万有中的"而非是头脑中固有的，这就从物质第一性的角度来肯定了生活的重要性。有根树才茂，有土花才香。只要有了生活，就能使我们去写出"在平凡的事物中掘发自古以来的诗人都没有写过的东西"。当然这不是一般有生活底子的人所能做的，也不是不善于观察的人所能"掘发"的。我们很赞赏吴教授这样的精彩的话："要知道人人都有天才，人人皆可写出其不朽的杰作。"我们或许尚未忘记，早在二十世纪五十年代，曾有人说过："创作（诗歌）需要才能。"似乎"才能"是比生活还要重要的，这完全是混淆视听，喧宾夺主！这种说法的危害性在于：诗歌创作只是少数有才能的方能参与的，广大人民是无缘参与其中的。吴教授的这番话，大长了人民作为诗歌主人的志气，大灭了少数妄想垄断诗歌者的威风，从这个意义上说，吴教授是"大众时代的代言人，说出了许多大众想说而不知如何说好的话"。

## （三）

续谈诗的内容。对诗的内容从古至今也有许多说法。吴教授斩钉截铁地说："诗的伟大与否，取决于内容，不决于形式——一切文学作品都是如此，不限于诗"，这道出了一个事实，历朝历代评价诗歌的标准都是内容第一位，艺术第二位的。当然这也有表现的技巧问题，有的倾向于直接，有的倾向于间接。有位山水画家用诗一般的语言："中华大地，无山不美，无水不秀"，这可谓是倾向于直接，而我们的诗人杜甫写了一首脍炙人口的诗："两只黄鹂鸣翠柳，一行白鹭上青天。窗含西岭千秋雪，门泊东吴万里船。"(《绝句四首》(其三))诗中没有一句直接赞美祖国的，然而句句都是赞美祖国的，正如美国诗人阿奇博尔德·麦克列什所说："一首诗并不解释什么，而本身就是什么。"(高友工、梅祖麟《唐诗三论——诗歌的结构主义批评》)吴教授主张诗在表现内容的时候，"诗意贵含蓄，忌显露"，这在西方被称之为"（诗的）沉默美学"。

吴教授还认为:"古人言文,分载道与言志两类。诗是文学的一部门,也当然分此两类。"这里的"道"是指内容和思想;这里的"志"是指性灵和情感。前者不能离开情感,正如后者不能离开思想一样。

## (四)

再谈诗的形式。毫无疑问,诗的形式是受诗的内容制约的。吴教授在讨论诗的形式的时候,总是强调内容决定形式,这无疑是正确的,例如,他谈到诗行。他说:"宜决于意,苟意之所宜,一句分为数行亦不为过,非然者,数句并为一行亦可。"再如,他谈到脚韵。他认为:"(脚韵是)情感的枷锁。"有时为了畅达地表达情感,脚韵甚至可以不要。这或许为某些人所不能接受,但在写诗的实践中会不可避免地遇到这个问题。在本文的最后一则(第二十八则)提到押韵的问题,吴教授并进一步指出:"不知社会愈进化,题材愈广泛,有韵的诗式,已不足以作为表现的工具",这在二十世纪四十年代就提出关于诗歌音乐性的见解,是具有前卫性的。

## (五)

四谈诗的语言。吴教授指名道姓地批评了胡适。他说:"(胡适)他主张写明白如话的诗,原则上是对的,但对于后来诗人的影响太坏了,由他拉开了粗制滥造的序幕,使诗人如牛毛……"虽然造成这样的不良后果的责任不能一古脑儿地推给胡适,不过作为此种理论的倡导者,胡适难逃应负的责任。

有人说,语言是文学的第一要素,诗歌亦然。吴教授在本文中多次强调:"(写诗)用字造句,应再三斟酌","语言忌艰窘"。"如以最险怪的词句表现最平凡的意境,在作者自文浅陋,对读者则味同嚼蜡。"但是通观全篇，我们感到吴教授结合自己的写诗实践阐述得尚嫌不足。

# （六）

五谈诗歌的鉴赏批评。诗歌鉴赏批评的职责是灌溉佳花，剪除恶草。但是，有时候诗歌批评变成了乱扣帽子。吴教授在《写诗余论》中说："今人读诗，稍一不懂，即斥之朦胧、神秘，甚至骂他不逊，尤应纠正"，这是乱扣帽子的一例，令人联想到在二十世纪八十年代初，有人对稍一不懂的诗也扣上了类似的帽子"令人气闷的'朦胧'"，前后二者何其相似尔。严格来说，这种打帽子仗算不上诗歌批评。

吴教授对诗歌鉴赏批评提出了两点：（一）"不要将作品给年纪上了三四十岁而不懂诗的人看。……他硬要看，既看了之后，又喜欢给你一个盲目的批评。"

（二）"诗人不可像政治家那样希望别人捧场。只要写诗写得好，自然有读者、有时代、有历史来捧场。同时诗人也不要怕别人诋毁，恶意谩骂会在诗人光荣的成就前屈膝。"

文中的第一点，吴教授是针对批评者说的，他们对诗歌批评不懂，或者说懂之甚少，但爱盲目地批评别人的作品。这样的人为了避免出洋相，得注意提高自己的艺术素养才好。第二点，是要被批评者有自信心。任凭风浪起，稳坐钓鱼船。不要怕别人的诋毁和谩骂，走自己的路，让他们说去。但要真正做到这一点很难。因为人言可畏啊。

文艺鉴赏批评（包括诗歌鉴赏批评）至今也很难说已经理顺。譬如说莫言在二〇一二年荣获诺贝尔文学奖，应该说这是我国文坛的一件令人欢欣鼓舞的好事，但偏偏这个时候冒出了一本很厚很沉的被称为"集体泼冷水"的书《莫言批评》，真是很难理解。俄罗斯有句俗语说得好:"胜利者不该受到指责",某些人连这个起码的道理也不懂,你还能跟他们说些什么呢?

诗歌鉴赏批评是个大题目。吴教授在本文中仅将这个问题提出来请大家思考。它的正确做法还是开头提到的两句话,诗歌批评和所有的文艺批评一样,应该坚持"灌溉佳花,剪除杂草"这个原则毫不动摇。至于怎样做好这项工作,还有待于不断地实践去逐步完善。

## (七)

诗歌美学理论的建设是一项宏大工程,需要几代人的努力。感激许多前辈们的夙夜在心的钻研,其中吴奔星教授就是颇为突出颇有建树的一位,他著有《虚实美学新探》《诗美鉴赏学》等诗歌美学专著,在诗坛产生了深远的影响。《暮霭与春焰》一书在作者简介中是这样叙述的:"(吴奔星教授)晚年致力于诗歌美学的探索,创立'虚实美学'的概念,提出'诗学是情学'的命题,具有独特的理论建树",这是实事求是的科学评价。在纪念吴奔星教授诞辰一百零一周年之际,让我们重温他建构诗歌美学方面所做出的重大贡献,对繁荣和发展祖国文学事业是大有裨益的!

(载《长沙理工大学学报》(社会科学版)二〇一四年第三期)

# 创新·启智·攀登

## ——初读《共和国诗历（1949—2000）》[①]

二〇一三年岁杪，著名新诗史家沈用大兄不幸谢世。噩耗传来，我和诗友们十分悲痛。他的去世是诗坛的重大损失！

时过不久，沈用大兄之子沈元先生寄来其父的沉甸甸的专著《共和国诗历（1949—2000）》，我随即就拜读起来。一种歉疚的心情飘上心头，因为当初我曾劝他不要写这部书稿，原因是：一、类似的著作别人已出过多部；二、相关的资料很多，难于搜集。后来转而一想，用大兄是位一步两个脚印的人，他既提出要续写新诗史（他以前曾出过一本《中国新诗史（1918—1949）》），说明他已搜集并研究了相当多资料，如果中途停顿，实在可惜。于是，我给用大兄打电话，改变了我当初的看法。用大兄坦然待之，并在《后记》的感谢名单中列上了我的名字。

这部大著尚未细读，这里仅谈一些零碎的心得。

一、创新。创新是一个民族的灵魂。创新对一部书稿来说也至关重要。用大兄在动笔前肯定想过这个问题，在动笔后也时时提醒自己重在一个"新"字。用大兄说："本书的写法与现行体制内的写法颇不相同"，他又说："本书的最高目标是体现为'原生态性'。"这两点都道出了"新"的本质。具体地说，他在该书的《自序》中谈了三点：（一）我们应"以尊重历史为好"；（二）"我们要摆脱二元对立

---

[①] 沈用大：《共和国诗历（1949—2000）》，福州：海峡文艺出版社，二〇一三年版。

的思维模式";（三）我们"是让事实说话","'叙述'需要真功夫","议论大都虚妄"。这三点是坚持了唯物论的反映论，有了它作为指导，这部书新意迭出就成顺理成章的事了。这些看法的提出，用大兄是花了一番苦功夫的，他作了深入细致的调查，他看过诸如洪子诚、刘登翰、程光炜和吴思敬等十四位共和国诗史专家的大著后而作出的选择。他谦虚地称自己的这部著作既不"深"，也不"细"，这是一张"地图"。事实证明，这张"地图"是创新之著，是广受读者和新诗研究家们欢迎的。

二、启智。启智之一，一个人要取得对诗歌的发言权一定要博览群书，要消化吸收，为我所用。别的不说，仅从用大兄的《自序》来说，他不仅引用我国现当代诗论家的论述，还引用了古代的典籍《史记》《汉书》《尚书》《文赋》《诗品》《沧浪诗话》等，还引用了外国克罗齐、科林伍德、庞德、波特莱尔、弗洛伊德和俄国文艺理论家什克洛夫斯基等人的论述或著作。学到用时方恨少。这说明用大兄平时很注意充电，很注意学习。

启智之二，在逐章逐节介绍诗人诗作的时候，为了不显得零碎，最好能捕捉他们之间的共同点。在本书结构上，用大兄是花了一番功夫的。他在第一章第三节中将三位军旅诗人未央、张永枚和公刘放在一起论述；在第二章第二十五节中，将三位新边塞诗人杨牧、周涛和章德益放在一起评析，前者这样排列是考虑到"倘若不及思想实际，光从命运来看，恰为左中右的'军内三人行'"，后者这样排列是由于他们三人也有一个共同点，即"从1980年代末期开始，以上三人陆续调回内地，于是，以他们为代表的新边塞诗遂告稍歇"。从无序中找出有序是要狠下一番功夫的。

启智之三，每章的排列。本书写我国解放后新诗，从一九四九年至二〇〇〇年，时间跨度约五十年，分为四章，另加《尾声·跨进新世纪》，算它五章也未尝不可。第一章一九四九年至一九七六年，时间跨度为二十七年。第四章写一九八八年至二〇〇〇年，时间跨度为十二年。当中第二章转型期（一九七六至一九八二）和第三章"第三代"（一九八二至一九八八）时间跨度各为六年。我认为这样划分是科学的。乍看起来，第二、第三章时间跨度小，但是这两章所概括的时期非常重要，可以说是我国新诗的转型期，这样划分是为了醒目、强调，或许舍此之外，我们想不到更好的划分方法了。

三、攀登。用大兄在《序言》和《后记》中有两段文字更值得思索。他说："皆因本人接触时间较短，资料不足，尚有不少想读的作品无缘一睹、想写的诗人未能写入，此乃本人本书之一大遗憾。"（见该书《序言》）另一段文字是："该说的似乎都已说完，而想说的似乎还未开头。我想起波特莱尔对于'现代性'的论述：'过渡，短暂，偶然'；又想起过去曾读过的巴金的话：'暮春的凉风从窗外吹进来，周围静寂无声，夜很迟了。一个人枯坐在窗前写些文章，有什么用处？难道我不能够做一点更有用的事情么？'那时巴金还年轻，所以还想做一点更有用的事情，而我却是已近'古稀'之年，就是有此心也已无此力了。"（见该书《后记》）当然这都是谦辞，但也说出了实际，前者说明他对这部书稿还不够满意，后者感叹自己已"古稀"之年，要写一部非常满意的同类书稿已力不从心。它的潜台词是，他愿为后来人做攀登诗论高峰的垫脚石，希望有人接过他的未竟之愿，将这件事努力而认真地做下去，以真正填补我国新诗史论的空白！看了以上两段滚烫的文字，特别是后一段语重心长的话，我们怎能不心潮起伏呢。

我们要告慰用大兄的是，他为新诗所做巨大的贡献将彪炳青史，他的后来人会毫不松懈地沿着他坚实的脚印奋勇前行！

最后，谨赋诗二首，深切缅怀沈用大兄。

（一）

满腔热忱似春风，一片真诚时时同。
平生专为别人想，亲如手足胜友朋。

### (二)

马不停蹄攀高峰,史如写诗难于工。
真知灼见随处有,几多心血架彩虹!

(载慈溪市上林书社《上林》二〇一四年第二期,总第十四期)

# 《五国日记》：杜宣散文的新开拓

今年是杜宣先生（一九一四至二〇〇四）诞辰一百周年。这位著名剧作家、诗人和散文家，一生从未停止过散文创作，已出版的散文集有《五月鹃》等七本。用"硕果累累，成就恢宏"来概括杜宣在散文道路上所走过的路程或许是确当的。更令人高兴的是，他的散文《井冈山散记》曾被选入中学语文课本。他的一些论述散文的单篇文章，从散文的一些重要方面谈了许多他长期从事散文创作的真知灼见，具有一定的理论深度，可作为后人从事散文创作时的参考。

杜宣喜用"日记体"散文写在国外的所见所闻所感，他的《西非日记》一九六四年出版后受到热烈欢迎。在此基础上，他加进了《巴基斯坦日记》（一九六四年四月二十九日至五月六日）和《朝鲜日记》（一九六四年十二月七日至十二月十七日），打算以《五国日记》为书名"另外出版"，这样他的这本散文集就更厚重了。《五国日记》里所反映的内容大致可分两大部分：既反映了西非三国（加纳、几内亚和马里）人民的反帝反殖的英勇斗争历史，以见证者的身份揭露了帝国主义和殖民主义的罪恶，目睹了非洲人民和中国人民的深厚友谊；同时也反映了巴基斯坦在发展道路上所取得的成就和中巴人民的友情，反映了朝鲜人民在抗美斗争中所取得的伟大胜利和在社会主义建设中所取得的巨大成就。这本散文集中所反映的鲜活的材料要远比课本上的具体生动得多，因此也就更具可读性。

以加纳为例。加纳有座名叫爱尔弥纳的城堡，城堡下层是关奴隶的牢房。牢房里有条地道，直通港口。奴隶被押上海船贩卖，直接由地道爬着被驱赶至船上。殖民主义者心毒手辣由此可窥一斑。据著名黑人学者杜波依斯统计,由于奴隶贩卖,使非洲失去了一亿人口。

散文集中洋溢着亚非人民对中国人民的友好感情。一九六二年四月五日,杜宣一行访问有"马里的威尼斯"之称的莫普蒂时,受到马里地方官员的热情接待。在官邸客厅的墙壁上,挂着天安门丝织画。马里官员告知,这幅画是一九六一年中国贸易代表团赠送的。

散文集对亚非五国的风土人情、自然资源、文化教育、名胜古迹等,有着引人入胜的叙述。其中有几件事很值得一提。西非有很好的旅游资源。例如几内亚的金迪亚有个著名的被称作"新娘面纱"的瀑布。作者原以为瀑布总是像万马奔腾一样地喧嚣,哪知道这瀑布宛如一幅七八丈宽的轻纱,在微风中飘来飘去。杜宣写道:"瀑布是无数如丝的细流所组成。断崖就像织布机上的梭子,泉水则是梭子齿缝中流出的细纱。千万根细纱从悬崖飞下,飘忽轻盈,落地无声。这真是奇迹!"

西非有许多有名的动植物,例如马里的上尉鱼,加纳的旅人蕉和面包树。马里是个产鱼国。马里的尼日尔河里有一种鱼,大的每条有几十斤重,全身灰黑色,有三条白纹。因为过去法国军队上尉的肩章也是三条,所以当地老百姓将这种鱼叫作上尉鱼。后两种植物是杜宣在加纳玛恩朋的植物园所见。

我们在细读杜宣这些日记体散文的时候,很钦佩他在短短的时间里能搜集到如许多的素材。我想,出国访问如果单听介绍,这远远不够,还要靠"看"和"问"。

先说"看"。非洲人民的服装很鲜艳,此外,穿非洲服装的方法也很新颖别致。例如杜宣等一行访问加纳玛恩朋地区酋长兼地方议会主席萨丝拉古二世时,他写道:"萨丝拉古二世他光着头,身材魁伟,穿了一件花布的加纳民族服装,说穿是不准确,应该说是披的。一块宽大的布,从左肩上披下,将身体裹了起来,右肩是赤袒着的。"作者的观察是多么细致啊。有人说:"艺术家首先是一个观察者。"这话用在杜宣身上是再准确不过的了。

《五国日记》：杜宣散文的新开拓

再说"问"。杜宣在街上看到一些年轻的加纳妇女头上编了许多小辫子。他感到有些新鲜，便询问了收拾房间的加纳女服务员。对方回答道："我们非洲人的头发短，最长也长不过三四英寸，又是鬈曲地贴紧在头上。因此我们的一些爱时髦的姑娘们，希望把头发拉得长点、直点，所以就编起辫子。因为头发短嘛，当然就不能像你们那儿的姑娘，梳两条或者一条辫子啊。"答案找到了，这同时也就解开了许多人心中的疑问。

杜宣的散文，当然也包括本文所论述的日记体散文，具有厚实的人文底蕴和丰赡的艺术修养。杜宣说："我国许多古文，在这方面做出了典范，我是经常读古文的，从中学习技巧。"（《我是怎样写作的——答〈语文学习〉编者》）给我们印象尤深的有这样几点：一是语言准确、丰富，特别是运用了一些"古人语言中的许多还有生气的"文言词，例如"鲁拙""鹄立""鹄候""谢悃"和"暧昧"，等等，这和他幼年受到"专馆"（即私塾）教育，从此大量阅读和背诵古诗文有密切的关系。二是语言形象生动，富有感情色彩。例如他在《朝鲜日记》（一九六四年十二月十日）中用了"绿树迎眸"一词，读了令人经久不忘、印象深刻。他是这样叙述的："上午我们去万景台，访问金日成同志的旧居……旧居在万景台山麓。现在这里辟成了公园，遍植松树，因此这虽是万木枯凋的季节，但这儿还有绿树迎眸的感觉。"三是在如许的日记体散文中，穿插了他写的九首诗，引用了别人的两首诗。这些诗的穿插和引用，使杜宣的散文题旨得到了升华，从而更富有诗情画意。这里谨引用两首："朝渡河马河／夜宿鳄鱼江／河马鳄鱼皆不见／一钩新月照沙梁。"（《马里日记》一九六二年四月六日）"雪中来访雪中归／半岛江山锦绣堆／鲜血凝成兄弟谊／千年万代共朝晖。"（《朝鲜日记》一九六四年十二月十七日）

杜宣一行出访的西非国家，有的条件相当艰苦。有一次他们为了找到"下宿"地，曾遇到过不少困难。他和同行者韩北屏曾在一个叫作旁底加拉的小村庄的沙丘上度过了一个夜晚。"日记是保存文学记忆的最好方法。"(余华语)然而,为了保存好文学记忆所付出的艰辛,非践行者是难以体味的。正因如此,杜宣的《五国日记》的文学价值也就非同一般了。

(本文载《海派文化》总第六十七期,<br>二〇一四年六月十五日)

# 试论李霁野对诗歌的贡献

今年是著名诗人、翻译家和教育实践家李霁野先生诞辰一百一十周年,捧读他煌煌巨著十一卷,更深切地感到他对我国新文化运动做出的杰出贡献。李霁野先生本色是诗人,他在诗歌方面取得的成就是卓著的,正像他在翻译方面所取得的卓著成就一样。这些成就将永载史册!

一

倘若从一九二一年他在阜阳第三师范学校写的五言古诗《不眠叹永夜》算起,他辛勤耕耘,成果丰硕,可以说诗歌伴随他奋发进取的治学之路,诗歌伴随了李霁野先生的一生,他前后共有六本诗集问世:《乡愁集》《国瑞集》(均为格律诗集)、《海河集》《露晞集》《卿云集》和《琴与剑》(新诗和十四行诗),其中《海河集》和《乡愁与国瑞》(《今昔集》改名)分别由上海文艺出版社和重庆出版社出版。他还著有两首叙事诗,它们是《海河岸上人家》与《史湾赵平》,后者长达两千行。

为了赓续文脉,向年轻一代推介、诠释古代诗歌瑰宝,特别是唐诗宋词,是利在当代、功在千秋的大事。他做这项工作的最初出发点只是"娱妻课子",其实这不是他目的的全部,或者说这不是他的主要出发点。他的主要出发点是:"好诗都能潜移默化,对我们进行最好的教育。"(《〈唐人绝句启蒙〉开场白》)他曾用这样两首诗叙述"好诗所能起的作用":"我知道天下没有/比好诗更灵巧的教师,/

不仅将人内心卑污的一切／抑制下去，／却也教给高尚的思想，可爱的言词，／礼貌，求知的欲望，／爱真理的心，使人成为好人的一切。""读诗是最大的赏心乐事，／诗的魅力胜过爱神弓矢；／有时我们相视一笑，仿佛我们心事诗人尽知。／／有的诗引起童年的回想，／有的诗引起青春的希望，／有的诗表达彼此的爱慕，／有的诗缠绵悱恻哀伤。"(《〈赠丽莎〉之八》)因此，他早在抗战前就打算著述《唐人绝句启蒙》和《唐宋词启蒙》这两本书。真正着手去做这件事或许是在一九八〇年他离休以后。功夫不负有心人，他的两本著作一九九一年四月和一九九三年九月先后由北京开明出版社印行。李霁野先生说，《唐人绝句启蒙》出版后，很受青少年读者的欢迎，他"感到很欣慰"。

## 二

我们喜欢拜读李霁野先生的诗是因为他的诗一开始就是贴近实际，贴近生活和贴近群众的。李霁野先生将诗歌看作是他生命的一部分。一九八三年他在《〈乡愁集〉后记》中说："完全生活在闷罐里是不可能的，因而也有些诗势必涉及时事，尽管这只是一点一滴……这些诗写起来是平平常常的，但却有些颇不平常的风波，似乎此诗的本身更有点趣味。"

这里我们不妨举几首他的诗作为例。"怵目惊心黄泛凄，人烟绝迹暮鸦稀。渡头小店斜阳下，墙上斑斑留旧泥。"(《过黄泛区》)这是他于抗战时的一九四一年写的。黄泛区的百姓当时遭受双重灾难，即黄河的泛滥和日寇的入侵，生活在水深火热之中。诗中用了"怵目惊心"和"人烟绝迹"等字句，可见当时百姓的生活于一斑。写这首诗时，诗人的心是无比沉痛的。诗中的"斑斑留旧泥"，我们将它读作"斑斑留血泪"也无不妥。

再如《戏题二子近照》也是我们喜爱的一首，它同样是写于抗战时期（一九四五年）："偏头啥事小方平？方仲为甚装正经？相对无言千里隔，阿翁乏计问分明！"开头两个问句，故意将凝重的气氛稀释一些。日寇的入侵使多少家庭背井离乡，妻离子散？"相对无言千里隔"，这是这首诗提出的无声抗议！

一九四九年以降，诗人也写了大量的诗歌，这里再举几例。《春蚕颂》是令人耐读的一首："谁谓师恩深似海，老年面壁徒悲伤？春蚕丝尽终成锦，蜡炬成灰曾放光。"这是一曲对"师恩"的颂歌。它的亮点是将千百年来"悲伤"的情感扭转了过来，这是"反其意而用之"的手法，我们很赞颂李霁野先生的这种博大胸怀："春蚕丝尽终成锦，蜡炬成灰曾放光。"

鲁迅先生是李霁野的恩师。他曾写过三十六首诗（有的是组诗）缅怀和赞颂鲁迅先生。这些诗歌是：《谒鲁迅墓并访故居》《访鲁迅故乡》《鲁迅先生颂》《鲁迅先生八十诞辰纪念》《在鲁迅先生墓前》《鲁迅先生百年诞辰》《鲁迅先生华诞颂歌》《缅怀鲁迅先生》《鲁迅纪念馆》《鲁迅先生百年诞辰寄故人》《鲁迅像》《题译厘沙路诗献鲁迅先生灵前》和《怀老友静农伤鲁迅素园寄维钧》等，下面就是这些诗篇中脍炙人口的佳句："刀丛斗智显真勇，俯首为牛见大仁""为道先生少小事，儿童额首喜盈盈""当年权贵归黄土，万载留芳纸上声""战绩光史册，文章耀故园""毛锥扫荡千重瘴，威力远超原子能""虚度年华七八春，当年培育忆深情""先生革命精神为河山增色，先生文章艺术为祖国添娇""玉盘珍珠落，恭聆纸上声"。或许在鲁迅学生中找不到第二人像他这样用这么多诗歌颂他的恩师。

当前学生课业负担重是普遍存在的现象。李霁野先生写过两首诗《枕上口占》（一九八九）、《戏赠正辉》（一九九〇），为学生的负担过重大声疾呼。希望教育改革的春风能改变这种状况。让学生高高兴兴分享教育改革的硕果。

综上所述，"诗人主要的天赋是爱，爱他的祖国，爱他的人民"（闻一多语），爱国之情，爱民之意，时时跳动在李霁野诗歌的脉搏里。

## 三

李霁野先生有两本研究旧诗词的专著,它们是《唐人绝句启蒙》和《唐宋词启蒙》。这是他多年研究结出的硕果,是他为青少年写的两本启蒙读物,出版后很受欢迎。

这类的书可以说多如牛毛,李霁野先生的书为何脱颖而出,如此受欢迎,很值得思索一番。

我以为其中原因有四:一是精。每首诗词诠释分作者介绍、正文(指评析的诗或词)和评析三部分。最见功力的是第三部分,作者用三四百字的篇幅(也有稍长一些的)言简意赅地将诗词的好处托出,颇多真知灼见,给读者以启迪。例如《静夜思》(李白)这首诗,作者指出它的艺术手法是"白描"。何谓"白描"呢?作者认为"清水出芙蓉,天然去雕饰"就是"白描"。去雕饰就是不加入人工造作。这样青少年读者一看就记住了。二是"亲",即读后有亲切感。例如《回乡偶书》(贺知章),评析中说:"我一九二六年夏回乡省母,离乡不过三年多,却问给我送茶的二弟是谁,引起哄堂大笑。若是我离开三十年回来,大概孙辈们也会'笑问客从何处来'吧。"三是"新",即作者的创见,或者说是真知灼见。《钗头凤》是陆游一首有名的词。这首词的上片和下片分别是"错"和"莫"。过去多数的评析者都是将"错"和"莫"分开来分析的。李霁野先生在这首词的评析中说:"末三个叠字的意思是'罢,罢,罢!'上片的错和这里的莫,又可能是连绵词'错寞',诗中常用,意思是寥落,落寞。"这就给读者以启迪,这"错"和"莫"虽用在词的上片和下片,但它们的意思是相互连贯的。我们从连绵词"错莫"切入去理解,或许能更好地理解它的底蕴,吃透它深层次所要表达的意思。四是"动"。《静夜思》(李白)这首诗可以说已经家喻户晓,越是这样的诗或许就越难评析。作者为了让读者对这首诗有更真切的感受,也可以说是李霁野先生作为评析者与读者"互动",他于一九八二年写过两首《静夜思》。读《静夜思》，并用诗的形式来表达对读这首诗的感受，或许是一种别出心裁吧：" （其一）皓月当窗爱静思，清愁缕缕夜迟迟。若问皓首思何事，一笑茫然不自知。"" （其二）并蒂花开满室香，佳篇美什耐思量。心头突现童年事，轻梦朦胧忆故乡。"在他的诗中嵌了诗题"静夜思"，更是匠心独运。

## 四

李霁野先生不仅是写诗、译诗、编诗，他还要评诗。要评诗就得有他的诗美的原则，或曰评价诗质如何的标准，这个标准可以归纳为三方面，即"思想""生活"和"技巧"。李霁野先生甚至将标准浓缩成一句话："好诗是从生活经验中提炼的精华。"但是那样评价起来或许很难操作。所以李霁野先生给好诗定了这样六条标准，即"（一）高尚的情操；（二）崇高的思想；（三）丰富的想象；（四）生活的时代气息；（五）精美的文字；（六）独特的民族形式"。情操、思想是指内容方面的。想象、生活、文字和形式是指"生活""技巧"方面的。这些标准仍可看作是以上三方面的具体化。

李霁野先生结合自己的创作实践，又概括出一些体会，不妨称之为旧体诗写作的三点补充建议吧。一、"平仄不通押和仄韵的限制就有时变通"；二、"押韵不拘泥于旧韵书，大体接近民间的十三辙"；三、"基本根据《中华新韵》，而不照它改变入声"。这与其说是为他自己立的标准，不如说这是告诉当今旧体诗词的作者，我们要挣脱传统诗词的束缚，但是不能越过这一已经放宽标准的底线，否则别人就会不承认你写的是传统格律诗了。

毛主席在一九五七年致臧克家等著名诗人的信中曾说："诗当然应以新诗为主体，旧诗可以写一些，但是不宜在青年中提倡，因为这种体裁束缚思想，又不易学。"李霁野先生在二十六年后，即一九八三年提出以上旧体诗写作的三点补充建议是可行的，它在不违反旧体诗写作规范的情况下，为青年诗歌习作者的学习减负，这里的"变通""不拘泥"和"基本"深得人心，也符合漫长诗歌发展轨迹的实际，其中有些著名诗人也曾是这么做的。因此，从这个角度来说，李霁野先生的三点补充建议是给诗坛带来的春天的气息。

## 五

据说有一则幽默小语："在天上飞的一只小鸟，随意在半空中，拉下一把鸟粪，就会打中正在北京街上，行走的一个诗人。"（贺志坚《为什么您选择写诗》）作为一个有十三亿人口的大国，诗人多并不是坏事，关键是诗人的素质要好，诗人的诗要好，这是当下需要解决的方面。李霁野先生是诗坛的前辈，他既写旧体诗，又写新诗，在叙事诗方面也取得令人瞩目的成就。他的两本诗歌专著《唐人绝句启蒙》与《唐宋词启蒙》反映了他的研究硕果，有他的别于寻常的真知灼见，出版后在读者中有很好的影响。我们有志于此道的诗人们不妨将这些文本和专著找来读一读，钻研一番，相信是会大有裨益的。

李霁野先生对诗歌的贡献当然不囿于以上诸方面，遗漏之处肯定还有。我学习李霁野先生诗歌还很不够，更谈不上有所钻研。以上只是我的一些点滴心得而已，以求教于诸位方家。

（载《上海鲁迅研究》二〇一四年夏季号）

# 第二部分
## 祖国台港澳文学论述

# 正视并重视

## ——《台港百家诗选》后记

我喜爱诗歌,但以前对台湾诗歌涉猎甚少。自从我校文科图书馆建成后,添置了不少这方面的书籍,还特辟了台湾报刊阅览室,使我这个对台湾诗歌贫乏的脑袋渐渐充实了起来。特别是随着海峡两岸文化交流的日益增多,不少诗人,如蒋勋、杜国清、洛夫、张默、辛郁、管管、张堃、罗门和林燿德等先后光临我校,同时,我校台港文化研究所于戊辰年夏季举行过海峡两岸现代诗研讨会,我亦有幸被邀参加,这使我有机会或直接或间接地接触到较多台港诗人诗作,视野随之开阔,研究兴趣渐浓,于是就产生一个奢望,编一本《台港百家诗选》,为海峡两岸文化交流,为我国新诗的发展做一点添砖加瓦的工作。

我将这一想法告诉江苏文艺出版社来沪组稿的伍恒山先生后,不久即得到该社文艺编辑室的首肯,该室主任朱建华先生戏称这是"擦边球",我为这"擦边球"命中篮圈而欣喜得"夜不能寐"。此信息由诗人宁宇传到香港后,香港著名诗人韩牧在来函中首肯此举,并称赞道:"你们正视、重视台港文学,使我高兴",并寄来一些诗歌资料,这些热忱鼓励与鼎力支持,更增强了我编选此书的信心。

他并说:"台湾青年原来已能够透过日文欣赏世界各国文学,而在《台湾民报》诞生时,正是中国新文化运动高潮时,故转载了鲁迅、郭沫若、胡适等人的作品。求学大陆的学生又适时介入,介绍中国文学革命的理论,其中以张我军最为积极,并引发了与旧文人的论战。"

倘若说台湾新诗从一九二四年四月谢春木发表四首《模仿诗作》算起，那么迄今逾六十年的历史。确切地说，台湾现代诗的发展是在一九四五年十月二十五日台湾光复以后，特别是五十年代至六十年代初的事。台湾的三大诗社即现代诗社、蓝星诗社与创世纪诗社均创立于二十世纪五十年代，台湾诗界关于究竟是抛弃传统、全盘西化还是回归传统拥抱现代的主要论战也是在五十年代，因此香港著名诗人犁青将一九六一年以后视为台湾现代诗的成熟期，这是不无道理的。真理越辩越明。关于现代诗发展走向的辩论提高了大家的认识，现代诗更普及了，诗的队伍也更扩大了。台湾著名诗人余光中说："西化不是我们最终的目的，我们最终的目的是中国化现代诗。这种诗是中国的，但不是古董，我们志在役古，而不是复古。同时他是现代的，但不应是洋货，我们志在现代化，但不是西化。"台湾著名诗人痖弦说："现代中国诗无法自外于世界诗潮而闭关自守，全盘西化也根本行不通，唯一因应之道是在历史的精神上做纵的继承，在技巧上（有时也可以在精神上）做横的移植，两者形成一个十字架，然后重新出发。"就连纪弦本人也表示："现代流行的那些骗人的伪现代诗，不是我所能容忍所能接受的。诸如玩世不恭的态度、虚无主义的倾向，纵欲，海淫，及至形式主义，文字游戏种种偏差，皆非我当日首倡现代主义之初衷。"他因而宣布以后不再用"现代诗"一词，这不是认识提高又是什么？

至于说台湾现代诗的普及与诗队伍的扩大，有人统计台湾有诗刊近一百二十种，有诗社几十个，有诗歌爱好者五万余人，堪称"四世同堂"。自一九六四年六月十五日创立的乡土诗派笠诗社以来，七十年代又崛起了"龙族""主流""大地"和"阳光小集"诗社这四大新世代诗社。纪弦、羊令野、余光中、洛夫、白萩、痖弦、罗门、商禽、杨牧和叶维廉被誉为台湾"当代十大诗人"。

由于众所周知的原因，自二十世纪五十年代初以来，海峡两岸诗歌处于隔绝状态。现在坚冰正在打破、航船正在开通，交流正在增多。尽管我们尚不能接受"现代诗在大陆出现比台湾晚了近二十年"的观点，但我们感到台湾现代诗的确有不少优势。对此诗人刘湛秋作了很好的归纳，他说台湾现代诗的优势之一是台湾现代诗语言接近古典，文字精练，中国古典诗歌的传统延续得好；优势之二是诗人素养好，精通古典，又懂外文，能写诗，能翻译，能评论。同样，大陆诗歌也有不少值得台湾诗人学习的，对此台湾著名诗人张默归纳为三大特点：第一是题材的多样性，大陆诗人由于生活环境的不同，而且经历多次政治上的变革，加上名山大川伸手可触，这些题材是诗人取之不尽用之不竭的。第二是表现的真挚性，强调"自然流露"。第三是视野开阔。

香港并非文化沙漠，对此香港评论家黄维樑曾撰文予以阐述。他说，香港绝非高级文化的沙漠，而是一块已经开发的土地。"我们有力求创新、默默写作的小说家，有贯通中西、尖锐灵敏的杂文家，有融铸古今、文体高华的游记散文家……在居港的作家中，有极杰出的诗文家，简直已是一代宗师、世界级文豪了。"虽然香港一九九七年方回归，但由于地理位置的相连，香港在各方面都与祖国保持着密切的联系，诗歌方面也不例外。"进入现代以后，香港的新文学同样是在反帝反封建的'五四'新文学运动影响下发生和发展起来的。长期以来在香港从事文学活动的文学工作者，经常往来于内地与香港之间，文学书刊更是相互流通，两者之间的文学也没有什么明确的界限和区别。可以说，当时香港的文学与内地的文学是连成一片的，很难说有什么独立的香港文学存在。"（许翼心《现代香港文学》）虽然现在情况有了变化，但香港与祖国这种"连成一片"的特殊关系依然存在。

香港现代诗的发轫可追溯到二十世纪二十年代。一九二九年一月甘心发表的《寄友》一诗虽被评论家视为分行的散文，但仍可被看作是香港现代诗的滥觞。一九三九年创刊的《中国诗坛》，一九三四年九月创刊的《今日诗歌》以及稍早一些的《诗页》，是香港现代诗萌芽期三种专门的诗刊。

时至今日，香港现代诗有了飞跃的发展。台湾诗人高准在《中国新诗人生（卒）年表》中列举的香港及海外诗人（将香港与海外诗人并列在一起似可斟酌）为三十四人。据了解，仅香港诗人的数字就是三十四人的双倍。本书收香港三十五位诗人的诗作，已知晓诗人大名尚未搜集到诗作的香港诗人尚有十多位，他们是：马朗、西西（张爱伦）、陆健鸿、何福仁、丐心、子瑜、陈昌敏、郑镜明、王伟民、王心果和夏雨等。无论在香港还是内地，均未见《香港诗选》面世，这给人们对香港现代诗的了解带来诸多不便。本书所收三十五位香港诗人的一百首诗作，相信会给广大香港现代诗的爱好者与研究者提供一些方便。香港除大量报纸的副刊与文学杂志刊载现代诗外，专门的诗刊有《诗风》《大拇指》《新穗诗刊》《秋莹诗刊》《当代诗坛》和《诗与评论》等。诗社有一九八五年成立的龙香文学社等。

香港现代诗也有不少优势，上述诗人刘湛秋阐述的台湾现代诗的两大优势，香港也同样具有。对香港现代诗的"个性"，香港著名诗人戴天和香港年轻女诗人潘金英均有很好的阐述。戴天说："台湾诗影响是大过于香港诗，香港诗回馈到台湾的回馈性比较低微，但不能说香港诗完全对台湾没有影响，香港人写的明朗诗早过台湾，醒觉性是早过台湾那些现代诗人的。"潘金英说："我们的诗坛（指香港诗坛——编者）一直很孤寂。不是没有诗人，更不是没有诗。而是太多矫揉的诗和太多造作的诗人。那些诗是诗人写给自家看的，有太多的伤感，太多的冷漠。"从这一褒一贬中，我们或许可窥香港现代诗之一斑。我个人则认为，香港有些诗人的有些诗作，注重对传统的反思，强调创新意识，在学习与借鉴西方现代诗方面的步子迈得比较大，在诗的语言方面强调自然流露，注重口语化，但尚不够锤炼，这与内地某些青年诗人的某些诗作颇有相似之处。

下面谈谈本书的编选体例。（从略）

最后请让我集台湾著名诗人洛夫与香港著名诗人犁青的隽永诗句作为本文的结尾：

> 因为风的缘故
> 海峡两岸诗人心中
> 均有颗炽烈的火苗
> 因为风的缘故
> 神州——诗之泱泱大国的火焰
> 必将熊熊燃烧

编者

一九八八年十一月廿八日于复旦大学

（载《文学世界》第五期，香港汇信出版社，一九八九年版，略有删节）

# 多元·融合·个性
## ——试论台港澳现代诗

中国是诗歌的泱泱大国。一九四九年以后,中国诗应包括大陆诗、台港澳诗与海外华人诗三部分。本文就大陆诗与台港澳诗的渊源关系、各自特点及发展前景做一探讨。

## 台 湾 现 代 诗

海峡两岸现代诗本是同根生,都是五四新诗的延伸与发展,从台湾著名诗人李魁贤的《台湾新诗的渊源流变》一文中可以得到印证,他说:"……黄呈聪和黄朝琴撰文介绍中国白话文运动的实况,获得极大反响,促成一九二三年创刊《台湾民报》,全部采用白话文,并刊载文艺作品,成为台湾新文学的摇篮。"[1] 从台湾旅美诗人秦松的《主知与抒情》一文中也可以得到印证,他说:"在本土上成长的新诗纵的传统,从早期李金发、戴望舒、冯至、艾青、卞之琳等,一路发展而来,稍微细心一点当能从时空的'离乱'中,找到其脉络,理出一个头绪。比如卞之琳早期作品'距离的组织'的'知性'思维,冯至的'十四行集'的寓情于思的'内省'……都对海内外有一定的影响,在台湾继承发展而深化'光大'。"[2]

---

[1] 李魁贤:《台湾新诗的渊源流变》,《文艺报》,一九八八年八月二十日。
[2] 秦松:《主知与抒情——序"台湾与海外华人抒情诗选"》,《香港文学》第五十四期,一九八九年六月。

倘若说台湾新诗从一九二四年四月谢春木发表四首"模仿诗作"算起，那么迄今已逾六十年的历史。确切地说，台湾现代诗的发展是在一九四五年十月二十五日台湾光复以后，特别是五十年代至六十年代初的事，也许可以从一九五一年十一月钟鼎文、覃子豪等人在《自立晚报》创设《新诗周刊》，或从一九五二年八月一日纪弦创办诗刊《诗志》算起。台湾的三大诗社即现代诗社、蓝星诗社与创世纪诗社创立于二十世纪五十年代，台湾诗界关于究竟是抛弃传统全盘西化，还是回归传统拥抱现代的主要论战也是二十世纪五十年代至六十年代初，前后进行了两次论争。一次论争是发生在一九五七年，至一九五八年底结束，它是由纪弦提出"横的移植"等六大信条后引起的。另一次论争是发生在一九五九年七月，至一九六〇年夏结束，它是由女作家苏雪林发表题为《新诗坛象征派创始者李金发》的文章引起的。这两次论争有个共同点，即"几乎全胶着在传统与现代的思辨上"。因此，香港著名诗人犁青将一九六一年以后视为台湾现代诗的成熟期，这是不无道理的。真理越辩越明。关于现代诗发展走向的辩论提高了大家的认识，现代诗更普及了，诗的队伍也更扩大了。台湾著名的诗人余光中说："西化不是我们最终的目的，我们最终的目的是中国化现代诗。这种诗是中国的，但不是古董，我们志在役古，而不是复古。同时他是现代的，但不应是洋货，我们志在现代化，但不是西化。"① 台湾著名诗人痖弦说："现代中国诗无法自外于世界诗潮而闭关自守，全盘西化也根本行不通，唯一因应之道是在历史的精神上做纵的继承，在技巧上（有时也可以在精神上）做横的移植，两者形成一个十字架，然后重新出发。"② 就连纪弦本人也表示："现代流行的那种骗人的伪现代诗，不是我所能容忍所能接受的。诸如玩世不恭的态度、虚无主义的倾向、纵欲、诲淫，及至形式主义，文字游戏

---

① 洛夫、张梦机：《回归传统 拥抱现代——诗人对话》，《文艺报》，一九八八年八月二十日。
② 陆士清、武治纯：《现代台湾文学》，《中国大百科全书·中国文学Ⅱ》，北京：中国大百科全书出版社，一九八六年版，第1047页。

种种偏差，皆非我当日首倡新现代主义之初衷。"并宣布以后不再用"现代诗"一词①，这是认识提高的表现。

至于说台湾现代诗的普及与诗队伍的扩大，有人统计台湾有诗刊近一百二十种，有诗社几十个，有诗人一百九十家，有诗歌爱好者五万余人，堪称"四世同堂"。除一九六四年六月十五日创立的乡土诗派笠诗社以外，二十世纪七十年代又崛起了"龙族""主流""大地"与"阳光小集"等新世代诗社。

由于众所周知的原因，自二十世纪五十年代初以来，海峡两岸诗歌处于隔绝状态。现在海峡两岸的桥——诗的桥，终于搭起来了。尽管"现代诗在大陆出现比台湾晚了近二十年"的观点尚可商榷，但我们感到台湾现代诗的确有不少优势，对此大陆诗人刘湛秋作了很好的归纳，他说台湾现代诗的优势之一是，台湾现代诗语言接近古典，文字精练，中国古典诗歌的传统延续得好；优势之二是，诗人素养好，精通古典，又懂外文，能写诗，能翻译，能评论。同样，大陆诗歌也有不少值得台湾诗人学习的，对此台湾诗人张默归纳为三大特点：第一是题材的多样性。大陆诗人由于生活环境的不同，而且经历多次政治上的变革，加上名山大川伸手可触，这些题材是诗人取之不尽用之不竭的。第二是表现的真挚性，强调"自然流露"。第三是视野开阔。

## 香港现代诗

香港诗在中国诗中占有特殊的地位。首先，香港并非文化沙漠，对此香港评论家黄维樑曾撰文予以阐述。他说，香港绝非高级文化的沙漠，而是一块已经开发的绿洲。"我们有力求创新、默默写作的小说家，有贯通中西、尖锐灵敏的散文家，有融铸古今、文体高华的游

---

① 犁青：《回归传统的台湾现代诗——简介台湾现代诗的发展和现状》，《诗刊》一九八七年第十二期。

记散文家……。在居港的作家之中，有极杰出的诗文家，简直已是一代宗师，世界级文豪了。"①虽然香港一九九七年七月一日才回归，但由于地理位置的相连，香港在各方面都与内地保持着密切的联系，诗歌方面也不例外。"进入现代以后，香港的新文学同样是在'五四'新文学运动影响下发生和发展起来的。长期以来在香港从事文学活动的文学工作者，经常往来于内地与香港之间，文学书刊更是相互流通，两者之间的文学也就没有什么明确的界限和区别。可以说，当时香港的文学与内地的文学是连成一片的，很难说有什么独立的香港文学存在。"②虽然现在情况有了变化，但香港与内地这种"连成一片"的特殊关系依然存在。

香港著名诗人原甸是这样叙述自己受殷夫、艾青与雨果、惠特曼等内地诗人与欧美诗人的影响的："我饥渴的眼睛日夜在一些长短的诗行上追踪和爬行。诗人们智慧的诗篇不仅灌溉着我的兴趣和爱好，而且也时久日长地影响着我的一生的方向和步伐。"③

香港现代诗的发轫可追溯到二十世纪二十年代。一九二五年香港才出现新诗。一九二九年一月甘心在香港第一本文学杂志《伴侣》上发表的《寄友》一诗，虽然被评论家视为分行的散文，但仍可被看作是香港现代诗的滥觞。一九三四年九月创刊的《今日诗歌》以及稍早一些的《诗页》，一九三九年创刊的《中国诗坛》，是香港现代诗萌芽期三种专门的诗刊。

时至今日，香港现代诗有了飞跃的发展。台湾诗人高准在《中国新诗人生（卒）年表》中列举的香港及海外诗人为三十四人。据初步统计，香港诗人为七十二人，现已在海内外出版诗集九十七种。香港虽未选过"当代十大诗人"，但迄今已出版三本诗集以上的诗人有

---

① 黄维樑：《香港绝非文化沙漠》，《香港文学初探》，北京：中国友谊出版公司，一九八七年版，第3页。
② 许翼心：《现代香港文学》，《中国大百科全书·中国文学Ⅱ》，北京：中国大百科全书出版社，一九八六年版，第1069页。
③ 原甸：《香港窗沿》，福州：福建人民出版社，一九八三年版。

十三位，他们是：徐訏、何达、舒巷城、犁青、戴天、韩牧、原甸、黄河浪、黄国彬、傅天虹、陈浩泉、秀实与羁魂。

香港除大量报纸的副刊与文学杂志刊载现代诗外，专门诗刊有《诗风》《诗世界》《九分壹》《新穗诗刊》《秋萤诗刊》《当代诗坛》《诗与评论》及《世界中国诗刊》等。这些诗刊的销数一般不多，以《诗风》为例，销数最多的时候，每期销三四百本，但香港的人口只有五百多万，相对来说，这个销数似乎不算太少了。香港的诗奖有"大拇指"诗奖等。

香港现代诗也有不少优势，上述内地诗人刘湛秋阐述的台湾现代诗的两大优势，香港也同样具有。对香港现代诗的"个性"，香港著名诗人戴天与香港女诗人潘金英均有很好的阐述。戴天说："台湾诗影响是大过于香港诗，香港诗回馈到台湾的回馈性比较低微，但不能说香港诗完全对台湾没有影响，香港人写的明朗诗早过台湾，醒觉性是早过台湾那些现代诗人的。"①潘金英说："我们的诗坛（指香港诗坛——引者）一直很孤寂。不是没有诗人，更不是没有诗。而是太多矫揉的诗和太多造作的诗人。那些诗是诗人写给自家看的，有太多的伤感，太多的冷漠。"②这一褒一贬中，我们或许可窥香港现代诗之一斑。我个人则认为，香港有些诗人的部分诗作，注重对传统的反思，强调创新意识，在学习与借鉴西方现代诗方面的步子迈得较大，但尚欠锤炼，这与内地某些青年诗人的一些诗作有相似之处。

## 相互展开评介

诚如台湾诗人林焕彰所说："同文同种，我们文学的命脉是一样的；不过，不同的环境又使产生的作品不一样，这样我们也可以取

---

① 杜渐：《访问戴天》，《戴天诗选》，成都：四川文艺出版社，一九八七年版，第99页。
② 潘金英：《长跑者之歌·试序》，《长跑者之歌》，北京：人民文学出版社，一九八〇年版，第2页。

长补短。"①相互开展新诗评介,可以"取长补短",同时对沟通大陆诗人与台湾诗人之间的联系,以及对繁荣新诗创作均大有裨益。此项工作对台湾来说,早在一九八〇年以前就已着手进行了,《中国新诗选集》(张默、洛夫主编)、《新诗论集》(纪弦著)、《中国新诗风格发展论》(高准著)、《现代中国诗史》(上官予著)等一些有影响的著作次第问世。一九八〇年以及此后,又有不少有影响的著作相继问世,它们是:《中国新诗赏析》(林明德等编著)、《早期新诗的批评》(周伯乃著)、《五四时代的新诗作家和作品》《北代前后的新诗作家和作品》《抗战时期的新诗作家和作品》(以上三本均舒兰著)、《中国新诗研究》(痖弦著)、《新诗评析一百首(二册)》(文晓村编著)、《从徐志摩到余光中(新诗赏析)》(罗青著)、《中国大陆新诗评析(一九一六~一九七九)》(高准著)以及《现代中国诗选》(杨牧、郑树森合编)等,林林总总计有几十种。

新近台湾海风出版社陆续推出四十卷包括大陆诗人在内的"中国现代作家作品欣赏丛书","使中断已久的三十年代文学在台湾文坛重新获得生机"(吕正惠语)。

或许是由于香港与内地地理位置上更为接近的缘故,香港诗人与内地诗人的联系甚为密切。香港的《文汇报·文艺》《新晚报·星海》《星岛日报·星座》《星岛晚报·大会堂》文艺副刊与《香港文学》《文学世界》上经常登载内地、台湾及海外华人的诗作。虽然香港出版界有"文学作品是出版界的毒药"的说法,但香港三联书店、天地图书有限公司、香港文学社、香港学津书店、香港中文大学等仍出版了不少内地的诗作与香港评论家撰写的著作,如《戴望舒》《卞之琳》《中国现代抒情诗一百首》(璧华编著)、《新诗三十年(三卷)》(王翊、康铸编著)、《现代中国诗选》以及《怎样读新诗》等。特别是香港评论家黄维樑著的《怎样读新诗》一书,正确地阐述

---

① 萧逸民:《"都是为了中国孩子"——台湾儿童文学人士来沪交流侧记》,《文学报》一九八九年八月二十四日。

了新诗与传统的母子、源流关系，对弘扬新诗的现实主义传统很有帮助。

　　大陆研究台港新诗在起步方面比起台港研究大陆新诗来虽迟，但步子迈得较快较大。据初步统计，从一九八〇年以来，大陆已出版台湾诗人的选集、诗集计五十三种，出版香港诗人的选集、诗集计二十种，另外还出版了诗歌理论著作十种，它们是：《台湾诗人十二家》《隔海谈诗》《台湾中年诗人十二家》（以上流沙河著）、《台湾新诗》（翁光宇选析）、《香港新诗》（周良沛选析）、《台港朦胧诗赏析》（古远清赏析）、《台湾女诗人三十家》《柔美的爱情——台湾女诗人十四家》《台湾新诗发展史》（以上三本古继堂著），以及《台湾诗人论现代诗》（阿红编）等，其中一九八三年出版的《台湾诗人十二家》是大陆第一部评介台湾诗歌的专著，一九八九年出版的《台湾新诗发展史》，这在海峡两边，均属首部。李元洛与洛夫这两位同乡热忱地互评海峡彼岸的诗歌更传为诗坛佳话。诗人邵燕祥、邹荻帆、叶延滨等，虽然目前尚未有评论台港新诗的专著问世，但他们发表在大陆报刊的论文已在海内外产生了一定影响。

## 澳门现代诗

　　澳门现代诗发轫于何时，这是个有待研究的课题。有人统计，自辛亥革命至一九四九年记录在澳门碑铭、大石、廊柱与书卷上的诗共八十一首，这八十一首诗里是否有现代诗，待查。据悉澳门二十世纪五十年代曾有过一份名为《红豆》的油印文艺刊物，这个刊物是否刊登过现代诗？它与香港当时每期均载新诗的文艺刊物《红豆》关系如何？至今仍是个谜。

　　然而可以断言，澳门现代诗出现并不太迟，只是因当时澳门没有发表园地而难以查出罢了。现代诗能在澳门本土发表或许是《澳门日报》创办《镜海》副刊以后的事，因为这是澳门有史以来的第一个文学副刊。一九八三年七月,澳门东亚大学中文系云惟利教授不仅参与这个副刊的创办,而且还带领他的学生们成了这个副刊的首批作者。"他和他的几位学生率先在《镜海》发表作品,其中有不少是新诗,散发出一股清新的校园气息。"① 对这段难忘的日子,云教授仍记忆犹新:"那时候,刚好放暑假了,比较空闲,所以,最初几期的编务便代为负责。所以登的稿件,则大多是自己和学生的。因为人数少,登来登去都是几个人的作品;为了有些变化,只得给学生取不同的笔名,自己也用了五六个笔名,想来也颇有趣。"② 自此,《镜海》这个肥沃的园地绽开了新诗的花朵。另外,《华侨报·华座》副刊上也经常发表现代诗作。倘若说澳门现代诗分三步走的话,那么以上是迈出的第一步。

两年后,这些鲜艳夺目的花朵终于结出了累累硕果,东亚大学中文学会出版了一套澳门文学创作丛书。这套丛书并不限于学生的作品,共有五本诗集,它们是:《三弦》《心雾》《双子叶》《大漠集》与《伶仃洋》。编者预言:"这只是个开头罢了,以后是必定会逐步扩大的。"果然不出所料,澳门迄今已有二十余位诗人,他们是:云惟利(云力)、胡晓风、汪浩瀚(汪云峰)、淘空了(曾卓立)、陶里(危亦健)、高戈(黄晓峰)、云独鹤(冯刚毅)、江思扬(李江)、凌楚枫(潘丽娟)、叶贵宝、苇鸣(郑炜明)、黎绮年、再斯、林丽萍、刘业安、梁披云(梁雪予)、佟立章、余行心、玉文、庄文永、吴国昌、陈达升、懿灵、余创豪、梯亚(程子祥)、吴小宇和马万祺,而其中著有诗集的诗人共十位,他们是马万祺、云力、叶贵宝、再斯、刘业安、苇鸣、林丽萍、陶里、梁披云和黎绮年。

倘若说出版澳门文学创作丛书是澳门现代诗迈出的第二步的话,

---

① 黄晓峰:《澳门八十年代新诗掠影》,《香港文学》第五十三期,一九八九年五月。
② 云力:《澳门文学创作丛书缘起》,《伶仃洋》,澳门东亚大学中文学会,一九八五年版,第1—2页。

那么一九八八年五月八日成立"五月诗社"就是为了迈出的第三步。"五月诗社"是由陶里、云力和胡晓风等发起成立的,云教授任诗社顾问。虽说该诗社与澳门中文学会、新诗月会、语文学会、文学月会以及文化学会无组织上的延续关系,但是我们不难看出澳门现代诗的发展轨迹,以及为建立和繁荣澳门诗歌所走过的曲折而漫长的道路。

这个诗社该很有特点,用该社联络人陶里的话来说就是:一、"五月诗社"不标榜流派,容许一切流派在社内开出香花艳瓣。二、这个组织并无任何形式,诗社对成员的唯一"约束"是依时带作品去聚会。三、诗社成员,从职业上说,有大学生,有中小学教师,有现代舞教练,有报刊编辑,有大学教授。从地区上说,有澳门土生土长的,有新移民的,有来自印尼、印度和新加坡的归侨和过客,所共同的是他们或长期或短暂地住在澳门,而且都是爱写诗的。

该诗社自成立伊始,已在香港、澳门和内地刊出了四个诗专辑,计发表了十二位诗人的四十五首诗作。他们还准备继续以诗专辑的形式在海内外华文报刊发表,并将已发表诗作结集出版,暂名"五月诗侣",这将是澳门新诗的又一次大检阅(首次大检阅是在一九八八年台北出版的第十八期《亚洲华文作家杂志》上刊载的《澳门新诗专辑》,该专辑辑有二十五位诗人的作品,并刊载《澳门新诗的前路》一文)我们殷切地期待着这本诗集早日问世!

为了推动现代诗创作,培养文学新苗,澳门定期举办各种有奖征文比赛。早在一九八五年岁末,澳门就举办了这类征文比赛。这些比赛着眼于全澳门人,有的还设中、葡文奖,主要有:《华侨报》、澳门学生联合会、东亚大学中文学会、教区青年牧民中心联合主办的"澳门青年文学奖征文比赛",内分高、初级组,各设新诗、散文、小说三项;以澳门市政厅主办的妇女文学奖征文,内设新诗、小说二项;以澳门工联会主办的工人文学奖征文,文体不分。对于征文比赛和文学创作,著名作家秦牧、云力和陈残云曾给予很高的评价。秦牧说:"就以澳门而论,那么小一个城市,它也自有它的文学，有些还是很不错的。""请看，这些作品，不是都具有一定水平吗？"①云力说："老实说，他们的作品就是跟一般名作家的摆在一起，也毫不逊色。"②陈残云强调说："澳门青年的文学作品水平很高，而且很有特色。"③这些评价虽带有勉励的意思，但基本上是恰如其分的。

澳门现代诗是多元的，并有其独特追求，即所谓"独立性"（个性）。"澳门和香港在中国人的当代文学上有相似的位置。两者均在地理上连接内地而又实际上跟外界保持密切联系，因而都具备率先消化外来文化冲激、保持一定距离反省中国内地和综合多元化的条件。"④源远流长的中国文学，大洋彼岸的葡国文学，以及其他国家和地区的文学都在澳门荟萃，这就决定了澳门文学是多元的，同时也决定了澳门现代诗是多元的。就是说，澳门现代诗它既受中国传统诗歌的影响，又受西方外来诗歌的影响，又不失其自身的相对"独立性"（个性）。同时，"诗风多元化，正是反映复杂的社会和思想的好事情。诗贵乎有真情实感，如果为了一个简单的模式，一个简单的主张去扭曲地创作，又有什么意思呢"⑤？

澳门现代诗是纵的继承与横的借鉴的结合，是知性与感性的融合。澳门老一辈的诗人（如佟立章、余行心、胡晓风）与中年一辈的诗人（如陶里、江思扬），他们走南闯北，历尽坎坷，有着丰富的人生经历，为他们写诗作文提供了厚实的基础。俗话说，有土花才香。正因为如此，他们的诗才耐人咀嚼，余味无穷。即使青年一辈的探索诗人（如苇鸣、玉文、庄文永），他们的诗也植根于现实的土壤，"呈现反传统又继承传统，学习西方又不照搬西方的特点，将横的借

---

① 秦牧：《介绍澳门青年的获奖散文》，《作品》一九八九年第五期。
② 云力：《澳门文学创作丛书缘起》，《伶仃洋》，澳门东亚大学中文学会，一九八五年版，第1—2页。
③ 转引自陈浩星：《澳门五年来文学交流活动简况》，《文艺报》，一九八八年四月三十日。
④ 吴国昌：《澳门文学的可行性考察》，《香港文学》第五十三期，一九八九年五月。
⑤ 李鹏翥：《祝贺五月诗社周年纪念》，《澳门日报》，一九八九年五月三日。

鉴和纵的继承融合起来，在诗的结构、语言、节奏、韵味等方面，形成了独特的表现手法"①。

　　繁荣现代诗创作，离不开现代诗批评，二者缺一不可。因此，有人将创作与批评比喻为"并蒂莲"。鲁迅曾经说过："必须更有真切的批评，这才有真的新文艺和新批评的产生的希望。"②澳门有些诗人，他们既善写诗，又能写诗评，发表了一些既写得扎实，又很有文采的有影响的评论文章，如云力的《澳门文学创作丛书缘起》、李鹏翥的《祝贺五月诗社周年纪念》、韩牧的《澳门新诗的前路》(韩牧现已移居香港)、江思扬的《新诗的欣赏与批评》、黄晓峰的《澳门八十年代新诗掠影》和《陶里的〈紫风书〉的诗路情结》，等等。令人欣喜的是《澳门文学论集》(陈浩星编)这一澳门历史上第一本文学批评论著亦已出版。但总的说来，澳门诗歌批评尚薄弱。由于缺少客观性的评论，作者往往无从知道自己诗作好在哪里？不好在何处？亦不知已达到什么水平，而这些正是诗歌批评所要解决的。"在一个不乏性情中人的社群内进行客观批判评价，绝难讨好。由于没人喜欢打笔战，故具批判性而针对本地区的文学批评甚为罕见。"③虽说这般现状或许一时难免，但亟待改变。"打笔战"纯属无谓论争诗坛内耗，诗歌批评绝不等同于"打笔战"。开展经常性的健康的诗歌批评对繁荣澳门的现代诗创作有百利而无一弊。尽管诗歌"评论比创作难，很容易猜错，容易赞错人又容易得罪人，又容易不自觉地打击了人"④。但绝不是不可避免的。明乎于此，是大可不必有"条条框框和诸多顾虑"的。

---

① 潘亚敏：《从苇鸣的创作看澳门诗坛新潮》，香港《文学世界》第五期，一九八九年四月。
② 鲁迅：《〈文艺与批评〉译者附记》(一九二九年)，《鲁迅译文集》第六卷，第307页。
③ 吴国昌：《澳门文学的可行性考察》，《香港文学》第五十三期，一九八九年五月。
④ 韩牧：《澳门新诗的前路》，《澳门日报·镜海》，一九八六年二月五日。

## 结　　语

　　关于包括现代诗在内的未来台港澳文学走向,有人作了如下预测:"进入八十年代以来,中国大陆和台港澳文学,以及海外华文文学,不无呈现多元化多方位发展的趋势。……它们跟日新月异的大陆新时期文学一起,朝着一个总目标,像百川归海一样,从四面八方汇成一个总潮流——复兴中华文化、发扬光大中华文学的伟大精神。可以预测,整个华文文学在下个世纪初会成为世界文学的'热点'。"[1]这虽为一家之言,但不无参考价值。

一九八九年八月二十日改定
于上海复旦大学中文系
(载台湾《文讯月刊》第十六期、十七期,
一九九〇年五月、六月版)

---

[1] 钟晓毅:《世界华文文学的走向》,《文学报》,一九八九年三月二日。

# 幽幽故国情

## ——评纪弦的《你的名字》

提起纪弦的名字，大陆读者或许并不陌生。他本名路逾，祖籍陕西周至县终南镇，一九一三年生于河北省清苑县，自称上海人。去台前，以笔名路易士、纪弦写诗，曾出版《易士诗集》等，并与徐迟、戴望舒合作创办《新诗》月刊。去台后，曾在《平言日报》任编辑和在台北成功中学任教。一九五六年组织现代诗社，发布"六大信条"，引起台湾诗歌界论战。一九七四年退休后离台赴美，他自称这是他创作新时期"美西时代"的开始。著有诗集《在飞扬的时代》《摘星的少年》《无人岛》《饮者诗抄》《五八诗草》和《晚景》等十余种。

纪弦的《你的名字》堪称"用语言把人们的心灵照亮"的佳作。台湾诗人岩上说得好："诗的成功在于语言表现的成功。"有的诗为了给读者以新鲜感，便想方设法运用新的词汇，结果未必收到预期的效果。有的诗词汇虽然不新，甚至"陈旧"，但仍给人以新的感觉，纪弦就是属于后者，他曾说："陈旧的字汇不忌重用，只要用的手段不陈旧。"倘若以此来对照《你的名字》，就可以发现，在这首诗中几乎找不出一个新的字汇。"轻"字在诗中出现了十次，"你的名字"在十八行诗中出现了十五次，可以说"轻"字与"你的名字"在诗中使用的频率最高。因为用的手段不陈旧，所以仍给人以新鲜感。

何以见得"用的手段不陈旧"？采用"复沓"这一修辞手法，几乎每行诗均出现"你的名字"，是为了一再表现强烈的感情。整首诗五节，只有第一节与最后一节（第五节）出现"轻"字，这就形成首尾照应的特点，俗话说，变化是生活的香料。诗中三处出现"轻"字，即"最轻最轻的""轻轻地"与"轻轻轻轻轻轻地"，意思相近而有变化，"轻轻轻轻轻轻地"是迭字"轻轻地"延伸与发展，又是"最轻最轻的"具体化与形象化。记得著名诗人郭沫若在回答什么是创作时，他回答说：改、改、改、改、改、改、改，一连说了七个改字。(《应当用生命在写》，《人民日报》一九八〇年一月十九日) 这六个"轻"字与七个"改"字，虽然用的地方不同，却有异曲同工之妙。"看似寻常最奇崛，成如容易却艰辛。"这种"造句"貌似"随意"，却可看出诗人在遣词造句方面的功力。

诗贵感情。有人说："如果写诗没有感情，只是死的诗。"《你的名字》之所以感人，之所以被称为纪弦的杰作之一，就是因为诗人带着沉湎入迷的感情去写，也的确写出了循环不绝之情。试想，一个人每夜每夜轻轻地唤你的名字还不够，还要写你的名字，画你的名字，刻你的名字，就连睡梦中所梦见的也还是你的名字，这里连用了五个动词："唤""写""画""梦"和"刻"，由浅入深地有层次地表达了诗人所要表达的绵绵之意，殷殷之情。

在这首诗中将"唤你的名字"作为引子与收束，由实至虚，由醒入梦，浓墨重彩地描绘诗人的梦境，诗人先后用了七个比喻和三个排句来表达自己一泻千里的感情。"你的名字"本是抽象的，将如日、如星、如灯、如钻石、如闪电、如缤纷的火花、如原始森林的燃烧这七个比喻与你的名字迭印，你的名字也就幻化成具体的形象了。人生离不开对理想的执着追求，也离不开梦与爱，诚如琼瑶所说"人生因有梦有爱，才活得有声有色"。读者倘能凭各自的美感经验与美感联想去读这首诗，或许对诗中之情感受得更真切。

"思想藏于诗中，如营养价值之藏于果实中。"（诗人瓦雷里语）诗自有它特殊的表达思想的方式。倘若说这首诗"写得是那样明朗，又是那样朦胧"，我想这"朦胧"就是指这首诗的思想性如何认定。

有的诗评家认为此诗是首爱情诗,并说:"不着一爱字而痴爱之情毕露。不具体写出'你'的性别、身份、外貌、内心,留余地给读者,让读者随意代入自己的恋慕者,这正是作家手段高明处。"我们姑且这样认之。

除此而外,我们往深一层想,这里的"你"字是否可以认同是"故国"的代名词呢?!倘若我们结合诗人的另一首诗《一片槐树叶》来读,或许对此看得更分明:"故国哟,啊啊,要到何年何月何日 / 才能让我再回到你的怀抱里 / 去享受一个世界上最愉快的 / 飘着淡淡的槐花香的季节?……"这些灼热的诗行与《你的名字》中的诗句在感情上更合拍,可否与《你的名字》这首诗相互印证呢?

(载《中文自修》一九九〇年六月号)

# 台湾著名诗人痖弦

提起台湾著名诗人痖弦,大陆读者一定不陌生,一九八三年大陆出版的《台湾诗人十二家》一书中就推介过他。痖弦原名王庆麟,河南省南阳县杨庄营东庄人。一九四九年八月,他在湖南零陵参加国民党部队后,同年随军队到台湾。一九六六年九月他应美国国务院之邀,即赴爱荷华大学作家工作室研习两年,嗣后入威斯康星大学,并获硕士学位。一九七七年十月起,他担任台北《联合报》副总编辑兼副刊主编至今,并曾任东吴大学副教授,在那里主讲新文学。

时隔四年,大陆接着又出版了《痖弦诗选》,到这时候大陆读者对他就更为熟悉了,因为上述两书发行量累计近四万册。然而我对他的了解则是前年十月的事,当时我就丰子恺散文中的一些问题,访问了丰先生的长子丰华瞻教授,并将访问记《长亭树老》寄至《联合报》副刊登载。就在登载拙文的当天,痖弦先生惠函写道:"因稿挤,大作在联副压了这么久才见报,不周之处,请谅。剪报另呈。"我们就是这样通起信来的。虽然彼此未曾晤面,但鱼书往返,日积月累,也渐渐留下了深的印象。

## 文坛的多面手

首先,痖弦给我的印象是他是文坛上的多面手,他既善于写诗、编诗、评诗,又善于演戏。余光中曾说:"痖弦的抒情诗几乎都是戏剧性的。艾略特曾谓现代最佳的抒情诗都是戏剧性的……在中国,这话应在痖弦的身上。"(转引自周良沛编《痖弦诗选》)文艺是相通的,或许他诗中的"戏剧性"与他原先学影剧有关吧。就以演戏来说，他到台湾后，在政工干校影剧系学习，因此演戏很擅长，据说一九六四年他在话剧《国父传》中饰演孙中山先生而一举成名，被评为台湾年度最佳男主角"金鼎奖"，同年当选十大杰出青年。

著名美籍华人女作家聂华苓曾讲过一个笑话，当年痖弦去爱荷华申请护照时，不少人看过他演的《国父传》，因此，他所到之处人人肃然起敬，所以他的护照和出境证都拿得很快。时隔二十七年，由痖弦等人策划，汉声广播电台与《联合报》副刊共同制作的广播剧《胡茄十八拍》播出了，他与孙小英、孙盛兰等人联袂演出，并在其中扮演曹操一角。聂华苓因为忙于琐事，不能一饱耳福，深感遗憾。她想，他和他同仁的演出一定是很成功的！

痖弦从五十年代初就开始写诗了。读者不会忘记，一九五三年他发表在纪弦主编的《现代诗》上的那首《我是一勺静美的小花朵》，这首诗使他崭露头角。它清新隽永，想象诡异，不同凡响，是传统枝干上绽开的新蕾，堪称痖弦的成名作。我不止一遍地吟诵之，并能背诵其中的诗句："……我遇见了哭泣的殒星群，/她们都是天国负罪的灵魂！/我遇见了永远飞不疲惫的鹰隼，/他把大风暴的历险说给我听……/更有数不清的彩云，甘霖在我鬓边擦过，/她们都惊赞我的美丽，/要我乘阳光的金马车转回去。/但是我仍要从蓝天向人间坠落，坠落，/我是一勺静美的小花朵。"他在致笔者的信中说，"他（指纪弦——笔者）是我的长辈，我们当年是受了他的影响写诗的"。说明他至今仍铭记在他学诗的路上，纪弦对他的帮助。

或许他立志写诗，将诗当作自己的事业是从一九五四年十月始，那时他已从政工干校毕业，分配到左营的海军部队服务，与洛夫、张默共同创办创世纪诗社，并参加该诗社活动。一九六六年以后，他基本上不再写诗了。他的新诗创作生涯前后只有十多年，但取得了可喜的成绩。他已出版了多本诗集：《痖弦诗抄》（原名《苦苓林的一夜》，一九五九）、《痖弦诗集》（一九六〇）、《监》（英文诗集，一九六八）、

《深渊》（一九六八）和《痖弦自选集》（一九七七）等。他的诗作曾五次在台湾与香港获奖。鉴于他在创作上取得的丰硕成果，他被列为台湾当代十大诗人之一。

纵观痖弦的诗，有两点是引人注目的：一是他的诗博采众家，而又自成一格。亚里士多德说："人对于摹仿的作品总是感到快感。"习诗需模仿，正像习字需临帖一样，但模仿是为了创新，这诚如古人所说："转益多师是汝师""青出于蓝而胜于蓝"。痖弦并不回避他的诗曾有对德国诗人勒内·玛里亚·里尔克（Rainer Maria Rilke）、墨西哥诗人奥克他维奥·帕斯（Octavio Paz）和大陆诗人何其芳诗的模仿，但他模仿是为了创新，在模仿中有创新。

二是痖弦早期的诗作偏重于语言和技巧的追求，而忽视诗作的内容。此后他的诗风有了显著的改变，其特点就是注意将内容作为诗诞生的因素，"决定一首诗诞生的因素，在于内容的情感经验的变化，而不在于形式的语言文字的流动；永远是内在的艺术要求决定着遣词造句，而非遣词造句决定着内在的艺术要求"（痖弦《诗人与语言》）。这是一个飞跃，同时也体现了痖弦的诗已形成了他独树一帜的特色。

## 勤 奋 与 谦 虚

其次，痖弦给我的印象是勤奋和谦虚。先说勤奋。古人说："功崇惟志，业广惟勤。"痖弦现负责报系六个副刊的编务总管，还担任"联合文学"社长和《创世纪》诗杂志发行人，业务庞杂繁重，在这样的情况下他仍忙中抽闲，笔耕不辍。诗是不写了，他把精力用在诗史资料的搜集、编纂、详注和理论的研究上，成绩斐然，颇多建树。他常写诗评、诗论，时有论著发表。一九七七年前，他有《诗人手札》（一九六〇）、《诗人与语言》（一九七一）问世；一九七七年后，他又有《中国新诗研究》（一九八一）一书问世。有人推介《中国新诗研究》，写道："此书为诗人二十年来沉潜研究中国新诗发展史之论文结集，资料丰富，笔锋更带传薪一脉之感情，月旦褒贬，无不温柔敦厚，鞭辟入里。"（本书著者介绍）可以说，此书的付梓奠定了痖弦作为诗评家的地位，至此，他集诗人、教授、学者于一身，为诗坛所瞩目。据悉，近年来他为诗人、文友、艺术家撰写的序跋评论，数以万言计，即将结集由台湾洪范书店出版。

再说谦虚。人们都这么说，痖弦其弦不痖，他却谦虚地给自己起了个"痖弦"的笔名。常言道，满招损，谦受益。我每读他的来信，都感到他很谦虚，例如前年他给我的信中说："《歌》一诗，确是受了里尔克《沉重的时刻》的影响，为临摹之作，不值得一评。先生何不评一评《深渊》《如歌的行板》《上校》《一般之歌》等作，那是我比较《成熟》的作品。所谓《成熟》，在今天看来也属幼稚之作了。"我认为《痖弦诗选》仅收他的诗作三十三首，未能全面反映他的心路历程及其新诗创作发展的轨迹，去年我建议他在大陆出版个人选集，他在回信中说："我的作品很少，暂时还无法在大陆出版个人选集，谢谢你的推介。"最近他在来信中谈及当年在新加坡华文文艺营期间，见到五四诗人、复旦校友刘延陵先生时的情景，我准备将该信收入由我编选的《刘延陵诗文集》中，他回函说："……提到刘延陵先生那封信如编入书内，请代我润饰（修辞）一下，写信总比较马虎。谢谢你。"

痖弦先生在事业上取得如许成就，这与其勤奋谦虚不无关系吧？我想。

（载台湾《文讯杂志》革新第五十五期（总号九十四），
一九九三年八月版）

# 小草与九寨沟

郑明娳教授是台湾著名的散文家和散文理论家,迄今她已有五本散文理论著作和两本散文集问世。这次她的《把我的根种在九寨沟》一文,又荣获中国海外交流协会等单位举办的"首届台港澳海外华文文学游记征文徐霞客奖"。面对殊荣,她却谦逊地说:"我写散文写不好,但我还是在写。"

悬念是小说抓住读者的最大魔力,有人将它比作是"悬挂在达摩克利斯头上的剑"(这故事源出于贺拉斯)。有时散文也设置悬念,例如《把我的根种在九寨沟》就是如此。作者在文章的开篇写道:"每次到外地旅行,都会发现许多自己住家环境所没有的优点,……让人流连忘返。可是,一到旅游末期,仍然迫不及待地想回我那破窑般的家。只有那一次不一样;到了目的地,惊叹像海浪般前一波掩盖后一波。人在山中时不想走,离开后想念不断,一心只想化作一棵小草,把根永远种在那儿。"读着读着就会在脑海中产生个疑问,作者为什么愿意"把根永远种在那儿"?其中的原委肯定非同一般,于是作者就引出一九九〇年八月随团抵大陆观光,游九寨沟的事,非使读者一口气看完它不可。

九寨沟很美。作者运用散点式结构,浓墨重彩地描绘了九寨沟的十多个景点,令读者目不暇接。作者介绍了长海、五花海、双龙海、静海、箭竹海、芦苇海和犀牛海,也介绍了雪峰、镜湖、宝镜岩、五彩池、火海花、珍珠滩、格沙若滩、蟠龙坪和回音壁,一一道来,如数家珍。

这里有两点是需要特别指出的:一是作者游九寨沟正值溽暑炎

夏,看到的也只是夏天的九寨沟,何来四季的演化?"恢万里而无阂,通亿载而为津"(陆机《文赋》),作者有诗人的想象力,写四时"我拥有最美丽的身姿"。暗指九寨沟四季的演化:"春天,我用齐放的百花裁成典雅的长裙,夏天则用一色的翠绿缝制舞衣,秋天,哦!秋天,我变成无时无刻不在幻化的彩虹仙子⋯⋯一转眼(冬天)雪花纷飞,我又是那银装玉琢的瑶池仙子。"这种多侧面多视角的全方位描写,更能令读者心驰神往。二是游记中虽写了群鸟、鹿鸣、溪涧、飞泉,但是却用较多的篇幅写了九寨沟的树,什么"老人柏""树上树""伸缩树""抱石树",等等,作者仿佛是位树的画家。这里的树木的确有它的奇处。就说"树上树"吧,在胸径只有三十公分的山杨树干上,竟长出苍龙般庞然的大树,颇为罕见。水中的树也蔚为奇观,"不论是在静海、五花海或者箭竹海,你都可以看到形单影只,或成群结队的树,把膝盖以下埋在万泉奔竞的水中仍然仪态万千地站着"。这种面中有点、点面结合的写法,能给读者留下难以忘怀的深刻印象。

  好的文章会使读者遐想再三,游记也不例外。此文中穿插了民间流传的色嫫和达戈的彩色故事,提及了古代萧史和弄玉的爱情传说,特别是萧史和弄玉的故事流传颇为久远。据汉代刘向所撰的《列仙传》所述,萧史和弄玉为传说中的一对神仙夫妇,萧史善吹箫,能以箫作鸾凤之音。秦穆公的女儿弄玉。也善吹箫,穆公就将她嫁给萧史,并筑凤台给他们居住。数年后,弄玉乘凤,萧史乘龙,升天而去。这些传说的运用,使文章增添了想象的空间和传奇的色彩。

  "如果能够把根种植在九寨沟,谁还羡慕那乘鹤而去的萧史和弄玉呢?"这奇峰突兀的有力一笔,不仅使文章首尾呼应,而且也在"语言中输入了最大限度的意义"(美国诗人埃兹拉·庞德语)。既然那乘龙驭凤而去的萧史和弄玉都不值得羡慕,那九寨沟不就是人间仙境了吗?无怪乎作者要把自己比喻为小草,种植在九寨沟了。卒章显其志。这不仅使文章的内涵得到了升华,读者也会从中受到更多启迪的。

(载台湾《幼狮文艺》一九九三年十一月号)

# 我们期待怎样的交流

## ——海峡两岸诗歌交流之检讨

如果从一九八〇年四月北京人民文学出版社出版《台湾诗选》，一九八四年六月《创世纪》第六十四期刊出《大陆朦胧诗选二十二家》算起，海峡两岸诗歌的交流已有十年，或曰十多年了。据不完整统计，大陆迄今已出版了多本台湾诗选，如《台湾现代诗选》（刘登翰编）、《台湾〈创世纪〉诗萃》（雁翼编）、《台湾现代百家诗》（黎青编）、《当代台湾诗萃》（蓝海文编）、《台湾现代诗四十家》（非马编）和《台湾青年诗选》（张默编）等，出版了台湾有影响的诗集和诗论集五十余本，也出版了《台湾诗人十二家》《台湾中年诗人十二家》《台湾女诗人三十家》《隔海说诗》《台港现代诗论十二家》《海峡两岸诗论新潮》和《台湾新诗发展史》等一批专著。

通过交流和研究，在海峡两岸架设了学术之桥，彼此都看到了对方的长处："我们感到台湾现代诗的确有不少优势，对此大陆诗人刘湛秋作了很好的归纳，他说台湾现代诗的优势之一是，台湾现代诗语言接近古典，文字精练，中国古典诗歌的传统延续得好；优势之二是，诗人素养好，精通古典，又懂外文，能写诗，能翻译，能评论。同样，大陆诗歌也有不少值得台湾诗人学习的，对此台湾诗人张默归纳为三大特点：第一是题材的多样性。大陆诗人由于生活环境的不同，而且经历多次政治上的变革，加上名山大川伸手可触，这些题材是诗人取之不尽用之不竭的。第二是表现的真挚性，强调'自然流露'。第三是视野开阔。"①

一九八八年九月,台湾著名诗人洛夫一行光临我校,曾留言道:"何故鸿飞复旦,因为风的缘故。"这"风"是交流之风,就是和煦的春风,如今它正绿遍海峡两岸。

海峡两岸结束了长达四十多年的阻隔,今天能手拉手坐在一起了,对此,我们激动得真想拥抱。②但这期间也免不了有细小的"争论"(应读作"切磋诗艺")。前后算起来大概有三次。温故而知新,今天重温这些往事,我想,对今后更好地交流不无裨益。

时间回溯到一九八三年八月,诗人流沙河先生出版了《台湾诗人十二家》一书,这是大陆第一部评介台湾诗歌的专著。《创世纪》杂志在评介这部书时,有两点欠妥:一是认为该书之所以收录郑愁予和高准的诗作,是"因郑、高二氏曾接受邀请,先后访问过中国大陆",言下之意,这是出于某种需要;二是评价欠妥。例如他们认为该书对台湾诗歌"批判多于分析",言下之意是简单化,不能以理服人。以上两点,流沙河先生在该书的《再版后记》中业已解释,这里不再赘叙。但是,应该看到流沙河先生不仅在书中说了些刻薄话,而且在《再版后记》中继续说了些刻薄话,这也伤了《创世纪》诗人们的感情。例如:"可是那首诗(指流沙河的《就是那一只蟋蟀》——笔者)明朗得很哪,恐怕是眼睛太朦胧了吧。"就是如此。

我认为,《就是那一只蟋蟀》也可以说是一首朦胧诗,我可以举出顾城的例子。《一代人》全诗共两句:"黑夜给了我黑色的眼睛,我却用它寻找光明。"我看这首诗一点也不朦胧,但是大陆《朦胧诗选》的编者们还是将它归入朦胧诗里,这就很说明问题。因为对朦胧诗的概念界定不严,用流沙河先生的话来说,就是评量的"尺度"不

---

① 葛乃福:《多元·融合·个性——试论台港澳现代诗》(上),台湾《文讯》杂志(一九九〇年五月),第82页。
② 台湾著名诗人张默先生曾说:"这个日子,我们盼了四十年。今天见面,只觉得任何语言都多余,只要拥抱一下就足矣。"详见应红报道《这个日子我们盼了四十年!》,《文艺报》,一九八八年九月二十四日。

同，这就难免会影响我们对一首诗的透彻理解了。流沙河先生曾直率地说："我从来不反对也不提倡朦胧诗……我也不认为选我入朦胧派于我有何损失。"① 既然如此，那就更无必要去说伤对方感情的话了。

时间回溯到一九九二年六月，某省《名作欣赏》第三期至第五期连续刊载了台湾著名诗人余光中的《评戴望舒的诗》《评闻一多的三首诗》和《抽样评郭沫若的诗》三篇评诗的文章。在这些文章中，贬低了戴望舒、徐志摩、闻一多、郭沫若、艾青、冰心等一些中国新诗史上的名家，大陆读者纷纷与余先生商榷，是可以理解的。有篇文章指出："余光中先生对大陆的'名作求疵'，既有常识性的错误，也有理论上的失误，还有政治上的偏见"②，我想"政治上的偏见"未必见得，但是"常识性的错误"和"理论上的失误"还是有的。

先说"理论上的失误"。余先生在《抽样评郭沫若的诗》一文中以为，古代屈原、陶潜、李白、杜甫是大诗人。"据此标准，其中的郭沫若连一流的诗人也称不上，更无论大诗人。"接着，余先生就将郭沫若的《上海的清晨》(作于一九二三年)与杜甫的《茅屋为秋风所破歌》(作于七六一年)加以"严密的分析和广泛的比较"，指出：前者"指控社会的不平，鼓吹阶级的意识，是所谓普罗文学的作品"。后者"其中也有生活之苦，不平之鸣，是所谓社会写实的作品"。并进一步阐述道："郭诗指控的是贫富不均，杜诗慨叹的是欺老劫贫、冷漠无情的社会，但欺他劫他的'南村群童'，本身想必也不是郭诗中所谓的'富儿们'。"余先生大概忘了，杜甫曾吟过这样的诗句："朱门酒肉臭，路有冻死骨"(《自京赴奉先咏怀五百字》)，诗圣杜老先生鼓吹阶级意识，指控贫富不均比郭沫若要早一千多年！余先生为何不将《上海的清晨》与《自京赴奉先咏怀五百字》(作于七五五年)作一比较呢？

---

① 流沙河：《台湾诗人十二家·再版后记》，重庆：重庆出版社，一九八五年版，第322页。
② 吴奔星：《致〈华夏诗报〉的一封公开信——关于朦胧诗及其它》，《华夏诗报》总七五期(一九九三年三月二十五日)。

再说"常识性的错误"。小诗这朵奇葩,现在仍然开得很茂盛。冰心的小诗自有其历史地位。方旗的小诗与大陆二十年代的小诗不无联系。余先生有权褒奖台湾旅美诗人方旗的诗句"新雏啁啾检视羽翼",但不能轻率地以此来贬低冰心老人的诗为"空洞诗句"。方旗《新雏》全诗为:"挣脱卵形的小宇宙/新雏啁啾检视羽翼/天空是另一层蛋壳/何时才能破壁飞去"(见诗集《端午》)余先生赞扬说:"寥寥的八个字,有形有声,便攫住了鸡雏的生命。"恕我直言,"新雏啁啾检视羽翼"这句诗是写实的,从美学的角度来观照,这句诗并不能唤起读者多少美感。从某种意义来说,《新雏》并没有冰心的这样一首诗好:"总怕听见天外的翅声——/小小的鸟啊!/羽翼长成,/你要飞向何处?"(见诗集《繁星》)这首诗意不浅露,语不穷尽,句中有余味,篇中有余意,将母爱写得细腻深沉,安能给冰心诗扣上"空洞诗句"的帽子?

时间回溯到去年十二月,台湾创刊了《台湾诗学》季刊。在该刊的创刊号发表了白灵、向明、萧萧和游唤四位先生的论文,这些论文分别评论了大陆出版的《台港百家诗选》(葛乃福编)、《台港朦胧诗赏析》(古远清编)、《台湾现代诗歌赏析》(耿建华、章亚昕编)及《台湾新诗发展史》(古继堂著)这四本书。对白灵先生的文章,我想另外撰文与他商榷,暂且不表。这里想就向明先生的《不朦胧,也朦胧——评古远清的〈台港朦胧诗赏析〉》一文谈些意见。

向明先生说:"谁都知道所谓'朦胧诗'在大陆根本就是一个对诗污蔑的称呼"[1],这显然是误解。朦胧诗这名称,一九八〇年由章明在《令人气闷的"朦胧"》这篇文章中提出来的。"朦胧诗是一个诗艺的概念,无所谓好,无所谓坏。"[2] 朦胧诗因难懂曾受到某些批评是事实,但喜欢它的人也不少,否则古远清先生的那三本有关朦胧诗

---

[1] 向明:《不朦胧,也朦胧——评古远清的〈台港朦胧诗赏析〉》,《台湾诗学》季刊第一期(一九九三年十二月),第17页。

[2] 流沙河:《台湾诗人十二家·再版后记》,重庆:重庆出版社,一九八五年版,第322页。

的书就无法出版了。至于有些朦胧诗人跑到海外去，是因为他们写朦胧诗而被"打击得抬不起头来"，还是因别的什么原因，我想这并不难弄清楚，记得在台湾《联合报》登载的陈义芝先生访舒婷的那篇文章①中已将这问题谈得很清楚了，不知向明先生有否注意到那篇文章？

每当我收到古远清先生的赠书都为他捏一把汗，因为"诗，本有其非理性之处，有可解者，有不可解者，心灵的密码有时并无破译的必要"②。可是古先生却要去破译，出差错就在所难免了。应该说，古远清先生在向大陆读者推介、普及台湾现代诗方面是做出成绩的，诚如邹建军先生所说："《台港朦胧诗赏析》没有充分表现古远清作为诗论家的才华，但也凝结了他不少心血。人们对本书也表现了极高的热情，一版四万不足二月销完，又印了四万，还告紧张。这恐怕是古远清所有著作中流传最广的一种。"③他可能已意识到用"朦胧诗"一词替换"现代诗"欠妥，所以一九九一年，他在河南出版的书就不用"朦胧诗"，而改用《台湾现代诗赏析》的书名了。叔本华说得好："一个作家最大的悲哀，不是被批评……而是被冷落。"④现在向明先生热忱地予以惠正，隔海传来了批评意见，应该举双手欢迎。向明先生称古先生为"所谓'研究台港诗权威'"⑤，如果说古先生是权威的话，那么指出权威错误的向明先生岂不是权威的权威了吗？大陆或许今后会有研究台港诗的权威，但现在还没有，现在有的只是研究起步早、晚之分，成果大、小之别。向明先生贸然用这样的词语，显

---

① 陈义芝：《是出大诗人的时候了——访舒婷》，台湾《联合报·副刊》，一九九一年五月十八日。
② 洛夫：《诗魔之歌·导言》，《诗魔之歌》，广州：花城出版社，一九九〇年版，第3页。
③ 邹建军：《古远清：透视众家诗学观》，《中国新诗理论研究》，武汉：长江文艺出版社，一九九三年版，第116页。
④ 转引自洛夫：《诗的探险·再版前记》，台北：黎明文化事业股份有限公司，一九七九年版，第3页。
⑤ 向明：《不朦胧，也朦胧——评古远清的〈台港朦胧诗赏析〉》，《台湾诗学》季刊第一期（一九九三年十二月），第21页。

然有讥讽的意味,窃以为并不可取。

在交流中态度和方法至为重要。对此,有人说:"要平心以察,公心以听",也有说应坚持"知人论世",防止"随意性",我以为都是对的。要做到这些也并不是很难,只要我们勿甘当"摸象"①的瞎子就可以了。

虽说交流才刚刚开始,但我们彼此都尝到了交流的甜头。诚如余光中先生所说:"我们的社会背景不同,读者也互异,可是彼此对诗的热忱与对诗艺的追求,应该一致。无论中国怎么变,中文怎么变,李杜的价值万古长存,而后之诗人见贤思齐、创造中国新诗的努力,也是值得彼此鼓舞的。"②我们祝愿海峡两岸诗歌交流的前景如同"大地上丰盛的碧绿/碧绿中绽放的繁花/繁花后累累的果实/果实里沁心的甜美"那般美好。

(载《台湾诗学季刊》一九九四年第三期)

---

① 台湾周庆华先生说:"海峡两岸在不同的意识形态、政治制度、经济条件等情况下所发展出来的文学,本质有很大的差异,而这种差异多半只有兼具两种生活经验的人,才看得出来,目前大家还在'摸象'之中。"详见周庆华文章《十年来海峡两岸文学交流的省思》,《台湾文学观察》杂志第一期(一九九〇年六月台北),第50页。
② 转引自流沙河:《台湾诗人十二家·引言》,重庆:重庆出版社,一九八五年版,第1页。

# 情景双绘　秀色天然

## ——读涂静怡诗集《秋笺》

诗坛名家涂静怡，其诗的表现在两方面，一是她作品的产量高，迄今已有两首长诗、四本诗集、两本散文集与一本诗论集问世；二是她诗的质量高，无论是写长诗、短诗，也无论是写爱情诗、咏物诗、哲理诗等均取得较大成就，并曾多次获奖。下面我就诗集《秋笺》里的爱情诗与咏物诗作些评析。

爱情是人类最纯真的感情，是诗的审美主题，永恒的主题。"谁要是迫使爱情与诗歌脱离关系，并拒绝它的帮助与促进，谁就将抢走爱的最有效武器。"（蒙台涅《经验谈》）涂静怡的爱情诗具有下述四个特色。

首先，涂静怡的爱情诗具有戏剧张力。她的诗善于运用"背景"，用她的话来说就是："一首诗是一个故事，无论长短，都应该要有一个动人的'背景'。"（《我的诗观》）她是位画家，这"背景"可解释为"画面上衬托主体事物的景物"，而我理解这背景是指对人物、事件起作用的历史情况或现实环境。这二者的补充，就使诗作平添戏剧张力和更富可读性。例如《秋笺》一诗，写的是"凝眸中的芽儿仍不曾成树 / 我却枯坐在阶前沉思"，而它的"背景"却是"那年夏日 / 我不经意撒下了一粒种籽 / 想不到却在秋分时萌芽"，这种欲抑先扬的手法，颇富戏剧张力。倘若没有这"扬"做背景，这"抑"也就不会收到这般效果，接下来的内容也就无法展开。同样，《幸福》一诗也是如此，盼幸福，幸福不至；不盼它，幸福反而自来，这欲扬先抑的手法,诗中运用得很成功。

其次,是诗中有警句。既有总体美(或曰总体观),又有局部美,是中国传统爱情诗的特点。写诗最忌有句无篇。涂静怡的诗有句有篇,有些诗句可作为警句来读:"与其活在一百年的痛苦中／我宁愿　宁愿只取／这美好的一瞬"(《我愿》),"只要　偶然间回首／仍有思念的花朵／在芬芳里／又何须在意／相聚或别离"(《寄》),"如果　如果来年有变／就让我变成一只小鸟吧／夜夜栖息在你的臂弯里／纵使／长眠不醒"(《秋思》),"寂寞的夜最长／被爱的心最甜"(《短歌》小引),等等,像这样的警句在《秋笺》里有十多句,它是思想的升华,是感情的结晶。这些警句具有最大的密度,输入了最大限度的意义,表达了深沉而灼热的感情,是语言中的盐。

再次,讲究字的推敲。诗是语言的艺术,诗的成功在于语言运用的成功,爱情诗也不例外。古人主张:"百炼成字,千炼成句",古人又说:"炼句功深石补天",这是因为"一字妥帖,则全篇生色"(陶明睿《诗说杂记》)。《秋笺》中的爱情诗用字注重推敲。兹举一例:"把午后坐成一首小诗／一条轻吟的小河"(《深情》),"只能把那背影望成／一道小诗／天长地久／日夜／读吟"(《送行》),前者诗的量词用"首",为何后者诗的量词用"道"?这就是推敲的功夫。我以为这是将"背影"的量词"道"移植到小诗的前面来了,令人拍案叫绝!这"道"字不规规然蹈袭前人陈迹,用得很贴切。

第四,多数诗带着伤感的情调,是拧不干的花手绢。《秋笺》里的有些诗,也表达了欢快的感情,例如《雨伞下》《日子(之一)》,等等,但更多的诗是写相思、离愁、孤独、梦境、创伤。这些带有伤感情调的诗颇为感人,诚如钱锺书指出的那样:"苦痛比快乐更能产生诗歌,好诗主要是不愉快、烦恼或'穷愁'的表现和发泄"(《诗可以怨》),古有"欢娱之词难工,愁苦之词易好"的说法。涂静怡之所以这样写,是因为她在生活中有这样的感受:"常常,我喜欢把生活中的那些无奈,那些不美好的、不圆满的,藏于心灵的幽谷,兴致来时,化成诗句,使之美化。"(《秋笺·自序》)人生自古伤离别。《送行》就是这样的一首诗。诗人将一首小诗当作一道难题来解,检验答案究竟是不是:"要走/说是为了点燃另一盏灯",很有诗意,耐人寻味。

在《秋笺》中有咏物诗近二十首。咏物诗者"隐然只是咏怀,盖其中有我在也"(刘熙载《艺概·词曲概》)。古往今来,感物吟志、借物遣怀的咏物诗不计其数。涂静怡的咏物诗自有其特点。"明理之文有二,曰:阐前人所已发,扩前人所未发"(刘熙载《艺概·文概》)。从题旨的开掘而言,这些咏物诗基本上可分为"阐前人所已发"与"扩前人所未发"这两类。

先说"阐前人所已发"。以蝉为题材的咏物诗很多,例如名篇就有虞世南的《蝉》与骆宾王的《在狱咏蝉》等。前者为:"垂緌饮清露,流响出疏桐。居高声自远,非是藉秋风",后者为:"西陆蝉声唱,南冠客思深。不堪玄鬓影,来对白头吟。露重飞难进,风多响易沉。无人信高洁,谁为表予心?"这些诗写得虽好,但均是表一己的恩怨,格调平平。涂静怡也写了一首《蝉》诗:"引吭而歌/虽非万籁之首/唱的 却是/人间的苦乐//纵然/没有流水的伴奏/白云也不为我喝彩/我也要 展示我的歌喉/从清晨唱到日落//莫说 知音难寻啊!/爱山的人/最是 酷酊于/我的歌"。古人说:"有第一等襟抱,第一等学识,斯有第一等真诗"(沈德潜《说诗晬语》),《蝉》诗如太空之中,不着一点;如星宿之海,万源涌出;如土膏既厚,春雷一动,万物发生,堪称第一等真诗。诗中"唱的 却是/人间的苦乐"是"爱人如己"思想的具象化,是"天下为公"思想的通俗化,故为"爱山的人"所接受并引起心灵上的共鸣。它与虞世南、骆宾王同题诗相比,格调孰高孰低,自不待言。

再说"扩前人所未发"。有人说,写诗就是发现,信然。随人后的诗篇是纸花,是缺乏生命活力的,这已为古今中外的文学现象所证明。要扩前人所未发是很难的,正因如此,往往诗人们衣带渐宽人消瘦，男性的诗人连胡子都长不长。《墙》古今中外也肯定有人吟过，据悉屠格涅夫写过散文诗《门槛》，顾城写过《石壁》，门槛与石壁也有类似"墙"的作用。让我们来细细端详涂静怡的《墙》是如何写的："屹立于此　凛凛然 / 不只是挡风　阻雨 / 或是冷眼旁观一些代沟的问题 // 并非只有平地才能挺立 // 倘若厌恶虚伪的贴近 / 就在心深处 / 高高地 / 筑起。"诗人独辟蹊径，避开对墙一般物理属性的阐发，言前人所未言，扩前人所未扩，将墙作为抵御虚伪侵袭的屏障，且在心灵深处高高筑起，这不仅使墙的外延扩大了，而且也使墙的内涵深化了，这样的诗令人回味再三，爱不释手，"像一曲雅歌，余音不绝如缕"（上官予语）。

　　风格是诗人成熟的标志。或许可以用"情景双绘，秀色天然"来表达诗人兼画家涂静怡的独特风格。"读书，写作，画画，沉思，都是她的最爱。"(《画梦·涂静怡介绍》) 在她的诗中，景是画家眼中的风景，情是诗人笔底的深情，情景相汇，犹如水乳交融。她的诗秀逸而不雕饰，诚可谓："清水出芙蓉，天然去雕饰。"我衷心祝愿这位诗坛名家诗心不老，敬颂笔健！

（载《诗刊》一九九五年第二期）

# 台湾文学研究的新收获

## ——读《洛夫评传》

近年来,传记文学作品出版很多,其中诗人传记作品占有颇大比例。胡适、戴望舒、徐志摩、穆木天、柯仲平、冯至等诗人的传记均在读者中有一定的影响。就地域来说,台港澳地区诗人的传记似乎鲜见。最近,龙彼德著的《洛夫评传》(南京大学出版社出版)问世,它是首部大陆出版的台湾诗人评传。作者多方位、多角度、多层次地评述了传主其人其诗其文,是台湾文学研究的新收获,是传记文学领域的又一佳作。

贴切厚实,娓娓道来是该书的一个显著特色。洛夫是中国当代诗坛著名的诗人之一,也是著名的诗评家、散文家与书法家。他融汇中外,博古通今,用余光中的话来说,洛夫是"中年一代诗人的一座重镇","是五十年代屹立迄今的寥寥几座活火山之一"。要恰如其分地写出他的评传,作者进行了差不多四年的认真准备,包括资料的搜集、与传主的交谈以及自己学识、修养诸方面的系统武装。为此,他曾研读了现代西方文化、宗教哲学文选、外国现代派文学、艺术发展史、世界诗歌史、中国哲人的智慧、中国诗学、比较诗学、诗歌原理、诗歌专集选集等十个方面近五十种著作,然后又经过八个月的笔耕与冒着溽夏酷暑的一次大的修改补充。常言道:"十年磨一剑",而龙彼德却是五年磨一书。今天当我们拜读这部二十八万言的专著时,会由衷地对他付出的心血表示敬佩。

实事求是,客观公允是该书又一显著特色。作者与传主熟悉,加上作者自己也是诗人，倘若处理欠当，难免会给《评传》带上感情色彩，从而使该书论述的客观性与科学性受到影响。在撰写时，作者清醒地意识到这一点，努力克制自己，尽量减少热情的倾诉，尽可能地作冷静的评述。作者条分缕析地评述洛夫在理论与实践的结合上为中国式的现代诗所作的不懈探索与贡献，力求做到不虚美，不掩善，秉持公心，实事求是，全面地总结经验与教训，以便促使后进学习并赶超先进。因此作者笔下的洛夫不是经作者用艳词丽句包装起来的假洛夫，而是生活中原来就这般模样的真洛夫，这包括他的情趣、修养、人品，也包括他的诗思、诗心、诗品，以及他在诸多方面所取得的可喜成就，所以读起来倍感亲切、自然、可信、感人。

独出机杼，以我为主是该书的第三个显著特色。评论洛夫诗作的文章层出不穷，结集成书的就有多本，例如：《石室之死亡——及相关重要评论》（侯吉谅编）、《诗魔的蜕变——洛夫诗作评论集》（萧萧主编）、《洛夫余光中诗歌欣赏》（卢斯飞著）、《洛夫与中国现代诗》（费勇著）。作者仔细研读了这些评论，并摘要地在《评传》中加以引用，用作者自己的话来说，就是"海内外都有人研究洛夫，发表了大量的文章，积累了丰硕的成果。写评传完全可以引用，但要有所选择，选择的依据与标准就是自己的观点，只有见人之未见，言人之未言，才能旁征博引，集其大成"。尤其值得称道的是，作者对影响最大、争议最多的《石室之死亡》这部洛夫突出的作品，发表了很好的见解。作者对之钻研之深入、观点之新颖、立论之公允、表达之严密，给人印象更为突出，读后很受启迪。

以评带传，突出主线是该书的第四个显著特色。传记文学有以"传"为主的，也有将传与评结合起来一道写的，本书的作者采取的是后者。作者在谈到"传"与"评"的关系时说："我关注并着力揭示的重点，不是诗人的外在生活史，也不是生平与创作的外部关系，而是诗人的内在世界、深层思想、心理原型、特殊个性等。可以说是'传'融'评'中，以'评'带'传'，以'评'为主。"但是，以"评"为主也有个突出什么的问题。该书突出的是"中国式的现代诗"这一命题,或曰主线,并将它作为"全书的网"。有了这个网,就可以将一切散乱的、不集中不连贯的传、论,集中、连贯起来,并得到升华。

或许是作者惟恐读者不明白他的用意,所以还有意识地将"一切为了中国式的现代诗"作为该书的结语。俗话说,编筐编篓全在收口。这"结语"的口收得真好。作者从中强调:"中国式的现代诗是洛夫的创造,也是海峡两岸众多诗人的创造,我的创造",这就将洛夫所有文学实践活动的目的再一次作了凸现,并同时在"中国式的现代诗"这一坐标上找到了他的出发点与归宿,并给予切合实际的定位。

作者在该书《后记》中写道:为了全面地搜集资料,"洛夫为此翻箱倒柜,将历年来的作品剪报、评介文章、新闻报道、得奖证书及一切有关资料都找了出来,或直接邮寄,或易地转投,或托人捎带,想方设法,尽快送到杭州……可以说《评传》是作者与被评者密切合作的产物"。作为读者,在向龙彼德热烈祝贺的同时,也要向洛夫先生致谢!倘若没有他们二位的"密切合作",我们将不能像现在这样获得如此的"一种美感的满足"(法国传记作家莫洛亚语)。

我们期盼有更多的台湾诗人传记在大陆问世,以促进海峡两岸的交流,为中华民族的文学发展作出应有的贡献。

(载《澳门日报》一九九六年五月二十四日)

# "毕竟这是一个散文的世纪"

## ——《20世纪中国散文英华·台港澳卷》前言

### 一

一位大陆的评论家在比较大陆文学与台湾文学时曾这样说过："大陆的小说、戏剧、报告文学，无论是从数量上还是在质量上，都远超过台湾的小说、戏剧和报告文学；但台湾的散文和诗歌却可以和大陆的散文、诗歌颉颃。"[①] 这个评价是较为公允的，能为一般读者所接受的。

台湾的现代散文可追溯到一九二五年八月二十六日赖和在《台湾民报》上发表的散文《无题》，这是台湾文学史上第一篇白话散文。"作为台湾新文学运动的先驱者，赖和就以他这篇优美的散文，把读者带进台湾现代散文的大门。"[②] 在这前后，有代表性的散文作品还有：《入狱日记》（蒋渭水著，一九二四）、《随想录》（九篇，张我军著，一九二五年一月至一九二六年二月）、《南游印象记》（张我军著，一九二六年二月至三月）、《北署游记》（蒋渭水著，一九二七）、《环球游记》（林献堂著，一九二七）、《前进》（赖和著，一九二八年前后），等等。以上散文均写得清新质朴，十分耐读。其中赖和被誉为台湾新文学之父，张我军被誉为台湾新文学运动的先驱者，在他们的著作《赖和先生全集》与《张我军文集》中散文均占有很大比重。

---

[①] 陈辽：《台港散文40家·序》，《台港散文40家》，郑州：中原农民出版社，一九九五年版，第1页。
[②] 包恒新：《台湾现代文学简述》，上海：上海社会科学院出版社，一九八八年版，第42—43页。

他们在台湾现代散文方面的开拓之功,将彪炳史册。

如今广大读者经常能读到的是二十世纪五十年代以后的台湾当代散文。据评论家朱蕊分析,大约在八十年代初,大陆读者首先是通过阅读三毛的散文进而产生阅读"这种与大陆不尽相同的散文形式"的台湾散文的兴趣的:"我们最先接触到的这种文采斐然情真意切无所不写的散文写作形式,是出自于作为中国现当代文学一部分的台湾女作家的笔下。大约在八十年代初,当三毛的散文在内地流传开来时,人们便已经感受到了这种与内地不尽相同的散文形式的冲击,以至于在这以后的十数年里,台湾的散文像潮水一样汹涌而至。"① 这里朱蕊分析道,台湾散文具有文采斐然、情真意切、无所不写的特点。下面我想从题材的角度,对台湾散文作些粗浅的分析。

台湾文学(含散文)的题材大致可分为写大陆、写台湾与写海外这三大类。

(一) 一九四九年以后,有不少人远离家乡,远离亲人,随国民党军队去到台湾。他们盼星星,盼月亮,盼望有朝一日"海峡不是一把无情刀,终会变成一座交流桥",直到一九八七年这个愿望才得以实现。但是这期间已隔绝了近四十年。多少次日思夜念,多少次魂牵梦萦,凝聚笔端而成的散文或许可谓"乡愁散文"吧。本卷中收的《纺车》(张拓芜著)、《一对金手镯》(琦君著)等堪称这类散文中的名篇。《纺车》中的母亲以勤劳俭朴、待人宽厚、待子女慈爱而给读者留下深刻印象。张拓芜是十二岁离开家乡的。在他十岁时,他的母亲就辞世了。他自责的是,母亲辞世时,他仅十岁,什么都不甚了了,因此她老人家的生辰忌辰他全不记得,罪孽深重莫此为甚!最使读者感动的是,张母生前夜以继日纺棉纺麻,临终时穿的却是旧蓝褂裤。姑姑看了心酸,从身上脱下团花缎子夹袄,放进棺材陪了葬。作家接着写道:"母亲虽然带了去,却未穿上身,以她生前的

---

① 朱蕊:《台湾女性散文的风采》,《新民晚报》,一九九七年五月五日。

个性,恐怕还是压在箱子底下吧。"这并非是可有可无的笔墨,而是一种向纵深开掘的写法,令读者过目难忘,唏嘘不已。《一对金手镯》是写作家自己与乳娘的女儿阿月的友情。这篇散文首尾呼应,藉物思人,文笔细腻,妙语如珠:"菜油灯灯盏里两根灯草芯,紧紧靠在一起,一同吸着油,燃出一朵灯花,无论多么微小,也是一朵完整的灯花。我觉得自己和阿月正是那朵灯花,持久地散发着温和的光和热。"著名学者夏志清认为琦君的一些名篇,如《看戏》《一对金手镯》,"即便列入世界名作之林也无愧色"①,我认为是恰当的评价。

"海隅虽美,终究是失土的浮根"(向明诗句)。随着海峡两岸关系的和缓,台湾当局解禁"探亲",一九八七年不少台湾同胞开始了大陆之行。多年离别,一朝欢聚,此景此情,实在感人。是年许多台湾诗人回大陆探亲访友,在本卷所收的香港著名诗人犁青散文《乡情诗情似梦似真》中有着详尽的描绘。就广义而言,台湾同胞回大陆观光旅游,"它以亲眼目睹的经验取代了以往靠回忆维系或父辈口传的经验,记下亲履久别家园以及与亲友会面的种种感受"②,也属探亲散文的范畴。台湾散文家和散文理论家郑明娳教授于一九九〇年八月随团抵大连观光,并游九寨沟,过后她写了《把我的根种在九寨沟》一文。文中穿插了民间流传的色媆和达戈的彩色故事,提及了古代萧史和弄玉的爱情传说。"如果能够把根种植在九寨沟,谁还羡慕那乘鹤而去的萧史和弄玉呢?"既然那乘龙驭凤而去的萧史和弄玉都不值得羡慕,那九寨沟不就是人间仙境了吗?无怪乎作者要把自己比喻为小草,种植在九寨沟了。通篇开阖自如,情景交融,曾荣获"首届台港澳海外华文文学游记征文徐霞客奖"。本卷编入的《姑苏城外寒山寺》(张默著)、《夜访安徒生的中国朋友》(林焕彰著)也是这类散文

---

① 转引自楼肇明:《谈琦君的散文(代序)》,《琦君散文》,杭州:浙江文艺出版社,一九九四年版,第3页。
② 刘登翰等主编:《台湾文学史》(下卷),福州:海峡文艺出版社,一九九三年版,第503页。

佳作。

（二）以台湾为题材的散文或许就是郭枫先生对"台湾散文"的界定吧？他说："'台湾散文'就是'写台湾人、叙台湾事、描台湾景、名台湾物'的散文。"[1] 毫无疑问，这类台湾散文是数量最多的，在本卷中所占的比重也最大。这类散文中有写城市生活的，如《高港情调》（尹雪曼著）、《台北家居》（梁实秋著）等；有写人物的，如《我为楚戈描山水》（陈若曦著）、《宁波女子》（陈义芝著）等；有写城市现象的，如《那树》（王鼎钧著）等；有写辛勤劳作的，如《做田》（钟理和著）、《采茶风景偶写》（张我军著）等；也有写业余爱好的，如《我爱收藏》（痖弦著）、《我与书艺》（台静农著）、《独饮小记》（洛夫著）、《小园记》（纪弦著）等，内容之繁富，不胜枚举。

《高港情调》用对比之手法，写出宝岛南方大港高雄市的旖旎风光与高雅情调。《我为楚戈描山水》是写作家为了印证楚戈的画而游黄山，作家的看法是："我叹黄山之奇，但无惊讶之意。想来是早在楚戈的画中亲近过"，这是对老友画艺的褒奖。作家初得楚戈患癌的消息，曾寄信给他："你希望我回来看你时，就说一声。""去年返台，看到朋友已战胜癌症，活得健康踏实，确实衷心为他庆幸"，字里行间洋溢着作家对画家楚戈的深厚友情。环保题材在台湾现代诗、报道文学与散文中均有反映。《那树》是写一棵立在路边已经很久很久了的树，它突然遭到被"屠杀"的厄运。这篇散文将一棵树的兴衰写得有声有色，令人动情："老树是通灵的，它预知被伐，将自己的灾祸先告诉体内的寄生虫。于是小而坚韧的民族，决定远征，一如当初它们远征而来。每一个黑斗士在离巢后，先在树干上绕行一周，表示了依依不舍。"古人道："一切景语，皆情语也。"[2] 读了这篇散文，我更信此言之不谬。《采茶风景偶写》是叙写作家深入山乡，观察采茶风

---

[1] 郭枫：《还给台湾艺术散文原貌——〈台湾艺术散文选〉序》，《台湾艺术散文选》（一），天津：百花文艺出版社，一九九〇年版，第2页。

[2] 王国维：《人间词话》。

景，探寻茶寮秘密的经过。由于作家观察得细，了解得深，所以在读这篇散文时仿佛身临其境。特别是茶农赛歌的场面写得尤显功力，这是因为他"曾利用在'茶商工会'工作之便，遍访过山乡茶园，采集茶女唱的客家山歌"①的结果。至于茶寮的秘密最后是否探得呢？这一悬念至收束时才揭晓："制茶的机械化，把采茶的情调俗化，把茶山的神秘罗曼丝驱进深山去了！"我们赞赏的是作家深入采风，努力搜集创作素材的做法与究根研底一丝不苟的精神。《小园记》像小园一样也很小，但写得摇曳多姿，一波三折。作家从改造土壤入手，进而施肥、除虫。为防邻居养的家禽进小园觅食，于是筑就一道"马其诺防线"，此一折也。园子收拾好后，先后种了木瓜树、印度青、香蕉树，不是没有成绩，就是受到"打击"，作家的结论是"北部气候不适宜于种香蕉和木瓜"，此二折也。作家将小园来个大改造，种了玫瑰与杜鹃，对它们倍加爱护，勤加灌溉，但愿它们枝繁叶盛，贵体无恙，此三折也。作家在谈及散文创作时写道："当我写散文时，也像写诗一样，总是字斟句酌，改了又改，而不轻易发表。"②我想或许正因为作家如此，才能将《小园记》写得这样丝丝入扣妩媚动人吧。

（三）写海外的作品（含以海外为背景的作品），在台湾散文中时有出现。将写海外的作品单独列为一类，或许是台湾作家高信疆先生的首创："高信疆在他所主编的副刊所策划推出的第一个报导文学专栏命名为'现实的边缘'，分为域外、离岛、本土三篇，域外篇报导海外华人的生活条件及环境，离岛篇报导台湾四周各大岛屿的人文、景物，本土篇报导的是台湾这块土地上不为人所熟知的一些人与事、历史与地理。基本上后来的报导文学作品也都不脱这三大范

---

① 张光正：《张我军选集·编者后记》，《张我军选集》，北京：时事出版社，一九八五年版，第225页。
② 纪弦：《小园小品·自序》，《小园小品》，台北：台湾商务印书馆股份有限公司，一九六七年版，第1页。

围。"① 台湾旅海外作家的作品在《20世纪中国散文英华·海外游子卷》中多有辑录，本卷中收台湾作家以海外为写作背景的散文多篇，它们是《记纽约钓鱼》（林语堂著）、《柏克莱的精神》（杨牧著）、《格兰道尔的早餐》（郭良蕙著）、《槟城香火》（杨锦郁著）等。这些作品将读者的视野扩大到北美、英伦与东南亚等地，向读者展示了另一道风景。杨牧先生的《柏克莱的精神》与郭良蕙先生的《格兰道尔的早餐》均有同名散文集问世，早已为广大读者所熟知，这里谨将《记纽约钓鱼》和《槟城香火》作些粗浅的分析。

《记纽约钓鱼》是林语堂先生的一篇力作。作家思接千载，视通万里，文路开阔，笔起波澜。人们常说学者散文，我认为这篇就是。通篇虚实相生，由实到虚，从父女夜钓，写到古人的渔樵之乐，最后再道出人生哲理作结："人生必有痴，而后有成，痴各不同，或痴于财，或痴于禄，或痴于情，或痴于渔。各行其是，皆无不可。"此时方知它是篇殷富文采的哲理文。《槟城香火》以女作家特有的细腻笔触叙写两次赴槟城探望舅舅的感情历程。散文由两部分组成，即"1980年夏天"与"1994年秋天"，漫长的十四个寒暑，使内心见到亲人的愿望更为强烈，但是家人的凋零，舅舅的体弱，使本应欢乐的会见罩上了阴影。然而互赠礼品的细节，却感人至深，暖人心头，耐人回味。

台湾散文之所以如此繁荣，原因颇多，我想这与台湾散文理论的建设与促进不无关系。为台湾散文理论的建树作出贡献的作家可以举出好多，例如季薇、梅逊、张秀亚、余光中、杨牧、郑明娳、邱燮友、方祖燊、周锦、周丽丽、痖弦、李瑞腾，等等，这里想举出两位来稍加论述。一位是郑明娳教授，她是一位兼顾散文创作、具有开拓精神的散文理论家，迄今她已先后完成四本散文专著，即《现代散文

---

① 李瑞腾：《从爱出发——近十年来台湾的报导文学》，《台湾文学风貌》，第99页。

纵横论》(一九八六)、《现代散文类型论》(一九八七)、《现代散文构成论》(一九八九)、《现代散文现象论》(一九九二),并已建构起散文理论的体系。另外,她还出版了《葫芦,再见》与《教授的底牌》这两本散文集,均受到好评,特别是后一本,被评论家称为"在台湾散文中是一本奇书"①。另一位是余光中先生,他对散文有独特的见解,本文的标题"毕竟这是一个散文的世纪"就是借用他著作里的一句话。他在创作散文的同时,一直未放慢散文理论建树的脚步,迄今他已发表产生较大影响的散文专论有《我们需要几本书》《剪掉散文的辫子》《论朱自清的散文》《缪思的左右手——诗和散文的比较》《中国山水游记的感性》《中国山水游记的知性》《杖底烟霞——山水游记的艺术》《论民初的游记》《左手的缪思·后记》《逍遥游·后记》《焚鹤人·后记》等,倘能结集成专著,定会产生更大的影响。其中《剪掉散文的辫子》一文被评论家誉为"是台湾散文向'现代散文'迈进的宣言"②。在这篇著名的论文中他提出了变革散文的三点主张,即"弹性""密度""质料",并创作了能体现他这三点主张的实验性散文《听听那冷雨》,从中我们可以见到余光中先生对变更散文的执着追求。

至于台湾散文的不足,纪弦与洛夫先生均提出过很好的意见。洛夫先生说:"'五四'以后,我们的散文似乎有了新的生机,但除了以白话代替文言外,实际上并没有什么长进,在量上是增多了,而在质和技巧上则远不如古人"③;纪弦先生说:"在我们这个文坛上,不乏以散文鸣家者:有的清新可喜,有的妩媚动人,万紫千红,各有可取;而只是豪放如苏东坡者不多见。"④ 他们两位是从更高的角度来

---

① 方忠:《自掀底牌的教授风采——论郑明娳的散文创作》,《台湾与海外华文文学评论和研究》,一九九五年第二期,第4页。
② 古远清:《余光中对变革散文的呼唤》,《台湾当代文学理论批评史》,武汉:武汉出版社,一九九四年版,第470页。
③ 洛夫:《闲话散文(代序)》,《一朵午荷——洛夫散文选》,上海:上海文艺出版社,一九九〇年版,第1页。
④ 纪弦:《小园小品·自序》。

观照当今台湾散文的,指出要在继续提高散文质量和技巧方面狠下功夫,这与我们肯定散文的成就并不抵牾。"魅力就是散文的灵魂。"①倘若我们的散文质量不断提高了,我们的表现技巧更加娴熟了,那么台湾散文总会有赶上并超越古人的那一天!长江后浪推前浪,世上新人胜古人。

## 二

以前,有人说香港是文化沙漠,这是对香港不了解而下的武断结论。据《香港文学作家传略》(刘以鬯主编)统计,香港有作家五百六十位,尚健在的有四百五十九位。另据统计,从二十世纪二十年代至九十年代,凡出版过文学作品或主持过报刊文艺专栏,并在港居住七年以上的香港作家,大约有三百六十多位。作家当中以司马长风为例,"三十年间,他平均每天写五千余字。不管春风秋雨、夏炎冬寒,假期非假期,不管精神饱满还是病容满面,平均来说,天天都要把十张五百格的原稿纸填满"②。仅从以上这些数字,就足以说明香港不是文化沙漠,而是一块已被开垦的文化绿洲。

香港的文学像春天的紫荆花一样越开越茂盛。如果要对香港的散文作一宏观的介绍,我认为阿浓在《香港散文的香港特色》里的一段话是概括得很好的:"香港差不多没有不写散文的作家。不论他是诗人、小说家、戏剧家,散文仍然是他们乐于使用的一种形式。……多年以来,散文始终是香港产量最丰的一种文学形式,它也拥有最多的读者。"③

对内地读者来说,早已从众多的香港作家的散文集与选本中阅读并喜爱上了香港的散文。这些散文选本主要有《香港散文选》(福

---

① 萧乾:《海京伯》,《新民晚报》,一九九七年八月四日。
② 黄维樑:《香港文学初探》,北京:中国友谊出版公司,一九八七年版,第291页。
③ 此文载《明报》副刊,一九九〇年十一月二十日至二十六日。

建人民出版社，一九八〇年版）、《香港作家散文选》（曾敏之编，花城出版社，一九八一年版）、《萍影春情——龙香散文选》（夏马主编，中国文联出版公司，一九九二年版）、《香港当代文学精品·散文卷》（谭帝森、春华主编，长江文艺出版社，一九九四年版）、《香港散文选》（潘亚暾主编，百花文艺出版社，一九九五年版）等，另外还有香港散文与台湾、澳门暨海外华文散文合集的散文选多本。这些选本像一扇扇窗户，让内地读者能看到香港的风景，并在二十世纪八十年代掀起了一股"散文热"。这"散文热"方兴未艾，经久不衰，它"是从大众阅读现代作家和港台作家的作品开始的"①。曾敏之、小思、黄维樑、犁青、郑子瑜、黄河浪、潘铭燊、东瑞、林燕妮、李碧华、梁锡华、迈克、颜纯钩、柳苏、饶宗颐、彦火、董桥、葛新、思果、金耀基、梁凤仪、杨贾郎、徐訏、叶灵凤等作家，因为已有散文集在内地出版，所以内地读者对他们相对要更熟悉一些。

香港散文如此富有魅力，它究竟有哪些特点呢？对此见仁见智，说法很多。我感到较突出的有以下四点。

（一）真实性。"散文不同以虚构故事为主的小说，是很强调内容的真实性的。"② 好的文学作品"反映的现实人生合情合理，通达可信"③。散文一旦失去了"真"，那么"善"与"美"就根本谈不上了，又怎会有它应有的魅力呢？正因如此，有人问巴金老人写散文的秘诀时，他答道："把心交给读者。"香港的散文家们知道"真"乃作文之秘诀，也是作文的准则。《不迁》是小思的代表作之一，她以饱蘸感情的笔触，写出了作为炎黄子孙的爱国、爱乡、爱家的激情、乡情、亲情。通篇不着一个"爱"字，但爱的深度与张力随处可让读者感受得到。作家紧扣"不迁"来写，但还是涉及到"迁"："灾难来临，他们只好嚼着心底的苦果，别了还有火温的炉灶，背起箧篓

---

① 严辉：《散文两种写作及命运》，《文艺报》，一九九七年七月十九日。
② 陈江：《台港散文40家·序》，第183页。
③ 陈江：《台港散文40家·序》，第37页。

装载的仅有家当，到可以求生的远方……一切在这里，应该原封不动，等待某一个日子。主人归来。果然，在某一天，有些主人回来了，有些——有些魂梦越过海和天回来了。"迁是不得已而为之，迁是为了不迁，这一切均写得很真实，也很辩证。该文道出了赤子的肺腑之声，是一曲爱国者之歌。它写于一九八四年十二月十九日《中英联合声明》之前，更显得难能可贵。这卷中的《又见含笑花》(梦如著)也是这类佳作。它是写婆媳之情的，尊老爱幼已成为香港社会的风尚。"中国社会向来以家为主，并从爱家庭推至爱社会，爱国家。"(董建华语)这篇小中见大的散文也写得通达可信，真实感人。

香港的游记散文也取得可喜的成就。曾敏之、黄国彬、夏婕、金耀基、彦火、华莎、黄文宗、梁惠平、黄枝连等作家均出版过游记散文专集。这些游记散文真实地、细腻地描绘了祖国与外国的自然风光、风土人情与历史渊源，也真实地抒写了作家旅游时的真切感受与讴歌赞颂，读者从中会获得身临其境与感同身受的审美愉悦。

（二）寓意性。文学反对说教，内地与香港皆然。如果不是说教，而是寓教于乐，我想这不仅不应该反对，而且还应该欢迎。"古人文章，似不经意，而未落笔之先，必经营惨淡"[1]，就是讲的这个道理。曾敏之的《桥》，以桥为文章的贯穿线索，写了他家乡的平桥，写了他几次经过的罗湖桥，还写了香港的天桥，描述了他的友人吕进文的坎坷经历，以及他们对祖国的赤子之情。作家的思绪并未到此为止，而是继续沿着这一思绪遐想下去，浮想联翩地写道："当我再到中环天桥踱步的时候，向着大海，我忽发奇想，想到有一天会有一座桥通过台湾海峡，让海峡那边的人跨海而来，涌向祖国的大地"，这并未给读者以人为拔高的感觉，而是顺理成章，抒发了故土情深，故国难忘的胸怀，这里歌词的妙用系画龙点睛之笔。随着散文寓意的显凸，给读者以无穷的回味。值得提出的是，曾敏之的散文充溢着诗

---

[1] ［清］吴德旋：《初月楼古文绪论》。转引《文学名言录》，长沙：湖南人民出版社，一九八五年版，第210页。

情画意,他"常把诗词融注在散文中,诗词是作者强烈感情的结晶体,它使作品深化了内容加大了感情的力度,增强了作品内在的动人力量"①。这卷中的《栽花的人》(潘耀明著)也写得很好。由人及物(兰花与铁树),再写到精神;从无情物写到有情人,再娓娓道出浓郁的情义,作品的深邃寓意也一点点地显凸出来:"种树不乘凉,栽花不自爱。这是一种什么样的精神呵!——这是栽花人的精神!"从具象到抽象,作家的如花妙笔左右着读者的心灵,作品的主题也随之提升,这一切均了无雕痕饰迹,是何其自然!

(三)地方性。香港作家是由当地作家和老一代南迁作家与新一代南迁作家等好几部分组成。除当地作家外,都有一个"随着居港岁月的增长,他们'外来人'意识逐渐淡忘,参观者眼光日渐弱化,'香港意识'日益显现,作品的'本土化'色彩日渐加浓"②的过程。表现"本土化"题材已成为现今香港作家们创作的热门。鲁迅先生说得好:"有地方色彩的倒容易成为世界的,即为别国所注意,打出世界上去……"③

好的散文,"题材方面要写有中国土味的,大众能了解的东西"(司马长风语)。《家在鲗鱼涌》(陶然著)就是这样的一篇佳作。它是写作家自一九七三年移居香港后的生活经历,篇首有这样的句子:"整整十年了,我一直都在鲗鱼涌游移",言短意长,先声夺人,写出了香港居住条件的艰难。接着作家列举了十年前刚来时的居住条件,作家紧扣"小""暗""热"这三方面来写,置身其中,作家的心境除了"凉"以外,还能有什么呢!与之相参照的是写十年后居住条件的改善,作家抓住季节"春""冬""夏"来写,别有一番景致与情趣,此时作家奋斗有成的欢欣心情"油然冒出",读者也会为他的乔迁之喜而感到高兴。突然,作家笔锋一转,写了一位他熟悉的中年女

---

① 王剑丛:《香港文学史》,南昌:百花洲文艺出版社,一九九五年版,第316页。
② 张伯存:《理解城市:香港文学的一种解读》,《文艺报》,一九九七年七月二十二日。
③ 鲁迅:《致陈烟桥》,《鲁迅书信集》,北京:人民文学出版社,一九七六年版,第528页。

报贩,五年来"她的头发白了很多"。作家不写自己五年来谋生的艰辛,而是通过写别人来反衬自己,这种被称为"反面敷粉"的表现手法的确是很高明的。平时,人们往往只看到香港"人间天堂"的一面,而很少看到它背后的另一面。这篇反映香港社会的佳作对我们是有一定认识作用的。

《春临太平山》(黄河浪著),有人认为它是篇游记,我却认为它是篇借十年中三次登临太平山来抒怀的抒情散文,它以"观古今于须臾,托四海于一瞬"的大手笔,表达了作家对香港"从一八四〇年鸦片战争后割让给英国,到一九九七年回归中国,这一百多年的历史"感慨,是篇倾注感情的美文,也是篇极富"地方色彩"的佳作。

(四)挚情性。如上所述,香港作家由几部分人组成,除香港本土作家外,还有南迁作家,从台湾来的作家,从东南亚与欧美来的作家等。后者的数量要超过前者。后者的一些作家因为与父母睽隔两地,天各一方,未能尽到子女对父母的孝敬之心,侍候之忧,因此他们在写亲情散文时是别有一番滋味在心头,是带着歉仄之情与揪心之痛去写的,所以读来非常感人,甚至"几度泪下,几番哽咽,几次中止阅读"[①]。这类散文大量地散见于报章杂志,但已经有了选本,读者可以找选本来集中阅读。试以《寒风吹在脸上像刀割》(刘以鬯著)、《荔香·母爱》(汉闻著)、《月亮的故事》(晓帆著)为例稍作分析。这三篇亲情散文前一篇是写双亲之爱的,后两篇是写母爱的,均令人捧读再三,心如潮涌。《寒风吹在脸上像刀割》通过对话写出父亲无微不至的关怀,通过细节道出母亲感人肺腑的慈爱。通篇无论是有声的对话还是无声的细节,均用人间最珍贵的感情激荡着我们的心,并"凝结成永不灭的动人图画,烙印在我们心中"[②]。《荔香·母爱》中,作家将母爱比喻为荔香,表达了荔香是长久的,母爱是永恒

---

[①] 《凝聚着爱和泪的结晶体》——九十人合集《父亲·母亲》前言,《父亲·母亲》,香港:香港获益出版事业有限公司,一九九六年版,第9页。

[②] 同上书,第91页。

的思想。这篇散文以具有象征意味的荔香作为贯穿线索,并恰到好处地引用了冰心老人的名言"(母爱)不因着万物毁灭而变更",这不仅拓宽了行文的思路,也强化了抒情的力度,诚可谓神来之笔。《月亮的故事》叙述了一个"不讲不圆,讲也不圆"的故事,作家有详有略地描绘了三次与母亲见面的幸福情景,最后带着"死不能送"的遗憾结尾,将痛不欲生的哀伤凝结成撕心裂肺的诗行,余音缭绕,炽情炙人。

香港散文取得如许成就,其原因是多方面的。(1)散文的园地多。香港有很多报刊杂志,根据《香港1983》的资料,香港"目前有中文报纸五十五家,中英文杂志期刊四百一十三种"[①]。这些报纸的副刊与辟有专栏的报刊均登载散文。(2)往往由香港市政局公共图书馆与香港作家联会出面经常举办文学讲座(含散文),邀请名家介绍创作经验与分析优秀作品。另外,香港还出版了《散文报》与普及散文的书籍,例如《香港现代散文名篇选析》(陈德锦、梁新荣编析,1988)、《香港小说散文赏析》(璧华、舒非编析,1989)、《香港散文欣赏》(东瑞编析,1995)。(3)香港经常举办包括散文在内的各种文学样式的系列评奖活动,例如"青年文学奖""工人文学奖""职青文学奖""香港中文文学双年奖",等等。这些文学评奖活动,发现并培养了文学新人,使其通过这座桥扎实地走上文学道路。(4)近年来,香港艺术发展局对一些文学作品的出版进行资助,这对作家无疑是一种有力支持。(5)香港散文取得如许成就,除以上原因外,更主要的原因恐怕还是作家勤于笔耕与创新精神。勤于笔耕我在本部分开头已有提及,至于创新精神这里仅举两例,可窥一斑。先说理论上。散文理论在香港虽有人出版了《李广田散文论》《不老的缪思——中国现当代散文理论》等著作,但仍需加强。就迄今已发表的论文来看,有些观点是新颖独到而富有启迪的,例如:(1)黄

---

[①] 陈辽:《台港散文40家·序》,第2页。

维樑先生对通常所说的"学者散文"的看法:"以无穷的学问为题材,尝试用生动亲切的文字,以短小的篇幅,写其一点一滴,发表在报纸或杂志上,有助于文化的普及。"①(2)他对现代流行的散文分类的看法:"'错综',可说是很多散文在功能上的现象","以普及文化为使命的文章,通常以说理为主……叙事、写物、抒情,也是散文的功能","要把每篇散文强分为叙事文、写物文、抒情文或说理文,是不可能的,也无此必要"②。(3)卢玮銮先生对界定小说与散文的看法:"阅读或创作经验告诉我们,有些作品,很难界定它是小说还是散文。近年来,海峡两岸不约而同,都有人讨论'小说散文化''小说散文同质化'的问题,更明白提出了'小说散文界线可以模糊起来'的看法。"③(4)陈德锦先生对散文笔法的看法:"散文的笔法其实是不拘一格的:可以在叙述中抒情,可以从议论中抒情,更可综合多种手法,甚至借助诗、小说、戏剧等形式来丰富它的表现力。"④(5)他对"形散神聚"与"形散神散"的看法:"针对'散'的缺点,有人提出'形散神不散'或'形散神聚'的说法……但是最近也有人不同意这观点,认为文学创作的规律并非按照拟好的主题来写作,而是随着灵感一面活动、一面发展的。灵感、思想,才是'神','神'是跟随意识不断活动的,因此'神'也是'散'的。所以'形散神不散'应改为'形散神散'才对。这两种观点各有道理,其实是可以调和的。"⑤当然,以上论述,还有待于进一步展开。

再说实践上,香港作家散文的创新之作不胜枚举,这里仅举三篇为例。《我爱文君》(黄维樑著)这篇幻想性的散文发表后反响强

---

①② 黄维樑:《至爱——黄维樑散文选·自序》,《黄维樑散文选》,香港:香港作家出版社,一九九五年版,第2页。
③ 卢玮銮:《不老的缪思——中国现当代散文理论·序言》,《不老的缪思——中国现当代散文理论》,香港:天地图书有限公司,一九九三年版,第4页。
④⑤ 陈德锦:《谈散文》,《香港文学》第八十二期,第26页。

烈，这是读者对作家大胆尝试的肯定，也是对散文传统写实手法反拨的支持，可喜可贺。《薰香记》（董桥著），作家用短篇武侠小说的形式来写散文，这种标新立异的做法令读者眼界大开。《时空的漫游》（也斯著），这篇散文结构颇为独特，运用了意识流技巧，是篇实验性的散文。"满眼生机转化钧，天工人巧日争新。"唯有创新才能发展，唯有创新才能使散文臻于一流。

关于香港散文的不足，许多香港与内地评论家均发表过很好的意见，归纳起来不外乎思想与艺术两方面：思想上，我们的一些作品要避免一般化；艺术上，我们的一些作品要锐意经营。百年旧颜换新貌，双翼英姿展鹏程。随着香港的九七回归，香港文学（含散文）的面貌也定能气象一新。

## 三

澳门地方很小，有人称它为"蕞尔之地"。"单以人口稠密的澳门半岛而论的话，它还不够六平方公里，因此，有人索性把它叫作'澳门街'。"① 但那里有悠久的中西文化交流的历史，有丰富的文物古迹，有辽阔的可供写作的文化沃土肥壤。

澳门不是"文化沙漠"。澳门现代文学的起源可追溯到抗日战争时期。二十世纪"30年代后期，澳门《大众晚报》和《华侨报》的副刊经常刊登反映抗战题材的文艺作品"②。五十年代创刊的《澳门日报》《学联报》《新园地》，六十年代创刊的《红豆》等均为澳门文学的繁荣与澳门文学新人的茁壮成长作出过，有的还在作出积极的贡献。八十年代初期以来，澳门文学更有了长足的进步，并赢得了"小地方，大文学"的美誉。

---

① 秦牧：《介绍澳门青年的获奖散文》。
② 潘亚暾：《台湾文学导论·澳门文学巡礼》，《台港文学导论》，北京：高等教育出版社，一九九〇年版，第460页。

澳门的散文有许多方面值得称道,归纳起来大致有三点:

(一)散文发表的园地扩大了。一九八三年六月三十日,《澳门日报》新辟了《镜海》副刊。两年后,澳门东亚大学(即现在的澳门大学)中文学会出版了一套五本的澳门文学创作丛书,其中有本散文集《三弦》,里面的作品就曾经在《镜海》副刊上发表过。如今,澳门的许多报纸,如《华侨报》《市民日报》《星报》《正报》也都辟有文艺副刊;许多公开发行的杂志,如《活流季刊》《文化杂志》《澳门笔汇》《蜉蝣体》《澳门写作学刊》也都辟有散文创作与散文评论等专栏。

(二)散文作者的队伍扩大了。在八十年代初,澳门日报新辟《镜海》副刊时,东亚大学中文系云惟利教授和他的学生们成了这个副刊的首批作者,那时散文作者的队伍可以想象。李鹏翥先生在一篇文章中回忆当时的情况说:"可能由于澳门的作家和作品不多,而且作品散见报纸、杂志,印象不集中,要谈澳门文学便谈不上来。"[①] 十多年后,林中英编的《澳门散文选》问世了,内收五十七位作家的一百一十四篇散文作品。它是澳门散文队伍及其佳作的一次盛大检阅。据不完全统计,自一九八五年以来,澳门作家出版的散文集有《三弦》(叶贵宝、苇鸣、黎绮华合著,一九八五)、《静寂的延续》(陶里著,一九八五)、《海天·岁月·人生》(李成俊、李鹏翥、陶里、柳惠等著,一九八六)、《澳门古今》(李鹏翥著,一九八八)、《风铃下》(梁荔玲著,一九八八)、《望洋小品》(鲁茂著,一九八九)、《镜海情怀》(徐敏著,一九九〇)、《七星篇》(林蕙、沈尚青、林中英、丁璐、梦子、玉文、懿灵、沙蒙合著,一九九一)、《人生大笑能几回》(林中英著,一九九四)、《春花小语》(云惟利著,一九九六)等。放眼澳门散文文坛,老作家宝刀未老,新人辈出,成绩喜人。

---

[①] 李鹏翥:《澳门文学的过去、现在及将来——在澳门文学座谈会上的专题发言》,《濠江文谭》,澳门日报出版社,一九九四年版,第14页。

（三）对散文的评论与研究得到了加强。我曾在一篇文章中说过，澳门应该是在抓文学创作的同时，兼顾文学批评。繁荣文学，既离不开创作，也离不开批评，文学创作与文学批评是"并蒂莲"，应该相互促进（《也谈建立"澳门文学"形象》）。据不完全统计，从一九八八年以来，澳门出版的文学评论集有《澳门文学评论集》（李成俊等著，一九八八）、《逆声击节集》（陶里著，一九九三）、《论作家的创作体验》（张春昉著，一九九三）、《濠江文谭》（李鹏翥著，一九九四）、《论澳门现代女性文学》（廖子馨著，一九九四）、《二十世纪八十年代澳门文学评论集》（庄文永著，一九九四）以及《从作品谈澳门作家》（陶里著，一九九五）等。这些评论对澳门文学（含澳门散文）的发展轨迹以及澳门文学的成就与存在不足都作了深中肯綮的分析，有作家的真知灼见。例如，在李鹏翥先生的《濠江文谭》中就有多篇文章论述澳门散文。这些文章"分析鞭辟入里，褒贬铢两悉称，能令读者赞赏，作者心服"[1]。这里需要特别提出的是，一九八七年一月，澳门笔汇成立，它的宗旨中有这样的内容："为了促进作者联系，交流写作经验，研究文学问题，辅导青年写作，积极建立和加强与国际笔会及其他地区文学组织之间的关系。"一九八九年六月，该会会刊《澳门笔汇》创刊。它们的成立与创刊是澳门文坛的大事，对澳门文学（含澳门散文）的评论与研究起到巨大的推动作用。

以上对澳门散文的发展轨迹作了简要的回顾。那么，澳门散文究竟有些什么特征呢？我认为澳门散文的特征主要表现在：

（一）澳门散文作者有着深厚的生活底子，能直面社会，直面人生，所以读澳门散文会感到有一种清新的生活气息。林中英的《井》是写澳门普通市民生活的。因为她小时候就生活在这样的环境里，所以能将看似平常的打水、抬水、用水、亲水写得很真实，也很生动，

---

[1] 钱谷融：《濠江文谭·序》，《濠江文谭》，澳门：澳门日报出版社，一九九四年版，第2页。

可以说作家将这种与水打交道的劳动写活了。就以抬水来说吧,林中英写得既不落俗套又富有生活情趣:"在爬上一段斜坡时,奇怪,为什么今天的水担子比往日沉?回头察看,哥哥的嘴角正挂着一丝狡猾的笑容,上了坡顶,停下担子,一看,原来刚才他做了手脚,把水桶前移,重量向我压过来。得了,我以后会小心提防着你呢。然而我又偷偷用着这个方法来捉弄妹妹,听她一路上嚷着'好重啊',我笑得腰板也没劲了。"有了生活,并不能自然而然地就会写,因为创作需要付出艰苦的劳动。俗话说,一分汗水,一分收获,这是很有道理的。陶里先生是诗人也是散文家,他创作十分刻苦。"他的作品大多不是在窗明几净的安静中诞生……他大部分时间是当学校舍监、总务主任的工作。这些琐碎而又联系着伟大的保姆式事务,缠得作家一脑子的诗情都给赶跑了,然而我们庆幸还读到他的这部扎扎实实的散文集。可以想见,其中透着作家多少毅力和精神。"①

(二)澳门散文往往佳作迭现,耐人寻味。澳门的旖旎风光,是开发中的深厚的旅游资源。李鹏翥的《西湾四笔》与徐敏的《澳门新八景随想》均是以描绘该地自然景色见长的佳作。在《澳门新八景随想》中首先向读者介绍镜海长虹。作家先是抓住澳凼"大桥有秀丽的外貌,也蕴含雅典的内涵"这特点之一实写:"远远望去,桥柱一字排开,高低有序,中间高高隆起,给人陡峭的感觉。""它雄踞海上,看来陡峭,实际竟似平地,正如已故散文大师秦牧说:以为汽车和人在上面爬坡一定困难,但亲临桥上,这才知只是错觉,汽车过桥,如履平地,显示大桥设计独特",然后思路一转,以想象的笔触虚写:"我想,在人际间,筑起一座桥,连结两颗心,沟通思想感情,也可增进友谊;在东西方间,筑起一座桥,让中外人民交往、交流,互相了解,也可促进世界和平……这些桥,虽然都是无形的,材料也异于钢筋三合土,结构特殊,可能工程浩大,但却具有特殊的作用和魅

---

① 李鹏翥:《诗的散文——陶里〈静寂的延续〉代序》,《濠江文谭》,澳门:澳门日报出版社,一九九四年版,第38—39页。

力。"散文通篇思路开阔,文笔活泼,虚实相生,启阖自如,充满诗意,就像苹果饱含着果汁一样。《西湾四笔》是篇很耐读的游记,作家先就四笔之一的"西湾漫步"对西湾作了先声夺人的介绍,然后再一一给读者介绍"古堡风光""南欧建筑"与"西湾赏月"这三个景点。在介绍"西湾赏月"时,作家匠心独运地将时间安排在中秋月夜。三两同道,品茗赏月,赏月生情,情生诗出:"碧落悬飞镜,海天任横恣。……偃坐堤上石,玩赏真无忌。"(冯印雪《辛酉中秋西湾玩月》)此时,江水共海天一色,思绪与飞镜齐飞,情景交融,乐趣无穷。非大手笔,难以挥洒成篇。

(三)在澳门散文中,也有相当的数量是借物抒怀的。陶里的《水仙情》、冯刚毅的《名兰颂》、云惟利的《凤凰木》等就是这样的佳篇。搞创作的人都有这样的体验,一个题材写的人多了,后来者往往就会望而却步,不再去"凑热闹",因怕写不出新意。陶里先生知难而进,以独特的切入点,给读者以启迪。这个切入点就是写水仙的须根,这是作家的新发现!陶里先生以诗人的激情和炽热的语言写出了他的这一发现:"在灯影里,我看到水中凌波仙子的优美姿态。我看到水仙的须根伸过石缝,把小石子一块块紧紧拥抱起来,结成巩固生命基础的伟大力量。"给读者以更大启迪的是卒章显其志,所抒发的对伟大祖国的满腔热忱:"我的房子门外是一片宽阔的高楼平台,向南是海,向北是山。山的后面是伟大的祖国,海的外面是广阔的世界。假如我是一株水仙,根必然植于祖国的山水,花必然开向世界。"在澳门即将回归祖国的今天,捧读斯文,怎不令人心潮澎湃,思绪万千……

金无足赤,文无完文。澳门散文也有不足之处,表现在"有朴素自然,温馨亲切的特点,而极少有古老深沉、高亢辽远的歌唱"[1]。对此,我也有同感。此外,澳门有些散文是在报刊专栏上发表的,时

---

[1] 饶芃子:《澳门散文选·序》,《澳门散文选》,澳门:澳门基金会,一九九六年版,第5页。

间急，篇幅短，所以有时写得比较局促，行文也不够舒展。澳门评论家在文章中业有提醒，相信是会引起注意的。

此卷中，我们收了澳门有代表性的散文佳作近二十篇。由于篇幅所限以及案头资料所缺，遗珠之憾肯定会有，敬请鉴谅！"神州旭日欢升始"，"澳门过渡共增晖"（著名诗人马万祺诗句）。一九九九年十二月二十日，澳门将像香港一样，回归祖国的怀抱。展望未来，我们相信，澳门文苑的春色必将更浓更艳！

在编竣这卷散文之时，我深为台湾、香港与澳门在散文方面取得如此成就感到高兴，同时也深感台湾、香港与澳门的作家们很重友情，乐于助人。倘若没有他们的大力支持，热忱帮助，没有复旦大学出版社诸位编辑先生的悉心关照，认真指导，此卷就不会编得如此顺利。在此谨向所有关心与帮助这卷散文出版的朋友们致以衷心感谢！

（载《20世纪中国散文英华·台港澳卷》，<br>复旦大学出版社，一九九九年版）

# 令人神往的诗旅

## ——喜读台客诗集《星的坚持》

台湾著名诗人台客有三爱，即爱诗、爱石、爱旅游。在他的诗集《星的坚持》一百二十首诗中，旅游诗为六十七首，占全诗集的百分之五十六，可见诗人是喜欢以旅游观光为写诗的题材。本文想就该诗集的第二辑"神州、海外诗旅"谈些观感。

在二〇〇一年至二〇〇五年春这四年多中，台客的足迹遍布神州的八省十多个县市，另外还游览了澳大利亚，写下了四十一首诗，应该说这是一个丰收的数字。这些诗中都有闪光点，都是我所喜欢的或比较喜欢的。

一、这些诗都充满了诗意。旅游诗不是景点说明书，也不是导游的解说词，旅游诗要有诗的特质，那就是诗意。泰山是祖国大陆的重要旅游胜地，诗人墨客吟咏它的诗文难以计数，台客的《泰山咏》堪称独树一帜。诗人先将泰山喻为"玉玺"，就已经是先声夺人了，继又将它喻为"镇纸"，则令读者拍案叫绝。诗人更有新的发现，黄山迎客松虽美，但泰山松也别有风韵："还有那一棵棵松，崖顶上／站成了国画中的风景"，它完全可以与黄山松媲美，让读者展开想象的翅膀，在心中绘就泰山松的千姿百态。

二、这些诗写得都很有情感。诗贵有情，古人有"诗缘情而绮靡"（陆机《文赋》）之说。台客的旅游诗是首首都充满感情的。其中一种是直接抒情，例如："悄悄地泛舟吧／不要大声拍桨／会惊醒这一湖梦幻"（《大明湖》），"悄悄地泛舟""不要大声"好像是在叮嘱伴侣,又好像在提醒自己,这普普通通的字句在诗中极富抒情色彩。一种是借景抒情,所谓"一切景语,皆情语也"(王国维《人间词话》)。例如:"西湖面的大稿纸上/几只船儿正缓缓地/缓缓地写着/春到人间"(《游西湖》),它表面上是写湖与湖面上的游船,实质上是赞美游人如织的西湖的今天,形象而确切的比喻更加重了这首诗的抒情成分。

　　三、在这些诗中,"反面敷粉",即侧面描写的手法运用得很成功。这在台客的旅游诗中多有运用。例如"水中捞得到亭台楼阁"(《大明湖》),诗人未写大明湖周边的景色很美,而独写它的水中倒影,给读者以想象的空间。例如:诗人写德天风景区的沙屯叠瀑,他通过"美丽了我们的眼睛"来反衬沙屯叠瀑这"春归河上/一段天然的织锦图"是如何的赏心悦目。再如诗人游览了丝绸之路之后赓有重游旧地的愿望,他写道:"(骆驼布偶)如今它们或站或蹲/盘踞在书桌之上望我/仿佛我又重回大西北/置身于茫茫漠野"。可以说这侧面描写也是鲁迅先生所说的"画眼睛的"极其经济的笔法。

　　四、这些诗的结尾都富有创意。一首诗的开头要好,主体要好,结尾更要好。元代散曲家乔梦符有"凤头、猪肚、豹尾"的说法(转引自陶宗仪《南村辍耕录》)。台客的旅游诗很注意结尾的别出新意,使诗生色不少,也令读者回味再三。例如:他去山东潍坊这大风筝的故乡,见到许多诗友,也见到许多大风筝,玩得很开心。在《伸出您厚实的双手》一诗的结尾,他突然笔锋一转:"我也想放一只风筝/让它飘过海洋/飘到了葡萄园。"再如游云南洱海,他写了诗篇《洱海吟》。在该诗的结尾,诗人写道:"你是有耳朵的海/可听到诗人对你的赞叹?"这样的结尾真是出乎预料,给读者一个惊喜。用古人的话"终编之际,当以媚语摄魂,使之执卷流连,若难遽别"(李渔《闲情偶寄》)来赞美它,我认为也不为过的。

　　台客的旅游诗成功之处绝不止上述四点,值得我们在阅读时好好欣赏。旅游诗很难写,它难就难在"用自己的眼睛去看别人见过的东西，在别人司空见惯的东西上能够发现出美来"（罗丹《罗丹艺术论》），使未去此处旅游的人能有身临其境的感受，使已去此处旅游的人也能有新的认识，从而加深印象。就旅游诗本身来说，无论宏观去写或微观去写，均要求精彩。它力求步移景换，情因景生，情景交融。或许可以这样说，写旅游诗的诗人是导游中的导游，他要有画家与摄影家的眼光，也要有旅行家徐霞客的一副好笔墨。因此，我们为台客先生的旅游诗叫好，他的诗无论是写宝岛的，还是写神州海外的，都是旅游诗中的上乘之作。

（载《葡萄园诗刊》第一七二期，二〇〇六年冬季号）

# 试论余光中的乡愁诗

## 一、乡愁诗人续《乡愁》

二〇一七年十二月十四日,著名诗人余光中在台湾高雄辞世。许多悼念文章中差不多都提到了他的名作《乡愁》,但几乎没有一篇提及他续写了《乡愁》的事,故有必要作些叙述,这也是对诗人的缅怀。

十年前,二〇〇七年三月,余光中教授莅临北师大珠海分校。关于此行在同年十二月十五日《国际炎黄文化报》第二版上有详细报道。北师大珠海分校聘请他担任该校文学院名誉院长,并由苗中正校长给他颁发证书,然后请余光中教授在张明远院长主持的视频访谈会上畅谈"乡愁"。他的精彩讲演获得了满堂掌声。

特别令读者关注的是该版以"余光中在北师大珠海分校续写《乡愁》"为醒目标题,报道了《乡愁》这首诗新增加的一节共四行,并留下余光中教授字体清秀遒劲的墨宝:"而未来/乡愁是一条长长的桥/我去那头/你来这头 余光中二〇〇七·三·二九。"他对当时海峡两岸频频交流的喜悦之情溢于言表。

著名诗人余光中以《乡愁》这首诗一举成名,所以他戏称"一首小诗立了大功"。这首诗写于一九七二年一月廿一日,只花了二十多分钟即一挥而就,但是酝酿这诗却花了二十多年的时间。记忆像铁轨一样长。他曾这样回忆道,每当他站在高雄中山大学西子湾远眺台湾海峡时,乡愁就在他心里激荡。

此外,他还写了《当我死时》(一九六六)、《罗二娃子》(一九七二)、

《乡愁四韵》(一九七四)和《登长城——慕田峪段》(一九九二)等诗,也都是写乡愁的。余光中认为,这辈子乡愁是不会了结的,他说,虽然多年来,他来大陆二十多次,以为乡愁应该能解了,但故乡的事、小时候的玩伴大都不在了,因此乡愁又不是买张船票、机票回乡就能解得了的。

根据友人回忆,二〇一七年十月,余光中在他九十华诞时吟了这样的诗:"黄栗留鸣桑椹美,紫樱桃熟麦风凉。朱轮昔愧无遗爱,白首重来似故乡。"他想到的仍是"故乡",他念念不忘的仍是"故乡"。因此,可以认为,不仅余光中诗意尽在乡愁之中,而且他的大半辈子即他的中年和晚年的全部身心也尽在乡愁之中了。但是在另一首诗里,他又表示"乡愁"是可以治愈的。"掉头一去是风吹黑发/回首再来已雪满白头。"一九九二年九月,也就是说他在写《乡愁》的二十年后,他应中国社会科学院之邀,访问了祖国大陆。在北京,他访了故宫,登了长城,写下了《访故宫》《登长城——慕田峪段》等诗篇。在后一首里有这样的金句:"'买一件纪念品吧',那小贩/蹲在墙角招呼着游客/招呼白发登城的我/'不用了,'我应他以苦笑/凭历劫不磨的石砖起誓/我不是匆匆的游客,是归魂/正沿着高低回转的山势/归来寻我的命之脉,梦之根/只为四十年,不,三千里的离恨/比屈原还远,比苏武更长/这一块一块专疗的古方/只一帖便愈。"我们不仅盛赞他将长城石砖比喻为中医"古方"的奇妙,更盛赞这中医"古方"的奇效:"这一块一块专疗的古方/只一帖便愈",真是神来之笔。

说"乡愁"业已治愈也好,道"乡愁"仍在延续也罢,一首诗的解读可以是多元的,读者尽可以根据自己的理解去欣赏之。即使认同"乡愁"仍在延续,但此时的也已非彼时的"乡愁"了。余光中睿智地看到了"炎黄子孙不忘本,两岸兄弟一家亲"的同胞的渊源和历史发展的趋势。他的续《乡愁》中充满了亮点:"而未来/

乡愁是一条长长的桥／我去那头／你来这头"。"长长的"这一修饰词既是对"桥"的诠释，又是在畅想"未来"的愿景，堪称一语双关。

若问愚见，我很赞同著名作家戴小华的真知灼见："两岸'乡愁'却不能一直惆怅下去。相信总有一天，所有的乡愁者，都能在最美母亲的国度坦然睡去，睡整张大陆，听两侧长江、黄河的歌。"（《诗人走了，乡愁还在》）

"余光中光大了中国诗，他对得起他的名字。"（流沙河《昔年我读余光中》）在不计其数的诗歌爱好者心目中，著名诗人余光中并未从此离去。他们会记住《乡愁》，记住诗人余光中，记住他多年如一日，殚精竭虑为繁荣自己民族的文学事业所作的许多贡献！

## 二、余光中和诗的乡愁体

余光中的《乡愁》诗不胫而走，不少人读过甚至还能背诵。他是按时序来写的，"循规蹈矩"写出了诗人对大陆的拳拳之意。

该诗写于一九七二年一月二十一日："小时候，／乡愁是一枚小小的邮票，／我在这头，／母亲在那头。／／长大后，／乡愁是一张窄窄的船票，／我在这头，／新娘在那头。／／后来啊，／乡愁是一方矮矮的坟墓，／我在外头，／母亲在里头。／／而现在，／乡愁是一湾浅浅的海峡，／我在这头，／大陆在那头。"二〇〇七年三月二十九日余光中又续写了这首诗的如下四句："而未来，／乡愁是一道长长的桥梁，／你来这头，／我去那头。"

有人将它谱成曲，也有人将它改编成曲艺来演唱，脍炙人口，喜闻悦读。于是有人模仿它，蕃衍出了"乡愁体"。

这诗之所以流传得广，除内容因素外，和句式整饬也有关系。诗分五节，每节四句，以人生的几个特定时期，以五个连接词"小时候""长大后""后来""现在"和"未来"串联成篇，好读易记。此后诗人陈鼎环将这首诗用旧诗形式来表达，倒变得易读，但较难背诵了："人生多怅失，岁岁是乡愁。少小离家去，亲情信里求。华年思怨妇，万里卜行舟。未老慈亲逝，哀思冢外浮。而今横海峡，故园梦悠悠。"

我曾见到过多首"乡愁体"诗，例如《我与祖国》（刘桂荃）："小时候 / 上地理课 / 从此，知道了 / 祖国地大物博 / 有长江，黄河 / 富饶美丽 / 我是他的炎黄子孙 / 我为他自豪，为他骄傲 // 长大后 / 更体会到 / 我们祖国似花园 / 花园里的一草一木都可爱 / 我是一株小草 / 让阳光温暖照耀 / 同时，吐出我的清香 // 到了中年 / 走南闯北，浪迹天涯 / 大海波涛，咆哮 / 小河流水潺潺 / 我在急流中 / 奋进 / 在平静中 / 安详 / 晚年了 / 八十有余 / 祖国 70 华诞 / 小草啊！宛如一株不显眼的长寿花 / 在繁荣似锦中 / 静静地绽放。"

我还读过一首《一块高耸的诗碑》（刘新宁，载《杨浦时报》二〇一八年一月二十三日），作者用乡愁体诗来怀念二〇一七年十二月十四日谢世的乡愁诗人余光中，读来情意真切："小时候 / 你的诗是遥远的云 / 在天边泛着七彩 / 我带着懵懂阅读 / 也带着崇拜 // 长大后 / 你的诗是一池绽放的红莲 / 摇曳着美丽也闪烁着光华 / 我欣赏品味 / 谛听着沉落的蝉鸣升起的蛙声 // 后来啊 / 你的诗是一抹浓浓的乡愁 / 在故土在人间 / 在有水井的每一处流连 / 我咀嚼沉思 / 共鸣了一个诗人的情感 // 而现在 / 你的诗已化作永恒的乐章 / 在天国的夜市上展出 / 如坚挺的碑文 / 宣示着不朽的存在 / 你则是一个望乡的牧神，久久凝眺 / 世间所有的乡愁 / 都折射在你的余光中（诗里）。"

光阴荏苒，诗人余光中谢世业已两年多了，他曾说："大陆是母亲""中国，最美最母亲的国度""我的血系中有一条黄河的支流""蓝墨水的上游是汨罗江，要做屈原和李白的传人"……我们记住了他的《乡愁》，记住了他对祖国的虔敬礼赞，也记住了他对中国传统文化的赓续与弘扬。

## 三、重读《乡愁四韵》

《乡愁》和《乡愁四韵》都是著名诗人余光中的代表作。关于《乡愁》诗,余光中这样说道:"《乡愁》那首诗很简单明了,看完就会背。"(余光中《乡愁是我的一张名片》。李怀宇著《台湾文化十六家》,漓江出版社二〇一二年一月版)"简单明了""看完会背"这的确是这首《乡愁》诗的两个显著特点。《乡愁》诗写得好,这不容置疑,但是它更像一首歌词,读起来朗朗上口,但略显直白,也缺少点儿一咏三叹的韵味,我曾听说个别读者对它有微词。

《乡愁》诗写于一九七二年一月,时隔两年,余光中创作了《乡愁四韵》。它们在内容和表现手法上一脉相承,但又有较大差异。《乡愁四韵》更具一些新的特点,诸如句式整饬,一咏三叹,比喻独特新颖,词语绚丽多彩,真是"色(雪花白)、香(腊梅香)、味(醉酒的滋味)"俱全,美不胜收,耐人寻味。

从奔腾不息的长江出发,经醉酒的滋味,沸血的烧痛,到家信的等待,一路走来,卒章显其志,最后归为意味深长的结句:"母亲的芬芳/是乡土的芬芳。""乡土"者,祖国也。至此这首诗完成了主题的定位,委婉地表达了这样鲜明的主题:泥土的芬芳,就是祖国母亲的芬芳;祖国,只有祖国才是每个中国人的伟大母亲。二〇一六年春晚,许多观众在聆听歌唱家演唱《乡愁四韵》时,都被深深地感动了!

(载台湾《葡萄园诗刊》二〇一八年秋季号等刊物)

# 剖开顽石方知玉，淘尽泥沙始见金*
## ——论叶灵凤及其散文

剖开顽石方知玉，淘尽泥沙始见金。一九八一年，即叶灵凤谢世六年之后，他终于获得了平反，被摘去那顶戴了差不多二十四年的"汉奸文人"的帽子。话得从一九五七年说起。在该年出版的《鲁迅全集（第四卷）·文坛掌故》的注释中，是这样给叶灵凤下结论的："叶灵凤，当时曾投机加入创造社，不久即转向国民党方面去，抗日时期成为汉奸文人。"

一九八一年，在再版后的《鲁迅全集（第四卷）·革命咖啡店》的注释中，这样评价叶灵凤："叶灵凤（一九〇四——一九七五），江苏南京人，作家和画家。他们（指叶灵凤与潘汉年——引者）都曾参加创造社。"

在这以后，叶灵凤的作品除多次被收进选本外，在内地相继出版或重印了他的小说和散文：《灵凤小品集》（一九八五，上海书店），《香港方物志》（一九八五，生活·读书·新知三联书店），《时代姑娘·未完的忏悔录》（一九八八，人民文学出版社），《读书随笔》（一至三集，一九八八，生活·读书·新知三联书店），《红的天使》（一九八八，上海书店），《灵凤小说集》（一九八九，上海书店），《爱的讲座》（一九八九，中国文联出版公司）和《能不忆江南》（江苏古籍出版社）等。此外，一九八九年中华书局（香港）有限公司还出版

---

\* 本文作者为葛乃福和香港中文大学中国文化研究所研究助理苇鸣先生两位，谨此说明。

了叶灵凤的三本掌故集《香海浮沉录》《香港的失落》和《香岛沧桑录》等。

以上小说集和散文集的出版或重印,不仅可以使广大读者通过他的作品了解叶灵凤,还可以有助于理论工作者通过评论他的作品介绍叶灵凤。自那时候以来,姜德明、宗兰、沈慰、丝韦(柳苏)、杨义、梁永、史复、严家炎、倪墨炎和肖肖等人,都对叶灵凤的作品作了研究,发表了很有见地的论文。姜德明在《书叶小集·叶灵凤的后期散文》中指出:"叶灵凤后期的散文创作,从艺术上看,可以说已经达到炉火纯青的地步。这时他主要是写随笔,不论是抒情小品和风物知识、读书札记,每在极小的篇幅里包含着丰富扎实的内容,不少独得之见,而思想上又是充满了爱国主义精神的。"① 杨义在《中国现代小说史》(第一册)叶灵凤部分评论道:"叶灵凤是有才华的小说家,但他把才华禁锢在'象牙之塔里'了,把小说中类似于金属弹簧那样具有弹性的艺术结构,浸泡在富有腐蚀性的爱情醋酸之中了。他在艺术形式上把浪漫抒情小说引向丰富多彩、开阔灵活的领域,而在艺术思想上却把浪漫抒情小说导入空幻神秘、偏狭黯淡的小胡同,致使他的作品良莠兼杂,瑕瑜并陈,令人迷惘,也令人惋惜。"虽说只有一个忠实的作者才是他自己的作品透彻的理解人,但是,我觉得以上这些从其作品实际出发的分析是中肯的,并非"不相称的称誉"。

一

"结束铅华归少年,摒除丝竹入中年""霜红最爱晚晴时",这三句诗可作为叶灵凤一生的写照。

叶灵凤,原名叶韫璞,一九〇四年四月九日出生于江苏南京。他驰名文坛,曾用过如下二十余个笔名:林丰、叶林丰、任诃、任

---

① 《读书》一九八三年第十二期。

柯、霜崖、佐木华、亚灵、灵凤、凤、林风、临风、风、丰、L.F、白门秋生、雨品巫、沛堂、南村、风轩、燕楼、秋郎、香客、龙隐、秦静闻、昙华等。他的前半生，九江、昆山、镇江、上海；后半生，广州、香港，很少有机会回到他的故乡。一九六五年，他终于有了故乡行的机会："前几年曾回乡一行，想起儿时所住过的老屋，要想去看看，问了一下，连那街名也不再有人知道，使我一时怅然。"(《朱氏的〈金陵古迹图考〉》)

叶灵凤的少年时代是在九江和昆山度过的。他十一二岁在江西庐山脚下念书，接着到江苏昆山进高等小学，在那时候，他就养成了爱读书的习惯。他读他三叔从上海寄给他大哥看的《新青年》，也读他父亲买来自己看的《香艳丛话》(一种诗话笔记的选录)。鲁迅小说《狂人日记》和外国小说《吟边燕语》《巴黎茶花女遗事》等都给他留下了深刻印象。后来他进入镇江的一所教会中学念书，仍保持着这一良好的习惯，并开始学习新文艺的写作了。他是这样回忆他的中学生活的："……那时我似乎非常用功，总是赶早起来念书。"(《雾》)叶灵凤说，他学习新文艺的写作是从学习抒情小品文开始的，他的"老师"是当时新出版的冰心的那本《繁星》。"当时我还在一个教会中学里念书，附近有一家隶属同一教会的女学校；她们在圣诞节招待我们去看戏。我正读了《繁星》，被那种婉约的文体和轻淡的哀愁气氛所迷住了，回来后便模仿她的体裁写了两篇散文，描写那天晚上看戏的'情调'。"(《读少作》)

一九二四年，他进上海美术专科学校念书。当时美专的新校舍坐落在西门斜桥路，他寄宿在哈同路民厚南里的叔父家里。一九二五年，他参加了创造社，后来又参加了《洪水》半月刊的编辑工作。因为编辑部就设在南市阜民里的一个亭子间里，为了方便，于是他搬到那里居住。关于这段生活，他后来回忆道："我那时的兴趣已经在变了。虽然每天照旧到学校上课，事实上画的已经很少，即使人体写生也不大感到兴趣，总是在课堂里转一转，就躲到学校的图书馆去看书或写小说。"(《记〈洪水〉和出版部的诞生》)他的第一篇小说《昙花庵的春风》,就是在那样的环境下写出来的,一九二五年七月写成后发表在一九二六年秋天的《洪水》创刊号上。从那以后,他开始养成了不愿将自己的作品拿给别人的杂志上去发表,而愿将作品发表在他自己所编辑的刊物上的"僻性"。

后来,创造社出版部筹备处从南市民阜里迁往闸北宝山路三德里A11号,改为正式出版部时,叶灵凤也随同前往。因为该部出版的《A11》这个小刊物锋芒太露,很快就被列上了黑名单,并在一九二六年八月七日遭到淞沪警察厅查封,叶灵凤和柯仲平等四人被关进监狱,这是叶灵凤第一次被捕,《狱中五日记》就是叙述此事。

出版部启封后,《A11》并未再继续出版,而是以《幻洲》半月刊的面目出现,成了一个正式刊物。出狱后的叶灵凤参加了此刊的编务。《幻洲》创刊于一九二六年十月,停刊于一九二八年一月,共出了二十几期,叶灵凤在这个刊物上曾发表过《白日的梦》等小说。在一九八一年出版的《鲁迅全集(第四卷)·上海文艺之一瞥》的注释中,称叶灵凤"一九二六年至一九二七年初,他在上海办《幻洲》半月刊,鼓吹'新流氓主义'"。不知具体指的是什么?

在此后的两年多中,叶灵凤相继编过的刊物有四个,它们是《戈壁》(光华书局)、《小物件》(新兴书店)、《现代小说》和《现代文艺》(均现代书局),但无一不是短命的。《戈壁》共出了四五期。在一九二八年五月出版的《戈壁》第一卷第二期上,刊有叶灵凤的一幅模仿西欧立体派的讽刺鲁迅的漫画,并附有说明:"鲁迅先生,阴阳脸的老人,挂着他已往的战绩,躲在酒缸的后面,挥着他'艺术的武器',在抵御着纷然而来的外侮。"对此,鲁迅在同年八月写的《革命咖啡店》一文中辩解道:"叶灵凤革命文艺家曾经画过我的像,说是躲在酒坛的后面。这事的然否我不谈。现在所要声明的,只是这乐园中我没有去,也不想去,并非躲在咖啡杯后面骗人。"叶灵凤画漫画讽刺鲁迅显然是不对的。因此,"当六、七十年代朋友们有时和叶灵凤谈起他这些往事时，他总是微笑，不多作解释，只是说，我已经去过鲁迅先生墓前，默默地表示过我的心意了"①。因为叶灵凤参加当时民族主义文艺运动，并且实际的为"民族主义文艺运动奔跑"②，一九三一年四月二十八日，他被左联执委会通报除名。

此后他在现代书局和上海杂志公司等书店工作，用他自己的话来说，就是："自一九二五年以后到一九三七年的这十余年间，我一直在上海望平路四马路那几家书店里工作。"(《读〈韬奋文集〉》) 这期间，他创作并出版了多部小说集，计有《我的生活》《穷愁的自传》《时代姑娘》《鸠绿媚》《永久的女性》和《未完的忏悔录》等。可以说，这是他小说创作最旺盛的时期。他在小说的艺术性上很注重技巧结构和题材选择，而在思想性上能注意总结经验，不去一味迎合部分读者的所谓"嗜好"，他曾说："他们的要求，乃是希望我能不断的写出像《浴》或《浪淘沙》那样，带着极强烈的性的挑拨，或极伤感的恋爱故事的作品。对不起了，读者诸君，一个作家假如到了要在读者的嗜好和自己的嗜好二者之间加以选择的时候，假如他是忠实于自己的作品的话，他便毫不迟疑的要放弃你们了。"(《〈灵凤小说集〉前记》) 这无疑是应该肯定的。

## 二

一九三七年，日本侵略军向上海发动大规模军事进攻的"八一三事变"，当时上海驻军奋起抵抗，从此，全国进入抗日战争。上海文化界救亡协会出版了机关报《救亡日报》，叶灵凤在该报任编辑。一九三七年十一月二十一日上海沦陷后，他随报社南迁广州，后又去香港。关于这段奔波的生活，宗兰在《叶灵凤的后半生》一文中

---

① 宗兰：《叶灵凤的后半生》，《读书随笔》(第一卷)，北京：生活·读书·新知三联书店，一九八八年版，第15页。
② 《开除周全平，叶灵凤，周毓英的通告》，《文学导报》第一卷第二期 (一九三一年八月五日)。

叙述道："人在广州，家在香港，他周末有时去香港看家人，一次去了香港就回不了广州，日军跑在他前面进了五羊城。从此他就在香港长住下来，度过了整个的下半生。"①

抵香港后，他仍如在内地那样，一面当他的编辑，一面从事创作。他曾编过《星岛日报》副刊《星座》，《立报》副刊《言林》，《国民日报》副刊和《万人周刊》，其中在《星岛日报》工作的时间最长，直到他年过七十而退休。在日军占领香港的三年零八个月中，叶灵凤曾在日军文化部的"大冈公司"工作过，编过《新东亚》和《大同》杂志；另外，据说一九四二年叶灵凤任日军报道部"嘱托"期间，曾被选派到东京出席过"大东亚文学家会议"，是香港的两名代表之一。

关于以上两点，事实究竟是怎样的呢？

事实之一，叶灵凤的确曾在日军文化部的大冈公司工作过，但他"身在曹营心在汉"，做的是帮助当时的抗战大后方搜集日军情报的工作。一九八四年初，香港金融界大亨胡汉辉在一篇忆旧的文章中说，抗战时，帮助国民党中央宣传部搜集日军情报的香港人陈在昭"要求我配合文艺作家叶灵凤先生做点敌后工作。灵凤先生利用他在日本文化部所属大冈公司工作的方便，暗中挑选来自东京的各种书报杂志，交给我负责转运"。②夏衍的以下一段话也可以与上文相印证："叶灵凤先生也是香港文协分会理事，他也是当时香港反对汪逆'和运'的健将，香港沦陷后，本报同人之一（即夏衍本人——引者）曾和叶氏在防空洞中相遇，约其同行离港，叶答以有事不能遽离。"③（或见一九四五年十月二十四日《建国日报》副刊《春风》）

事实之二，叶灵凤自一九三八年抵港后，除到内地观礼访友外，

---

① 宗兰：《叶灵凤的后半生》，《读书随笔》（第一卷），北京：生活·读书·新知三联书店，一九八八年版，第12页。
② 柳苏：《凤兮凤兮叶灵凤》，《读书》，一九八八年第六期。
③ 转引自姜德明《夏衍为戴望舒、叶灵凤申辩》，《文艺报》，一九八八年九月二十四日。

没有到过别的地方。据叶灵凤的夫人赵克臻一九八八年说，叶灵凤生前未参加过一九四二年召开的"大东亚文学家会议"，也未到东京去过，而且叶氏的一生从未迈出过国门一步。

事实之三，日军见搜到的留港文化人抗日分子名单中有叶灵凤，所以一九四三年五月将他逮捕并关押了三个多月。此事之所以鲜为人知，是因为"灵凤生前不让我（指叶氏家属——引者）提起这些事，他说一切已成过去，说出来也于事无补，但求问心无愧也就算了。从此一直沉默了几十年"①。

事实之四，在香港沦陷期间，叶灵凤发表了两篇有抗日思想的文章，一篇是《吞旃随笔》（载一九四二年《新东亚》月刊》），另一篇是《煤山悲剧三百年纪念——民族盛衰历史教训之再接受》（载一九四四年《华侨日报》副刊《侨乐村》），前篇"吞旃"明志，以苏武自况；后篇以含蓄的笔调提出团结抗战的主张。

除当编辑外，叶灵凤还积极创作，并翻译了外国小说《故事的花束》等。他抵香港后将他的创作重点放在散文上，这时几乎再也看不到他新创作的小说了。他写得最勤的是读书随笔，回忆篇什以及香港的掌故和风物。他生前在香港出版的散文集有六本，即《香港方物志》《文艺随笔》《香江旧事》《北窗读书录》《晚晴杂记》以及《张保仔的传说和真相》等，未结集成册的有《霜红室随笔》《香江书录》和《书鱼闲话》等。一九七五年十一月二十三日，叶灵凤病逝于香港养和医院。他谢世后遗下的一两百万字的作品有待整理出书。有人将他三十多年来已发表过的许多香港掌故文字结集成书，出版了《香港的失落》《香海浮沉录》和《香岛沧桑录》这三本掌故集，它们连同《香江旧事》《张保仔的传说和真相》《香港方物志》一起，最值得人们的称道，因为这是他"从事香港掌故、方物的开创性研究"。

叶灵凤说："对于一个作家来说，比执笔写作更重要的仍是他的

---

① 转引自姜德明《夏衍为戴望舒、叶灵凤申辩》，《文艺报》，一九八八年九月二十四日。

生活。他如果平时接近现实，随时随地观察体验，他的写作范围自然就广阔了。"(《关于写作的老话》)他自己就是这样一位写作范围广阔的多产作家，其中得失优劣需要我们去好好总结。

## 三

"曹聚仁曾经对我（指刘以鬯——引者）说过：'朋友中，书读得最多的，是叶灵凤。'后来，《四季》杂志在中环'红宝石餐室'举行座谈会，我将曹聚仁讲过的话告诉叶灵凤。叶老点点头，承认自己是个喜欢读书的人。"①

读书随笔可算是一种特殊的小品文。在我国现代散文史上，擅写读书随笔的作家不算多，叶灵凤毕生致力于这一文体的开拓，并且在他的作品里表现出渊博的文学知识，丰富通达的人生经验，出入古今中外而悠然自得，更不时借题发挥，将内心的痛苦，寄寓于他的读书随笔的字里行间，对其所处的特殊环境，加以充分的感叹，"读他的遗文，我们是可以享受到一次又一次直接和间接的读书之乐的"②。

叶灵凤的读书随笔有两个特点：一是数量大。有人估计，他遗留下来的读书随笔之类的文字，包括已出书和未出书的，就不少于一百万言。一九八八年由丝韦编选三联书店出版的叶灵凤的《读书随笔》就有三集六十四万五千言。二是时间跨度长。他最早的写作于二十世纪二、三十年代，最晚的是七十年代，前后近五十年。他的第一本《读书随笔》是一九三六年由上海杂志公司出版的，内收读书随笔五十篇。

叶灵凤藏书很丰富，据说他去香港前在上海的藏书就有近万册。赴香港后藏书也有近万册。提到藏书，叶灵凤在香港是颇有点名气

---

① 刘以鬯：《记叶灵凤》，《短绠集》，北京：中国友谊出版公司，一九八五年版，第47页。
② 丝韦：《读书随笔·前记》，《读书随笔》第一集，北京：生活·读书·新知三联书店，一九八八年版，第5页。

的。古人说:"读书破万卷,下笔如有神",这大量的藏书为他读书和撰写读书笔记提供了极大的方便。他说:"有时为了一本书,要另去翻阅其他的十本书。"(《文艺随笔·后记》)他并不因自己博览群书而在写作时就随随便便,而是抱着严谨和认真的态度去写每一篇文章。

叶灵凤的读书随笔之所以赢得读者的喜爱,是因为"那些特殊事实的叙述颇有诱惑的效果。"(郑伯奇语)他的《乔治吉辛和他的散文集》一文就是如此。"倘要论文,最好是顾及全篇,并且顾及作者的全人,以及他所处的社会状态,这才较为确凿。"[1] 此文先谈郁达夫想译而未译乔治·吉辛的小品散文集《越氏私记》(初名《一位休养中的作家》,后有人译为《四季随笔》)的原因,随后又谈《越氏私记》如何受到英国读者的喜爱,以及乔治·吉辛穷困潦倒的一生,最后再谈乔治·吉辛假托亨利·越科洛福特的名字写出《越氏私记》及其价值。

我们认为,读者之所以喜欢读这篇文章的原因有三:一是在介绍乔治·吉辛时注意细节的描述。他是如何地穷困潦倒?此文介绍道:"在伦敦时,他每天利用大英博物院图书阅览室的盥洗间去洗脸洗衣,日子久了,被管理人发觉了,将他奚落了一阵。"二是叶灵凤对乔治·吉辛作品有较深入的研究:"这位亨利·越科洛福特就是他自己(指乔治·吉辛——引者),不过不是真的他,而是他的幻想,因为他并没有获得什么遗产。"以上两点,要求作者丰富地占有材料,深入地钻研材料,否则难以奏效。三是叶灵凤是带着深厚的感情来介绍乔治·吉辛的一生的:"许多文艺写作者在早年的工作计划上都有一个壮志,结果总是被无情的社会和生活担子磨折得干干净净,这种情形古今中外一律,这就是许多人一提起了吉辛就对他同情的地方。"写文章要以情感人,看来读书随笔的写作亦应如此。

叶灵凤创作的抒情小品也是很有特色的,它较多收在他早期的

---

[1] 鲁迅:《"题未定"草》(一九三六年),《且介亭杂文二集》,《鲁迅全集》第六卷,第344页。

《白叶杂记》《天竹》和《灵凤小品集》这三本集子里，而后期的散文在这方面就写得较少了。他的抒情小品多系反映儿女情长的篇什，但也有较深刻反映时代和社会生活的作品，例如《家园纪事》《煤烟》《河》《偶成》《冰车》《憔悴的弦声》和《狱中五日记》等，就是这方面的代表作。这说明作者的视野不囿于自己所属的知识分子的圈子，也十分关注他周围的普通人的生活，现在看来，这些作品仍有它的积极意义。

　　叶灵凤在谈到文学创作（含小品创作）时曾指出：（一）"作品是作家的生活和才能的产儿。贫弱的修养和贫弱的生活当然产生不出伟大的作品，这是不移之论。"（《作家传记》）（二）"作家当然可以描写幻想，但是仅凭了幻想从来不会写成好作品。"（《关于写作的老话》）（三）"小品文是应该无中生有的，以一点点小引为中心，由这上面忽远忽近的放射出去，最后仍然能收到自己的笔上，那样才是上品。"（《我的小品作家》）概言之，这就是我们平常所说的思想、生活和技巧。叶灵凤的散文在这三方面都是很注重的，尽管有时水平参差不齐。下面就《冰车》为例，作一些剖析。《冰车》是写两个运冰的车夫的劳动，天气酷热，路途又远，车载奇重，道路难行，肚子又饿，两个运冰的车夫汗如雨下。仅是这些还算不了什么，作者将笔墨又"忽远忽近的放射出去"，颇为独创地写了两件事，一件是冰的用户是坐在电风扇下的哥儿，他掀着电铃责问送冰的怎样还不将冰送来。如果说这是一条远的暗线的话，那么作者又独辟蹊径地写了一条近的明线，即"该死的冤家对头"交通指挥灯堵住了他们的去路。但见"两个车夫只得将两腿用力挣开支持着车身的均衡，心中不觉起了无名的愤怒"。这愤怒化为一句富有潜台词的独白："这该死的冤家对头！"同样，这篇散文的结尾也是富有潜台词的："你知道么？前进的东西受了阻碍就会这样改变他的色彩。"作品的思想倾向性已经很明显了，它与文中的一段议论相呼应："为了天热所以就有人需要冰，为了在热天需要冰所以就有人要流汗。可是享受冰的沁凉和流汗的并不是一人。享受沁凉的并不流汗，流汗的人并不能享受到冰的沁凉。宇宙的秤上的平衡倾斜了，大的变动就在眼前。"作者所注意的不仅是事情的经过，而且也暗示了事情所可能产生的后果，耐人寻味。

凭叶灵凤所接触的诸多的人和事，是完全可以写一本回忆录的，据悉，他未在这方面倾注很多精力。我们所能看到的他的回忆篇什，是收在《霜红室随笔》和《晚晴杂记》里的一些篇章。俗话说，人到高年，愈加怀旧。他的朋友真不少，有郁达夫、潘汉年、郑振铎、戴望舒、施蛰存、刘以鬯、夏衍、曹聚仁、周全平、柯仲平、张光宇、盛家伦、袁牧之、乔冠华、谢澹如、倪贻德……他在回忆篇什中再现了这些朋友们的音容笑貌，性格特点，描绘了他们各自的才华以及与作者的友谊，不仅具有很强的史料价值，而且因为这是作者运用散文笔调来写的，所以也具有很强的可读性。可读性之一，就是文章中注意描写细节。这些生动有趣的细节使作品更具有价值，也很能写活一个人，例如：

> 乔木本来是个笔名，而且是他到了香港以后才用开来的。在抗战初期，他在广州就一直用的是乔冠华这个名字。不过在朋友之间，无论是在当面或是背后，我们总惯称他"老乔"。只有当你连叫他三声老乔，他都不答应你，那时你才喝一声乔木或乔冠华，他必然抛下书本或是从沉思中惊醒，皱起两道浓眉，笑嘻嘻的走过来了。
>
> ——《霜红室随笔·乔木之什》

可读性之二，就是文章中注意以情感人。"繁采寡情，味之必厌。"① 我们知道叶灵凤原在上海有许多藏书，他去香港后这些藏书曾托亲友代管，但是后来均在抗战时期散失了。因为这些书都是他一本一本地

---

① 刘勰：《文心雕龙·情采》，《文心雕龙注》下卷，范文澜注，北京：人民文学出版社，一九七八年版，第539页。

从旧书店里用稿酬淘来的,所以越发显得来之不易。一九四九年后他曾数度回内地观光访友,一九五七年也曾到过上海:

> 在静安寺路上漫步,曾无意中发现一家专卖外文书的旧书店,开设在食物馆"绿杨村"的隔邻。这是一九四九年后新开的一家旧书店。想到自己存在上海失散得无影无踪的那一批藏书,满怀希望的急急走进去,在架上仔细搜寻了一遍,仍是空手走了出来。我安慰自己,可能是整批的送进了图书馆,几时该到图书馆里去看看。
>
> ——《晚晴杂记·书店街之忆》

叶灵凤曾买过一幅题名《书痴》的画,"书痴"二字其实也正是他本人的写照。从以上文字中读者不难想象他是怎样地爱书,想寻回那一批失散藏书的心情又是多么的急切!

如上所述,叶灵凤所写的掌故和风物已结集出版的共有六本,即《香江旧事》《张保仔的传说和真相》《香港的失落》《香海浮沉录》《香岛沧桑录》以及《香港方物志》等。(有人提到,还有一本《香港神话和传说》。)

叶灵凤写香港掌故是有一个过程的:"开始的时候,他是以上海人谈香港掌故,到了后来,就是香港人谈香港掌故。开始时外来的和尚念经,显得有些有趣;后来,渐渐成为本地的长老说法,很有意义,大有道理。"①叶灵凤的这些文章对香港史的研究,对香港学的建立,无疑是起到了奠基的作用。

叶灵凤写的香港掌故有这样一些特点:一是有所侧重,而不是什么都写。他写的侧重点是这样三方面,即从历史的角度写了英国侵占香港的史实;从政治的角度,写了香港被侵占后的社会百态;从地理的角度,写了香港开埠后的变迁。二是叶灵凤不仅占有材料,而且

---

① 丝韦:《香港的失落·序》,《香港的失落》,香港:中华书局(香港)有限公司,一九八九年版,第1—2页。

对这些丰富的材料进行了"去粗取精,去伪存真,由此及彼,由表及里"的改造制作功夫,因此澄清了一些代代相因、人云亦云的史料。他对张保仔的研究就是其中一例。三是为写这些掌故,叶灵凤倾其所有,广泛地购买这方面的书籍,其中也不乏稀世珍本,例如,他搜集到的一部清朝嘉庆版的《新安县志》就是如此。"这部书在香港是颇有一点名气的,香港官方和一些外国人都转过它的念头,曾经出了好几万港元的高价,合今天的币值总在百万以上吧……他却一概小视之,不放在眼里,不放弃那书……他死后,他的夫人赵克臻按照他的遗志,送给了广州中山图书馆。"① 从某种意义上说,他为国家保护了珍贵图书。

叶灵凤写的有关风物方面的文章,反映了他治学的严谨和知识的广博。用他自己的话来说,就是这些以风物为题材的小品"曾经涉猎了不少有关这方面的书籍,从方志、笔记、游记,以至外人所写的有关香港草木虫鱼的著作,来充实自己在这方面的知识,在资料的引用和取舍方面都是有所根据,一点也不敢贸然下笔的"(《序新版〈香港方物志〉》)。他的《海上秋思》《江南的野菜》《春初早韭》《秋末晚菘》等文章,不难窥见上述特色。叶灵凤还写过一篇《夜雨剪春韭》,作者说古论今,旁征博引,引用了《礼记》《诗经》、杜诗、《齐民要术》和《本草纲目》等,从韭菜的俗称、种植、收割、加工、烹饪和用途均一一道来,知识之广博,思路之开阔,叙述技巧之高明,令人击节称赏,钦佩不已。

从一九二五年,叶灵凤在《学生杂志》上发表处女作游记《故乡行》起,至他一九七五年十一月谢世前,他几乎天天读,日日写,笔耕了整整半个世纪。厨川白村是这样评价鲁迅的短文的:"装着随便的涂鸦模样,其实却是用了雕心刻骨的苦心文章。"② 对叶灵凤的散

---

① 宗兰:《叶灵凤的后半生》,《读书随笔》第一卷,北京:生活·读书·新知三联书店,一九八八年版,第17—18页。
② 转引自叶灵凤:《我的小品作家》,《灵凤小品集》,上海:现代书局,一九三三年版,第131页。

文，我们也可以如是观。

毋庸讳言，叶灵凤的散文也有不足之处，例如有个别篇章如《昨日以后》《顽家回忆录》(译述)等情调不够健康，甚至"有点黄"，这固然说明他作为作家的社会责任感有时还不够强，但也有不容忽视的客观原因，即文学作品日趋商品化："在香港，煮字谋稻粱，不会不受到商业社会的压力，能够坚守'文章防线'的，少之又少。"① 再如，他的文章通常是在报刊上刊载的，一般都篇幅短小，但有时也因此而写得不够舒展畅达。然而瑕不掩瑜，他的散文应予以新的评价，并在文学史上占有一定位置。

一九九一年岁杪于上海——香港<br>(载《香港文学》一九九二年第四期)

---

① 刘以鬯：《记叶灵凤》，《短绠集》，北京：中国友谊出版公司，一九八五年版，第47页。

# 好一篇倾注感情的佳作

## ——读散文《春临太平山》

一九七九年，诗人黄河浪的散文《故乡的榕树》，荣获香港首届中文文学奖的冠军。一九八六年五月十九日，他发表在香港《文汇报》上的散文《春临太平山》是又一篇献给读者的佳作。

太平山原名扯旗山，清朝末年，每当海盗船出现，香港太平山顶便扯旗为号，故名。或许是人们厌恶动乱，渴求安定，后又改名为太平山。它位于维多利亚港西南侧，与柏架山遥遥相峙，海拔五百五十二米，是香港岛上最高的山，也是一个著名的风景区。春天是旅游的黄金季节，在春花烂漫之时登太平山游览，对久困斗室的人来说，定别有一番情趣。

正是在这样的宜人的大好季节，作者乘坐缆车爬上了太平山。写一路所见的茂盛的芦草、蕨类植物、野山芋、芭蕉、洋紫荆和啁啾的山鸟，均为了点明登山的黄金季节。在这样的季节里，登临此山，心情的轻松愉快自不待言："辽阔的南海从脚下远远铺展开去，一直绵延到天的尽头。偶尔有一艘飞翼船疾驰而过，在蓝缎上滚一条白凌凌的花边；或是几片白帆悠悠荡漾，如开放朵朵白莲花。海上的风拂面而来，清清的，亮亮的，如深山里的寒泉，自胸中流过。"古人说："情、景名为二，而实不可离……巧者则有情中景，景中情。"（王夫之《姜斋诗话》）以上所引的这些描写的确情景双绘，趣味无穷。

作者宕开一笔，不是先写这次春天的登临，而是将笔触延伸至十年前的深秋,那时作者刚从内地来到这繁华的都市,巨大的反差,顿生似真似幻的感觉。请看这两段对比的描写:"想起十年前刚到香港,初登太平山,却是在清爽明丽的深秋,天蓝得纯净,海蓝得深湛。俯瞰青山碧海之间,浮出一座繁华的都市。噢,香港,美得不太真实,恍惚中,几疑是童话世界。""十年后我重来,山依旧青,海依然碧,晕眩的感觉已经消逝。在这城市的底层泅泳过,探索过,在生活的陡坡上一步一个脚印攀登过,今日再看这脚下的景物,显得真切而实在。"为什么会有这两种截然不同的心情?这是因为青山依旧,人非昔日之人了,原来的外来客已成为立足香江的港胞了。而文中的"泅泳过""探索过"和"攀登过"数语,却又凝聚着作者在人生道路上的几多辛酸!

　　以上是作者将今年的登临与十年前深秋的登临相比,作者接着以元曲中的两句唱词为过渡,又将今年的登临与去年重阳节登临相比(中国人惯有在重阳节登高的习俗)。此时,作者的视角也由俯瞰式的观景物渐渐转为平视式的观人物了。是的,太平山有许多迷人的景色,作者列举四景,有层次地向读者展示:山谷的花木、山腰的小径、山后的海洋公园和山顶的亭台楼阁。花木小径、海洋公园、亭台楼阁固然迷人,然而更迷人的却是几个奇特的登山者:"残足者在前引路,失明人在后推车,沿着弯曲的小路,把轮椅从山脚直推上山顶!而坐轮椅的人就把沿途所见的远近风景,一一讲给后面的盲人听,他们的脸上也就露出满足的笑容。"这是一幅多么迷人的景色呀!这是发生在曾被称为扯旗山上的多么动人的一幕呀!触景生情,作者陷入沉思,读者也会情不自禁地与作者一起沉思起来。太平山不太平,"百多年来,究竟有多少平静的日子呢"?作者这顺理成章的一发问,使散文的主题得到了升华。设问的答案是清楚的,只有在今天,太平山才名实相符;也只有在今天,春天才真正降临到太平山。接着作者回顾了太平山饱经创伤的历史。太平山是香港的缩影,太平山的沧桑变化,也折射出了香港的沧桑变化。

在散文结尾，作者议论道："有人感叹，香港在借来的时间，借来的地点，创造了借来的繁荣，担心它像一座神秘的幽灵岛，在一次海啸过后，突然陆沉，没入深深的海底；或者如缥缈的海市蜃楼，一阵风吹过，就消失得无影无踪……但我知道，遍地钢筋水泥的分量是沉重的，满眼彻夜不息的灯光是明亮的。从香港人的肩膀升起来的高楼大厦，从香港人的手臂伸出去的长街短巷，即使在夜里，仍没有完全睡去。"至此，作者完成了对香港感受的三部曲：由起先对香港晕眩陌生，继而熟悉了解，进而热爱赞美。随着作者娓娓动听的叙述，读者对香港的认识也似乎经历了这三个过程。

　　写文章讲求感情积累。作者十年中三次登临太平山，感受一次比一次深，就像在窖里酿酒一般，十年终于酿成了这篇读来令人动容的佳作《春临太平山》。有人说："诗是以感情为性命的，感情差不多就是诗的全部"（台湾诗人张我军《诗体的解放》），散文亦然。作者是将这篇散文当作诗来抒写的，他在谈创作体会时写道："事实上我本人对此文也有所偏爱，倾注了感情来写。太平山是香港岛上最高的山，也是香港的一个象征，所以当时不仅是当作游记写，也联想到香港的过去和将来。从一八四〇年鸦片战争后割让给英国，到一九九七年回归中国，这一百多年的历史，也是充满动荡的中国近代和现代史。因此感慨颇多，相信读者会从字里行间体会出来。"古人云，夫诗由性情生者也。今读这篇诗一般的散文，更信此言不谬。

（载香港《文汇报》一九九二年九月六日）

# 胸中有山水　笔底涌诗情
## ——读《诗情画意记阳朔》

　　一九七八年深秋，香港著名作家曾敏之先生与阳太阳、叶侣梅、李菁三位画家结伴从桂林沿漓江赴阳朔游览，一路上赏心悦目，吟诗作画，别有一番情味。过后曾敏之写成的佳构《诗情画意记阳朔》（载《四海——台港澳海外华文文学》一九九二年第五期），曾荣膺"首届台港澳海外华文文学游记征文徐霞客奖"。

　　文章是从作者等在洋堤登上游艇时写起的，游程分两段。前段从洋堤登舟时写起，至兴坪为止，后段是写舍舟登岸，畅游山城阳朔时的情景。无论前段还是后段，均充满了诗情画意。作者赋诗两首，是分别写这两段游程印象的："澄潭浓淡绿，峦色翠篁疏。倒留天然美，山阴料也无。""阳朔欣在望，秀绝此山城。若道卜居愿，桃源再问津。"前者以山阴相比，后者以桃源相喻，可见作者游阳朔时的欢欣心情，以及赴阳朔时对沿途风光的赞美了。

　　从洋堤经渡口到兴坪，再舍舟登岸抵阳朔，一路上景点很多，目不暇接，美不胜收。作者精心描述了其中六景，它们是鲤鱼峰、七仙姑峰、九马山、碧莲峰、八景亭以及千年古榕。每到一处，"抛诗引画"。文中提及挥就十首诗，绘就两幅画，使读者在这诗情画意之中仿佛也作了次漫游。

　　将诗、画、伟人故事与民间传说穿插结合，融为一体，是这篇游记的最大特色。值得提出的是：一、尽管画家的画绘得再好，读者也不能亲眼目睹，只有从作者的诗中去想象画的意境了。俗话说:"诗是无形画。"诗中的确也有画,例如碧莲峰很美,以至作者留连不舍。阳太阳画了幅碧莲峰的写生画赠给作者,作者旋在画上题了四句诗。同游的人赏画吟诗,都说诗画可以合一了。我们不是可以从"缥缈碧莲峰/翠巘几千重/漓江无限绿/笛韵入遥空"这隽永的诗句中去领略画的景致了吗?这诗是画的点睛之笔,是画的形象概括,也是诗人登临览胜后感情的升华。作者信手拈来,挥毫十首,穿插其文,真可谓:"但肯寻诗便有诗,灵犀一点是吾师。夕阳芳草寻常物,解用都为绝妙词",大大增添了这篇文章的节奏感,或曰音乐美。二、作者长期从事新闻工作,对客观事物具有高度敏感性——"翻书的时候,偶有所感,于是就随手作笔记一样,把所感记下来;逛地方的时候,也有所见,又随手把一些见闻记下来"(《岭南随笔·前记》),作者的一番话就是这种敏感性的具体印证。——例如游九马山时,作者听到关于周恩来同志细辨九马的轶事后,就将它写入游记中,不仅增加了这篇游记的可读性,同时也增加了它取材的广度与思想的深度,给读者留下了难忘印象。

作者之所以能写出这篇情景并茂、诗情画意俱佳的作品,和他具有深厚的文学功底不无关系。

腹有诗书语自华。作者在一篇文章中曾这样介绍道:他"为了要学写散文、小说,就研读鲁迅的作品、契诃夫的短篇小说,也研读中国的古典小说、古典散文。"并说:"为了掌握语言知识、表现方法,我也大量阅读古典诗词及诗话、词话。……由于诗词是最精练的语言结晶,是千锤百炼、高度概括的艺术语言,多读,多理解,从而融会贯通,就有助于文字的运用,语汇的积累。写起文章来,设象形容,修辞比喻,抒发情感……都有帮助"(《曾敏之散文选·自序》),这是经验之谈。俗话说,梅花香自苦寒来。要写出梅花般馨香的文章,就得付出一番大量阅读、博闻强记的辛勤劳动。

(载香港《文汇报》一九九三年六月六日)

# 财经小说《花魁劫》的结构艺术

《花魁劫》是香港著名作家梁凤仪写的第十一部小说。它叙述了在经济大潮的背景下,一个传统女子大同酒家女招待容璧怡转变为现代女性的故事,极富于传奇色彩。作家娴熟地运用了编织故事的技巧,使《花魁劫》结构错综变化,迂回曲折,环环相扣,引人入胜。一出版即成了畅销书。

小说以香港财经巨子贺敬生的逝世为界而分为前后两大部分,并以容璧怡与贺智去曼谷散心为过渡。

"结构第一",开头最难。开头对小说整个结构的影响很大,好的开始是成功的一半。古人说:"凤头、猪肚、豹尾",《花魁劫》堪称"凤头",一开篇魅力非凡。

小说的开篇写了香港十大豪富之一的贺氏集团公司主席贺敬生庆祝六秩寿辰,他的妻妾、子女、亲友、客户以及政府高官与政坛显要,一一亮相,他家里家外的矛盾也就一一暴露。有夫妻矛盾、妻妾矛盾、子女矛盾、主仆矛盾,等等,互相交织,"多至不可胜数"。其中,妻妾矛盾,即聂淑君与容璧怡的矛盾是主要矛盾。

贺妻聂淑君,出身于名门望族,生有二子二女。容璧怡生有一子。大宅的子女对三姨(即容璧怡)颇为冷淡,形同陌路。再加上贺敬生的堂妹贺敬瑜闲着没事,专爱搬弄是非。俗话说,三个女人一台戏。他们三人差不多天天都有戏唱的。例如容璧怡带着儿子贺杰到陆羽茶室去午膳,遇到以前的上级冯部长的情景被贺敬瑜看到后,传得沸沸扬扬就是一例。有人称开头为交代头绪,我认为在开头的时候就把背景、事情与人物关系交代得清楚明白,并使读者所深深吸引的写法才是高明的写法。

　　古人说:"长篇须曲折三致意,乃可成章。"贺敬生的寿辰写得跌宕多姿,一波三折。对于财经巨子小星的容璧怡预示着这又是一场"无谓的酸风妒雨"。容璧怡的顾虑并非是多余的,用她自己的话来说,就是:"贺少(指贺敬生——引者),你生日那天,除掉要我叩头斟茶,穿粉红裙及衣服之外,还有什么额外的规矩,要我遵守,才能拿到你的奖品?"作家借此为起点,浓墨重彩,淋漓尽致地写出了故事主人公容璧怡"上承传统的保守思想,下接现代的开放精神,构成了新的冲击"。

　　喜筵席上有三件事使容璧怡很难堪:一是与嘉宾谈话时,她不便插进半句话,"以免抢夺聂淑君或其他贺家人的风头";二是她不便于和贺家人一起巡回敬酒去,"贺敬生安排了由他的儿媳子婿代表向众嘉宾致意";三是"送客的队伍仍是以贺敬生为首,依次是贺聂淑君,然后由贺聪带头,长幼有序地站立,向嘉宾握别",容璧怡只能站在送客队伍之外张罗。这些描写很真实,也很生动,她的委屈唤起了读者的深深同情。

　　同样,也有这样三件事使聂淑君增添不快。一是满堂宾客,众目睽睽下看牢贺敬生由容璧怡陪着走进来,等于向众亲戚宣示,聂淑君掌管的天下,徒负虚名,有名无实。贺敬生是旦夕都跟宠妾双宿双栖;二是给贺敬生与聂淑君敬完茶后,贺家四宝,聪、敏、智、勇都轮流给父母贺寿,独缺了贺杰;三是在拜寿那天,容璧怡穿戴名贵,亮相人前,以补救她要比聂淑君矮了一重的身份,所以喜筵后引起了"首饰"的风波。这些矛盾之所以产生,"人与人之间不易相处,只为不肯设身处地为对方想一想"。孙犁说得好:"情节就是故事,故事是为完成主角的性格服务的……情节是前进的车所留下的辙,是人物行进的脚印。"这些矛盾促使了情节的发展,使人物的性格也更趋鲜明,能给读者留下深刻的印象。

　　一张一弛,文武之道。小说"不能从头到尾,一味紧张",所以小说紧接着就安排容璧怡与贺智去曼谷散心的情节。这虽是过渡，但并非闲笔。它不仅使小说中人物活动的场景扩大了，而且使贺智与潘光中这一对恋人有更多接触的机会，为他们以后的结合奠定了坚实的思想与感情基础。值得指出的是，贺智与潘光中这一对恋人的情节是作家精心设计的，是作为与贺智父辈的恋情相对照而存在的。时代不同了。贺智清醒地意识到：她在婚姻问题上应该走一条新的道路，而决不能重蹈三姨（容璧怡）的覆辙。

倘若说《花魁劫》前半部分是辐射式结构的话，那么，小说后半部分则是散点式结构。为了保持贺家的名誉与经济地位，容璧怡凭借她那出众的公关才能与富华经纪行的经营实力，一一妥善地处理了贺家四子女所有求于她的问题：她以六亿之数买进贺敬生企业Ａ股的其余股权，以让贺聪能够有钱偿还巨债。付区展雄三百万，帮贺聪的媳妇阮端芳解围；劝解上官怀文与贺敏重归于好；劝解潘浩元将贺智手上拥有的贺敬生企业权益收买过来，以换取她的恋爱对象潘光中的自由；想方设法买回了贺勇拥有的贺敬生企业的股权，使它免落他人之手。

以上四方面，在小说前半部分均有伏笔，小说后半部分是照应前半部分伏笔而生发出来的情节。至此，小说好像一下子有了大团圆的结局了。然而，美中不足的是，小说的女主人公容璧怡尚未有最后归宿。按理说，小说从开篇起就设置的悬念——容璧怡与潘浩元的关系将如何发展——至此应该解了。哪知道悬念这把达摩克利斯头上的剑仍悬在那里，以"欲知后事如何，且听下回分解"来结束全篇。这里作家运用了"吃惊"这一结构技巧。有人将吃惊称为"戏剧性突变"。它往往留在最后，"是在意料中的出乎意外"。读者在吃惊之余，真有希望作家撰写续篇的期待。

至于容璧怡与潘浩元的恋情，在小说中虽有发展，但一直是若即若离的。潘浩元说："我实在不能由着一个已去世的人霸占着你！"容璧怡从潘浩元处屡屡得益暂且不说，她是出自内心爱她的潘大哥的。一方面,她认为:"我信任潘浩元。每次看到他那亮得发光似的古铜色皮肤,我心就微微牵动。跟贺敬生那白净温文的模样相比,无可否认,潘浩元有他另一种神采。""我甚而感激潘浩元,不得不暗暗承认,他也绝对有能力偷窃我寂寞的心。"然而另一方面,她却又认为:"万一有那一天,我再撑不住江湖风险,会不会也对潘浩元投降了?""真怕有一日,敬生的影象引退,他(指潘浩元——引者)就越发变得显眼鲜明。这种乘人之危的恶棍,坏了我的清静,让人恨得咬碎银牙了。"这些描写固然表明事情复杂的一面,但是运用"投降"与"恶棍"等语汇,是否符合容潘二人感情发展的逻辑?!

文学是人学。小说的结构说到底是为塑造人物服务的。《花魁劫》中的容璧怡是这样的一个人:当贺敬生在世时,她希望贺敬生的经纪生意兴旺,事业发展;一旦贺敬生逝世,她牢记贺敬生的遗嘱,努力使贺氏后嗣兴旺,家业发达。用她自己的话来说,就是:"我无论如何不会让贺氏的股权分散在外人手里。""我从来没有忘记,贺敬生有五名子女。"从这一点来说,她的形象是亲切感人的。她的长媳阮端芳说得好:"这些年来,贺家人当中,有谁认真地肯为家族的前途声望甚而是别人的幸福多想一想?!除出了三姨,我找不出别个人来!"她的看法是公允的,恰当的,也是颇有代表性的。"妇女的使命和高尚品质在于自我牺牲和爱别人。"(列夫·托尔斯泰语)《花魁劫》中的容璧怡正是这样一位具有高贵品质的女性。作家之所以额外用心地写她血泪交融的种种故事,是为了"以引起共鸣,好舒一口气",更是为了"鼓励妇女积极进取,抛弃软弱和自卑,与雄霸商场的大男人争个高下"。

金无足赤,文无完文。就小说的结构方面来说尚存有某些不足,例如贺聪的债台高筑与阮端芳的移情别恋,小说倘能稍着笔墨,事情一旦披露,读者就不会有突兀之感了。

(载《中文自修》一九九四年第五期)

# 好文不厌百回读

## ——也谈小思的散文

论及香港散文,总得提到小思。小思原名卢玮銮,现在香港中文大学任教。她的散文创作已有二十多个年头了。迄今出版的散文集有《丰子恺漫画选绎》(一九七六)、《路上谈》(一九七九)、《日影行》(一九八二)、《承教小记》(一九八三)、《不迁》(一九八五)、《叶叶的心愿》(一九八五)、《彤云笺》(一九九零)、《人间清月》、《今夜星光灿烂》(一九九零)、《小思散文》(一九九四)等十本,以及《七好文集》《七好新文集》与《三人行》等三本散文合集。她的散文以独特的风格与鲜活的特色而受到好评。概而言之,或许可以用以下文字综述小思散文之特色:"内中有人有事有情,有山有水有景,凝思与哲理交织,激愤与愁郁相衬,篇篇感悟真切,清幽雅正……(章章)淡素自然,剪裁有度","感情真挚深沉,文笔典雅优美,深受海内外读者的推崇"(《小思散文》)。

对小思散文的评论很多,港台与内地的有些评论家均发表过很好的意见。但是评论中,某些观点也似乎可以商榷。

一曰"写得太雕琢"。许多评论家都认为小思的散文写得"清新洒脱,风神挺拔""飘然出群""亲切""有真意真情",但也有评论家不是指某一篇,而是笼统地认为小思的文章"写得太雕琢"。外国有句俗谚说:"有一千个读者,就会有一千个哈姆雷特。"作品一经发表,读者见仁见智是完全可以的,这是读者参与的再创造,但有一条,即不能与作品的实际悬殊太大。散文和其他体裁的文章一样,要求写得清新自然,切忌雕琢做作。"清水出芙蓉,天然去雕饰"系区别是否美文的重要标准之一。倘若这"雕饰"是指作家在动笔之前慎重考虑构思,这样的"雕饰"是说对了。著名学者黄维樑曾这样评论道:"在香港,大量生产的方块文字,一般但求表情达意足矣,很少人在结构上花功夫。小思不以写方块谋生,不求多产。她的文章,我相信大都是小心地构思后才写出来的。"(《香港文学初探》)小思本人也正是这样做的:"我不必像其他作家一般要天天写一个或多个专栏,故在取材下笔之际,总可以慎重考虑。"(《致金梅先生》)

她的《中国的牛》就是在这样慎重考虑之下写成的。它写作家与一群朋友在乡间田垄上和几头耕牛相遇,结果以牛给人让路而告竣。接着作家写牛一年四季辛勤劳作,"在它沉默劳动中,人便得到应得的收成"。旋即作家将印度、荷兰、日本与西班牙的牛和中国的牛进行比较,饱含感情地道出了中国牛的特点:"中国的牛,没有成群奔跑的习惯,永远沉沉实实的。""默默地工作,平心静气,这就是中国的牛。"作家就是这样由近及远地,而后又由远及近地完成了对中国牛的称誉,读者也心随笔端加深对中国牛的认识,并从中受到启迪。

倘若这"雕琢"是指行文不够潇洒,这样的"雕琢"也是说对了。散文研究家范培松曾说:"小思散文格局细致,她的抒情流程常常是托物起兴,戛然而止,不愿放纵。既没有大波大浪,也不是浩瀚无边。若把酣畅也作为散文的一种审美尺度,她这种克制应是一种不足。"(《我心里依然有一片青天》)这里的"克制"应看作是不够潇洒的同义语。小思散文格局细致,注意克制,不愿放纵也有其客观原因,即"长期为报刊写专栏,养成写短文章的习惯"。值得注意的是,在有时内容多而篇幅不得不短的时候,小思即采取"化整为零"的做法,将一篇文章分成上下两篇或多篇来写,《许墓》与《许墓重修》《中国的牛》与《开荒牛》《且说"外星人"》与《再说"外星人"》等就是这方面的例子。

小思自己也曾说:"我很自觉教师的身份,写起来过分执着于修辞造句,失去一种艺术的潇洒。"然而,持批评意见的人,他们所用的"雕琢"一词只能作一种解释,即他们认为小思的散文过分修饰,"太雕琢"即太过分修饰。不言而喻,它是针对小思散文中的语言说的。和许多香港作家,特别是流行文学的作家不同的是,小思不喜欢采用白话、粤语、夹带着英语的方式成文,而坚持用较纯正的白话文写作,即用规范的书面语言写作,一则可以避免方言所带来的交流上的隔阂,二则也维护了语言的纯正,这或许不符合香港人的"语言习惯",也或许会减少香港人阅读时的"亲切"感,但这并没有什么不好。从某种意义上来说,小思散文在语言风格上自有她执着的追求。

二曰:"取材没有香港特色",对港事港情没有及时的反映。何谓"台湾散文"?台湾诗人、散文家郭枫解释说:"仿照古人对《楚辞》解释的模式,'台湾散文'就是'写台湾人、叙台湾事、描台湾景、名台湾物'的散文。"(《还给台湾艺术散文原貌——〈台湾艺术散文选〉序》)倘若照此类推,香港散文也应是写香港人、叙香港事、描香港景、名香港物的散文。香港作家直面人生,直面生活,及时地反映港事港情,然而小思却未能完全这样做,这是因为:(一)"小思不以写方块谋生,不求多产。"(二)"她的文章,我相信大都是小心地构思后才写出来的。"(以上均见黄维樑《香港文学初探》)(三)"创作必须有距离,文学家因为和这一切太接近、太密切,一下子不知道怎样来表达。"(卢玮銮《最明确的答案》)简言之,这不求多产、小心构思与保持距离的做法妨碍她对港事港情有及时的反映。小思散文的取材还是很有香港特色的。我认为散文取材有直接和间接之分。这里且不说散文的直接取材,就间接取材而言,她曾写过《开荒牛》,表面上看,它不是写香港,散文中未提及香港二字,实际上开荒牛是包括香港人在内的隐喻,它赞扬了人们的奋斗精神与开拓精神。请看两段文字:

开荒牛并不纯然为了别人利益,才苦干才牺牲自己的精力,可能开始的动力还是"自己需要"。为了自己,用自己的力,努力打开新局,无意间却给后代带来坐享其成的幸福。

——(《开荒牛》)

开埠以来,的确有人跑马跳舞,但更多的是埋头苦干,成就自己的事业同时也建设了香港。 ——(《马与舞之外(下)》)

这两段话表述的文字虽不一样,但内容却是殊途同归,即香港一代又一代人,发扬了开荒牛的埋头苦干精神与打开新局的精神,使当年的穷岛荒滩,变成了今天的繁荣城市,变成了今天的"东方明珠"。能说散文《开荒牛》的取材没有香港特色吗?我看是不能这么说的。

三曰:"未能触及社会本质性的问题"。社会是以共同的物质生产活动为基础而相互联系的人们的总体,是人们交互作用的产物。文学(包括散文)应该反映社会。郁达夫说得好:"现代的散文就不同了,作者处处不忘自我,也处处不忘自然与社会……一粒沙里见世界,半瓣花上说人情,就是现代的散文的特征之一。"小思的散文除少量游记与影视评论外,多数散文还是取材于香港,对香港社会的文化形态、风土人情与道德观念等方方面面有多角度多方位的透视。至于是否触及社会本质性的问题,这要看你对社会本质性的问题怎样理解了。我认为小思散文是触及了的。在这方面,她有三篇堪称代表性的作品,即《不迁》《苦涩的经历》和《马与舞之外(上、下)》,这些文章分别写于一九八三年六月、八月和一九八四年十二月,就怎样评价香港人以及香港人应有怎样的祖国意识作了描绘和阐述,这些文章感情真挚,说理有力,隽永清醇,这些内容香港作家较少涉足,因此更显得难能可贵。

在《不迁》中,她深情地写道:"安土不迁谓之土著。农业的民族最明白不迁的意义!在一块属于自己的土地上——是肥沃是瘦瘠,不能苛求了,好歹是自己的土地,算是命中注定,就在这土上一生一世",她道出了多数香港人的共同心愿。作为一位尊重自己民族的爱国者,小思那赤子之心令人动容。台湾一位评论家在读了《不迁》后写道:"卢玮銮用饱满的爱,爱着生她长她的香港,当多少港人离此他迁,在一九八三年六月,她写下了《不迁》。这《不迁》后来成为她的第四本散文集的书名,等于是她的一种宣告。事实上,她已不只一次的表明,她那不走的坚定意志,同时更有一种以我身见证历史巨变的心愿。这就是卢玮銮,生在香港长在香港而'不迁'的人。"(李瑞腾《不迁的人——代序》)我认为这位评论家的评价是客观公允而又恰如其分的。至于有人将她的笔名"小思"与她散文的不足硬扯在一起,真是幽默得可以。

  古人说:"好书不厌百回读"(陈秀明《东坡文谈录》),好文亦然。小思的散文属于好文一类的。"熟读深思子自知",熟读以后你就会对其长处与短处了然于胸。金无足赤,文无完文,小思的散文也不例外。她给《散文》杂志编辑金梅先生的信函,是她首次向人谈及自己的作品,对自己作品的短处作了详尽的剖析,谈得很实在。至于上述三点,我认为并不是评论家不可以提,而是所提与作品实际距离较大,故冒昧地提出来商榷,以就教于诸位方家。

(载《澳门日报》一九九五年八月十六日)

# 论香港环保题材的散文

## （一）

烟囱曾被人喻为名花"黑牡丹"，至今又被人喻为像一个"流氓"对着女童喷吐满肚子脏话。从郭沫若的《笔立山头展望》（写于一九二〇年六月间）到余光中的《控诉一支烟囱》（写于一九八六年初），历时半个多世纪，显示了现代工业文明的负面影响，也很能说明作为作家群体对环保的认识过程，以及作家的积极参与意识与高度的社会责任感。作家徐刚问得好："生命离不开环境，而人类——当然也包括我们——对天然的环境的漠视和破坏——也实在是太久了——大地为什么不说话？"①

大地没有说话，大地的代言人我们的作家说话了。叶灵凤大约在一九三三年写了《煤烟》与《河》等散文，指出一九四九年以前上海的环境被污染的情况。他严肃地指出："连基本的清洁和卫生问题都没有顾到，我们还想从上海市内的几条河上享到水的乐趣，那真是太梦想了。"②他还以幽默的笔调写道："基督教的教士说上帝是无所不在，无所不有，虽然不见形，但是却充满在天地间。我觉得二十世纪的上帝名号应该奉诸煤烟，他才真是无所不在，无所不有。"③叶灵凤的作品向来以视野开阔、知识性强而著称，他在文章中也介绍了德国和加拿大的环保情况。

---

① 徐刚：《倾听大地》"后记"，广州：广东旅游出版社，一九九七年版，第367—368页。
② 叶灵凤：《水》，见《灵凤小品集》，上海：现代书局，一九三三年版，第20页。
③ 叶灵凤：《煤烟》，见《灵凤小品集》，第12页。

叶灵凤写这两篇散文的时候是在上海,他当时还算不上是香港作家。作为香港作家写环保题材散文写得较早的是戴望舒。一九四五年七月八日发表在《香岛日报》上的《山居杂缀》一文,写到当时香港斩伐树木的情况,他写道:"路上的列树已斩伐尽了,疏疏朗朗地残留着可怜的树根……我们需要阳光,但我们也需要阴荫啊。早晨鸟雀的啁啾没有了,傍晚舒徐的散步没有了。""离门前不远的地方,本来有一棵合欢树。……它曾经娉婷地站立在那里,高高地张开它的青翠的华盖一般的叶子,寄托了我们的梦想,又给我们以清阴。而现在,我们却只能在虚空之中,在浮着云片的青空的背景上,徒然地描着它的青翠之姿了。"① 台湾作家黄春明说:"作品的艺术性主要看能否准确表现作品的社会意义"②,从这个意义上说,戴望舒的《山居杂缀》是极具艺术性的散文,它开了香港散文反映环保题材的先河,自有其历史之功绩。

话得再说回来,叶灵凤在这方面也是功不可没。一九三八年叶灵凤抵港后,仍一如既往关注环保问题。他受到吉尔伯特·怀特《塞耳彭自然史》与班逊姆的《香港植物志》的影响,于一九五三年,他以香港鸟兽草木虫鱼为题材,在香港《大公报》的副刊上发表百多篇散文随笔,后结集为《香港方物志》一书,于一九五七年由香港上海书局出版,被誉为是"了解香港,认识香港风物掌故是不可多得的好书"③。一九八六年,香港作家周兆祥将他在《信报》专栏上连载的文章结集为《我复悠然——一个现代文化边缘人的自白》一书,其中不少文章是以环保为题材的,颇为隽永耐读。这是继叶灵凤《香港方物志》以后香港作家又一部有分量的著作。

---

① 戴望舒:《山居杂缀·树》,见《二十世纪中国散文英华·台港澳卷》,上海:复旦大学出版社,一九九九年版,第221页。
② 《评台湾乡土文学作家黄春明》,《文艺报》,一九九九年三月三十日。
③ 王志成:《叶灵凤和〈香港风物志〉》,《新民晚报》,一九九七年七月二日。

## （二）

香港环保题材的散文有许多特点，现择其要浅析如下：

一、群体性。或许是因为香港作家较早就具有环保意识，他们的社会责任感强，香港作家差不多或直接，或间接都写过有关环保题材的散文，尽管他们有的人写得并不多，有的仅偶尔涉足其间。如果要列出他们的大名，可以列出许多。由于戴望舒开了先河，以后陆续用散文写这类题材的作家有：叶灵凤、舒巷城、黄蒙田、黄维樑、梁锡华、周兆祥、韩牧、西西、黄河浪、李默、曾敏之、明川（卢玮銮）、金耀基、陈德锦、潘铭燊、也斯（梁秉钧）、黄国彬、李辉英、思果、洪膺、王良和、潘耀明、张诗剑、王一桃、颜纯钩、杨梦如、林湄、李若梅、余光中，等等，不胜枚举。虽然他们暂时还没有很多写环保的散文集出版，但他们的这类散文往往视野开阔，目光敏锐，深中肯綮，颇有分量。

二、全面性。香港作家经常去外国进行学术交流，或出访，或旅游，到过许多东西方国家。他们是有心人，每到一处，总注意那里的自然环境以及这些国家对自然是如何保护的。我们可以从金耀基、曾敏之、黄国彬、李若梅、李默、潘铭燊、林湄和李辉英等作家的散文中了解德国、加拿大、法国、北爱尔兰、美国、新加坡和马来西亚的风光。就以《加拿大风貌》一文来说，曾敏之先生介绍道："中国有'上有天堂，下有苏杭'的俗谚，在太平洋上，加拿大的温哥华也被视为'天堂'。……温哥华可称得上是园林城市，公园散布于市区各处"，"城市规划也规定了凡建新屋，必有绿化地段，因此，草地、花园成了温哥华住宅的特色"①。东方的"花园之国"是新加坡。林湄在《星洲抒情》一文中写道："此时，我的心被染绿了，思路被启迪了。我搂着树干，撷着青叶，抚着艳红的九重葛……心儿充满了柔

---

① 曾敏之:《加拿大风貌》,《遇旧——香港紫荆花书系》,北京：中国文联出版公司，一九九五年版，第145—147页。

美、清爽、激荡……""你的鲜洁,使我歌颂;你的诗意,令我回味;你的灿美,将吸引更多的人们到来……"① 香港作家以东西方环保成绩突出的国家为参照系,对周边的环境加以描述与评论,往往问题看得较为准确。例如《污染的溪水》(也斯著)对台湾的环保提出了看法;《噪音篇》(舒巷城著)对香港的环保提出了意见;《秦淮新貌》(颜纯钩著)对内地的环保提出了批评。看法、意见和批评都要防止片面性,即防止走极端。香港作家对环保的看法都很中肯,全面,没有走极端。例如《最难忘情是山水》(金耀基著)一文,作者写他一九八五年五月的内地之行。他们在有些城市发现有随地吐痰、乱丢垃圾与煤烟污染的情况,但也谈到有些城市市场繁荣,地面洁净,绿化很好,名胜古迹使他们留连忘返。就以随地吐痰来说,也不是他所到的七个城市都如此,在这方面北京就做得很好,甚至为个别城市未能很好学习北京的经验而焦急。他们是希望在祖国内地看不到"地下痰盂"的。

三、尖锐性。诚如前面所引的徐刚的话:"人类——当然也包括我们——对天然的环境的漠视和破坏——也实在是太久了",这就决定了我们作家在参与环保活动时,提出的问题要有点分量,有时需要大声疾呼,以引起人们对问题的注意。在这一点上,内地和香港的作家是一致的。徐刚在《以水为镜》一文中说:"太湖地区是我国人口最密集、经济最发达的地区之一。流域内有大小城市三十八座,总人口三千四百三十七万人,工农业产值占全国的十分之一,粮食商品率达百分之二六点三,每年上缴国家财政居全国之首……倘若没有了清洁的太湖水,可以说太湖流域的繁华富庶以及它对国家的贡献,都将成为昨日黄花",作家由实到虚,接着犀利地指出:"水如果污染,那是文明的污染,也是一个时代的污染。水如果消失,那是文明的消失,也是一个时代的消失。"② 作家将水的地位提到文明和时代的高度

---

① 林湄:《星洲抒情》,《香港作联作品集》,香港:香港作家联谊会,一九九一年版,第134页。
② 徐刚:《以水为镜》,《倾听大地》,第148—150页。

来认识,不能说作家将问题提得不尖锐。让我们再来看看香港作家是怎样来看待水被污染这一问题的。《救救城门河》的作者潘铭燊对香港爱得愈深,护得愈切,他运用了犀利的笔法,将环保问题提得尖锐:"现在城门河口的吐露港水域不但无人下水,划艇亦成为历史。现在划艇,船桨拨起的大概是金属碎屑、浮油垃圾罢。谁有此胆色潜水,大概不再会捞到海带海星,他只能盼望人们明天会捞起他的尸首。"①古人说,作画令人惊,不如令人喜;令人喜,不如令人思。作文亦然。《救救城门河》一文提出的问题确实发人深思。

有一篇题名为《城门河随想》(梦如著)的散文,作家是这样提出问题的:"城门河滋生了无数微生物,它们靠垃圾生存","涨潮的时候,一切丑恶都被掩盖了,但河面仍飘浮着许多垃圾,那些人性的弱点,即使圣人也无可避免,且不去苛求吧"②,显然提出问题的语气比较缓和,从风格与作家个性允许多样化的角度来说,这也是可以的。

四、互补性。已经有不少文章论述台港文学之间相互影响的问题。我想在写以环保为题材的散文方面也不例外。如前所述,戴望舒曾写过一篇《山居杂缀》,它由《山风》《雨》《树》与《失去的园子》等四部分组成。在《树》这部分中,主要写当时香港对树木的乱砍乱伐。其中运用了两个细节,即作家两次抱孩子来到他家不远地方的合欢树边,前一次,"我也还采过那长长的荚果给我的女儿玩",而后一次,"锯痕已由淡黄变成黝黑了"。读了这些,油然悟出文章的潜台词,即前人种树,后人乘凉;前人砍树,后人遭殃。作者特别强调指出:"想想吧,它的消失对于我是怎样地可悲啊。"台湾作家王鼎钧写了著名散文《那树》,文中也运用了一个细节:"住在树干里的

---

① 潘铭燊:《救救城门河》,《吐露港春秋——中大学者散文选》,香港:香港中文大学出版社,一九九三年版,第197页。
② 梦如:《城门河随想》,《香港当代文学精品·散文卷》,武汉:长江文艺出版社,一九九四年版,第248—249页。

蚂蚁大搬家,由树根到马路对面,流成一条细细的黑河……每一个黑斗士在离巢后,先在树干上绕行一周,表示依依不舍。"① 这也给读者以这样的印象,即动物有情人无情,当然这是指个别人。这两篇文章中的细节都是用得很好的。

台湾作家刘克襄对鸟进行过多年研究。他是文学上的多面手,善于写诗、散文和评论文章,著有《漂鸟的故乡》(诗集)、《随鸟走天涯》《旅鸟的驿站》(均为散文集)以及论著《早期台湾鸟类研究》等。香港作家中也有写鸟的行家,如黄国彬(著有《吐露港的老鹰》等)、黄维樑(著有《米埔观鸟记》等)、朱贝(著有《鸟儿的故事》,载《台港文学选刊》一九九八年第十期)以及陈德锦(著有《岛》,该文中也有写鸟的内容)。喜欢鸟是他们的共同爱好。他们对鸟都有一定的观察,所以才能写得那样生动传神。或许他们周游过鸟类王国,才能写得那样栩栩如生吧。

## (三)

在以上很多作家中有二位需要特别提出,他们是李辉英和黄维樑。李辉英也是较早关注环保题材的作家。一九五九年他写了《马来亚的树胶林》一文。文中指出内地既不太注意造林,且还有滥伐树木的现象。香港也不太注意造林,这简直是不可思议的。他的视野是双重的,既关注香港,也关注祖国内地,可惜他的提醒没有及时引起人们的警觉。

黄维樑先生堪称是写环保题材的多产作家。他在他的散文集《至爱》中专门列了"环保意"一辑,内收六篇散文:《丰盛与简朴》《伐木丁丁,实不忍听》《莫剪柔柯》《岌岌可危的地球》《山水有清音》和《我经常把电灯关掉》。其实他写的以环保为题材的散文远不止这

---

① 王鼎钧:《那树》,《二十世纪中国散文英华·台港澳卷》,第147页。

些，读者所熟知的《车喧斋》《米埔观鸟记》《请勿随地吐骨》以及新作《这商埠也有山水人文之美》等均可收进该辑。

在这些文章中，他提出了"地球生态，人人有责"与"绿化美化从心中出发"的口号，这与一九七二年在瑞典斯德哥尔摩召开的人类环境会议上提出的"我们只有一个地球"的口号相呼应；他提出了人人都应做到"三省"（即省纸张省电力省食物）的主张（这在香港有共鸣，据说每寄四千张贺卡相当于砍掉一棵大树，每十万张贺卡就要用去五点五立方米木材，因此一九九八年圣诞节前，特区政府就提出希望大家参与"减卡救树环保行动"少寄或不寄贺卡）。他提出了应取消使用"即用即弃的木筷子"（俗称"一次性筷子"）的主张（这在中国内地有共鸣，据统计一棵树只能做六千双至八千双这样的筷子，这是一种严重的浪费）。他提出了要"让国土和地球的其他地方'山水有清音'"必须从自我做起，从每一件事做起，等等。黄维樑提出的以上口号和主张都有着很强的理论与实践意义。

这里应该提出的是，他一九九一年四月一日刊载在《信报》上的文章《山水有清音——"环保诗文朗诵会"作品所写自然之美》，他针对的是本世纪初陈独秀提出要打倒山林文学的主张。虽有人（如司马长风）反对这个主张，但是并没有定论。可以说，尚未有人像黄维樑这样敢于为"山林文学"正名。他主张"山林文学"可以与"社会文学"共存，这是需要有理论勇气和学术创见的。

## （四）

散文以环保为题材，这是散文的崭新开拓。在具体表现手法上，似乎可分为两种。一种是通篇以环保为题材的，这种散文材料集中，主题明晰，读后或令人喜，或令人忧。前者如《米埔观鸟记》（黄维樑著）、《诗情画意记阳朔》（曾敏之著）、《歌鸟》（黄蒙田著）、《故乡的榕树》（黄河浪著）等，后者如《污染的溪水》（也斯著）、《救救城门河》(潘铭燊著)、《噪音篇》(舒巷城著)等。

另一种形式是散文中并不全是以环保为题材,作家在散文中部分地提及环保内容。例如《最难忘情是山水》(金耀基著)、《莫剪柔柯》(黄维樑著)、《一种美丽的小海螺》(韩牧著)等。香港作家金耀基在《最难忘情是山水》中提出:"还来不及咀嚼(苏州)匆匆的第一面,汽车、单车、人群之争先恐后,此起彼落的喇叭声,我那份准备拥抱江南半个仙乡的心情已冷了半截……最难堪的恐还是穿插在大街小巷的小河,水仍是水,只是已成为与污物浮沉的浊流了!"

这类散文中"美丽与丑景同时存在",写丑景的字数虽不多,但"立片言而居要"①,能唤起人们的警觉:为了有一个美好的生存环境,为了我们的子孙后代,让每位地球村村民都积极行动起来,从我做起,从身边环保每一件事做起,因为"地球生态,人人有责"!

文学是社会生活的反映。散文中环保主题的表现与揭示,对唤起人们对自然风景区的保护,对文化古迹和旅游资源的保护均起到了促进作用。开发并保护旅游资源应与环保结合起来综合考虑。要让我们周边环境乃至整个地球走出已经被污染或可能被污染的阴影,我们还有大量的工作要做,相信香港的作家们会在这方面继续作出新的更大的努力,写出更多能左右读者心灵的好作品。

(载《活泼纷繁的香港文学——一九九九年香港文学国际研讨会论文集》(上册),香港中文大学新亚书院中文大学出版社,二〇〇〇年一月版)

---

① [晋]陆机:《文赋》。

# 论蓝海文新古典主义及其创作成就

## （一）

一提起古典主义，人们自会想起公元前一世纪古罗马时期的古典主义，以及十七世纪法国的新古典主义，然而香港诗人蓝海文的新古典主义与它们有很大的不同，蓝海文的新古典主义是一九八七年六月，与丁平教授一起提出的，这就是著名的《回归传统，迈向新古典主义》这篇论文，当时是作为《世界中国诗刊》第七期社论发表的。随着岁月的推移，我们高兴地看到这个理论也在不断推移，我们高兴地看到这个理论在不断的发展与不断的完善。蓝海文先生的《新古典主义诗观》（写于一九九零年九月十五日）与《关于"新古典主义"》的科学阐述，更有其不寻常的意义。

新古典主义是针对台湾与大陆的诗坛现状，并结合香港的实际情况而提出来的。先说台湾。蓝海文认为，台湾诗坛复杂，实质上是台湾社会情况复杂在诗坛上的一种反映，这是很有见地的看法。"政治上的风雨飘摇"，才有诗坛上的"东施效颦"，才有所谓"全盘西化"，说穿了不过是寻求精神上的一种摆脱，一种自我割断民族脐带的倾向而已。① 随着台湾社会的稳定与发展，这种状况就有了改变。从"全盘西化"到"回归传统"，是台湾诗坛所走过的曲折道路。再说祖国大陆，关于朦胧诗的公开争辩持续了五年（一九八零——一九八五）。蓝海文提出新古典主义的理论主张，是在这场公

---

① 蓝海文：《新古典主义诗观（代序）》，《醒之外》，广州：花城出版社，一九九二年版，第2—3页。

开大讨论之后。蓝海文认为,大陆由于"长期的闭关锁国",才有开放后的"东施效颦",所谓"全盘西化",这同样也是"一种自我割断民族脐带的倾向"[1],并说,"面对大陆开放后涌出的二百多个'主义',……必须以主义对付主义,否则无法说明问题"(《致一位诗人的信》)。(大陆诗坛情况可参阅孙绍振文章《历史的选择——纪念朦胧诗二十周年》,载《文学报》一九九八年十二月三日)。令人高兴的是,"中国(大陆)诗歌将何去何从,是闭关自守还是在开放改革中脱胎换骨,建立起无愧于我们时代的新诗歌,已经由二十年的历史作出了庄严的选择"[2]。综上所述,蓝海文先生提出新古典主义的理论主张有着很强的针对性,是对"五四以来新诗七十年的总结",是对诗歌创作中的诸种弊端"开出的一副对症的药方"。同时也有着很强的目的性,即要使我国的现代诗走向艺术的顶峰,走进世界,长成我们的盛唐,可谓"满堂共话中兴事,万语千言赤子情"[3],我们无不被蓝海文先生热忱的爱国之情所深深感动!

## (二)

新古典主义的内容很丰富,要概括好并非易事。张厚明先生在他的《蓝海文的新古典主义诗观》的内容作了四个基本方面的概括,这就是:一、重申诗歌形式规范;二、弘扬民族人文精神;(三)力主诗歌纯真纯正;四、强调内容决定形式。我认为这四个基本方面梳理得很好。

我试图从另一方面用作者原话对这一理论作些概括:

**一、核心**:以民族的人文精神为核心。

---

[1] 蓝海文:《新古典主义诗观(代序)》,《醒之外》,广州:花城出版社,一九九二年版,第2—3页。
[2] 孙绍振:《历史的选择——纪念朦胧诗二十周年》,《文学报》,一九九八年十二月三日。
[3] 张厚明:《蓝海文新古典主义诗观鉴赏》,香港:天马图书有限公司,一九九六年版,第7—38页。

二、双归：归宗与归真："归宗"包括：回到诗的本位上来；回到民族的本位上来。"归真"包括：回到"真善美"的真的位置上来；回到"诗无邪"的位置上来。

三、三个崇尚：崇尚真诚，崇尚自由，崇尚自然。

四、四重关系：作品、诗人、社会与读者的关系。

五、五大信条：（一）诗言志；（二）诗言之有物；（三）诗绝对可解；（四）用"软典"不用"硬典"，或曰：典故活用；（五）诗内容决定诗形式。

六、反对六类诗：即歪、怪、淫、邪、鄙、贱。

其他如诗法也是新古典主义的主要内容，但是无法一一概括，这里暂且存缺。

简言之，新古典主义诗观的内容可概括为六句话：一个核心，双归双回，三个崇尚，四重关系，五大信条与六个反对。这样或许好记一些。

## （三）

蓝海文先生的可贵之处在于，他抱着一种极其认真严肃和高度负责的精神对其理论不断思索、充实以至不断完善。从一九八七年六月发表《回归传统，迈向新古典主义》论文以来，直到今年四月在香港文学国际研讨会上宣读《关于"新古典主义"》论文，历时将近十二个寒暑，虽然总体框架不变，但是内容已丰富了许多。最终他要完成一部《新古典主义诗学》鸿篇巨制，可以毫不夸张地说，他为自己的理论到了呕心沥血的地步。

蓝海文先生的可贵之处在于，他用他的创作实践来印证他的理论，说明新古典主义的理论是可行的。他致友人的信中曾说过："诗人以作品说话，诗坛上可以没有理论，也可以没有诗评家，但是不能没有作品。所以我极为重视创作，并以五部作品来说明现代新诗的道路。"① 这五部作品是《第一季》（一九八九）、《铜壶》即《醒之外》（一九九〇）、《惊蛰》《昨夜不是梦》与《花季》。张厚明先生的《蓝海文新古典主义诗歌鉴赏》一书是这五本诗集的选本，可以说这选本里的六十首诗是实践新古典主义理论的代表作，因而更值得拜读。

## （四）

对蓝海文先生的诗歌成就已有人作了全面具体的论述，本文想就蓝海文先生的诗著谈些片断的体会。

蓝海文先生在五大基本信条中将"诗言志"作为首要信条，这表明他主张在诗歌中写纯正的思想内容，也表明他很注意诗歌的社会效果。诗人用他的诗表达他鲜明的爱憎。《怀念》写他对外祖母的怀念，对外祖母的由衷的爱。在小摊上，见到栗子，见到木瓜，见到当年的玩具（小茶具）就会油然想起童年时受到外祖母的爱抚。"把眼泪，叫做回忆"，回忆外祖母以至流泪，可见对外祖母爱的程度。有对亲人的爱，当然也有对祖国的爱。《罗湖桥》《华侨》《候鸟》《狮子山》《唐山》等诗，都是写这方面内容的优秀诗章。有很多人写过罗湖桥，而我独喜欢这首诗："每天，千千万万双足 / 总是来来去去的累 / 总是重重复复 / 挂不断的 / 乡愁"，五行诗里有四个重迭。每重迭一次就打动一次读者的心。这里"挂"字用得很好，它可以解释为"牵肠挂肚"，说明"乡愁"的程度。这一句，是画龙点睛，也说明千万双足之所以来来去去、重重复复的原因。诗的内涵极为丰富，令读者回味无穷。有爱就有恨。《藤的世界》表现了诗人对藤的卑视、厌恶以致憎恨，树走了，藤仍然缠着。藤也走了，而藤仍然缠着。由实到虚地深刻揭示藤的本性："藤惯于 / 一代一代 / 纠缠不清地 / 活

---

① 蓝海文：《致一位诗人的信》，转引自《蓝海文新古典主义诗歌鉴赏》第24页。

着"更妙的是标题,诗人醒目地用"藤的世界"作题,可以让读者想象,作为裙带关系在社会上势力之大,危害之重。

## (五)

蓝海文的诗语言简洁,篇幅短小,诗法多变,极富张力。在生活节奏快的今天,很多读者都喜欢读像蓝海文这样的诗。我们很佩服蓝海文,因为他能在大家司空见惯的题材中写出诗意来,《帆》就是如此:"滑浪中/徐徐走过的/新月,是一只/滑翔在浪涛上的/海燕,风吹不熄/海员最爱阅读/一幅燃着白焰的/诗页",诗人用三个比喻来描写帆已属不易了,更令读者惊喜的是"诗页"的定语"一幅燃着白焰的",它不是一般地指出帆的色彩,而是写出在蔚蓝色大海的衬托下"帆"的色彩的视觉冲击力。值得特别称道的是,这里的"燃"字用得很传神。古人说得好"诗改一字,界判人天"①。这里我们或许想不到比"燃"字更富有表现力的字了。

语言简洁往往被人误解为"白开水"或"大白话",这是需要做些解释的。我很赞同香港作家陈德锦的说法:"最简洁的语言不是苍白无力的语言,反之,它是有声有色、能动能跳、能牵动感情、启发思考的语言。"②蓝海文诗歌语言是很富有特色的,用他的话来说,诗可奇,不可怪,他的诗歌语言是用得很奇的。他喜欢在诗中用"恒""挂""瘦""供",往往能起到牵动感情、启发思考的效果,增强了诗歌的耐读性,例如:"且将铸成/一枚橄榄/恒在我心头/咀嚼"(《三月二十四日——致吾妻》),"他的骄妄/明白瘦在西风中"(《演出》)。

**蓝海文诗歌理论很值得称道,他的诗歌成就很值得总结。最近报上讨论诗歌是否会消亡的问题,我是持乐观态度的。但是诗歌的现**

---

① 袁枚:《随园诗话》,吕树坤译评,长春:吉林文史出版社,二〇〇四年版,第195页。
② 陈德锦:《中文文学奖散文获奖作品总评》,《香港文学》一九九九年二月号(第一七零期),第24页。

状我们应该正视,它像一个身体孱弱的人,需要住院输液,我想应当给它输一种在十多年前就发明的药物,它就是双归牌新古典主义针液,疗效一定很好。

(载《香港诗刊》第三期,二〇〇一年二月二十八日版)

# 春到南枝花更好

## ——论香港作家李远荣的郁达夫研究

## （一）

由于日本军国主义的杀害，伟大的爱国主义者和反法西斯文化战士，我国现代著名作家郁达夫在还没有看到他的祖国富强时就过早地离开了人世，然而他那十二卷煌煌巨著却是一笔宝贵的精神财富。

郁达夫是才华横溢的优秀作家，"他的一生是一篇富丽悲壮的诗史"①。他是文学的多面手，他的诗词、散文、小说、政论和文论都别具魅力。他尤具诗才，一生创作了约五百首诗词，这些诗词酷似一串璀璨明珠，为我国诗坛增添了春色。胡愈之称他为"一个天才的诗人"②，郁达夫自认为，他的诗词比新小说更好③。他的作品拥有数以万计的读者，也涌现出为数众多的郁达夫著作的评论家。还是在大学的时候，老师在课堂上就曾给我们讲过一个真实的故事：一九二一年十月十六日，郁达夫的小说集《沉沦》由上海泰东图书局出版，有读者从无锡赶来上海购买，可见他的作品是深受读者喜爱的。另据统计，从一九八三年至一九九九年，计有十六种郁达夫的

---

① 胡愈之：《郁达夫的逃亡和失踪》，香港：香港咫园书局，一九四六年版。
② 胡愈之：《郁达夫的逃亡和失踪》，转引自《郑子瑜学术论著自选集》，北京：首都师范大学出版社，一九九四年版，第141页。
③ 郭沫若：《〈郁达夫诗词抄〉序》，《郁达夫研究资料》上集，广州：花城出版社，一九八五年版，第162页。

传记出版,它们是:《郁达夫外传》(孙百刚著)、《郁达夫评传》(曾华鹏、范伯群著)、《郁达夫传》(郁云著)、《郁达夫传记两种》([日]小田岳夫、稻叶昭二著)、《风雨茅庐外纪》(黄萍荪著)、《席卷在最后的黑暗中——郁达夫传》(王观泉著)、《感伤的行旅——郁达夫传》(桑逢康著)、《浪漫才子郁达夫》(许凤才著)、《郁达夫及其家族女性》(蒋增福著)、《苏门答腊的郁达夫》([日]铃木正夫著)、《郁达夫自传》(曾华鹏编)、《郁达夫传》(刘炎生著)、《郁达夫:挣扎于沉沦的感伤》《欲将沉醉换悲凉——郁达夫传》(均为袁庆丰著)、《郁达夫:感伤的旅程》(罗兴萍、杨晖著),基本上每年都有一本他的传记问世。可见评论郁达夫的作品已成为学术界的热点,同时也说明郁达夫不愧是"'五四'巨匠之一"①,不愧是一位饮誉海内外的中国现代作家。

  祖国大陆在二十世纪七八十年代曾掀起过一股郁达夫热。与其说这是由于发现了郁达夫遇害真相的新史料,毋宁说是要彻底清除在郁达夫研究领域积淀很深的极左思潮的影响,给郁达夫以实事求是的定位。而香港的郁达夫研究就不存在这种忽冷忽热的情况,而是始终处于积极平稳的状态。一九九六年十二月十日,在富阳举行的郁达夫国际学术讨论会的闭幕式上,颁发了首届"双郁"烈士文艺奖,香港也有两部作品入选,它们是香港专栏作家苏赓哲先生的《郁达夫研究——新文学史上一个悲怆的回顾》②和香港浸会大学语言中心导师朱少璋先生的《郁达夫诗注》③,展示了香港研究郁达夫及其作品的实绩和结出的可喜果实。

---

① 胡愈之:《郁达夫的逃亡和失踪》,转引自《郑子瑜学术论著自选集》,北京:首都师范大学出版社,一九九四年版,第141页。
② 《郁达夫研究——新文学史上一个悲怆的回顾》,香港:香港文华阁,一九九二年版。
③ 《郁达夫诗注》,香港:香港获益出版事业有限公司,一九九五年版。

## （二）

香港有三位郁达夫研究专家，他们是郑子瑜教授、苏赓哲先生和李远荣先生。"中文大学郑子瑜教授和专栏作家苏赓哲先生都有专著行世；还有位李远荣先生，也有出类拔萃之势。"①提起香港作家李远荣潜心研究郁达夫的著作，还得从他负笈广州就读暨南大学中文系谈起。在大学里，曾敏之和饶芃子两位老师使他获益最多，"前者为我打下了古典文学的根基，后者是我日后研究中国现代文学史的启蒙导师"②。平时他爱读巴金的《家》《春》《秋》和曹禺的《雷雨》《日出》，爱读郁达夫著作，尤其爱读郁达夫的《沉沦》及其古典诗词。他的毕业论文也是以郁达夫研究为内容的。

贾植芳教授在《〈郁达夫年谱〉序》中说："郁达夫是一位饱读洋书而又最具有中国传统知识分子品格和气质的中国现代作家，但他毕生命蹇，不见容于中国社会，他被扣上'颓废''浪漫''放荡''色情'各种恶号，无论在新旧社会，都会受到新老理学家的蔑视和歧视，是一个所谓有争议的人物。"③事实的确如此，研究郁达夫有较大的难度。一般说来，研究郁达夫围绕下列三个方面，或曰三大热点，第一，对郁达夫整个作品（即文本）的论述和评价；第二，对郁达夫遇害真相的调查和探究；第三，对"郁王婚变"的钩沉探微和辨析。对于第一点，虽从事的人多，但在极左思潮的影响下，有真知灼见的较重要的研究成果很少，基本上是原地踏步。"郁达夫是中国现代文学史上重要作家，有国际影响，在新加坡、日本尤受重视。但在中国解放后一直没有得到应有的注意和研究……一些现代文学史对他（指郁达夫——引者）的作品常有不恰当的批评。"④这一评估是符

---

① 刘济昆：《港人珍藏郁达夫情书》，香港《快报》，一九九五年一月七日。
② 李远荣：《〈李远荣评论集〉后记》，香港：香港文学报社，一九九九年版，第29页。
③ 贾植芳：《〈郁达夫年谱〉序》，《郁达夫年谱》，杭州：浙江大学出版社，一九八九年版，第1页。
④ 潘旭澜主编《新中国文学词典》，南京：江苏文艺出版社，一九九三年版，第765页。

合当时实际的。对于第二点，胡愈之、了娜（张紫薇）和汪金丁等在他们各自的文章中已有详细的论述。这些文章为《郁达夫的流亡和失踪》（胡愈之著）、《郁达夫流亡外记》（了娜著）和《郁达夫在南洋的经历》（汪金丁著）。近年来，包立民发表了《郁达夫之死新说的辨正》，新加坡方修发表了《郁达夫遇害事件》，日本横滨市立大学国际文化学部铃木正夫教授先后发表了《郁达夫遇害真相》和《再谈郁达夫的被害》等论文，出版了《郁达夫：悲剧性的时代作家》和《苏门答腊的郁达夫》等著作，对郁达夫的流亡、失踪和遇害进行了深入的研究，曾引起轰动效应。至于第三点，研究的专家也不少，并发表和出版了一些著作，如《郁达夫与王映霞》《郁达夫的爱情悲剧》（以上刘心皇著）、《郁达夫王映霞的悲剧》（胡健中著）、《郁达夫与王映霞——兼谈鲁迅书简》（新加坡方修著）等。作为要把和郁达夫在一起的第一手资料留下来，供文学史家们研究参考的王映霞，不顾年迈体衰，在二十世纪八十年代末至九十年代初，也陆续发表和出版了如下著作：《答辩书简》《半生杂忆》①《王映霞自传》②《我与郁达夫》③和《岁月留痕》④。以上著作，提供了许多可供研究参考的史料，有助于读者进一步了解"郁王婚变"的来龙去脉，以至细微末节，从而拓宽思路，得出符合历史真实的结论。当然现在还尚未到下结论的时候，但是我却认为，这结论似乎早已就有，那就是一九三八年七月九日郁达夫和王映霞合签的协议书上的一段文字："达夫、映霞因过去各有错误，因而时时发生冲突，使家庭生活，苦如地狱……"⑤一九三八年以前是如此，这以后也差不多如此。郁达夫在世时，由于他在讲话

---

① 王映霞：《半生杂忆》，一九八三年五月三日至六月三日连载于新加坡《南洋·星洲联合早报》。
② 王映霞：《王映霞自传》，台北：传记文学出版社，一九九〇年版，合肥：安徽文艺出版社，一九九一年版。
③ 王映霞：《我与郁达夫》，西安：华岳文艺出版社，一九八八年版，南宁：广西教育出版社，一九九二年版。
④ 王映霞：《岁月留痕》，南京：江苏文艺出版社，一九九六年版。
⑤ 王映霞：《郁达夫与我婚变经过》，《岁月留痕》，南京：江苏文艺出版社，一九九六年版，第107页。

或文章中"控制不住他的情绪",或曰"天真的冲动",伤了王映霞的感情。但是王映霞在性格上也有类似郁达夫的这一弱点,她在心平气和时是这样说的:"和郁达夫做了十二年夫妻,最后虽至于分手,这正如别人在文章中所提到的,说郁达夫还是在爱着我的,我也并没有把他忘记。四十多年来,他的形象,他的喜怒哀乐变幻的神情,我依然是存入心底深处。"① "虽然我曾为鲜花所迷恋,也曾被荆棘刺得鲜血淋漓,但在今日,已经是不值得再来计较的了。"② 但激动起来也会控制不住她的情绪,讲了些损伤郁达夫亲属感情的话。对此,郁风颇有微词:"……尤其是过去已久,即使对负疚的一方,也不必再揪出来加以责备。然而郁达夫在惨死四十年之后再被辱骂为怀着'一颗蒙了人皮的兽心',《毁家诗纪》纯粹是无中生有','心理变态'的结果,颠倒黑白的目的是羞辱自己的妻子,'夸扬自己的荣誉'……等等。""其实重新发表和宣扬这些纯属泄愤的恶言恶语来鞭尸,倒是对于生者本人的形象有损的。"③ 当然,这"各有错误"是有主次之分和轻重之别的,并非各打五十大板。或许现在继续研究这个问题的意义在于是要得出这错误谁主谁次、孰重孰轻的结论,所以我认为现在还尚未到下这个结论的时候。

## (三)

面对郁达夫研究如许热点,李远荣选择了"郁王婚变"的钩沉探微和辨析的课题。古人说:"读书先要会疑,于不疑处有疑,才是进矣!"(宋代张载言语)李远荣从事郁达夫研究是从怀疑有的人将王映霞描写成品行不端的坏女人开始的,他说:"我对郁达夫和王映霞

---

① 王映霞:《郁达夫与我婚变经过》,《岁月留痕》,南京:江苏文艺出版社,一九九六年版,第114页。
② 王映霞:《半生杂忆》,《岁月留痕》,南京:江苏文艺出版社,一九九六年版,第3页。
③ 郁风:《盖棺论定的晚期(编后随笔)》,《郁达夫海外文集》,北京:生活・读书・新知三联书店,一九九〇年版,第714页。

的爱情故事甚感兴趣。但对人们总把国色天香的王映霞描写成一个荡妇，很不理解，希望有朝一日能访问王映霞，了解真相。"①这是一个原因，另一个原因是："我们似乎发现有一种倾向，认为郁达夫和原配夫人孙荃的婚姻才是正当的，而和王映霞的婚姻是错误的，有的还说是王映霞勾引有妇之夫，似乎成了历史罪人。这都是十分不公正，不负责任的说法。"②李远荣就是带着这两个疑问进入郁达夫研究领域的。一九八七年七月，他和王映霞建立了通信联系，当年九月和十一月，他就在香港、新加坡和马来西亚连续发表了三篇文章，这三篇文章是《郁达夫的红颜知己——王映霞》《王映霞近况》《郁达夫的儿女们》，说明李远荣登上文坛的第一步是迈得扎实的，也是喜人的。从一九八七年九月至一九九八年十二月，他在这一领域铢积寸累，日进有功、努力探索、笔耕不辍，已发表了二十三篇论文，平均每年发表两篇，取得了骄人的成绩，被海内外学者誉为"郁达夫研究专家"。同行们都为他取得的丰硕成果而高兴！

　　诚如李远荣所说，他的"《终古馨香一片真——郁达夫百岁诞辰纪念大会在富阳市隆重举行》《少小离家老大回　乡音无改鬓毛衰——记郁达夫子女近况》《郁达夫之死》《〈郁达夫旧体诗笺注〉的一点质疑》等四篇文章，各方反应热烈"③。其实以上提及的二十三篇文章发表后程度不同地都有反应，有的还在祖国大陆获奖。我在拜读李远荣的《终古馨香一片真——郁达夫百岁诞辰纪念大会在富阳市隆重举行》一文后，给他的信中写道："《香港文学》将远荣先生的大作放在首篇是慧眼识美文。先生的大作是篇优美的散文，令人爱不释手。先生观察的细致、文笔的隽永、文章内容的充实、情感的诚挚，

---

① 李远荣：《〈李远荣评论集〉后记》，《李远荣评论集》，香港：香港文学报社，一九九九年版，第294页。
② 李远荣：《终古馨香一片真——郁达夫百岁诞辰纪念大会在富阳市隆重举行》，《香港文学》，一九九七年第二期。
③ 李远荣：《〈李远荣评论集〉后记》，《李远荣评论集》，香港：香港文学报社，一九九九年版，第294页。

均给读者留下深刻的印象。文章的题目用郭沫若之诗句,堪称文眼。通过大文,我对先生的才气有了进一步的了解。我衷心祝贺先生取得的成绩!"收在《李远荣评论集》里的六十六家文章,几乎每篇都提及李远荣的郁达夫研究及其论文,交口称誉李远荣的恢宏建树和学术贡献。"李远荣刊载有关郁达夫与王映霞之大作,实为现代文学史上重要文献,必为各方面所重视"①,著名郁达夫研究专家、香港中文大学郑子瑜教授的这一段话道出了大家的共同心声,是对李远荣多年来悉心研究郁达夫的客观公允的评价。

应该提及的是,尽管大家首肯李远荣的研究实绩,但对他文章的定位并不尽一致,有人称他的文章是"记人散文",并且阐述道:"其实李远荣只是在他的记郁、王的散文中夹叙夹议,说出了他对郁、王婚变的看法,并无意于写郁达夫的学术论文。这只要看看这些文章的标题:《郁达夫的妻子儿女》《郁达夫情书之谜》《郁达夫趣事》《王映霞谈与郁达夫离婚真相及访台二三事》等就可知道他们原是写郁达夫和王映霞的记人散文,但却不妨碍他们具有很高的史料价值和学术价值。"②有人称他的文章是"小型传记",并且阐述道:"李远荣的'名人往事',既具有相当高的史料价值,同时又有很高的文学水准。作者行文生动、风趣、具体,正因如此,有人把它们称为'小型传记'。"③也有人称他的文章为"文史资料",并且阐述道:李远荣"作品熔知识性、趣味性、形象性和理性于一炉,形成独特的文学风格,既可视为纯朴生动的散文来欣赏,亦可作为文史资料来品评"④。

---

① 李远荣:《〈李远荣评论集〉后记》,《李远荣评论集》,香港:香港文学报社,一九九九年版,第294页。
② 陈辽:《继往开来 自成名家——评李远荣的记人散文》,《李远荣评论集》,香港:香港文学报社,一九九九年版,第47页。
③ 邵德怀:《名人和往事 历历在眼前》,《李远荣评论集》,香港:香港文学报社,一九九九年版,第209页。
④ 朱立立:《为现代名人写真——小论香港作家李远荣作品》,《李远荣评论集》,香港:香港文学报社,一九九九年版,第74页。

仁者见仁，智者见智。以上三种提法及其表述并不错，都从各自的视角附和了著名散文家郭风先生的评价："远荣先生开拓了散文、随笔这一文体的新领域。"① 应该说，这"开拓"是被逼出来的。因为李远荣写的这些郁达夫研究论文，大多数都是发表在香港，作者不能不为他的香港读者考虑。俗话说，文无定法。他一改学术论文枯燥乏味、冗长呆板、缺少文采和可读性的常规，"用散文的笔触去写偏重史料的学术论文，故能引人入胜"②。对此，李远荣却谦虚地说道："香港专业作家很少，这一点我们不能和内地作家比，这里没地方进修，只能靠自己看书、写作。我写的东西，一般不精雕细琢。香港人喜欢直截了当的文章。我趋向直接、通俗，可能对文章的结构、严密性考虑不周。"③

## （四）

李远荣在郁达夫研究方面取得令人惊喜的成绩，我想他在四个方面给我们提供了成功的经验：

一、丰富性。这是指搜集材料而言的。俗话说，巧妇难为无米之炊。要写出高质量的论文，一定要占有丰富的材料。有人说，他手里握有两张王牌："一是他珍藏了若干郁达夫情书，二是珍藏了王映霞给他的书函。"④ 可以断言，这两张王牌的取得正是他煞费苦心搜集的结果。他不仅自己搜集材料，而且还请他的大学同学莫拔萃给他寄国内有关郁达夫生活与创作的评价文章供他参考。李远荣深知第一手

---

① 朱立立：《为现代名人写真——小论香港作家李远荣作品》，《李远荣评论集》，香港：香港文学报社，一九九九年版，第74页。
② 施建伟：《脚踏实地　默默耕耘——李远荣作品研究》，《李远荣评论集》，香港：香港文学报社，一九九九年版，第41页。
③ 谭芯芯：《香港作家李远荣访谈录》，《李远荣评论集》，香港：香港文学报社，一九九九年版，第29页。
④ 谭帝森：《为伊消得人憔悴》，《李远荣评论集》，香港：香港文学报社，一九九九年版，第217页。

材料的可贵，他曾分别到上海、深圳两地拜访过王映霞以取得第一手材料。如果没有这些材料的搜集，要写出这十多万字的郁达夫研究文章是难以想象的。令我折服的是，一九九六年年底，在富阳举行纪念郁达夫诞辰一百周年的活动中，我亲眼目睹他在会间采访、摄影、约谈忙个不停，就连在电影开映前的间隙也不轻易放过，故能在会后写出既有文采而又内容翔实的多篇重头文章。更可贵的是，他将辛苦得来的材料让大家共享，而并非像有些人热衷于囤积居奇。他在文章中除引用郁达夫和王映霞的信函外，并曾将他辛辛苦苦搜集来的部分资料赠我和黄苗子先生，情意感人。

二、刻苦性。这是指写作的艰难而言的。李远荣曾经说过："做生意为了生存，而写作是我的兴趣。"① 要在繁忙的经商之余从事写作，其艰难程度可以想象。然而功夫不负苦心人。远荣先生抓紧业余的点滴时间，从一九九二年至一九九八年已出版了六本大著，凡二百余万言，平均每年有一本大著问世。它们是：《香港赛马话旧》（与简而清合著，一九九二）、《名人往事漫忆》（一九九四）、《文海过帆》（一九九五）、《博采珍闻》（一九九七）、《李光前传》（一九九七）和《翰墨情缘》（一九九八）。更令人高兴的是，《李光前传》一书出版后广受好评，成为星马十大畅销书之一。诚如有的评论家所说："他治学严谨，写作态度非常认真，广集素材，下苦功夫花大力气整理成文。"② 我以为，"下苦功夫花大力气"这一评价是恰如其分的。何以见得？李远荣说，他写作曾经过一段摸索的过程（祖国内地戏称这叫"付学费"），"最初写十篇能发表一篇就行。以前写得多，也写得乱，现在就写得比较精，有的放矢……总而言之，我有今天的成绩，是勤奋的结果"③。这应了一句古话："功崇惟志，业广惟勤。"他写之前总

---

① 转引自王晓君《儒商风范》，《上海金融报》，一九九六年八月八日。
② 陈景明：《文如其人 友谊永驻》，《李远荣评论集》，香港：香港文学报社，一九九九年版，第127页。
③ 转引自谭芯芯《香港作家李远荣访谈录》，《李远荣评论集》，香港：香港文学报社，一九九九年版，第30页。

要用较多的时间梳理一番，立个提纲，确定中心思想，明确要达到的目的。所以读他的文章感到思路清晰，文字清新，笔调生动，富有魅力，是种艺术享受。李远荣除刻苦、认真以外，还很谦虚。他的《终古馨香一片真——郁达夫百岁诞辰纪念大会在富阳市隆重举行》一文发表后反应热烈。他将这些信息反馈组织成一篇文章，其中既搜集了赞扬肯定的意见，也搜集了建议推敲修改的意见。福州一位教授对该文提了五条修改意见，他均一字不漏地收进文章中，倘若没有谦虚精神是绝不会这样做的。

三、坚定性。当初李远荣确定研究郁达夫的切入角度是经过一番慎重考虑的。他研究郁达夫有三大优势："一是熟读郁达夫全部著作、史海钩沉、辨伪求真；二是他与郁达夫的遗族是好朋友，特别是郁达夫的前妻王映霞及诸多子女，都与李远荣有较密切的联系，这些都是他的发掘郁达夫史料的源泉；三是他拥有一批郁达夫信函真迹。"① 但是也受到了某些人的误解，甚至粗暴的指摘："在郁达夫的研究上，我没有研究这些大题目，我专题研究郁达夫的婚姻，特别是他和王映霞的爱情悲剧。有些权威人士不以为然，认为这种研究是钻牛角尖，是'庸俗的低级趣味'，当然他们也没有指名道姓，但对这种粗暴的指摘，我是不敢苟同的。世界公认，爱情是文学上永恒的伟大题材，郁达夫和王映霞谈恋爱，因为受到爱情的滋润，写出了不少著名的诗文，这有什么不好？"② 在压力面前他毫不动摇，事实证明他这样做是对的，终于绽开了压不扁的玫瑰花。然而，事情是复杂的。一九九六年参加在富阳召开的郁达夫百岁诞辰纪念大会上，李远荣发表了两篇论文，即《导致郁达夫和王映霞离婚的一封"情书"真伪辨》和《郁达夫研究要百花齐放》，他仍感到有股"压力"存在，李

---

① 施建伟：《脚踏实地　默默耕耘——李远荣作品研究》，《李远荣评论集》，香港：香港文学报社，一九九九年版，第41页。
② 李远荣：《终古馨香一片真——郁达夫百岁诞辰纪念大会在富阳市隆重举行》，《香港文学》，一九九七年第二期。

远荣感到这压力"主要是来自地方上。因为在郁达夫的家乡,人们认为只有孙荃是他的原配夫人,所以我在富阳讲王映霞女士,为她鸣不平,有一些压力"。接着,他又补充道:"不过随着人们对我的理解,目前这种压力也没有了。"① 这件事给我们以两点启示:第一,在郁达夫研究领域中,不应人为地设置禁区。问题的关键不是研究课题本身,而是我们应以什么样的立场、观点和方法去从事研究。第二,任何事物,特别是新鲜事物要被人正确理解总要有个过程。难能可贵的是李远荣在指摘者面前所表现出的宽容和耐心。

四、新颖性。无论是扩前人所未发的文章或者是阐前人所已发的文章,均要求具有新颖性。也就是说,新颖性是一切文章(含论文)的生命。论文的新颖性要求论文要有富于原创性的论点,要有新颖的第一手材料的支撑,要有严密的论证。李远荣的郁达夫研究论文读后能给读者颇多启迪就是因为如此。先举材料新的例子。在《郁达夫的妻子儿女》一文中,李远荣写了一九三八年春郁达夫与周恩来的会见,周恩来对当时形势的分析使郁达夫坚定了抗战必胜的信心,这说明郁达夫终于成为抗战烈士是有思想基础的,这一史料在以往郁达夫研究中却从未有人提到过。再说观点新的例子,在富阳召开的郁达夫百岁诞辰纪念会上,大家一致认为郁达夫是一个伟大的爱国主义者和反法西斯文化战士,是现代著名作家。李远荣却认为这样的排位欠妥,"首先肯定他是文学家,其次才是抗日英雄"②,并陈述了理由,令人耳目一新,得益良多。特别值得提出的是,在关键时刻李远荣敢于站出来从字迹和内容两方面指出西德汉学家马汉茂发表的王映霞给许绍棣的匿名信的谬误,细心考证,明辨是非,很有说服力,使这件险些歪曲历史、伤害无辜的事情得以制止,确实应给他"记一大功"才是。俗话说,胆要大心要细。胆大就是敢于发表己见,心细则要求能够深入研究,并准确把握研究对象的本质。胆大与

---

①② 转引自谭芯芯《香港作家李远荣访谈录》,《李远荣评论集》,香港:香港文学报社,一九九九年版,第28页。

心细是相辅相成的。李远荣对郁达夫、张恨水诸作家的评价均能如此。所以他的观点才新颖独特,且不偏离分寸。这"分寸",用李远荣的话来说,就是"不使死者死无对证,不让生者抬不起头来"①。

## (五)

至于今后的写作打算,李远荣胸有成竹。他在接受谭芯芯的采访时说:"我认为郁达夫的死因只凭一个日本人说,证据还不够。对郁达夫作品的研究也还有分歧。以前对郁达夫全面否定,现在又全面肯定,我不同意一阵风的做法,有的人把郁达夫说得比鲁迅、郭沫若还高,这不合适。"②他今后总的想法是"继续搞郁达夫研究。写一些人物传记、文评、散文"③。在《少小离家老大回 乡音无改鬓毛衰——记郁达夫子女近况》一文中,李远荣说:"我和王映霞女士有十年的交情,双方在研究郁达夫的问题上,作了不少探讨,所以有关她和郁达夫的文章自然写得比较多。而郁达夫和孙荃的婚姻,我了解不多,所以也着墨较少,并非有所偏袒,今后当加强在这方面的研究。"④综上所述,今后李远荣继续研究郁达夫或许会从三方面着手:一是在条件许可的情况下,也不妨来研究一下郁达夫的死因(他已于一九九七年十一月在菲律宾《世界日报》上发表了《郁达夫之死》一文)。二是转向对郁达夫作品的研究(他已于一九九七年四月在香港《文汇报》上发表了《〈郁达夫旧体诗笺注〉的一点质疑》一文)。三是加强对郁达夫和孙荃婚姻的研究。话虽这么说,我却同意秀实先

---

① 转引自潘亚暾、汪义生《李远荣的文学评论》,《李远荣评论集》,香港:香港文学报社,一九九九年版,第22页。
②③ 谭芯芯:《香港作家李远荣访谈录》,《李远荣评论集》,香港:香港文学报社,一九九九年版,第29页。
④ 李远荣:《小少离家老大回 乡音无改鬓毛衰——记郁达夫子女近况》,《香港文学》,一九九七年第四期。

生的看法,他说:"事情已过了这么多年,婚姻变卦,又难说谁是谁非,不如放开怀抱,大家多谈郁达夫的小说和文章。"①我之所以同意秀实先生的看法,是因为过去由于受极左思潮的影响,我们对郁达夫的作品研究得还很不够。

尽管1952年郁达夫即被追认为革命烈士,但在相当长的时间内,人们对其文学成就的评价尚有保留。究其原因有二:一是当时评论界有人从他所受西方一些感伤主义或颓废主义的文学家的影响出发,推导出他的作品也是感伤颓废的。文如其人,因而郁达夫也是感伤颓废的。有人曾这样说过:"浪漫主义的感伤颓废是达夫先生作品中的一个主调","达夫先生这些作品在这个时期,不但已经丧失了它的社会意义,相反的,在一定程度上,倒成了社会前进的障碍了"②。二是在郁达夫早期作品中曾有某些消极的,乃至不够健康的东西,郁达夫本人也说过他曾有作品因"描写性欲太精细了,不能登载"③而被退稿的事,因此被人藉以口实。评论界这些"左"的影响直到一九七八年党的十一届三中全会以后才有改变。"主编过中国现代文学史的唐先生,十年前就曾亲临富阳,在中外研究专家纪念郁达夫殉难四十周年的学术讨论会上,以'过去研究达夫,未达应有高度'为题发表讲演,表示向达夫先生谢罪"④!我想这"应有高度"是否可理解为去真正"读出作者的灵魂和价值"⑤?这是很耗费时间的,而且给郁达夫重新定位,并非表态一下那么简单,而是需要做许多艰苦而深入细致的研究工作。我相信远荣先生会知难而上,在郁达

---

① 秀实:《自有真趣在——读李远荣〈名人往事漫忆〉关于郁达夫的文章》,《李远荣评论集》,香港:香港文学报社,一九九九年版,第206页。
② 丁易:《〈郁达夫选集〉序》,《郁达夫选集》,北京:人民文学出版社,一九五四年版,第224、226页。
③ 郁达夫:《给郭沫若》,一九二四年七月二十九日。
④ 转引自蒋增福:《爱国主义精神永存——为纪念郁达夫诞辰100周年而作》,载《富阳史志》一九九六年第二期(一九九六年十二月七日出版)。
⑤ 赵玫:《一本我自己打开的书》,《小说名家散文百题》,武汉:长江文艺出版社,一九九四年版,第456页。

夫研究领域再攀高峰!

"江南春早,春到南枝花更好。"① 欣闻远荣先生的大著《郁达夫研究》即将出版,这是文坛的一件喜事,谨致贺忱!以上所言,这是我通读他郁达夫研究论文后的一些不成熟的想法,敬祈远荣先生与诸位方家惠正,不胜感激。

最后,请允许我将习诗一首《敬赠远荣先生》抄在下面,作为此文的结束语:

廿年辛苦不寻常,<br>
香江源远流且长,<br>
春风又拂李花面,<br>
枝荣叶密果更香。

二〇〇一年三月三十日<br>
(载李远荣编著《郁达夫研究》,香港荣誉出版有限公司,<br>
二〇〇一年版)

---

① [宋]赵师霶:《减字木兰花》,《中国古代名句辞典》,上海:上海辞书出版社,一九八六年版,第49页。

# "一代完人"的跨世纪颂歌
## ——试论《李光前传》

今年十月十八日,是世界华人十大首富之一、著名的企业家、慈善家、教育家李光前先生诞辰一百一十周年的难忘日子,我们捧读展示先生光辉业迹的《李光前传》,更加缅怀这位"一代完人"。初听"一代完人"这个赞誉,有些想法,因为"人无完人,金无足赤",但是进而再一想,这个超乎寻常的赞誉,李光前先生在天之灵是当之无愧的。试想:李光前先生从放牛娃,通过不懈的努力,而跻身世界华人十大首富,他在世时不仅不嗜烟酒,而且在他"两代家中,连麻雀牌都没有",这是极为罕见的。更令人感动的是,一位东南亚华人首富,因为一向衣食随便,又喜吃粥,竟被诊断"营养不良"。基于"紧急时把血捐给人家能救人"的想法,一生共献血十八次,最后一次是在他七十岁生日的那一天。这两点就可以进吉尼斯世界纪录。

《李光前传》是一部十分耐读的优秀传记,它名列一九九八年新加坡和马来西亚十大畅销书是意料中的事。这是因为传主李光前先生的一生带有传奇色彩,事迹既典型又十分感人。再就是撰写者李远荣先生与李光前博士是同乡,是本家,(论辈分,李远荣先生称李光前博士为"疏堂伯父"),他的先父在世时曾在李光前博士创办的南益橡胶有限公司服务达三十年之久,他自己的四个子女都在国内外读大学,曾受到李氏基金会的关照,对李光前博士有切身感受,耳熟能详,加上他有扎实的文字功底,可以说,李远荣先生是写该传记的最佳人选。《李光前传》荣登十大畅销书排行榜也就在意料之中。

拜读《李光前传》感到该传记有几个显著的特点：

一、俗话说，巧妇难为无米之炊。写名人传记，要详尽地占有材料。诚如严奉强先生所说："李光前先生做好事善事不喜张扬，以至知道他的国人并不多，历史留下的记载也不多"①，加上这些材料的年代已很久远，这给著书者增加了难度。但是这一困难难不倒李远荣先生，他为搜集材料"辛苦努力，大海捞针"，尽了自己的最大努力。他大量地运用了第一手材料，也博采众长，引用了李光前先生的同行、友人及下属所写的回忆文章和信函，这些文章和信函有数十篇（通）之多，这样就既弥补了第一手材料不够的缺陷，是第一手材料不可缺少的补充，又可以从不同的视角全方位多角度地介绍这位"平民伟人"，给读者留下了深刻的印象，如引用加拿大约克大学政治系副教授詹文义先生的回忆录《滴水观大海，从小处看一位不平凡的人——李光前》就是如此。

二、此传记的结构也很有特色。张浚生先生指出："素材的剪裁取舍得体"②，就是指结构而言的。传记的开头，通常被人们认为是很难写的。作者未按常例写李光前十岁以前在家乡边放牛边读书的具体情景。倘若真要写这些也并不难，只要到李光前的家乡做一番搜集即可。传记的一开头就让两个人物出场，即陈嘉庚和李光前，既写出了陈嘉庚乐善好施，从善如流，先给去南洋谋生的陈姓发毛毯，后感到这样做欠周到，改为不姓陈的也发给毛毯，也写出了李光前人穷志不短，诚实而有骨气。人物的出场不是用冗长的叙述，而是放在特定场景中让各人用言行去表现自己。这是对群众所喜闻乐见的戏剧与影视文学结构的借鉴。再如传记的结尾，通常的方法是写到传主逝世就收

---

① 严奉强：《一个"平民伟人"的人生传奇》，《李光前传》，广州：暨南大学出版社，一九九七年版，第121页。

② 张浚生：《芭蕉抚臂无人见　暗替千花展绿荫》，《李光前传》，广州：暨南大学出版社，一九九七年版，第4页。

笔。然而这部传记浓墨重彩地写出李光前诞辰一百周年暨国光中学建校五十周年的双庆活动,以及自一九五二年李氏基金创立以来在慈善、教育方面作出的贡献和荣获的奖项,写李光前子女如何学习父亲的精神并发扬光大的。可以毫不夸张地说,这一切看起来是闲笔的结尾,实是画龙点睛之笔,是这部传记的"高潮"和小结。这最后一章由于写得生动具体,情文并茂而令人感动,从而对李光前先生更为崇敬。作为著名的教育家,他将自己的孩子教育得这样好,这也可以说身先垂范吧。

三、细节是指传记中细小的环节或情节。法国著名作家巴尔扎克说:"唯有细节将组成作品的价值"①,可见细节的重要。《李光前传》最令读者爱不释手和印象深刻的正是这些感人的真实的典型的细节。

于细微处见精神。这里略举三例:

五十年代初期,福建会馆准备办一所学校,决定起校名为"光前学校",而且校牌都已写好了,李光前叫人去看,还特地叫人把"前"字拿下。在这种情况下,福建会馆只好将校名改为光华学校。这个细节说明了李光前先生谦虚谨慎,从不为名的精神。

一次,守门的印度人不明李光前的身份,不让他进厂巡视。事后,李光前不仅不开除他,反而赞扬他忠于职守。这个细节说明了李光前宽厚待人,治厂有方。

经理陈森茂批评李光前将他起草的文件删改错了,李光前忙打招呼解释。这个细节说明李光前虚怀若谷,礼贤下士。

俗话说,小事不小。李光前正是认真地从小事做起,才最终成就了他的事业。

四、"凡诗文无论平奇浓淡,总以自然为贵。"② 这部传记的语言自然朴实,和李光前先生为人的风格一致,也给读者留下了深刻的

---

① [法]巴尔扎克,《巴尔扎克文集》第二十四卷,一九六一年版,第232页。
② 郭绍虞:《诗品集解·续诗品注》,北京:人民文学出版社,一九八一年版,第19页。

印象。

例如，在第四章"李光前亲自参与招聘职员"一节中，作者写道：

> 他在面试时，李光前问他是否喜欢爬树，以前是否偷采过别人的番石榴或红毛丹之类的水果。这位职员回答说没有。李光前就指着他手上被树枝弄伤的疤痕，证明他小时候一定经常爬树。至于偷采别人的果子，李光前说没有一个小孩子不偷采人家水果的。他自己小时候也是如此。李光前告诫这位年轻人说，在南益工作一定要诚实，不能骗人。

这些叙述重现李光前先生当时亲自参与招聘职员时的场景，李光前的话，对那位应聘者的告诫，以及穿插叙述他小时候的作为，都那样的恰如其分，那样的朴实自然，丝毫看不出什么有悖李光前先生一贯的性格和品质，他对年轻人总是那样亲切关怀，循循善诱。

传记中也引用了许多成语、俗语、古语、警句、口头禅和加注释的方言、外来语等，并经过筛选，都很恰当，增加了语言的表现力和传记内容的感染力。

如果要提不足的话，我想有两点供远荣兄参考：一、《李光前传》一书中，已对一些地域性强的词作了注释，如"过番""西多""黄梨"等，而有些词语，如"拍拖"（第15页）、"上期"（第24页）、"拿督"（第78页）等也可以作些注释。二、有个别词表述得不够统一，如"取诸社会，用诸社会"，有的地方则表述为"取之社会，用之社会"，我想后者是笔误。

综上所述，我们建议将《李光前传》列入全国青少年精神文明优秀读物推荐书，让这部书中的养料滋润更多的读者。同时，我也预祝"李远荣《李光前传》研讨会"圆满成功！

最后，请允许我引用书中的一段话，作为本文的结束语："云山苍苍，江水茫茫，先生之风，山高水长。光前先生热爱祖国、报效桑梓、泽被社会人类的德行丰功,如高山永在,江水长流。"

二〇〇三年六月二日
(载《〈李光前传〉研讨会论文集》,香港中国文化艺术出版社,二〇〇三年版)

# 感人的故乡情结与诗歌的语言特色
## ——喜读诗集《明月无声》

水是故乡好,月是故乡明。每个人都有与生俱来的故乡情结,诗人尤甚。唐桑红梅,清源紫帽(皆山名),笋江洛桥,双塔夕照,不可一日无诸君。

泉州是著名的历史文化名城,早在魏晋时已开始有对外海上往来,唐时外商在泉州进出频繁,元时泉州为世界大商港之一。进入新时期的泉州所辖的地域比原来要大得多,包括四市五县,即泉州市、石狮市、晋江市和南安市,惠安县、永春县、安溪县、德化县与待回归的金门县。著名诗人秦岭雪的家乡是福建南安,属于泉州地域,所以说泉州就是他的魂牵梦萦的故乡。

俗话说,谁不说自己的家乡好。的确如此,中华大地无山不美,无水不丽。秦岭雪的家乡泉州更是如此。那里气候温和(平均温度为20.6℃,年均降水量为一千二百一十五毫米),交通发达(其中有海岸线共四百二十八公里),物产丰富(其中海产、水果与茶叶为泉州的三大名产),名胜古迹很多,人称:"地下文物看西安,地上文物看泉州。"清源山为国家重点风景名胜区。清源山、九日山与灵山圣墓为泉州三大景区。安平桥(晋江)、洛阳桥(泉州)、开元寺、清净寺(泉州)、郑成功墓(南安水头)、老君岩(泉州)等为国家文物保护单位或省级文物保护单位。此外,泉州的双塔(镇国塔与仁寿塔)、弘一法师舍利塔与泉州关帝庙等也很著名。像一幕幕电影经常在秦岭雪心的屏幕上映现,所有这些均作为题材写进了他的诗里。为了集中地表现，诗人将这部分集为《故园情思》一辑放在诗集之首，是颇富匠心的。其实，从广义而言，整本诗集的百余首诗无一不表达了他那种对故乡魂牵梦萦的眷恋之情，诚如诗评家季仲所述："无论是'故园情思'还是'山水清音'，在秦岭雪笔下都找不到多少漂泊游子的感觉，他好像还没有走出故乡的土地，全身心地拥抱着祖国和家园，是一个绕膝投怀的嫡子娇儿的抒情诗人形象。这一点与其他港台诗人是迥然有异的。"① 这是颇为深刻的见解。

"不论我走向何方，我的心永在家乡"，一位外国诗人曾写下这样的怀乡之句。秦岭雪也是如此，家乡的风土人情，乡亲群贤，一草一木，常出现在他的梦中诗里，其中数量占较大比重的是写景诗，它们是《泉州东西塔》《泉州东西街》《泉州关帝庙》《清真古寺》《崇福晚钟》《承天禅寺红梅》《唐桑》与《门》等。这八首诗可分为三组，前两首为一组，后三首为二组，其余的三首为三组。

先谈一组的诗。秦岭雪在诗中多次提到他的故乡泉州与泉州的东西塔。泉州的东塔为镇国塔，西塔为仁寿塔。诗人将泉州比喻为母亲，将对称的双塔比喻为鬓边梳的环形发结，既形象又准确。愈是诗的，愈是创造的（托尔斯泰语），我们想不到有更好的比喻了。如果说这是静态描写的话，那么诗人接着写道："未入城门先见你啊，/好像看见／亲人倚着门闾"，这三句用拟人的手法勾勒出慈母的形象，情深意浓，读起来油然升起亲切感。一个"倚"字写活了慈母，这是"陈字见新"（沈德潜语）的一例。

继谈二组的诗。《唐桑》诗前有段小引："泉州开元寺有一棵唐代的桑树，并有桑开白莲的美丽传说。"诗中穿插传说，诗就顿时活了起来。诗人浮想联翩，从碧绿的桑，想到"蚕"，想到"泉缎"，想到"齐纨鲁缟"，进而想到游春仕女的"衣衫"。再从"蚕"想到"蛹"，想到涅槃后的"蛹"变成的"雪莲"。诗人接着将"雪莲"比

---

① 季仲：《明月无声诗有声——〈明月无声〉序》，《明月无声》，北京：作家出版社，二〇〇一年版，第6、8页。

喻为醉舞的"风帆",惊飞的"白鹅"。这是动静结合的写法。古人将用动来写静和用静来写动作为诗歌创作的上乘:"动中有静,寂处有音","诗之绝类离群者也"。

再谈三组的诗。浓墨重彩地写了泉州的名胜古迹。写了泉州的寺庙,泉州关帝庙、清真古寺即现存最早的伊斯兰教古寺清净寺和泉州三大丛林之一的崇福寺。这三首诗写得摇曳多姿各有特色:《清真古寺》写了寺的"古",重在虚写,意在空灵;《泉州关帝庙》写了关帝的"过关斩将",使"乱臣贼子凛凛畏惧"的"威";《崇福晚钟》写了千年古寺钟声的"唤",使"失去了"的恢复过来,使与名刹福地不相适应的环境改变过来。诗中字斟句酌,用了"惊觉""痛切"这样极有分量的词,或许就是古人所说的"常字见险"又一例吧。

其中分量较少的是写人的诗,计有《李贽故居》《张瑞图》《弘一上人》和《卧人——赠张嘉滨》等四首。时间跨度大,从明代的李贽、张瑞图写到现代的弘一法师和当代的张嘉滨,但所写的人物偏少,例如泉州的洛阳桥中有著名的历史碑刻《万安桥记》,它的作者为宋代四大书法家之一的蔡襄,他也是福建人,在南安水头有民族英雄郑成功墓,郑成功是福建南安人,诗集中均未写。我想诗就是诗,不是写历史教科书,不必面面俱到。这诗中的四个人物李贽、张瑞图、弘一法师和张嘉滨均有独特的个性。其中对李贽、张瑞图有不同的评价。秦岭雪知难而上,用诗提出自己的观点。在《李贽故居》中诗人写道:"当人们昏睡醒来/起听天外惊雷/古城上空才又响起悠长的呼唤/李——贽/李——贽。"只有在改革开放的今天,人们才能真正运用辩证唯物主义和历史唯物主义的观点评价李贽,给以正确的定位。整首诗运用对比的手法,与其说是咏史,毋宁说是对现实的歌颂。至于张瑞图他历史上有污点,他曾依附于魏忠贤,仕至建极殿大学士。对此,秦岭雪则认为:"翻案没有必要,书艺成就则应予以肯定。"① 所以诗人在《张瑞图》中对其书艺发出由衷的赞叹:"也有

---

① 陆士清:《无声的明月 嘹亮的歌——秦岭雪诗集〈明月无声〉漫议》,《新视野 新开拓——第十二届世界华文文学国际学术研讨会论文集》,上海:复旦大学出版社,二〇〇二年版,第363—364页。

这／傲干奇枝／茁壮在雪地冰天。"一九四二年弘一法师圆寂于泉州，泉州建有弘一法师舍利塔。弘一法师的才能是多方面的，早期赴日留学，曾组织过春柳社，演出过《茶花女遗事》等剧目。《弘一上人》这首诗着重颂扬他在音乐、书法和演剧方面的成就。

秦岭雪还有一些诗表现故乡情结是兼写故乡人与物的，其中有《我的心》《向故乡》《南飞雁》《戈甲》《昔日知青点题照》与《夜半歌声》等，这六首诗均很感人。我尤其喜欢《向故乡》与《南飞雁》。《向故乡》六十三行，不分节，一气呵成。诗人对故乡一片深情。诗人忘不了的是家乡的人，家乡的水，家乡的特产，家乡的景致。然而青春不再，陡增许多遗憾，细读之，是会催人泪下的。许多读者都喜欢这诗的结尾，我亦如此。我国文论中有"卒章显其志"的说法，此诗正是运用了这一表达方法。诗中有三个"忘不了"，诗人真正忘不了的是故乡教了他生活与做人的道理，这是千金难买的："在你的怀抱里／我懂得／自然与劳动，／朴素与淡薄。／在你的伟大启示下，／我开始走向生活……"

《南飞雁》一诗也较长，有四十九行，不分节，同样一气呵成。诗有副题"为来港的福建省梨园戏剧团而作"。在他乡遇亲人，高兴的心情自不待言。诗中多用排句，感情奔腾汹涌，一泻千里，同样催人泪下。因为他与剧团的同行有过同甘苦，共患难的经历，所以其言也真，其情也深。秦岭雪大学毕业后当过编剧，他对戏剧的悟性要比一般人强得多，这也是此首诗成功的一个重要原因。语言是作家的财富，要写好一首诗，语言是很重要的。秦岭雪的诗歌语言有如下的特色：

一、自然。诗贵自然。"书虽文，要与面谈相似。"① 我们读秦岭雪的诗就像在和他谈话一样，充满亲切感。古人称自然的诗是无一字一句吃力，却无一字一句浅率平易，用现代人的话来说就是，他的诗

---

① 魏禧：《日录论文》，《古人论写作》，长春：吉林人民出版社，一九八一年版，第301页。

"既看得懂又耐得咀嚼"①。秦岭雪的诗歌语言已达到了这样的高度。《世说新语》中有则《雪夜访戴》的故事,是说古代有个叫王子猷的人,他夜里睡不着觉,突然想起了隐居在浙江嵊县的老朋友戴安道,于是乘船连夜兼程,但抵达戴家的门口时不进去叙谈,却又返回来了,问他为何这样?他回答说:"吾本乘兴而行,兴尽而返,何必见戴!"秦岭雪的《六朝故事》就是写的这件事。所不同的是文章以作答结尾,而诗则以一个隽永的对偶句收束:"并非所有的传奇都能化蝶/并非所有的呐喊都有回声",整首诗的句子一看就懂,但结尾却耐人咀嚼,谁又能说这诗是直白浅显、平淡无奇呢?需要说明的是,秦岭雪的诗中也用一些不常见的字或词,例如"梵呗"(《承天禅院红梅》)、"桔槔"(《崇福晚钟》)、"髹漆"(《泉州关帝庙》),个别读者会感到"吃力",或许要查词典才能明白这些词或词组的意思,但这并不能说明他的诗歌语言不自然,倘若查了词典后仍不明白它的意思,那才是真的吃力呢。

二、含蓄。它是我国诗歌亘古不变的标准之一,所谓"直言易尽,婉道无穷"。有人称"含蓄"为张力,因为含蓄的诗句内涵深邃。艾青说得好:"含蓄是压在枪膛里的子弹。"在秦岭雪的诗中,含蓄的例子随处可见,例如:"一台戏就是一个/盛大的节日"(《戈甲》)、"水果摊/是一页页彩色的月历"(《又见樱桃》),"云烟弥漫/偶露一角葱青/无限温柔的水墨/读出火的属性"(《大篆——怀念丁仃》)这些诗句会让读者去想象:平时缺少剧团去演出的乡村,一旦有剧团带着他们喜爱的剧目下乡,寂静的山村顿时会沸腾起来,"一台戏就是一个/盛大的节日"乃是这种沸腾场面的形象描绘。福建是亚热带水果之乡,盛产柑橘、龙眼、荔枝、橄榄、枇杷、香蕉等六大名果,季节的变化影响着面市水果的变化,所以说"水果摊/是一页页彩色的月历"。丁仃是位书画家,他的书艺与画艺如何?只要从

---

① 吴欢章:《评香港诗人秦岭雪的诗》,《抒情诗的魅力》,上海:上海三联书店,一九九四年版,第73页。

"水"与"火"在他的书画里融二为一就可窥一斑。古人说:"言止而意不尽,尤为极至。"① 秦岭雪对此是稔熟于胸的。

三、新颖。古剑称秦岭雪的诗是"晶莹剔透的诗"②。我理解,这"晶莹剔透"就是新颖。古人说:"新也者,天下事物之美称也。而文章一道,较之他物,尤加倍焉。"③ 所以说,只有具创新意识的诗人,他的作品才会有永久的生命力。"高高翘起的屋脊/挑动泉南人恋乡情意"(《泉州东西街》),诗人紧紧抓住了闽南建筑的特征,用"挑动"一词将泉南人与屋脊联系起来,描绘了一幅新颖别致的画面,这在同类题材中是鲜见的。在《戈甲》一诗中,写山村农民赶着去看戏,连用了三种脚步:"癫狂的脚步/稳重的脚步/蹒跚的脚步",这是用借代的修辞方法,实质上是指青年人、中年人和老年人。以脚步代人要比直接写人形象得多,也生动得多。"剔亮月光的鸟啼/抖落一帘清霜"(《丹青引·林墉〈关雎〉》),鸟啼将月光剔亮,与"月落乌啼霜满天"(唐代张继诗句)勾勒了两幅截然不同的画面:一个是乌啼月落霜满天,一个是鸟啼(剔亮)月光霜抖落,一个"剔"字,使诗"晶莹剔透",可谓"诗到真处,一字不可易"④。

四、变化。俗话说,变化是生活的香料,同样变化也是诗的香料。秦岭雪的诗是富于变化的,质言之,有这样明显三点:

(一)详略得当。诗人在《明月无声》中有两首诗提到关公的坐骑与兵器。在《行草四帖·怀素自叙帖》中是这样写的:"关云长说他的青龙偃月刀/赤兔马电掣风驰",而另一首诗就化繁为简,写关云长"宝马快刀过关斩将"(《泉州关帝庙》)。从赤兔马青龙偃月刀到宝马快刀可见诗人有意避开雷同,而使叙述多变鲜活,给读者以阅读的快感。

---

① [元]陈秀明:《东坡文谈录》。
② 古剑:《现代绝句——〈明月无声〉序》,《明月无声》,北京:作家出版社,二〇〇一年版,第6页。
③ [清]李渔:《闲情偶寄》卷一。
④ [清]沈德潜:《唐诗别裁》卷二。

（二）奇偶交错。古人说："文字须有数行齐整处，须有数行不齐整处。"①古诗，特别是律诗，讲求齐整，八句分为四联：首联、颔联、颈联、尾联。新诗要冲破旧的束缚，就没有必要齐整到底，但也不是不用，而是少用对偶句。秦岭雪诗中有不少对偶句，使其增色良多，例如："睿智如电光闪耀／华章似彩凤飞翔"（《弦歌千年传响——芃子师执教四十周年》），"绽放一缕芳馨／摇曳万种风姿"（《有赠》），"明湖的水还是那样清／江村的月还是那样圆"（《三十功名》）。即使是对偶句也有变化，例如："清晨薄雾里／颤动的／叶笛；／午夜月光下／跳跃的／游鱼。"这本是可以写成两行的，诗人却用转行的形式，将每一句各分成三行。分成三行后的句子仍保持齐整性，可见诗人的匠心。

（三）转行灵活。一个句子分成几行写称为转行，这是从国外学来的技巧。转行的好处可使句子多些停顿，读起来朗朗上口，更富有节奏感，或曰音乐性。但一个句子要转成几行，那要看表达的需要。在秦岭雪诗中转行是灵活多变的：有分两行的，也有分三行或四行的，前者如"城隅的菊花／不再对我酝酿诗人的巧思"（《我的心》）；后者如"只记得／一千年前那只蚕／啃过她的青春""传说／最美丽的瞬间／霞光迸射／绽开朵朵雪莲"（《唐桑》）。

诗评家季仲说，秦岭雪"他的视野是比较开阔又能博采众长的。他读过许多欧美古典诗与现代诗。在当今诗坛中，他特别喜欢艾青、蔡其矫、舒婷、洛夫和范方"②。例如读他的诗句："五柳先生在你脚上／你在我的头上"（《影子》），我们会联想到舒婷的诗句："你在我的航程上／我在你的视线里"（《双桅船》）；读他的诗句："油壁香车走过／拾取一路桨声"（《相约在西湖》），我们会联想到洛夫的诗句：

---

① 李涂：《文章精义》五十五，转引自《修辞的艺术》，北京：石油工业出版社，二〇〇二年版，第84页。
② 季仲：《明月无声诗有声——〈明月无声〉序》，《明月无声》，北京：作家出版社，二〇〇一年版，第6、8页。

"三粒苦松子/沿着路标一直滚到我的脚前/伸手抓起/竟是一把鸟声"(《随雨声入山而不见雨》);读他的诗《门》,我们感到它是借鉴了余光中的《乡愁》,如此等等。鲁迅说得好:"我们要拿来。我们要或使用,或存放,或毁灭。……没有拿来的,人不能自成为新人,没有拿来的,文艺不能自成为新文艺。"[1] 创作不能没有借鉴,博采众家,才能自成一家。对秦岭雪来说,他的诗有借鉴,有引用,但更多的是创造,是出新。仍以《门》为例。整首诗尽管对门的概念虽有不同的表述,"竹帘儿"也好,"铁门""重门"也罢,用的是一个意象,即门的意象,而不似《乡愁》那样用了"邮票""船票""坟墓"和"海峡"等四个意象。随着时过境迁,诗人集中对门的认识通过比较在不断加深,生动而含蓄地表达了对童年生活的眷念,是一首能够"左右读者的心灵"[2] 的富有艺术感染力的佳作。

综上所述,香港著名诗人秦岭雪的新著《明月无声》是本有创新意识的诗集,它好读、耐读,为广大读者所喜读。自一九八三年以来,这是诗人出版的第三本诗集,与前两本《铜钹与丝竹》(合著)、《流星群》相比较,《明月无声》的诗艺在飙升,表明诗人在创作道路上又前进了一大步,这是他多年来厚积累、苦探索、勤笔耕后所取得的又一丰硕成果,我们热切希望他不断总结经验,衷心祝愿他不断有更好的新作问世。

(载《情动江海心托明月——秦岭雪诗歌评论集》,复旦大学出版社,二〇〇三年版)

---

[1] 鲁迅:《拿来主义》,《且介亭杂文》,《鲁迅全集》第六卷,北京:人民文学出版社,一九五六至一九五八年版,第32—33页。

[2] 贺拉斯:《诗艺》。

# 香港散文诗的垦拓者
## ——试论夏马的散文诗

早在二〇〇二年散文诗集《相约在城门河畔》问世前,夏马已出版了三本散文集(其中一本为散文合集)和一部长篇小说,并且他的散文诗《太平山抒情》与《承诺》连续获奖。在这样的基础之上,他推出了散文诗自选集《相约在城门河畔》,应该说这是一本高起点的散文诗集。

## (一)

怎样才算是一首好的散文诗?夏马认为,关键就在于散文诗哲理的深度上。他说:"散文诗的本质亦是诗,诗言志,所谓'志'者即是哲理,没有哲理的散文诗,读之如同嚼蜡,平淡无味。"

夏马的散文诗是富有哲理性的。以长城为题材的散文诗不在少数,那些散文诗会从实写的角度去写"蓝天""红叶""逆风""城垛""壕堑",也会从虚写的角度去写"沙场的更声"、妻女的"哀怨""民族的残梦"。如果那样写也无不可。夏马在《长城,一首远去的诗篇》中也写了这些,但是不仅仅局限于这些。长城在他眼里是一首"随着历史风云而渐渐远去的诗篇",进而写道:长城历经沧桑,历经浩劫的磨炼,已"出落成为壮丽的诗魂",最后以"壮丽的诗魂,你是东方一座不朽的图腾"。作家是按照"诗篇—诗魂—图腾"这一内在感情线索来写的。它不仅有新意,而且很贴切。图腾者，崇拜的对象与本族的标志也，我们或许想不出比图腾更好的比喻了。正因如此，这首散文诗就写出了作家独特的感受，这感受不是人云亦云的，而是"独抒性灵，不拘格套，非从自己胸臆流出，不肯下笔"①的。

## （二）

有位外国文艺批评家曾告诫说："你们从事写作的人，在选材的时候，务必选你们力能胜任的题材，多多斟酌一下哪些是捐得起来的，哪些是捐不起来的。"②夏马认为："一首散文诗因其短小凝练的特点，就尤其讲究构思和选材。"夏马的散文诗选材是很严的，这里仅举一例：夏马从泰国回国就读于福建，毕业后在厦门执教二十多年，因此他自喻是半个福建人。应该说，他对厦门是相当熟悉的，然而他在《相约在城门河畔》这本散文诗集中收写厦门的仅有《美丽的白鹭》《海堤，你还没有老去》和《日光岩上听涛》三首，可以说选材是够严的了。从另外一个角度来说，作家之所以要选厦门这三个方面题材，是因为他对此有"小感触"，所以不写则已，一写就成佳构。夏马说得好："我们认为，散文诗是一种极具个性的文体，它的文学品位的高低，决取于作者的人生体悟、生命体悟的独特性。"如果在这两个方面都缺乏独特性，那又何必要写出来去花费读者的宝贵时间呢？这里值得一提的是，以秋为题材的散文诗他写过五首，即《秋光》《秋雨》和《秋之絮语》（三首），在《相约在城门河畔》这本散文诗集中，未收前两首，作家是否感到这前两首散文诗的题材与《秋之絮语》有些撞车吧？

---

① ［明］袁宏道：《序小修诗》，《袁中郎全集》上集，上海：上海大方书局，一九三五年再版。
② ［古罗马］贺拉斯：《诗艺》，《西方文论选》上卷，上海：上海文艺出版社，一九六三年版，第100页。

## （三）

柯蓝在论散文诗"现代风格"时说："中国散文诗的表现手法由于还未定型，目前大家都在摸索，朝'现代风格'摸索。'现代风格'的最大特点是艺术构思、素材的捕捉的跳跃度大。由于跳跃度大，便形成思索空间大。思索空间大，就使散文诗的内涵丰富了。"①夏马认为："空白美、空间美，是散文诗最为重要的美学特征，亦是散文诗创作的主要方法。具体来说是抒情的跳跃，由点到点的跳跃（散文写作一般是由点到线，直抒道白，不需要留有空白），由一个意象跳跃到另一个意象，中间留有空白，让读者想像、体味。"他们两位虽表述得有些不同，但颇有异曲同工之妙。夏马获奖作品《太平山抒情》中写了《老榉亭》《山顶缆车》，山顶指太平山的山顶，上有著名的老榉亭。太平山位于香港，海拔五百五十二米，从前人们乘轿子上山，拖着长辫子的轿夫"阿榇"的辛劳可想而知，后来人们在山上建成了缆车，上下山方便了许多。虽然如此，"那样一根钢丝拧成的缆绳，拖曳着一堆堆染色的岁月，在山间苦苦呻吟"。一九九七年七月一日，香港回到了祖国的怀抱，就在这一具有重大历史意义的时刻，夏马创作了《太平山抒情》(二首)。可以说，它表面上是写"老榉亭"和"山顶缆车"，实质是写香港百年的沧桑史、苦难史和荣辱史。这首散文诗的跳跃幅度很大，作家只是用"古时风月不复存"这七个字轻轻带过，这七个字如纪实写来足可以写成数十万言的大书。这首散文诗的结尾也令读者回味无穷："一条缆绳，拖曳了百年，负载着时代的荣与辱，滑过今天，走向明天。"一九九七年六月经书法家罗昌仁写成书法作品印在中国邮政明信片上，可见此诗以小见大，"自成一种诗的意境"。②

---

① 柯蓝：《在地平线上升起的……——序〈散文诗的新生代〉》，《散文诗的新生代》，银川：宁夏人民出版社，一九八七年版，第2页。
② 柯蓝：《散文诗杂感》，《果园集》，广州：花城出版社，一九八一年版。

## （四）

　　高尔基认为，文学的第一个要素是语言。他说："语言是文学的主要工具，它和各种事实、生活现象一起，构成了文学的材料。"① 夏马在散文诗中很注意推敲语言。他曾不止一次地论述道，语言要有诗性，"语言要含蓄"，他也很赞同艾青的观点："深厚广博的思想，通过最浅显的语言表现出来，才是最理想的诗。"我想，诗性、含蓄、浅显这三者或许是夏马在创作散文诗时所刻意追求的吧。兹试举几例：在《香江春色》中，作家写道："让我们举一杯月光，与江水共醉！"月光怎么能注入杯中当酒饮呢？这一散文诗可极富诗性。再如，在《承诺》这首散文诗中，作家称"承诺是金"，"承诺是鹰"。前者很好理解，而后者就耐读者回味了，这回味就说明它很含蓄。古人释"含蓄"说："含蓄者，意不浅露，语不穷尽，句中有余味，篇中有余意，其妙不外寄言而已。"② 又如，在《相约在城门河畔》这首散文诗中，有这样的句子"既倦翼就返林吧"，这是套用了陶渊明在《归园田居》中的句子："羁鸟恋旧林，池鱼思故渊。"作家将"羁鸟恋林"转换成"倦翼就返林"，这不仅在语言上浅显了许多，而且这里也运用了借代的修辞手法，将"翼"代替"鸟"，可以说在语言上也生动了许多。

　　综上所述，夏马在散文诗园地进行了诸多探索，取得了骄人的成绩。称他为香港散文诗的垦拓者，他当之无愧。

　　最后我想引用柯蓝先生的一段话，作为本文的结束语："我相信他们（这里借指夏马会长，下同。引者）这起点很高的第一本，将是他们攀登散文诗高峰的前进曲。将会写出更多更好的散文诗集。"③

（载《香港散文诗报》二〇〇三年十二月总第九期）

---

① 高尔基：《谈文学三要素》，《外国名作家传》（上），北京：中国社会科学出版社，一九七九年版，第530页。
② ［清］沈祥龙：《论词随笔》，《古人论写作》，长春：吉林人民出版社，一九八一年版，第312页。
③ 柯蓝：《散文诗又一个丰收季节——黎明散文诗丛书第四辑前言》，《爱情哲理诗》，桂林：漓江出版社，一九八七年版，第12页。

# 知难而进　殚精竭虑

## ——热烈祝贺《燕语》诗集出版

蔡丽双博士富有才气，勤于笔耕，业已出版诗集多部，诗作被译成多种外文，广受好评。她的散文、散文诗和诗歌作品多次在国内外获奖，取得了令人惊喜的成就，我们从心底里为她高兴！她坚定地沿着著名诗人冰心开辟的小诗道路前行，且又做了许多探索，用心之程度，谦逊之精神令人感动。她精书法，爱武艺，其旨在于增强体魄。有了健康的体魄才能勇攀文艺的高峰，为繁荣诗歌创作，弘扬祖国文化不断做出贡献。

在《燕语》诗集出版之际，由多位诗人评论家对之写了评语"群英看《燕语》"（按姓氏笔画排列，我也忝列其中），这多位诗人评论家是：白舒荣、叶延滨、古远清、吉狄马加、向垒、张诗剑、汪莲芳、陈辽、陈娟、杨永可、高洪波、海梦、夏马、野曼、曾华鹏、黄雍廉、葛乃福和蔡其矫，他们写的评语均被收在该诗集里。概言之，这些评语如下：心地善良，诗文雅丽；清新隽永，侠骨琴心；道德操守的爱；高洁的人格力量；爱情宝典，朗诵珍品；突破与超越；咏擅新旧，兼作倚声；既深沉，又奔放；爱的升华，爱的真谛；哺育思想，净化灵魂；真诚博爱，高洁情怀；喷薄而出的心花；点亮爱的殿堂；新意神韵，闪烁隽语；健康高尚的品位；荡漾熏风仙气；知难而进，殚精竭虑；响遏行云，山川回响。

俗话说得好，知子莫如母。其实作者对自己的作品的了解，往往也会像做母亲的对自己孩子的了解那样熟知透彻，因此以上诸多评语在蔡丽双抒写的两首《燕语》序诗中也几乎业已包容:"序诗一《情诗的孕酿》:撇开喧嚣/静下慧心//请允许一位/恪守传统框架/不敢越雷池的凡人/在永恒的真谛里抽丝/毅然编织一寸寸/冷暖的爱/从容锦绣一片片/甘涩的情//挥舞纯真的彩笔/赤诚地把梦摇圆/在日光月色下/让诗空昭悬/红尘恋事的百态/2004年12月","序诗二《爱的衷心》:不依仗花容月貌/不轻信甜言蜜语//我的爱/不是手指上的钻戒/可随意脱戴//我的爱/是高挂天际的冰轮/满腔情丝/在寒暑中交织浪漫//任海枯石烂/心洁净/恒为月/2005年5月"。

  蔡丽双博士的爱情诗处女作集《燕语》付梓,这是诗坛之盛事。前苏联诗人施企巴乔夫说:"爱情是一支美好的歌,然而这支歌是不容易编好的。"蔡丽双博士知难而进,殚精竭虑,为爱情诗重创辉煌,在泛情成风的当下,吹响了她别具一格的芦笛,对提升爱情诗的地位无疑是益处良多。为此谨呈小诗一首以致贺忱:"一脉灵奇丽激情,泱泱诗国有赓承。爱情圣洁千秋韵,燕语呢喃百啭声。笔墨淋漓呈隽秀,胸襟磊落见衷诚。吟坛今又传高响,德艺双馨播美名。"

(载《燕语》,稍有增写。<br>香港风采出版社,二〇〇五年版)

# 东风着意花满枝

## ——试论唐至量新著《走出洪荒》

唐至量先生是位多次获奖的"文坛三栖作家"。早在一九九一年七月他赴港定居前就已经发表了散文、报告文学、杂文、通讯等百多篇佳作，就已经是中国作家协会安徽分会和中国地质作家协会会员，为广大读者所逐渐熟悉。赴港定居后，笔耕不辍又陆续出版了《那一方水土》（一九九四）、《电车道上》（一九九七）、《都市风景》（一九九九）、《长空寄意》（二〇〇〇）和《走出洪荒》（二〇〇九）等五本散文集以及诗集《如是集》（二〇一〇）、书法集《海内外中国书画艺术当代名家集（唐至量专集）》（二〇〇八）各一本。诚如张诗剑先生所说："唐至量在（香港）文坛耕耘十多载，已见文树青青，硕果累累了。"① 他先后在中国内地和港、澳、台及世界各地报刊发表各类文体文学作品数百万字，多篇作品收入各文集丛书中。菲律宾报章曾多次出专版推介其文学、书法和摄影作品。可以说，他的作品已经跨出了国门，走向了海外，在更大的读者群中产生了一定的知名度。想当初连当作家念头都不敢有的唐至量，如今已取得了如许骄人的成就，真是一步一重天啊！我们从心底里为他高兴，并遥致一份衷心的祝福。

---

① 张诗剑：《文坛三栖作家唐至量——序〈长空寄意〉》，《香港作家作品研究》（第二卷），香港：香港文学报社出版公司，二〇〇五年版，第163页。

一

《走出洪荒》是作家唐至量先生的一本新著。从文体层面划分，它包含散文、报告文学和小说三部分，收长达二万四千余字的报告文学一篇，短篇小说两篇，散文三十九篇，散文占的分量颇重。这些散文一部分是新作，一部分是从上述散文集中遴选出来的。"宁肯少，但要好。"这是唐至量严谨不苟的创作主张。① 他创作是如此，对这本散文集篇幅的取舍也是如此。因此，我们捧读《走出洪荒》确有沉甸甸的感觉。

从散文内容层面划分，这些可分五部分，即有写思念家乡的乡情散文、写骨肉情深的亲情散文，有写从事地质工作荒原探宝的散文，有写移居香港的"东方之珠"散文和有写对艺术和古迹认知的文史随笔，有写赴台澳观光散文和赴国外旅游的"异域风光"散文，都能给读者留下深刻而难忘的记忆。

美国作家福克纳说过："我将终身写我那邮票般大的故乡。"② 乡情亲情散文花团锦簇，佳作如林，要写好它有很大的难度。读者惊奇地看到，这些难度在唐至量笔下都能迎刃而解，好像早已"烂熟于心"，驾轻就熟似的。《那一方水土哟……》是唐至量第一本散文集的书名而引人瞩目。新安江是流动在中国皖南山区里的一条河，是作者家乡的母亲河，所以他想写它。鉴于水是流动的，作者别出心裁地先从回忆孩提时家乡端午节划龙舟写起，令人拍案叫绝。他人小，不可能充当龙舟的桨手，但是他看热闹看得很投入："我喝过雄黄酒，额头点上雄黄记，便寻机躲开大人的管束，拥上小伙伴们一道从密密匝匝的大人堆的腋下胯下穿过挤到岸边看热闹。"桨手在舟上使力，他在岸上使力，难怪作者会发出这样的感慨："那一刹间，是我童年

---

① 汪义生：《向生活的深层掘进——读唐至量的〈那一方水土〉》，《香港作家作品研究》（第二卷），香港：香港文学报社出版公司，二〇〇五年版，第147页。
② 转引自曾元沧《故乡有太多的故事》，《上海作家》二〇〇三年第二期，第53页。

最幸福最快乐的时刻了。"数十年后,他挈妻将子回到家乡,不可能这么巧再遇到划龙舟,于是他就在一旁鼓励忻儿下水去,这仍然是动态地具象地描绘自己的家乡,而且有更深一层的寓意:不唯独自己,在爱家乡的队伍中又增添了一个他的儿子。正因如此,作者写道:"我的心跳加快了。"看到这里,读者的心何曾没有加快?照理说行文至此亦可戛然而止了。接着作者有段抒情,他还要挈妻将子再返故里探望新安江,抑或还要跳进江水去拥抱它那年轻清澈的碧波,因为他是喝着新安江的水走进人世间的!这不仅是照应了开头,更是乡情的升华。因为他自己已难归故里,忻儿更远去了南方,他对家乡的难舍之情溢于言表,令人动容!

这一部分的其他几篇,如《三顾"橘井流香"》《神交桃花峰》《深情,流向故乡》《袅袅一缕云》和《人瑞》也都有一个好的表现角度(或曰切入点)。例如《三顾"橘井流香"》意在介绍至今保存完好的明代古建筑屯溪老街,作者选择的角度是三次光顾揭示同德仁国药店里的竖匾"橘井流香"的奥秘,从古街古店古匾古事切入,彰显了源远流长的徽州文化。一个好的角度等于搭建了一个藉以抒发情感的平台。作者还是着重在抒发对家乡之情。古人说:"感人心者,莫先乎情",倘若没有真情的恰到好处的抒发,即使角度选得再好也是白费。

《深情,流向故乡》和《袅袅一缕云》是乡情和亲情散文中两篇写人物的散文,分别写了作者小学时的孙老师和作者的父亲。作者之所以要写他小学时的孙老师,是因为孩提时得孙老师的教益最多。可以说作者之所以有今天的成就,是因为他小学时就打下了写作基础,是因为有孙老师的谆谆教诲,使他消除了对作文的畏惧心理,培养了对写作的浓厚兴趣。一位伟人曾经说过,教师的职责就是为学生服务。孙老师就是全心全意为学生服务的好老师,他舍得在学生身上花功夫,且有教学经验。评讲,练习,如此反复多次很见效果。文章中写了一个细节,作者见教室未上锁,就"在小时坐过的位置上坐下,目光盯住黑板,仿佛是二十年前在上课一样……"对母校的留恋之情可窥一斑。

《袅袅一缕云》是写其父亲的。虽是父子,他和父亲在一起的日子加起来也不超过一年,怎么写?作者除了回忆往事外,仍然注意以小见大,从写细节入手。这篇散文至少写了三个细节,即父亲在一段时间整天伏案整理徽剧,国家困难时期给作者寄月饼,作者来港时郑重其事地带上父亲生前常用的紫铜墨水匣。这些细节里融合着父子深情。有人说:"唯有细节将组成作品的价值"①,细节举足轻重。

写地质工作荒原探宝的散文在《走出洪荒》中收了三篇,它们是《落泪时节》《渤海无标题》和《走出洪荒》。前两篇都表现了一个内容,即地质工作者一心扑在工作上,对家庭照顾不到,有时难免要留下遗憾。《落泪时节》就是如此,一位不知其名的地质工作者因为工作忙未请假回家照顾即将临盆的妻子。等到他在朋友的催促下回到家后,家中险些酿成一场大祸。有人猜测作者是"含泪作完这篇文章的",对此不须猜测,但有一点是肯定的:"只有自己被震撼了,你的作品才会带动观众的情思。"②读者阅后是会从内心涌出泪水来的,我们地质工作者这种公而忘私的精神实在太感人了。

《渤海无标题》是写物探地质工作者的故事,年轻地质员李建利只度了半个蜜月就要回单位忙于重力测量工作,对新婚妻子的来信采取应付的态度,从杂志上抄了一首诗寄去,诗的内容是宣泄失恋后的痛苦,文不对题,读到这里读者或许会笑出眼泪,但相信心里也会流淌同情之泪的。一样的题材,不一样的笔调,作者练就了"好几道笔墨"。至于《走出洪荒》,似乎风格为之一变。散文中的"枯木老人""男人""白云"可以看作是三个符号,读者见仁见智,尽可以去自由理解,文中重复着这样的话"不能倒下""为渴而死""走出洪荒"。似乎映照着人生确有一道道坎,"优胜劣汰"。读着读着我们也

---

① [法]巴尔扎克,《巴尔扎克文集》(俄文版)第二十四卷,一九六一年,第232页。
② 陈逸飞语。转引自章之南:《缤纷世界出真彩》,《新民晚报》,二〇一一年一月六日。

会忽然想起鲁迅《野草》中的《过客》,当然这里是指结构而言,并非指它的内容。

## 二

《走出洪荒》中文史随笔收有《缱绻绣女》《寻找"诞生树"》《说不尽的吴冠中》《"缘"的迷朦》《戏说赵本山转型》《长城砖:沉重的思绪》和《那一把火啊——西安行思录》等七篇作品。数量虽不多,但古今中外覆盖面广。文史随笔选材固然重要,但是独到的分析也不能少。至于"借一斑略知全豹,以一目尽传精神"(鲁迅语)也是题中应有之意。《那一把火啊》可以看作游记,也可以看作是文史随笔,它的着力点是"行思录"中的"思"字,即旅游中所见所闻促使我们思考。作者从路上见到"火烧荒"写起,着重写项羽火烧阿房宫和八国联军火烧圆明园。项羽一把火烧掉了秦王朝政权,那是中国人自己干的,作者诘问:"(阿房宫)既已建成,就是社会财富,项羽一怒之下举炬焚之,又何益之有?"烧圆明园那是在中国处于历史积弱谷底的时候外国人干的,它烧得毫无"天理"可言,这应该让中国人清醒过来,落后就要挨打。文章的结尾,作者以三个设问句收束,让读者自己去思考,这是尊重读者的表现。散文家郭风曾说:"散文之道无他,不过写自己的真感受,发他人未发过的议论而已。"[①]看来,后者是文史随笔的生命线。

吴冠中和韩美林在美术界是重量级的人物,吴冠中有"人民的艺术家"之誉,韩美林有"中国毕加索"之称,作者在香港能一睹他们二位的风采真是眼福不浅。一次短暂的接触,不可能奢望传递很多的资讯,作者"宁肯少,但要好",将这两位大师的精神层面告诉他的读者:吴冠中对自己不满意之作一撕了之,曾一口气撕了百多张。

---

[①] 二〇〇一年五月二十日,郭风先生应邀为笔者题词。

韩美林赠作者的名片，上面除了姓名外，其他什么头衔也没有。唐至量接着精辟地议论道："（吴冠中）所追求的是艺术价值而非单纯商品价值"，"（韩美林视）名与利皆浮云耳"。古人说："论如析薪，贵能破理。"① 文以说理为上，须带情韵以行。作者的敬佩、赞赏与感叹尽在不言之中。

写东方之珠的散文在《走出洪荒》中有九篇。唐至量很爱香港，他初抵香港就为它鸣不平：还能说香港是"文化沙漠"？一份报纸的版面就比一星期的《人民日报》还厚呢。东瑞先生曾说："（《那一方水土》里的散文）与取材香港以外的散文相比，部分以香港为素材的，略为平淡，写得欠缺充分。这原因为至量还未在小岛生活太久的关系。"② 这一意见很中肯。但是初来乍到，倒比先来居民看问题敏锐一些，所谓"旁观者清"嘛。（当然现在已是常住居民而非旁观者了。）在写香港的散文中有两处对香港的环境治理有自己的看法，这是对生存空间环境形态的关注，更是对芸芸小人物命运的关注。一个有人文精神的作家，他的脉搏应该与平民百姓的脉搏一起跳动。时隔这么多年，相信那里的环境通过治理已大大改变了。通过这些散文佳作，我们仿佛身临其境，去尖东看到了花车，特别是香港中旅的花车更是抢人眼球；去太平山俯瞰整个港九，看到了万花绽放，夜空璀璨的烟花汇演；去沙田马场看到了马迷们一个个拉长脖子张大嘴巴踮脚翘望的马场搏杀……这些国内即使一流大城市亦鲜见的场景，读者在《走出洪荒》中均一一过了瘾。

说实在的，我们注重看的是《居港不易》《从读者、作者到编者》和《十八楼，温暖的"家"》这些佳构。读者欣喜的看到，作者以顽强的毅力、创新的思路和感人的敬业精神，团结社友齐心协力圆满地完成了社领导托付的重任，将《中旅》月刊办得图文并茂，爱不释

---

① ［梁］刘勰：《文心雕龙·论说》。
② 东瑞：《人间至情在艺术中的升华——序唐至量〈那一方水土〉》，《香港作家作品研究》第二卷，香港：香港文学报社出版公司，二〇〇五年版，第135页。

手,好评如潮,这样的付出,值!

《走出洪荒》中收有国内外游记十四篇,其中国内的游记为六篇。随着生活节奏的加快,休闲提到了议事日程,诚如作者所说:"社会演进到现代,旅行成为现代人生活方式中一个重要环节。尤其是香港人,生活在这个中西文化汇聚交融的国际大都市中,视域十分之开阔,求知欲强,渴望了解香港以外的世界"[①],旅游已经逐渐成为像粮食、空气一样须臾不可缺少了。著名画家黄宾虹说,中华大地无山不美,无水不秀。唐至量出于工作需要,跑过国内不少地方,这自不待言。至于国外,这里收了他写的游新、马、泰和美、加拿大、英、意以及梵蒂冈的游记,使读者感到国内的胜地有看头,国外的风光真美好。

在这许多篇游记中有一个共同点,就是作者写的角度都比较小,或许这样容易写得集中,写得深入,能给读者留下一个深刻印象吧。台北故宫博物院是非常有名的。这篇散文它有三点给读者留下深刻印象:一是它的环境美,建筑也造得很漂亮;二是它的珍贵藏品多,数量近七十万件,是上海博物馆的五倍;三是它别有洞天,除了展览以外,还在四楼高阁设置了一个"三希堂古典茶座",那里陈列了二王、三苏的名帖,怀素的狂草,这对书法家唐至量来说,像四川人吃辣子——太对胃口了。台湾能吸引游客参观的地方实在太多了,作者认为:"在我眼里,最令人叹为观止的还是那一座故宫博物院。"那里有我国历代墨宝名帖,这是作者去参观的主要原因。去新加坡旅游,很少有人特别是中国游客不去牛车水的,因为它是新加坡华人移民的祖地。在《牛车水风情依依》这篇散文的开头,作者用诗一般的语言为我们勾勒一幅市井风俗画:"狭街窄巷里,一头瘦骨嶙峋的牛,拉着一辆运水的车,半天一步慢慢腾腾行去。车的后面,凹凸不平的碎石路上留下一行长长的湿漉漉的水渍。车轮下发出的如断如续沙哑单

---

① 唐至量:《长空奇意·提升人生(代后记)》,香港:香港文学报社出版公司,二〇〇〇年版,第178页。

调的吱吱嘎嘎声……"不仅如此，作者更向读者推荐一位新加坡女华侨，她祖籍广东，很爱故乡，亲自到店里拿来饮料给作者一行解渴，并一再叮嘱下次到新加坡一定再上她那里坐坐。这篇散文的最后是写在新加坡购月饼带回香港，真是意想不到的结尾，原来作者着力表现的是中华情，而象征团圆的中秋月饼则是此篇文章的点睛之笔。

当然，出国旅游也会偶尔遇到不愉快。在《倚在米兰教堂广场饮咖啡》一文就写了这样一件不愉快的事，即哪怕你不需要当地人讲解，也要请当地导游一路跟随。游记中穿插这一花絮也无妨。最后作者一行以宽容的态度原谅了主人的失礼，这看似一笔带过，却和前面浓墨重彩的叙述一样令人难忘。作者对国内外旅游曾作了这样的对比：去国外旅游（如去美国）无甚太大的激动，在国内游览（如去台湾）就觉得像回家那样的亲切。这一浓浓的感情色彩，使唐至量的游记作品更增添一道温馨的亮色。

## 三

《走出洪荒》收短篇小说两篇和报告文学一篇，同样可圈可点。《入世》是写与半山寺为邻的杏姑和半山寺小和尚由相识到相恋，最后未能成眷属的故事。这篇小说在表现技巧上：一是采用了误会与巧合的手法。小和尚在得到师父的准许后还了俗，村女杏姑却去庵堂削发为尼。在破"四旧"时，小尼姑被扫地出门，本可以和原先还了俗的小和尚组成家庭，但是"文革"后落实了政策，杏姑又回到庵堂去了。这使我们想起美国作家欧·亨利，他在《麦琪的礼物》这篇小说中将误会与巧合的技巧用得炉火纯青。再一个就是运用意识流的表现手法，四十多年后的小和尚已届退休的年龄，他一边回忆这段难忘的苦涩恋情，一边接待两个找上门来的男女编剧，这有点像我国清代白话小说《豆棚闲话》，采用的是套层结构，而"红萝卜"是贯穿故事始终的线索。

小说《鱼头对着了她老公》是一篇"对芸芸小人物命运关注"的佳作。作者着力点不是小说主人公阿福退休后的生活重播。阿福是广大香港市民生活中的"这一个",他的人生历程具有独特性。小说中写了他带有传奇性的经历,写了他的出生、读书和工作,也写了他的恋爱、婚姻和家庭。他生活中有几个搞笑的细节,一是免费午餐时的饱食,二是吃老婆拜过神不要的生果,都用了漫画的笔调,但读后令人除两眼湿润外,一点也笑不起来。令阿福伤心的是儿子对他不尊重不孝敬,用他的话说:"多了个大学生,冇了个仔。"令他高兴的是他的藏书如今有了个归宿,用他的话说:"过了一辈子终于有一间书房了。"他正直、善良、勤勉、好学,因为生性口讷,不善公关,在竞争上岗的考核中终于败下阵来。令人啧啧称奇的是,这样一个极其严肃的表现平民百姓生存状态的题材却写得如此幽默诙谐,轻松自如,实在难得,诚如林语堂所说:"没有幽默滋润的国民,其文化必日趋虚伪……(其)文学必日趋干枯。"阿福提前退休不是因为别的,只是因为"鱼头对着了她(阿珍的)老公",真是所谓"生死由命,富贵在天"啊。除此之外,还能有什么更好的解释呢?

《情种》(唐至量与朱本增合著)是写一个从二十世纪五十年代到八十年代一以贯之的"傻子"的故事,表现了地质系统模范人物李昌文爱国敬业,无私奉献的精神,它容量大,线索多,情节跌宕起伏,事迹非常感人,在个人、家庭和事业这三者之间立体地全方位地将李昌文写得高大丰满,实为一位厥功至伟的地质工作者立传。唐至量说:"我在地质部门工作二十年。地质工作是各行各业的'先行官'(刘少奇语),足迹所至常常是没路没桥没电没人烟的地方。这个行业每天都发生着许多堪称悲壮的故事。可以说他们是对社会贡献最多,又最默默无闻的一群。我置身其中,感受良多,常常记下他们的遭遇和情感。"[①] 正因为作者有这样深入的体验和厚实的积累,才能写

---

[①] 唐至量:《电车道上·代后记》,《电车道上》,香港:香港获益出版事业有限公司,一九九七年版,第159页。

出有血有肉的感人肺腑的英雄人物。一九九〇年这篇报告文学荣获中国作家协会、国家地质矿产部第一届"宝石文学奖",这是实至名归、顺理成章的事。

## 四

　　唐至量先生的作品在诸多方面均有特色。首先在立意方面很有特色。我国自古以来就很重视文学作品的思想性,所谓"文以载道"。现在所提倡的思想性并不是空洞的说教,而是寓教于具象的视觉感受之中,寓教于生动的叙述描写之中,寓教于较强的可读性之中。在以上诸方面,唐至量先生的作品可以给我们提供范例。评论唐至量先生作品的文章,常提到《人瑞》这篇散文,并给予很高的评价。我认为《人瑞》这篇作品立意很高。新春伊始,作者夫妇去颐养护老院去给舅妈拜年。一跨进院内,就见一株古树耸立中央。在文章的结尾处,又一次提到这株古树,作者写道:"步出护老院,我深深的注视了那古树一眼。它的枝叶虽然已经稀疏,但它的枝梢高出洋楼一大截。它以自己的枯枝朽干庇荫着这一群人间迟暮老人,挡住风,挡住雨,以葱茏的绿荫和金黄的秋叶送完他们人生的最后一段旅程。"作者以拟人化的手法,赋"古树"以象征性,推崇并赞赏为迟暮老人营造能遮风挡雨的温馨大环境,这样人瑞就能安度晚年无后顾之忧了。古人说:"一篇之妙,在于落句"①,这落句使散文的立意得以提升,使它区别于一般的记叙文乃至于新闻报导。类似的例子还有很多,例如《长城砖:沉重的思绪》,作者在简要介绍二千年长城史后,面对"重修长城"的盛事,提出令自己困惑的八个问题后指出:"两千年的长城史并非表明它是一条龙,更没有离地腾飞过;它有的是皇权封闭的枷锁,把自己紧紧的捆缚在一个固定的位

---

① [宋]洪迈:《容斋诗话》,上海师范大学古籍整理编辑组点校,上海:上海古籍出版社,一九七八年版。

置上。它的背负是沉重的。"这一段话就很耐人寻味。耐人寻味的还有结尾的一段文字："沉重啊——长城砖，我将背负着你一道前行。"重修长城虽是盛事，但中华振兴、中华腾飞似乎更为重要。作为炎黄子孙，中华儿女，"我将背负着你一道前行"是义不容辞，是责无旁贷！这是在抒写长城，更是在抒写炎黄子孙中华儿女的拳拳之心，满腔豪情！

其次在语言方面很有特色。他作品的语言可读、好读、耐读，这是因为他作品的语言从古人和现实生活中吸取了营养，也部分地借鉴外国作家有关语言表达上的方法。古代仍有生命力的语言还真不少，他在《走出洪荒》中就多处引用古辞、古语、古诗句和运用对偶句等。古辞如：者、矣、乎、哉、盖、之以及窃喜、近睨、白驹过隙、始作俑者等。古语如："万变不离其宗""前车之辙，后车之鉴""逝者往已矣，来者可追"等，古诗句如："万壑有声含晚籁，数峰无语立斜阳""飘飘何所似，天地一沙鸥"等，对偶句如："游人不分黑白黄棕，地域不分东西南北""两只简易沙发客人坐，一壶毛峰香茗客人品"等。作者有时喜欢在一句中重复出现一个字，例如："古城古街古店古區古事古风""红柱红梁红柜红枱红几红椅"，前句中"古"连续出现了六次，后句中"红"字也连续出现了六次。这样的例子在古文中也并不鲜见。这不是玩弄什么文字游戏，可能和作者熟谙联语有关。

作者在生活中也吸收了许多鲜活的带有泥土气息的语言，诸如俗语、谚语、歇后语，乃至方言、土语和口头语，例如"好汉不提当年勇"，"种误一天，收误一年"，"麻袋片做龙袍——不是那块料"，乃至"帮衬""小菜一碟""人心毕竟是肉长的"等。

至于借鉴外国作家在语言表达上的方法，主要是采用了一些长句型。散文的句子应该以短为好。有人将散文"当诗一样写"（杨朔语），那句子就更不能长了。《走出洪荒》中个别篇章句子很长，现举两例："枯焦的枝干酷似一枝老人的裸臂从黄土地里拱出张开五指伸向苍天哀号祈求着什么。"(《走出洪荒》)"又以至第二天早上没等老杨介绍完地矿部第一综合物探大队一〇九队这帮哥儿们的种种情状就急匆匆抓上一件棉大衣钻进吉普车往海边码头捞鱼尖奔去。"(《渤海无标题》)第一句三十六个字,第二句字数差不多翻了一倍。虽然在朗读时中间可以有停顿,但这是属于长句型却是不争的事实。特别是第二句,读起来可以舒缓,但表达的内容却是挺急促的。这是探索散文的创新之举,或许是受了美国现代派作家福克纳的影响吧,在他的小说中,句子比这更长,且不用符号标出,据说福氏效乔依斯之法,文字不受句法、语法的限制,信马由缰,句子当然就长起来了。

再次是已形成了自己的独特风格。什么是风格呢?风格即人。关于这一点法国作家布封曾经说过。一位作家的作品有了自己的风格,就意味着他的作品已经成熟,已经在读者的心目中产生了影响。正因为如此,老舍先生曾说过:"我们怎么说,却一定是自己独有的,这独立不倚的说法便是风格。""没有个人的独特风格,便没有文艺作品所应有的光彩和力量。"[①]和至量先生接触过的人都感到他是一位很谦和的人。作为同事,董煜谈了至量给她留下的美好印象:"所有认识他(唐至量)的人都会异口同声地说,这是一个温和宽厚的人,一个儒雅的人。"[②]文如其人,这就会影响他的作品形成怎样的风格。有一篇短文是这样介绍《电车道上》的,此文写道:"书作者能文能诗,擅影擅书,集子给人多方享受……读书、品文章、做学问,淡雅闲适而富书卷气",这儿"淡雅闲适"和东瑞先生在《那一方水土》序中提及的"淡然朴素"不谋而合。我们不妨举两个例子。集团罗副总是他进中旅后的第一位"培训导师"。历经十六年岁月,他依然清楚地记得他们初识时,罗副总对他的教诲、提醒和帮助:"大浪

---

[①] 老舍:《青年作家应有的修养》,《老舍的话剧艺术》,北京:文化艺术出版社,一九八二年版,第191页。
[②] 董煜:《当往事重新涌动时》,《香港作家作品研究》第二卷,香港:香港文学报社出版公司,二〇〇五年版,第149页。

淘沙,许多往事的细枝末节从记忆中一一流逝了,可这次十八楼初识的细节,历经十六年岁月的洗刷却仍然清晰如昨。"(《十八楼,温暖的"家"》)东瑞先生称唐至量是一位"牢牢记取曾经照亮自己生命历程的人,始终满怀感激和怀旧之情,时时怀念珍惜之",但是在表现形式上却是"淡然朴素"。再如他自己过五十岁生日,本想自己给自己"庆祝"一番,结果由于夫人晚上给学生补课,回来晚,没买菜,他就就着半袋榨菜吃了一碗泡饭,算是生日晚餐。他在《五十初度》一文中写道:"你今年不是五十岁,只是四十九岁……今年这次不算数,明年才是真正五十岁,到时候重新再过一次。""到时候重新再过一次"写得很平淡,却反映他的胸襟很开阔,表现形式仍然是"淡然朴素"。这就使我们想起了古人对"平淡"二字所作的解释:"理明句顺,气敛神藏,是谓平淡。"①

上述三点是唐至量散文作品最为突出的艺术特色。

## 五

古今散文大家在创作时总结出"惨澹经营"这条经验,值得重视。唐代韩愈和宋代欧阳修都是著名的散文家。韩愈曾著文谈他创作散文前的准备:"口不绝吟于六艺之文,手不停披于百家之编。记事者必提其要,篡言者必钩其玄。贪多务得,细大不捐。焚膏油以继晷,恒兀兀以穷年。"②后人介绍欧阳修创作时的认真精神:"近世欧公作文,先贴于壁,时加窜定,有终篇不留一字者。"③陆机是古代著名的文论家,他在《文赋》中论述了创作是一种艰苦的脑力劳动,他说:"收百世之阙文,采千载之遗韵,谢朝华于未披,启夕秀于未

---

① [清]黄子云:《野鸿诗的》,《古人论写作》,长春:吉林人民出版社,一九八一年版,第294页。
② [唐]韩愈:《昌黎先生集·进学解》。
③ [宋]吕本中:《吕氏童蒙训》,张耀辉编《文学名言录》,长沙:湖南人民出版社,一九八五年版,第395页。

振……虽杼轴于予怀,怵他人之我先。"① 他们殊途同归从不同角度作了论述,使"惨澹经营"的内涵具体化了。所以季羡林先生高屋建瓴地指出,我国古代的散文大家们"他们写庄重典雅的大文章时一定是惨澹经营的,讲结构,讲节奏,字斟句酌,再三推敲,加心加意,一丝不苟"②。

东瑞先生对他的好友唐至量很了解,他论及散文集《那一方水土》时说:"较之多产者,他(至量)的创作量未算太多,但每一篇都认真经营,以质取胜。"并说:"(至量散文)没有急就章。一旦下笔就用心良苦,用力很深。"③ 事隔两年多,唐至量在一篇文章中才对此作了表白,他说:"东瑞先生评我作品说:'没有急就章。一旦下笔就用心良苦,用力很深。'我直觉认为这是作文的必然之道。"④ 因此,倘若要总结他散文创作的经验,我们认为,这一点非常重要,它是能帮我们理解唐至量散文所以能"以质取胜"的关键所在,是一把解密其中奥秘的钥匙。当然这里的"认真经营"和"用心良苦"并非没有理念所支配,它的理念就是植根于"作家应写出好作品"。我们认为,不是每位作家都能写出好作品的,但可以说,不想写出好作品的作家绝不是好作家!

唐至量在创作上厚积而薄发,大有潜力。谨呈小诗二首,祝他身笔双健,创作年年丰收:

一

遥望南国寄至量,春暖花开读华章。
同道荣幸结为友,说古论今话短长。

---

① [晋]陆机:《文赋》,郭绍虞主编《中国历代文论选》第一册,上海古籍出版社,一九七九年版,第170—173页。
② 季羡林:《读〈敬宜笔记〉有感》,《新民晚报》,二〇〇二年四月二十日。
③ 东瑞:《人间至情在艺术中升华——序唐至量〈那一方水土〉》,《那一方水土》,香港:获益出版事业有限公司,一九九四年版,第15、11页。
④ 唐至量:《"根"的回归》,《都市风景》,香港:获益出版事业有限公司,一九九九年版,第15页。

二

老树繁茂正当时,东风着意花满枝。
春到南国遍锦绣,千红万紫总是诗!

(载《香港作家作品研究》第九卷,
香港文学报社,二〇一一年版)

# 也谈建立"澳门文学"形象

建立"澳门文学"形象,是一九八四年韩牧在"港澳作家座谈会"上发出的呼吁。他道出了大家关心澳门建设、繁荣澳门文学的共同心声。其实这一构想早在一九八四年前就在许多有识之士的心头酝酿了。迄今建立"澳门文学"形象不仅提上了议事日程,而且已扎扎实实地一步一个脚印地迈出了四大步。

一九八三年六月三十日,在澳门东亚大学中文系云惟利教授的倡议下,加上该校"中文学会"一班大学生的共同努力,《澳门日报》新辟了《镜海》副刊。这是澳门报章的第一个文学副刊,云惟利和他的学生们成了这个副刊的首批作者。另外,《华侨报》副刊《华座》上也经常发表现代诗作。两年后,这些鲜艳花朵结出了累累硕果,东亚大学中文学会出版了一套澳门文学创作丛书,这套丛书为五本:《三弦》《心雾》《双子叶》《大漠集》和《伶仃洋》。迄今澳门活跃诗坛的有马万祺、梁披云(梁雪予)、佟立章、陶里(危亦健)、云力(云惟利)、韩牧、黄晓峰、汪浩瀚、苇鸣(郑炜明)、林丽萍、梯亚、懿灵、淘空了、江思扬、再斯等二三十人。

倘若说创办《镜海》副刊和出版澳门文学创作丛书是建立"澳门文学"形象第一步的话,一九八七年十一月一日澳门笔会成立,是为建立"澳门文学"形象迈出的第二步。它的成立,标志着澳门要建立包括新诗在内的澳门文学形象的决心和信心。澳门笔会筹备了七年,可见为立案成为法团的工作是多么地郑重其事。笔会成员包括澳门从事新闻、教育、书画,甚至个别出版及曲艺界的有过写作或现仍写作的人士,并且选举了以梁披云为会长、以李成俊为副会长、以李鹏翥为理事长的首届理事会,这说明澳门文学的人才潜力不可低估。鉴于长期缺乏文学杂志,该会准备出版大型文学杂志《澳门笔荟》,有人将此举誉为近期"澳门文学的一项突破"。

一九八八年五月八日成立"五月诗社"是迈出的第三步。"五月诗社"是由陶里等发起成立的,云惟利是诗社顾问。虽说该诗社与澳门笔会、新诗月会、语文学会等没有组织上的延伸关系,但是我们不难看出澳门新诗的发展轨迹,以及为建立"澳门文学"形象所走过的曲折而漫长的道路。

这个诗社很有特点,用该社联络人陶里的话来说,就是:一、"五月诗社"不标榜流派,容许一切流派在社内开出香花艳瓣;二、这个组织并无任何形式,诗社对成员的唯一"约束"是依时带作品来聚会;三、诗社成员,从职业上说,有大学生,有中小学教师,有现代舞教练,有报刊编辑,有大学教授;从地区上说,有澳门土生土长的,有新移民的,有来自印尼、印支和新加坡的归侨和过客,所共同的是他们或长期或短暂地住在澳门,而且都是爱写诗的。

五月诗社成立迄今,已在澳门、香港和内地刊出了四个诗专辑,计发表了十二位诗人的四十五首诗作。他们还准备继续以诗专辑的形式在海内外华文报刊发表,并将已发诗作结集出版,暂名《五月诗侣》。这将是澳门新诗的又一次大检阅(第一次大检阅是在一九八八年台北出版的第十八期《亚洲华文作家杂志》上刊载的《澳门新诗专辑》,这个专辑选登二十五位澳门诗人的诗作,并载有《澳门新诗的前路》一文)。我们殷切地期待着这本诗集早日问世!

定期举办多种有奖征文比赛,是为建立"澳门文学"形象所迈出的第四步。为了繁荣包括新诗在内的澳门文学,为了更好地发掘和培养新生一辈,早自二十世纪六十年代起,澳门就举办了鼓励写作的征文比赛。这些征文比赛着眼于全澳门人，有的还设中、葡文奖，其中《华侨报》主办的"青年文学奖"征文，内设新诗、散文、小说三项；澳门市政厅主办的妇女文学奖征文，内设新诗、小说二项；澳门工会联合总会主办的工人文学奖征文，影响较大。

倘若说要迈出第五步的话，那么这第五步窃以为应该是在抓文学创作的同时，兼顾文学批评。繁荣文学，既离不开创作，也离不开批评，因此，有人将创作与批评比喻为"并蒂莲"。鲁迅曾经说过："必须更有真切的批评，这才有真的新文艺和新批评的产生的希望。"（《〈文艺与批评〉译者附记》）澳门有些诗人，他们既善写诗，又能写诗评，发表了一些既写得扎实，又很有文采的有影响的评论文章，如李鹏翥的《祝贺五月诗社周年纪念》《澳门文学的过去、现在及将来》，韩牧的《澳门新诗的前路》（韩牧现已移居香港），江思扬的《新诗的欣赏与批评》，黄晓峰的《澳门八十年代新诗掠影》《陶里〈紫风书〉的诗路情结》等，令人欣喜的是澳门出版了历史上第一本批评澳门文学的理论专著《澳门文学论集》（陈浩星为责任编辑）。但总的说来，澳门文学批评还很薄弱，由于缺少客观性的评论，作者无从知道自己的作品好在哪里？坏在何处？亦不知达到什么水平。"在一个不乏性情中人的社群内进行客观批判评价，绝难讨好。由于没人喜欢打笔战，故具批判性而针对本地作品的文学批评甚为罕见。"（吴国昌《澳门文学的可行性考察》）虽说这种现状或许难免，但亟待改变。"打笔战"纯属文坛内耗，文学批评绝不等同于"打笔战"。开展经常的健康的文学批评对繁荣澳门的文学创作有百利而无一弊，因此不必有"条条框框和诸多顾虑"。

有鉴于此，澳门笔会准备筹划邀请内地有水平、有写作辅导经验的作家抵澳举办讲习班、写作班以及普及性讲座和座谈会等，这既是旨在培养澳门青年文学创作人才，又是旨在建立一支澳门文学批评队伍，这是颇有远见卓识之举。

澳门文学创作与文学批评二者繁荣之日,就是"澳门文学"形象真正建立之时。我们期待着这一天的到来。

"九月/不是秋天/你的竹篱笆内/草青青/叶也青青。"(玉文诗句)

一九八九年八月十八日于上海
(载《澳门日报·镜海》副刊一九八九年九月六日)

# 澳门现代诗与五月诗社

澳门现代诗发轫于何时？这是个有待研究的课题。有人统计，自一九一一年辛亥革命至一九四九年记录在澳门碑铭、大石、廊柱与书卷上的诗共八十一首，这些诗里是否有现代诗？待查。据悉，五十年代澳门曾有过一份名为《红豆》的油印刊物，该刊是否登载过现代诗？它与香港一九三三年创刊的"各种体裁俱备"的刊物《红豆》的关系如何？由于笔者尚未见到这份刊物，所以至今仍不清楚。

然而可以断言，澳门现代诗的出现并不太迟。迄今澳门已有二十余位诗人，其中著有（或编有）诗集的诗人约十位，他们是：马万祺、云惟利（云力）、刘业安、苇鸣（郑炜明）、佟立章、林丽萍、陶里（危亦健）、梁披云（梁雪予）、黄晓峰（高戈）与韩牧（何思捴）等。八十年代澳门诗人出版的新诗集有《双子叶》《伶仃洋》《大漠集》《紫风书》《神往——澳门现代抒情诗选》《流动岛》《下午》等。

近年来，澳门现代诗有了迅猛的发展，并开始形成了自己的独特风格。

首先，澳门现代诗是多元的。"澳门和香港在中国人的当代文学上有相似的位置。两者均在地理上连接大陆而又实际上跟外界保持紧密联系，因而都具备率先消化外来文化冲激、保持一定距离反省中国大陆和综合多元化的条件。"（吴国昌《澳门文学的可行性考察》）源远流长的中国文学，大洋彼岸的葡国文学，以及其他国家和地区的文学荟萃澳门，这就决定了澳门文学是多元的，同时也决定了澳门现代诗是多元的。就是说，澳门现代诗既受中国传统诗歌的影响，又受西方外来诗歌的影响。同时，"诗风多元化，正是反映复杂的社会和思想的好事情。诗贵乎有真情实感，如果为了一个简单的模式，一个简单的主张去扭曲地创作，又有什么意思呢？"（李鹏翥《祝贺五月诗社周年纪念》）

澳门现代诗是纵的继承与横的借鉴的结合，是知性与感情的融合。澳门老、中年诗人，有的长居该地，有的从南洋回国，有的从内地到澳门，有的在香港生活过，他们一般从青少年起就逐渐对新诗发生兴趣，从古典诗词、西方现代诗、五四传统的新诗汲取营养，丰富创作的表现手法。澳门老一辈的诗人（如佟立章、余行心、胡晓风等）与中年一辈的诗人（如陶里、云力等）他们走南闯北，几经坎坷，有着丰富的人生阅历，为他们作诗撰文提供了厚实的基础。俗语说，有根树才茂，有土花才香。正因如此，他们的诗耐人咀嚼，余味无穷。即使是年轻一代富于探索精神的诗人（如苇鸣、玉文、庄文永等），他们的诗也带有泥土的芬芳，呈现出继承传统又不拘泥于传统，参照西方又不照搬西方的诸多特点，将横的借鉴与纵的继承二者结合起来，在诗的布局、语言、节奏、韵律与意境等方面，开始形成了自己独特的风格。

澳门现代诗在多元、融合的基础上，又不失其自身的相对独立性，即个性。要说澳门现代诗的个性，择其要者有两点：

一是澳门现代诗是植根于现实土壤的，具有较强的现实感与社会意义。澳门现代诗反映了当地的风土人情。松山的晨曦，西环的晚霞，望厦村的石台，妈祖阁的海船石刻，以及这澳门十大景点中的其他景点，使读者一眼就明白是澳门独有的地方色彩。尽管有人认为由于香港的传播和出版界将会长期支配澳门市场，然而作为澳门现代诗总是尽量保持自己的鲜明个性，以区别于香港现代诗，并努力避免被香港现代诗同化。

二是澳门现代诗主要沿用传统的形式与手法。澳门虽小，"单以人口稠密的澳门半岛而论的话，它还不够六平方公里，因此，有人索性把它叫作'澳门街'"（秦牧《介绍澳门青年的获奖散文》）。但有悠久的中西文化交流的历史，丰富的文物古迹，这样就使诗人们有可能在这东方的蒙特卡洛全方位多角度去捕捉灵感，采撷诗意，去构思诗篇，表达诗情，在《神往——澳门现代抒情诗选》中可以举出不少这样的优秀篇什。

然而近年来，状况有了显著变化，一些年轻诗人脱颖而出，崭露头角，他们对传统进行了反思，对诗形式的创新有时超过对内容的创新，希望闯出一条新路来，苇鸣就是这样一位突出的有才华的诗人。他的《镜头：路环海边，暮色中》（载《澳门日报·镜海》副刊一九八九年八月二日）堪称这方面的代表作，全诗共四十行，每行均用阿拉伯字标号，类似于电影的蒙太奇手法。有的诗行没有字，有的诗行只有一个没有独立意思的字，需将数行连起来才能成句，富有意蕴，如"9、一/10、条/11、水/12、平/13、线/14、急/15、飞/16、而/17、逝……"这样的探索之作，会有人啧啧赞赏，也会有人报以微辞，但总的来说，"一首诗，不管内容如何（只要不反人民），若能唤起读者的美感经验和美感联想的，就是一首好诗了"（江思扬《新诗的欣赏与批评》）。年轻诗人们的探索，即使是现代诗形式上的探索，也是应该首肯与鼓励的。何况这样的探索有时也有它的必然，诚如诗人艾略特所说："我们的文化十分多样而复杂，而这样的多样性和复杂性作用于（诗人的）细致的敏感性上就不会不产生多样和复杂的效果，于是诗人就不得不越来越包罗万象，越来越用典繁多，越来越曲折隐晦以强求使用语言，必要时甚至打乱语言来表达他的思想。"（《玄学派诗人》）

或许可以说，澳门的五月诗社正是为了探索澳门现代诗的走向而成立的。澳门现代诗以五月诗社宣告成立而进入一个新时期，它将以闪光的文字载入澳门文学史册。倘要评介该诗社，这或许要追溯到三年前的"澳门新诗月会"。该会由澳门东亚大学中文学会主办，每月举行一次由澳门诗友参加交流会，它的主持人是现已移居加拿大温哥华的诗人韩牧。

澳门新诗月会成立后的翌年，即一九八八年的五月八日，由陶里、云力等人发起成立了澳门的五月诗社。陶里任诗社联络人，云力任诗社顾问，他们均是文学创作上的多面手，作品颇丰。陶里原名危亦健，广东花县人，归侨作家，现任澳门濠江中学总务主任，澳门笔会理事，《澳门笔汇》主编，著有散文集《静寂的延续》、小说集《春风误》与诗集《紫风书》等。他的诗"洗练明快，富于浪漫主义情调。"（潘亚暾语）云力原名云惟利，祖籍广东文昌县，出生于新加坡，英国利兹大学语言学博士，现任澳门笔会监事长、澳门东亚大学中文系系主任兼教授，有散文集《春花小语》、诗集《大漠集》《风夜集》与评论集《白话诗话》等问世。他的诗"体现了情、事、理三者的完美统一"，"发散出浓郁的中国传统诗歌的芬芳"（王振科语）云力为澳门文学形象的建立贡献颇丰。他在给笔者的大札中却谦逊地说："几年前曾着手编一套澳门文学创作丛书，原本想一直编由陶里、云力等诗印的，只是文学于此地颇不易为，所以，也终于弄不出什么名堂来。"

　　虽然五月诗社与新诗月会没有组织上的延伸关系，但是我们不难从中看出澳门新诗的发展轨迹。五月诗社很有特点：这个诗社不标榜流派，容许一切流派在社内开出春花艳瓣；这个诗社并无任何组织形式，诗社对成员的唯一"约束"就是届时带作品与会……我认为，只有在这样宽松而融洽的环境里才能个个心旷神怡，人人诗如泉涌，产生出无愧于时代与地域的诗的瑰宝。

　　五月诗社成立迄今，成绩斐然，饮誉海内外。澳门笔会理事长、《澳门日报》总编辑李鹏翥在《祝贺五月诗社同年纪念》一文中，曾作了恰如其分的评价："他们勤勤恳恳地在业余（有的学生可能是课余）有限的时间里，精心写成的作品不少，发表在内地和港澳报刊、文学杂志上，为建立澳门诗坛添了不少坚实耐磨的青砖和光华夺目的琉璃瓦。"事实也正是这样，经过两年多的辛勤笔耕，欣闻该诗社的第一本诗集《五月诗侣》业已问世，它收录了懿灵、凌楚枫、云惟利、淘空了、高戈、云独鹤、流星子、汪浩瀚、江思扬、胡晓风及陶里的诗作共一百零一首,显示了澳门新诗的恢弘实绩,反映了澳门诗坛的蓬勃生机,表达了澳门诗人对现实生活与时代精神的深层思索,为澳门诗史谱写了新的意义深远的一页。

最后请让我以黄晓峰与江思扬的隽永诗句结束本文:
澳门干涸的历史已经遇上了雨季
文学仙人掌也要像雨后春笋那样蔚然成树的
我们在复苏的后土耕耘
为醉人的春色

一九九零年八月改定于上海复旦大学<br>(载《澳门日报》一九九〇年十月三日)

# 铜马蹄影下的众生相

## ——评陶里的《铜马像十四行》

南湾风景区铜马像为澳门现代诗的热门题材,不少诗人均据此写过诗作,其中以韩牧的《"铜马"铸像》描述最详:"既非横枪立马,更非挥戈跃马/这一个将军/他的马跌落滑潺潺的水稻田/他挣扎在失惊的马背上/传说,就在竹树开花的那一年/传说他先在围墙上窥探/然后率领他的人马/把门牌/一个一个强钉在围墙外的民居上/农民把绿豆送给他的马蹄/最后是镰刀战胜了火枪。"

诗人陶里的《铜马像十四行》独辟蹊径,他先用四行诗写了铜马本身——一个"驮"字写活了铜马,一个"标志",展现了铜马像所蕴含的意义——又以更多的篇幅描绘了亚马喇铜马像蹄影下的三个阴影,即织女的失足,豪赌的香港婆的廉卖与诗人梦中的赌楼灯火,从一个侧面勾勒了澳门这座东方 Monte Carlo(蒙特卡洛)的众生相。

诗人所着意描绘的是葡京赌场的惨景,读者心灵受到撞击与震颤的也是那幕惨景:其一,有人在香港赌还不过瘾,还要跑到澳门去赌;其二,豪赌的结果是输得很惨,诗人泼墨如水,以细腻的笔触有层次地描写了梦境。写梦境虽则一句,但耐人寻味。倘若说诗句要以少胜多以一当十的话,那么最后这句诗是可以顶得上十句,乃至更多的。

十四行诗(Sonnet)在西方被称为商籁体,据说它是西方诗人在我国律诗的基础上扩充改造而成的。它有两种主要形式:一是意大利的彼特拉克式，它由两个四行组和两个三行构成，另一是英国的莎士比亚式，它由三个四行组和一个二行组构成。《铜马像十四行》一气呵成，虽不明显分节，但从意思上仍可分为四节，若以行计，则可分为四五四一，它与英国的莎士比亚式更为接近。

前四行诗，再加上这首诗的注释。它点明了诗的戏剧性处境，这是诗人对西方现代诗技法的借用。读完第四行以后的三节诗，会对老王朝衰落有具体而深远的了解，令读者去细细品味"夜空"所代表的象征意义。十四行诗很讲究韵律。上述彼特拉克式押的是包韵和交韵：ABBA，BCCB，DED EDE，莎士比亚式押的是交韵和随韵，ABAB，CDCD，EFEF，GG。这首诗押两个韵：一是"I"韵，有"势""志""值"，另一是"O"韵，有"婆""魔""火"。显然它比西方十四行诗所押的韵律要自由得多，但是自成一家，不落窠臼，陶里自己的一席话可作为它的注脚："现代诗不以任何形式为形式，而以表现诗人个性和诗人内在感受所反映的全官能感受，不认识这基本道理，无以认识现代诗。"（《澳门日报·镜海》一九九零年五月九日）

最后让我来介绍一下这首诗的作者诗人陶里，他一九三七年生，原名危亦健，广东花县人，厦门大学语文专科毕业，华南师范大学文学士。曾在印度支那半岛从事华文中等学校行政、贸易公司及电影院经理数十年，足迹遍及越南、柬埔寨、老挝与泰国。七十年代中期回港澳生活，现为澳门濠江中学总务主任、澳门笔会理事、《澳门笔汇》主编、五月诗社始创人之一。著作有诗集《紫风书》《蹒跚》、散文集《静寂的延续》、小说集《春风误》等。近年来还发表了《跳着溅着的一道生命水——论徐志摩诗中的性灵美》与《追踪澳门现代诗》等论文多篇。

陶里写诗既勤又刻苦。他曾这样介绍过他的诗歌创作情况："我每天利用那桌子收发银钱和记录账目，由清晨到中午，我忙个晕头转向；到下午才轻松下来。我乘着人们打盹儿的时刻魂游四海，'上穷碧落下黄泉'去寻找诗的精灵。那桌子是诗的阳台，时有诗的云雨洒落。老板的小儿子不懂诗,常爬上桌子拉屎拉尿;工友的世界没有碧波沧天,买来酸的咸的摆上桌子来吃,弄得水迹油渍斑烂。我就在异味阵阵的桌子上写诗。"(《写字台沧桑》)明乎此,对他这首诗之所以写得如此成功也就释然了。

(载《澳门现代诗刊》一九九二年八月第四期)

# 力挥彩笔画西湾

## ——读游记佳作《西湾四笔》

澳门被称为"东方的蒙特卡洛"(East Monte Carlo)而笼罩上神秘的面纱。近年来,去澳门的旅游者与日俱增。西湾面向大海,背枕西望洋山麓。堤岸宛如绿带,榕荫可人;海湾环抱,水平如镜,是澳门的著名风景区,为澳门八景之一,因此西湾也确是澳门内外游客的好去处。知之愈深,游览起来也就愈有兴致。或许正是出于这样的目的,作者李鹏翥先生为我们奉献了融历史、地理、风物和景观于一炉的佳作《西湾四笔》,它被收入香港、台湾与海外华文文学丛书《海天、岁月、人生》之中。该书已由北京中国文联出版公司出版。另这四篇已由作者收入其历史小品集《澳门古今》中,经于一九八六年在香港一版再版。

在介绍景点之前,总得先让读者对西湾有总体性的了解才是。作者洞悉读者的心理,四笔之一的《西湾漫步》对西湾作了先声夺人的介绍。这介绍或许包括三方面,即西湾的地理位置、西湾的历史沿革和西湾如画一般的景色——不论是雪浪银涛,还是朝晖夕荫,都同样迷人。

接下来,作者又给我们介绍了《古堡风光》《南欧建筑》和《西湾赏月》这三个景点。这三个景点也同样迷人。

如果说,四笔之一的《西湾漫步》是全景式介绍的话,那么以后的三笔就是由西向东的近景,乃至特写式的介绍了。

古堡是指建于一六二二年的妈阁炮台,即圣地牙哥炮台。古堡风光就是指那一带的旖旎风光。作者从炮台的地理位置、建筑结构，写到历史上炮台曾起过的防御作用，以及今天炮台的现状。时至今日，古堡早已失去其战斗价值，所以作者介绍其风光时，着重写它现在的风光，这或许可以用"幽静"和"优雅"概括之。

风光分自然风光和人工营造的风光两种。在介绍自然风光之后，作者笔锋一转，介绍起人工营造的风光来了。浓绿万枝红一点，动人春色不须多。作者精心介绍了两座南欧建筑，一座是建于一九三二年，阶前"塔松耸立，花草绕栏，气派豪华，格调高雅"的富丽堂皇的南欧宫殿式建筑，或称飞能地士的别墅；另一座是毗邻的"阳台突出，伸手可攀，瓷砖壁画，别具风姿"的南欧式建筑，或称喇拉李士的别墅。然而令人扼腕惋惜的是前者现在华屋夷然，一片瓦砾，后者虽曾作防癌病院使用，但今已暂歇。

对于飞能地士的别墅，作者以细腻的笔触写道："这一幢建筑，材料上乘，包括三十年代最好的中国磁砖，新加坡柚木以及自意大利定造的一组彩色瓷砖浮雕——由五幅画、二十个全裸美女和四名孩童组成，仙桃佳果，锦上添花。这组玲珑浮凸、别开生面的彩色瓷砖浮雕，镶嵌在正面的屋檐下，成为整座建筑最有特色、最惹人注目的标志。"法国著名作家福楼拜说过，一位真正的艺术家，他首先是一个观察者。我们在赞誉作者知识渊博的同时，更钦佩他细致入微的观察。

在介绍了西湾的人工营造的风光之后，作者又回首介绍西湾的自然风光，即中秋赏月。俗话说，月到十五分外明，更何况是中秋的月夜哩。西湾赏月是每年中秋澳门人的一个好节目。试想，三两同道坐在西湾蜿蜒长堤上的露天茶座里品茗赏月，真是频添情趣，别具风味。古人曰："夫诗由性情生者也。"（屠隆《由拳集·唐诗品汇选释断序》）赏月生情，诗也就自然流出。作者引用冯印雪的《辛酉中秋西湾玩月》一诗，诗曰："碧落悬飞镜，海天任横恣。初乃笼薄云，须臾已消澌。汤汤一江水，月色布其媚。辽回足游目，景物孕幽异。微波碎金块，片帆渡鹭翅。远山如美女，婉娴临流凫。偃坐堤上石，玩赏真无忌。"真可谓，我见月色多妩媚，料月色见我应如是。此时，江水共海天一色，游人与飞镜贴近了。

综上所述，《西湾四笔》有这样一些显著特点：

此文追古溯今，寓义于史，旁征博引《香山县志》与《澳门纪略》等典籍，来印证作者的阐述，不仅使文章具有史的深度，而且也使文章更具可信性与说服力。

腹有诗书语自华。《西湾四笔》多处恰到好处地引用黄沛功等诗人墨客吟咏澳门的诗作，从而能使文章妙趣横生，诗意盎然，更添抒情色彩；能令读者轻松愉快地阅读之后，对澳门的著名风景区西湾留下深刻印象。

高尔基说，语言是文学的第一要素。读者总是爱读语言清新锤炼的文章。《西湾四笔》语言平中见奇，富于张力，多用四字句，亦用对偶句，读起来节奏明快，朗朗上口，显示了作者深厚的古文修养与语言功底。古人曾有为文增之一字则太长，减之一字则太短，即所谓一字不易的说法，我们虽不能断言作者的文章已达到如此境界，但可以肯定，这正是作者在长期写作生涯中所孜孜以求的目标。

（载《澳门日报》一九九三年二月二十四日）

# 喜读两首访鲁迅故居的诗

访鲁迅故居的诗读过不少,新加坡诗人王润华的《访鲁迅故居》与澳门诗人高戈的《鲁迅故居》堪称其中的佳作。

《访鲁迅故居》(载《香港文学》一九八七年二月号)写得集中,感情真挚,构思巧妙。先说写得集中。诗人用整整一下午的时间,访问了上海鲁迅故居、内山书店及鲁迅墓,如果按访问的先后一一写来,就会显得疏散,而疏散的结构是会减少阅读魅力的。诗人紧紧扣住了一个"找"字,一个"找"字使整首诗写得波澜起伏,悬念迭起,不仅使诗避免写得不集中,而且还能使读者不断产生期待。同时,这种不找到鲁迅不罢休的精神,表明诗人对鲁迅是何等敬仰,心情又是多么虔诚。

再说感情真挚。古人说:"不精不诚,不能感人"(《庄子·渔父》),感情真挚才是精与诚的灵魂。这里可举两个例子。一、鲁迅逝世时,留下一篇未完成的杂文《因太炎先生而想起的二三事》,诗人将鲁迅先生用过的毛笔拟人化,写道:"那枝倾斜立着的毛笔/聆听了五十年楼梯的声音/等待着鲁迅回家写完它。"二、诗人沿街向每棵法国梧桐树查问,可曾见到鲁迅?"它们都说:/……短须撇在唇上的鲁迅/五十年来却未曾出现过",这里也运用了拟人化的手法。我们将拟人化了的毛笔与法国梧桐看作是敬仰鲁迅的广大读者也无不可,其中当然也包括远道而来的新加坡诗人王润华先生。一个等待鲁迅回来等了五十年,一个在街上行人中盼鲁迅出现盼了五十年,这是何等真挚的感情啊!等也好,盼也好,都是一种形容,但确确实实道出了一个事实,即包括诗人在内的广大读者无时无刻不在敬仰鲁迅,怀念鲁迅，甚至希望鲁迅能奇迹般地活着回来。值得一提的是，诗中"五十年"出现过两次，它恰到好处地点出了诗人访鲁迅故居的时间，也凸现了访鲁迅故居是他多年来梦寐以求的愿望。

再说构思巧妙。要立体地而不是平面地介绍鲁迅，就要将鲁迅的相貌特征、生活习惯与文学成就以至革命活动很自然地带出。鲁迅的相貌特征是"短须撇在唇上"，"身上的绸袍还是那样绿"，生活习惯是喜欢抽烟与在夜间写作。最难的恐怕要算是介绍其文学成就与革命活动了。诗中巧妙地介绍了鲁迅著作中的八部代表性作品，以及小说里的三个主要人物，这几乎涵盖了他文学成就的主要方面，而鲁迅的革命活动则用"瞿秋白没有匿藏在客房里"这一句带过，留下空白，让了解鲁迅的读者去补充。别林斯基说得好："真正艺术的作品永远以其真实、自然、正确和切实去感染读者，以至当你读完它的时候，你会不自觉地，但却深刻地相信：作品中所叙述或表现的一切恰恰应该是如此的，要是换一个方式写出来则是不可能的事情"（《别林斯基论文学》），如果没有很巧妙的构思是很难做到的，我们不能不为诗人的巧妙构思所折服。

值得一提的是，诗人不仅是位鲁迅故居的造访者，而且也是位研究鲁迅的专家。一九八六年诗人访问鲁迅故居，六年后，诗人的研究专著《鲁迅小说新论》（台北东大图书公司，一九九二年）问世。正因诗人对鲁迅那么熟悉，所以下笔如行云流水，娓娓道来，给读者一种美感的满足。

高戈的《鲁迅故居》（载诗集《梦回情天》）也写得很好。鲁迅在北京曾先后住过四个地方，即宣武门外绍兴会馆、八道弯十一号、砖塔胡同六十一号与阜城门内宫门口西三条二十一号。据诗中具体描写的情景来看，是诗人于七十年代瞻仰了坐落在阜城门内宫门口西三条二十一号的鲁迅故居。这是个小四合院，院内南北房各三间，东西厢房各两间。北房东屋后接一小屋，人称"老虎尾巴"。后院墙外植有两株枣树。

诗的前两节，诗人让时光倒流，写了"胡同的梦境"，即鲁迅故居的"梦境"。诗人观察得很细致，写了院里的两株白丁香及其枝桠的情状："伸长瘦骨伶仃"，"传递脉脉温情"，这是状物，也是抒情。诗中出现了"礼物"一词，令读者联想到鲁迅当年向友人说过的话："这是母亲给我的一件礼物（指鲁迅按母亲的旨意与朱安结婚——引者），我只能好好地供养它，爱情是我所不知道的。"（转引自王得后《〈两地书〉研究》）诗中还写道："只要有一点甘霖滋润／爱就不会在沉默中死亡。"这两句信手拈来，承前启后，其中寓意，耐人寻味。这里的"爱"另有所指，或许可用鲁迅诗句做它的注脚："寄意寒星荃不察，我以我血荐轩辕。"（《自题小像》）

接着诗人由眼前景，化作笔底情，联想到鲁迅散文名篇《秋夜》、小说名篇《狂人日记》以及鲁迅小说集《呐喊》，最后在壁上的"珂勒惠支的版画"处定格。诗中运用了三个排句："也许狂人不再呐喊"，"后院的槐树不再飘零"，"枣树也不再刺穿星空"。这里"也许"一词虽是诗人的主观臆想，但也有力地说明了鲁迅不朽作品的犀利锋芒，以及这些作品在"风雨如磐"的年代曾起过的作用。"老虎尾巴已收拾干净"，狂人呐喊、枣树刺穿星空的年代已一去不复返了。这里诗人用的是虚实相生的写法，与诗中的"梦境"相吻合。

这首诗重点放在对历史的回顾上，所以当诗人将回忆的镜头拉回到现实时，诗的节奏就加快了。"我发觉眼前不是梦／分明听见隔窗的沉吟"，这"分明"二字用得很传神。通读鲁迅的著作，特别是他的小说，"悲哀的故事"俯拾皆是，"狂与死的家族"随处可见。最令人叫绝的是诗尾的画龙点睛："……路漫漫其修远兮／吾将上下而求索……"它反映了鲁迅一生不畏艰险、为忧国忧民而上下求索的奉献精神。诗人不用直抒胸臆，而是运用了间接抒情的方法，借鲁迅所引屈原的诗句来歌颂伟人鲁迅，表现了诗人对鲁迅的无限敬仰，同时也完成了诗由感性朝理性的提升，给读者以审美的愉悦，这或许可用"小中见大、平中出奇"来概括吧。

爱尔兰诗人叶芝说得好:"艺术家的主要诱惑力,在于轻松自如的创造。"《鲁迅故居》这首诗将一个严肃的瞻仰伟人的主题表现得如此"轻松自如"、隽永可喜,这种"追求戏剧化效果"的精湛表现技巧,为读者所称道。

(载《澳门日报》一九九七年四月十六日)

# 第三部分
## 海外华文文学论述

# 周颖南与刘延陵

周颖南是南洋著名的企业家和作家,一九七〇年他由印尼移居新加坡;刘延陵是五四时期著名诗人,为了到海外去宣传抗日,他早在抗战爆发后即移居吉隆坡,后又定居于新加坡。虽然他们彼此神交已久,但第一次见面却是一九七九年三月的事。

这还得从叶圣陶的一封信说起。叶圣陶与刘延陵都是早期文学研究会的成员,又一起编过我国第一个诗杂志《诗》月刊,所以友情笃厚。当叶圣陶得知刘延陵久未与亲属通信联络,于是就在一九七九年三月二十九日致函周颖南,他写道:"今作此书,拜托一事。五十年前所识友人刘延陵,于抗日战争时抵新加坡,执教于学校,为各报撰文,迄未回国。其女其寡媳接其来书,至一九七六年而止……敢恳台从设法一探之。如刘健在,乞语以其女其寡媳相念之殷。此是不情之请,得蒙宽宥为幸。"于是周颖南接信后就去拜访刘延陵,并顺利地完成了叶老所交托的事情,于是刘延陵与其女其寡媳联络的桥梁就重又畅通了,刘延陵与叶圣陶的联络也建立起来了,并进而有刘延陵长女刘雪琛的一九八八年春的新加坡之行,这都多亏周颖南"按址往访"之劳。

从一九七九年三月与刘延陵第一次见面,至一九八八年十月刘延陵谢世前止,周颖南与他往来频繁,联络不断,友情与日俱增。周颖南清晰地记得他第一次见到刘延陵时的情景:"我去拜会他,他老是不穿上衣,连背心也不穿,见到我,总是匆匆忙忙穿了衣服,请我就座,吩咐家人倒茶。自己毕恭毕敬地坐在一旁,显得有点拘谨,不像前辈对待晚辈的样子,使我心里感到不安。但交谈了一阵子,也就渐趋自然了。"后来周颖南想，刘延陵见到他显得有点拘谨，莫非他感到自己是个大企业家吧？于是以后趋府拜访就将轿车停在远离刘延陵住宅的地方，然后下车步行前往，试验下来，果然奏效。可见周颖南真是一位善于体察心理关心朋友的人。

还有两件事至今仍使周颖南不能忘怀的，一件是：一九八七年十一月六日，周颖南购得由刘延陵作序的《诗》月刊合订本后，请刘延陵在扉页上题词留念。刘延陵谦虚地题写道："此册中诗作平浅，仅堪作为中国新诗发展史的一步行迹而已。颖南先生幸勿哂之。"另一件是：新加坡华文文艺营期间，刘延陵一个人悄悄地坐在角落里，周颖南发现后趋前建议，欲在会上宣布，今天出席会议者年龄最高的是刘延陵先生，但被刘延陵婉言谢绝了。

这两件事给周颖南留下的印象很深。刘延陵学问很深，一生在文学、社会学、心理学、修辞学等领域均有很深的造诣，著译甚丰，但他从来也不摆文坛耆宿的架子，所以使周颖南越发对他敬重。同时，周颖南也不以自己是新加坡作家协会前名誉会长的身份，以及以"南洋一枝笔"的才气自傲，而是处处以谦恭的态度待人，所以也颇得刘延陵的钦佩。

因为刘延陵是复旦大学早期的校友，且在文学方面取得如许成就，所以复旦大学出版社约我编纂《刘延陵诗文集》。我获悉周颖南是刘延陵的挚友，于是就致函向他约稿。约稿信是一九九〇年十月三十一日发出的，一个月不到就收到了周颖南惠寄的大作《缅怀刘延陵先生》这篇长达十四页的纪念文章。文中回顾了他与刘延陵生前的交往，写出了刘延陵的个性、才学与为人，简洁而流畅，真挚而动人，是一篇颇见功底的好文章，收进书是不成问题的，但周颖南先生却在致笔者信函中称："拙作遵命交卷，因时间所限，未及润色为歉！为避免重复，我所述者都是我们之间的琐事。若文字稍长，任凭删节、斧正！"其认真态度与虚怀若谷的品质，令我感动不已。

（载《上海侨报》一九九二年四月二十五日）

# 诗评二题

## 一种美感的满足

### 王润华的《访鲁迅故居》

访鲁迅故居的诗读过不少,像王润华《访鲁迅故居》(载《香港文学》第二十六期)这首诗如此构思巧妙,感情真挚,写得集中的并不多。

先说写得集中。诗人用整整一下午的时间,访问了上海鲁迅故居、内山书店及拜谒了鲁迅墓,如果按访问的先后一一写来就会显得疏散,而疏散的结构是会减少阅读魅力的。诗人紧紧扣住一个"找"字,一个"找"字使整首诗写得波澜起伏,悬念叠起,不仅使诗避免写得不够集中,而且还能使读者不断产生期待。同时,这种不找到鲁迅不罢休的精神,表明诗人对鲁迅是何等敬仰,心情又是多么的虔诚。

再说感情真挚。古人说:"不精不诚,不能感人。"(《庄子·渔父》)感情真挚才是精与诚的灵魂。这里可举两个例子:一、鲁迅逝世时,留下一篇未完成的杂文《因太炎先生而想起的二三事》,诗人将鲁迅先生用过的毛笔拟人化,写道:"那枝倾斜立著的毛笔/聆听了五十年楼梯的声音/等待着鲁迅回家写完它。"二、诗人沿街向每一棵法国梧桐树查问,可曾见到鲁迅?"它们都说:/……/短须撇在唇上的鲁迅/五十年来却未曾出现过",这里也运用了拟人化的手法。我们将拟人化了的毛笔与法国梧桐看作是敬仰鲁迅的广大读者也无不可,其中当然也包括远道而来的新加坡诗人王润华先生。一个等待鲁迅回来等了五十年,一个在街上行人中盼鲁迅出现盼了五十年,这是何等真挚的感情啊！等也好，盼也好，都是一种形容，但确确实实道出了一个事实，即包括诗人在内的广大读者无时无刻不在敬仰鲁迅，怀念鲁迅，甚至希望鲁迅能奇迹般地活着回来。值得一提的是，诗中"五十年"出现过两次，它恰到好处地点出了诗人访鲁迅故居的时间，也展示了访问鲁迅故居是他多年来梦寐以求的愿望。

再说构思巧妙。要立体地而不是平面地介绍鲁迅，就要将鲁迅的相貌特征、生活习惯与文学成就以至革命活动很自然地带出。鲁迅的相貌特征是"短须撇在唇上"，"身上的绸袍还是那样绿"，生活习惯是喜欢抽美丽牌香烟与在夜间写作。最难的恐怕要算是介绍其文学成就与革命活动了。诗中巧妙地介绍了鲁迅著作中的八部代表性作品以及小说中的三个主要人物，这几乎涵盖了他文学成就的所有方面，而鲁迅的革命活动则用"瞿秋白没有匿藏在客房里"一句带过，留下空白，让了解鲁迅的读者去补充。所有这些，倘没有很巧妙的构思是断难做到的。别林斯基说得好："真正艺术的作品永远以其真实、自然、正确和切实去感染读者，以至当你读完它的时候，你会不自觉地，但却深刻地相信：作品中所叙述或表现的一切恰恰应该是如此的，要是换一个方式写出来则是不可能的事情。"（《别林斯基论文学》）我们不能不为诗人的巧妙构思所折服。

值得一提的是，诗人不仅是位鲁迅故居的造访者，而且也是位研究鲁迅的专门家。一九八六年诗人访问鲁迅故居，六年后，诗人的研究专著《鲁迅小说新论》（台北：东大图书公司一九九二年版）问世。正因诗人对鲁迅那么熟悉，所以笔下如行云流水，娓娓道来，给读者一种美感的满足。

## 左右读者心灵的佳作

### 淡莹的《舞女花》

平时我们只听说过跳舞兰，并没有听说过舞女花。舞女花是怎样一种花呢？诗人淡莹在《舞女花》(载诗集《发上岁月》)一诗的"后记"中介绍道："邻居门前栽有小红花，白天闭，夜晚开，不知其名。亲戚自马来西亚来，告知此乃舞女花。"或许马来西亚多栽种这种花吧，遗憾的是我们至今还不知道这种花堂堂正正、规规矩矩的学名。

诗人在"后记"中还写道："闻之甚讶异，深为花叫屈。"不平则鸣，《舞女花》这首诗可看作是为之鸣不平的诗。

诗人以第一人称的语气，首先替舞女花为何"白天闭，夜晚开"辨白。诗的一、二两节极富张力，无可辩驳地阐述了"我"为何昼闭夜开的原因。简言之，这种花选择在夜晚开，是因为夜晚更能让它尽情倾吐满腔芬芳的心事，也可以说，是一种特有的爱好。至于爱好，无须争论，有句外国谚语曾如是说。有人偏偏抓住了这点，大做文章，硬扣上"舞女花"这一"令人想入非非 / 一个不洁，不雅的 / 风尘名字"，挑起了争论，所以诗人有必要在诗的开端针对这个问题作番辩白。

接着诗人运用对比手法，将舞女花放在花的大家族里来进行考察。诗人一口气举出六种花，即玫瑰、胡姬、九重葛、菊花、杜鹃、梨花，人们对这些花的联想不仅是许可的，而且是正确的，特别是胡姬花，那是新加坡的国花，相传我国盛唐时期，古都长安的波斯女郎，艺高貌美，称为"胡姬"。或许胡姬花就是以波斯女郎"胡姬"命名的花吧。人们对它的看法较为一致，即认为它"高贵矜持"，而对所谓不登"大雅之堂"的舞女花就有偏见了，认为它会使所有男人"心猿意马"，会使女人"鄙弃、猜疑"，强加于它以种种莫须有的罪名，惟有月亮、星星理解它，植物学家同情它，而诗人更为它奔走呼号，用生动而有力的诗笔，将舞女花的"委屈"公之于世，将它无邪的心灵和如处子的贞洁也一同公之于世，它的魅力在于："能按作者愿望左右读者的心灵"（贺拉斯《诗艺》），以取得更多人的同情，以唤起更多人为舞女花鸣不平。相信总会有那么一天，这邻居门前昼闭夜开的小红花会有个满意的名字，人们会从万紫千红中正确地把它唤将出来，会像喜欢玫瑰、胡姬花那样喜欢它，栽培它。随着这首诗的问世，我想这正名雪耻的日子一定会到来。

别林斯基说得好："诗的思想——这不是三段论法，不是定理，不是规则，这是活的感情，是澎湃的热情。"诗人正是倾注了"活的感情""澎湃的热情"，仿佛倒不尽是为花，而是为自己的挚友鸣不平似的，所以诗写得极富雄辩力，又很感人。我们为这首伸张正气的佳作叫好！

（载新加坡《五月诗刊》一九九六年八月第二十五期）

# 写出一个春天来

## ——试论黄孟文的小说世界

新加坡作家协会会长黄孟文博士擅长小说创作。自一九五二年他发表第一篇小说《往事》以来，他在小说世界里遨游了近半个世纪，迄今已有《再见惠兰的时候》（一九六九）、《我要活下去》（一九七〇）、《昨日的闪现》（英文版，一九八二）、《安乐窝》（一九九一）、《学府夏冬》（一九九四）、《黄孟文微型小说选评》（一九九六）、《黄孟文文集》（一九九五）等小说集问世。他还有《宋代白话小说研究》（一九七二）、《莫泊桑小说研究》《新马文艺论丛》（一九八〇）、《新华文艺评论集》（一九九六）、《微型小说与杂文》（一九九四）等论著与论文问世，在小说理论等领域里亦颇多建树，享有盛誉。黄孟文博士说，（我是）在文学研究与创作方面追寻我的理想。① 因此，我们完全可以说，黄孟文博士是位学者型的小说家，他的小说创作与理论值得我们深入探微，好好研究。下面我想从人物、情节和寓意三方面谈谈我读黄孟文博士小说的心得，以求教于方家。

先谈人物。王国维说："散文易学而难工"，小说亦然。黄孟文博士在创作小说时，处处刻意求工，尤为注重塑造人物。他小说里的人物大致可分为三类：一是值得歌颂的善良者，二是应该同情的不幸者，三是理应鞭挞的丑恶者。众多有血有肉栩栩如生的人物，丰富了

---

① 黄孟文：《我的自剖——黄孟文著学府夏冬自序》，《新华文学评论集》，新加坡：云南园雅舍，一九九六年版，第299页。

新加坡文学乃至世界华文文学的人物画廊。

在黄孟文博士的小说里有个明显现象,即作家倾力歌颂的善良者不多。这是因为"这几十年来,在各界,尤其是在官场和商场上,我发现,有很多'人性'并不可爱,我无法歌颂它们(像过去我在《我要活下去》中歌颂阴沟工程工人柳经端为友谊而牺牲自己那样)。我改用讽刺的手法。这是一个很大的转变——写作手法上的转变"①。不言而喻,随着写作手法的转变,作品中的人物也会相应地转变。尽管如此,黄孟文博士也还是笔锋常带情感,为我们塑造了不少值得歌颂的善良者,诸如柳经端(《我要活下去》)、庄成伯(《柳暗花明》)、黑妈妈(《喜鹰》)、西蒂(《香喷喷的晚餐》),阿末·依布拉欣(《逍遥游》),玛格烈(《怪事》),等等。

或许是因为"欢愉之辞难工,而穷苦之言易好"②的缘故,黄孟文博士的小说中最让人过目不忘的是那些应该同情的不幸者与理应鞭挞的丑恶者,下面举例稍作分析。《疑云》是篇很耐读的小说。它是写小英随妈妈到舅舅家去向表妹露茜祝贺生日而受到冷遇的故事。小英是个天真单纯没有父亲疼爱的孩子,靠帮母亲卖茶果度日,过着"有一把米就煮一口饭"的生活。这个五岁的女孩走进舅舅家就好像刘姥姥走进了荣国府一样,什么都感到新奇,东瞧西望的,仿佛第一次见到呼拉圈、照相机与生日蛋糕,竟叫不出它们的名字。她向往过表妹露茜那样拥有几百种奇异玩具与"摇屁股"的红圈子的生活,但那样的生活只能在"甜蜜的梦"中去寻觅。小英的困境令读者酸楚扼腕。

《桂英姐姐》里的桂英,牢记妈妈的嘱托,含辛茹苦,即使终身不嫁也要供养弟弟麟仔读书。一次在做小生意时,不小心伤了眼睛,

---

① 黄孟文:《黄孟文著〈安乐窝〉后记》,《新华文学评论集》,新加坡:云南园雅舍,一九九六年版,第213、212页。
② [唐]韩愈:《荆潭唱和诗序》,《中国历代文论选》第二册,上海:上海古籍出版社,一九七九年版,第129页。

留下伤痕,她也毫无怨言。后来弟弟有了工作,当上了主任,并且成了家,却不惜将损害与污辱加诸桂英。作家以画龙点睛之笔写她在梳理时映照出来的"灰白的头发","左眼球中央的网膜状白点"与"眼角的鱼尾纹",这些肖像特征深深撞击着读者的心,使读者联想到桂英的无私奉献与弟弟的冷酷无情,从而愤愤不平。以上说明了"女性艺术形象不仅是作家艺术眼光最注目的对象,而且是作家审美情感倾注最多的对象。"①

黄孟文博士在小说里也写了理应鞭挞的丑恶者。《赌徒之家》里的李华与《官椅》里曾任署长的庄老先生就是这样的人物。李华是个"没有一技之长的竹竿型的丈夫",是个以捞卡(赌博)为业的赌徒。嫖赌饮吹,无样不能。作家在叙述故事时不是从莲娇的母亲包办婚姻,将女儿嫁给"金龟婿"李华写起,而是截取中午至晚间莲娇分娩前的半天展开情节的。突出写莲娇"左手按着腹部,走三步停两步地探索着向前行",去赌场"祥记"茶室寻夫的故事,使小说奇峰突起,加强了对李华谴责的力度。巴尔扎克说:"唯有细节将组成作品的价值。"② 黄孟文博士在小说里很善于以细节去塑造人物,是运用细节的能手。我们见了李华,就自然地联想起莫泊桑《羊脂球》里的旅店胖老板弗朗维。因为他们都有随地吐痰与因专心赌博竟"连痰都忘了吐"的习惯。李华在回家吃过饭后,连吐了两口又浓又黄的痰,这两口黄痰却像他对临产前的妻子冷漠无情那样令人厌恶。

许多评论家在论述黄孟文博士小说的时候,都喜欢剖析《官椅》里的庄老先生。他的口头禅是:"当署长……不是每个人都能胜任的。不信,你就坐到我的椅子上看看。"这样的人又怎么能让他退休呢?既然退休了,不能在单位里当署长了那么就转个地方在家里做起"署长"来了。按照这种心态,他为家里订制一张与过去用的一模

---

① 苏菲:《战后二十年新马华文小说研究》,广州:暨南大学出版社,一九九一年版,第215—216页。
② 见《巴尔扎克文集》(俄文版)第二十四卷,一九六一年,第232页。转引自《文学名言录》,长沙:湖南人民出版社,一九八五年版,第26页。

一样的"官椅"就是顺"理"成章的事了。然而毕竟时过境迁,电铃无处寻,私人秘书丽丽小姐没了踪影,当日的乐趣与威风也难捡回。作家别出心裁地用对比的方法选用了两组细节,加大了庄老先生的落差:一是接触对象,昔日的局长、总裁现在很难接触了,代之以杂货店的伙计,衣冠不整的印度人。二是处理事情的内容,昔日处理的是向下属交办文件这样的大事要事,现在,却连卫生纸与牛粪土这类婆婆妈妈的琐事烦事都要扯到他的头上,他怎能不既气又恼呢?他飞起右腿朝"像他过去的私人秘书丽丽小姐一样"柔和听话的小黑狗踢去,这是画龙点睛之笔,也是为塑造人物最着力的一笔。

再谈情节。小说情节是小说人物性格发展的历史。小说有人物,就会有情节,"绝对没有情节的小说是不可能的"①。有些小说,如《云南园低吟》,尽管篇幅短小,只有百把字,也是有情节的。

黄孟文博士的小说,在营构情节方面有这样几个特点:

一、缩龙成寸,尺水兴波。短篇小说要写丰富的情节较易,微型小说篇幅短小,用王蒙先生的话来说就是:"微型小说应该是小说中的警句",要表现情节一波三折,难度很大。《云南园低吟》这篇小说一百一十二个字,将云南园(即新加坡前南洋大学)的沧桑变化写得摇曳多姿。小说的视点是着眼于一九九五年,然后向前与向后推移,写前四十年即一九五五年至一九九五年为实写,写后六十年,即一九九五年至二〇五五年为虚写。这整整一百年都浓缩在这一百一十二个字当中了。作家是以既亢奋又悲怆的心情来写这所大学的过去、现在与将来的。过去是:"微睁眼,仰天欢笑,在云南园";现在是:"南大湖水映寂寞,伊人独彷徨";将来是:"玄孙口塞汉堡包,愕问:何为南大精神?"作家为南大毕业生,可以说也是南大历史的见证人,所以这篇小说才如此极具张力。

二、避直就曲,以断写续。黄孟文博士的小说在表现情节上具

---

① 王蒙:《漫话小说创作》,上海:上海文艺出版社,一九八三年版,第102页。

有辩证艺术。俗话说，文似看山不喜平。在他的《麻将精》这篇小说中，任太太是一位"麻将精"，一天不搓周身不舒服。为此专设了一间冷气麻将室。作家不无讽刺地描写道，虽然外头赤日当空，修马路的工人被晒得臭汗淋漓，但任太太他们坐在新装设的冷气室内，凉爽如仲秋，手摸麻将平滑如春冰，好不快活！这时，即使美国发射不久旋即因机件失灵而爆炸的火箭掉到他们的头上，他们也会置之不顾的！女儿小尾指被门夹断了，她很内疚，决心不再做"麻将精"，而要做一个管家爱女儿的贤妻良母。当有人说她瘾大难戒，她信誓旦旦地说："谁说戒不掉的？我就戒给你看，我偏不打！"然而，后来却像"久旱逢甘霖"般地继续打下去了。作家这样安排情节使"麻将精"任太太这个人栩栩如生。

三、锱铢必争，反常合道。黄孟文博士很欣赏美国著名小说家欧·亨利作品的结尾。他说，欧·亨利的《二十年后》这篇小说"结局完全出乎读者的意料之外"①。黄孟文博士有很多欧·亨利式的结尾的小说，如《第四关》《一块钱》等。小说《一块钱》中写了林嘉炎这个《儒林外史》里严监生式的人物。他要到中国南部去观光，好友王连发帮忙。看在老朋友份上，给他的票价优惠一百元。林嘉炎满意地表示两天后来办理报名手续，结果两周过去了，还见不到他的影子，原来这位仁兄以一元之利买了另一家旅行社的票子已经旅游去了。俗话说，理不歪，笑不来。小说也是一样，情节发展的走向不歪一歪，读者就不会获得意外的惊喜，诚如作家自己所说："写微型小说，最忌的就是平淡地、四平八稳地讲一则小故事，令人读了如喝白开水。"②

三谈寓意。黄孟文博士在七论微型小说的系列论文中，多次谈

---

① 黄孟文：《六谈微型小说——重读欧·亨利的〈二十年后〉》，《新华文学评论集》，新加坡：云南园雅舍，一九九六年版，第250、251页。
② 黄孟文：《三谈微型小说——周粲〈编微型小说万花筒〉序》，《新华文学评论集》，新加坡：云南园雅舍，一九九六年版，第240、241—242页。

到了"寓意",例如:"微型小说最主要的是短小精悍(不能大大超过一定的字数容量),有寓意、言有未尽或者韵味无穷。""作品的寓意越深,韵味越浓,诗味越强,或者所刻画的人或物越震撼人心,这篇微型小说就越成功。"① 再如:"微型小说就如中国的律诗和绝诗,字数虽然少,但要写得隽永有韵味而又寓意深刻,则非易事。""小说中所需注意的各点(比如人物、情节、寓意等),还是不宜完全忽略的。"② 究竟什么是"寓意"呢?我想还是赵秀敏先生理解得透彻,他说:"孟文先生的笔触纵横驰骋,由社会的批判而至人性的批判,人性的批判而至文化的批判,逐步向深层次挺进。太阳从他身边掠过,他却紧紧抓住刹那光耀的神采,寄思发想,抽绎精神,由故事境界达到哲理境界。"③ 简言之,就是从社会的批判、人性的批判向深层次文化的批判挺进,就是从故事境界向哲理境界提升,就是让人多一点回味的东西。因此就说小说要有寓意是很高的要求。

我想这寓意与作家的选材与开掘有关,也与读者对小说的准确理解有关。

有怎样的题材,就写出怎样的寓意来。《柳暗花明》《桂英姐姐》与《焚书》这三篇小说代表了三种寓意:"即社会的批判、人性的批判与文化的批判。"近年来,他对文化的批判更投入,写出了一些能够在文学史上留下痕迹的在艺术上堪称圆熟的作品,这或许与新加坡的社会现实有关。作为一位关心母体文化与国家前途的作家,他总要用他的作品来表达他的思考与看法。"东方文化既然有灿烂的过去,就必然会有辉煌的将来。我们没有理由把自己的文化完全弃之如敝屣,却把别人的文化全盘照搬过来,而沾沾自喜,甚至进而卑视自

---

① 黄孟文:《三谈微型小说——周粲〈编微型小说万花筒〉序》,《新华文学评论集》,新加坡:云南园雅舍,一九九六年版,第240、241—242页。
② 黄孟文:《六谈微型小说——重读欧·亨利的〈二十年后〉》,《新华文学评论集》,新加坡:云南园雅舍,一九九六年版,第250、251页。
③ 赵秀敏:《黄孟文的〈黄孟文微型小说选评〉》,《新加坡作家》第三十四期,一九九七年五月一日出版。

己的文化。"① 他在《一朵玫瑰花》《最后一次扫墓》《抹汗》(即《迈克杨》)、《焚书》与《洋女孩》等小说中多次表现了他对那些丧失民族自尊的人的痛恨与惋惜。

在《焚书》这篇小说中,作家对文化的批判是放在社会这一宏观层面上展开的。因此,它更令人忧虑,也就更富于现实意义。君瑞要搬到女儿女婿家去住,因那儿的地方小,所以他不得已而采用烧的办法来处理无法安放的书。作家在写君瑞焚书前有这样不容忽视的一段描写:这两个月来,他去访问了好几间中学的校长,图书馆分行的馆长,宗乡会馆的负责人,要把书本送给他们,央求他们妥善管理。可是,他们却给他猛浇冷水,"这里没有地方放"。"我们自己也在计划烧书呢,尤其是那些没有什么人会读的旧书!"送书无门,君瑞咬紧牙根,决定把这些书籍付之一炬,反正迟早都是要烧掉的。不重视文化,已开始成为社会习以为常的现象,这是作家所忧虑的,或许也是触发他创作灵感之所在吧。主题,古人有称之为"意"的。"文以意为主,以文传意"②,"意犹帅也。无帅之兵,谓之乌合"③。多意性是现代小说的特征之一。读者见仁见智是常有的事,但是作家在作品里的寓意却是特定的。黄孟文博士的《凶狠的母猿》发表后很受好评。这篇小说写于一九九三年五月母亲节。作家曾三拟标题,先标《母亲节》,后标《母猿》,最后才将标题定为现在这样。

古人说:"养不教,父之过",今人将这句话改为:"养不教,亲之过。"在母亲节这天,作为有很强社会责任感的作家可以对母亲作出赞颂,也可以就育儿之道向母亲提醒。作家双管齐下,二者兼之,在小说里赞颂了母猿,对洋小孩彼得的母亲却是采取批评态度的。彼得的母亲就是如此,她对孩子只是放纵而没有教育,其实这样地"宝

---

① 黄孟文:《黄孟文著〈安乐窝〉后记》,《新华文学评论集》,新加坡:云南园雅舍,一九九六年版,第213、212页。
② [宋] 花晔:《狱中与诸甥侄书》,《古人论写作》,长春:吉林人民出版社,一九八一年版,第120页。
③ [清] 王夫之:《姜斋诗话》卷下,《古人论写作》,长春:吉林人民出版社,一九八一年版,第123页。

贝"孩子并不是真正的正确的宝贝。作家的金玉良言是献给母亲节的最好礼物。这里，作家的分寸感是掌握得很好的。母猿对它的孩子"又抚又摸又舐"的，或许给人以过分溺爱的感觉。须知，母猿的孩子正在生病："小猿动作迟滞，嘴角挂着唾沫，傻兮兮地对着母猿瞧望。"作家担心读者未能明察，在叙述时还特地用"它的样貌和神态，酷似一位残障儿童"这样的字句点出。

美国作家福克纳说得好："作家有三种力量，你只要拥有其中一种便能成功。一是经验，二是创造力，三是组织力。"[①] 窃以为，黄孟文博士至少拥有其中的一种力量，那就是"创造力"，用黄孟文博士的话来说，就是"有为的作家们都必须懂得创新，懂得怎样提高作品的艺术水平"[②]。小说的"春天"是写出来的，也是创出来的，预祝他的小说之花在春天里越开越茂盛！

（载《中南财经大学学报》一九九七年增刊）

---

[①] 转引自胡殷红：《一脉相承袍泽情——台湾作家廖辉英访谈录》，《文艺报》，一九九六年九月十三日。
[②] 黄孟文：《百花齐放——兼谈文学与时代、社会和个人的关系》，《新华文学评论集》，新加坡：云南园雅舍，一九九六年版，第164页。

# 无律的季节　炽烈的诗情

## ——论陈剑抒情诗

新加坡诗人陈剑，中国读者对他来说并不陌生，他的诗作与文论已陆续介绍到中国来了。特别是一九九五年四月，他随亚洲华文作家基金会代表团曾到北京与上海访问，广泛接触了中国作家等诸多人士，我就是那时与其结识的。

陈剑从二十世纪六十年代开始，就经常写诗、散文与评论，但是直到一九九四年八月才有处女诗集《无律的季节——陈剑抒情诗选》问世，原甸感到他"怪"，因为他创立过出版社，帮别人出过许多作品，唯独想不到给他自己出作品。王润华则认为，陈剑是在他朋友中，成为出版第一本创作集时年纪最大的人。这究竟是什么原因呢？还是听听他自己的解释吧。他在该诗集的《序》中写道："天空从来／都不满意自己的创作／直到现在／还留不下一幅传世的画"，这里我们将"天空"看作是诗人自己也无不可。可否这样解释：他悔其少作，对自己过去作品都很不满意。他在《我的琴弦不再鸣响》一诗中写道："生活啊为什么这般苦恼／忙忙碌碌东奔西跑／在空中的日子多过在地面／我追逐的可是生活的云彩？"说明他的商务活动繁忙。他在该书《后记》中，认为自己的"根基浅薄，深度不足"，诗作"幼稚"，只是在朋友们的再三催促下，才搜索翻检，结集出版的。这一方面说明他的谦虚，另一方面也说明他对自己的精神产品有着极严格的要求。

关于陈剑的诗，王润华先生对其有过评价，他在该诗集的序

《走向整合的世界的诗歌》中说:"在过去,多数作家出身文教界,使得我们的作品所涉及的生活面不够广大,作家的人生与世界观不够多样性。现在陈剑从地理学、从工商界、从科技产品间走向文坛,我想他一定能带给诗坛一些新的东西。至少他本人的出现,就表现了诗歌不会死亡的信息。"

我想从三个方面来论述他的诗。《无律的季节》时间跨度从二十世纪六十年代至九十年代,共收有八十六首诗,分七个部分,就诗体来说,基本上分咏物诗、爱情诗与哲理诗三大类,下面逐一谈谈自己的看法。

## (一)咏物诗

在《无律的季节》中有咏物诗近二十首。咏物诗者"隐然只是咏怀,盖其中有我在也"[1]。古往今来,感物吟志、借物遣怀的咏物诗不计其数,就题旨的开掘而言,这些咏物诗基本上可分为"阐前人所已发"与"扩前人所未发"两大类。

先说"阐前人所已发"。以烛为题材的诗或在诗中写到烛的诗并不少,李商隐的"春蚕到死丝方尽,蜡炬成灰泪始干"更是家喻户晓的名句。新诗中写烛的有王长富的《烛》[2],试比较"突然停电/才想到了烛"(王长富《烛》)与"待晓日东升/大放光明/谁也不再记起/那可怜的豆黄光彩"(陈剑《烛》),二者从不同方面讲的是一个意思。对此烛自己是怎样想的呢?在王长富的诗中并未展开。陈剑感到言犹未尽,写道:"我是烛/便就是烛/生就十分简单的形体/只有极其单纯的愿望//要能在万暗中/捧出豆点的微光/在崎岖的路上/为脆弱的心灵/照亮一线希望……"这并非画蛇添足,而是道出了烛的心声:位卑未曾忘奉献。这样写使诗的主题得到了升华,

---

[1] [清]刘熙载:《艺概·词曲概》。
[2] 王尔碑、流沙河编选《小诗百家点评》,重庆:重庆出版社,一九九一年版,第116页。

撼人心灵。庞德曾说："伟大的文学就是在语言中输入了最大限度的意义"，我认为陈剑的《烛》这首诗是极富张力的。

再说"扩前人所未发"。有人说写诗就是发现，信然。古往今来，以荔枝为题材的诗很多，但或停留在对荔枝的由衷赞美上，如"日啖荔枝三百颗，不辞长作岭南人"（苏轼《食荔枝二首》之二）；或通过写荔枝去鞭挞封建统治者骄奢淫逸的生活，如"一骑红尘妃子笑，无人知是荔枝来"（杜牧《过华清宫绝句三首》之一）往往拓宽、开掘不够。陈剑的《荔枝》一诗，是首既有拓宽，又有开掘的佳作："你没有雄伟的躯干／更缺乏耍弄色彩的花枝／荔枝啊！你像个麻子／长满红斑点点的青春豆豆／一脸的尴尬／／不过，你可别伤感／唯独你有颗善良的心／总滋润着枯竭的心灵／你似蜜痴情／叫人牵肠挂肚惦念永久"，诗人紧紧抓住荔枝外在的特点：像个麻子，内在的特点：似蜜痴情来展开、唱出又一支奉献之歌。他在另一首诗里深情地写道："我把一颗心／栽在惠州西子湖畔"，"将长成一颗颗甜蜜的荔枝／让知心人永远无憾"（《栽心——于惠州诗人花园植荔枝树有感》），我们于此可以进而想象，作为新加坡诗人的陈剑对中国——他的祖籍——有着多深的感情啊！别林斯基说得好："诗的思想——这不是三段论法，不是定理，不是规则，这是活的感情，是澎湃的热情"，我想凡是读过《荔枝》这首诗的人都不难感受到陈剑的这种感人的"活的感情"与"澎湃的热情"。

## （二）爱情诗

古希腊谚语云："谁一接触爱情，谁就成为诗人。"话虽这么说，接触爱情的人未必都能成为诗人。陈剑的诗集中有专门一辑是写情诗的，其实，在其他几辑中也有写爱情的佳作。我以为陈剑写的情诗总的特点是"三不"，即不经意、不造作、不借刀斧，用他自己的话来说，就是有"真性情"。

我认为陈剑的爱情诗有两个层面，一种是对自己的恋爱对象或爱人表示纯真的感情，即通常所理解的爱情诗，另一种是对异性美的赞颂与艳羡。两个层面，在《无律的季节》中均有。

先说通常所理解的爱情诗。这在诗集中有一辑，共十首。我认为这十首诗首首都写得很好，其中写离情别绪的诗更显得动人。古人说："多情自古伤离别"，又说："欢娱之词难工，愁苦之词易好"，或许写这类题材在客观上得天独厚吧。《分手》这诗是写出远门与爱人分手："我主动地帮助他人搬运行李／以掩饰我内心的慌乱和失意／忙碌中我总回头张望／你幽怨的眼神叫我心碎"，这里描写了一个细节，即为掩饰自己而主动帮他人搬运行李，将"我"的心理刻画得很细腻。巴尔扎克说："唯有细节将组成作品的价值"，可见细节在诗中的重要。《没有你的日子——给凝》这首诗从现实中撷取题材，但不泥于现实，在同类诗中更胜一筹："生活里有花，有诗／因为／生命中有你／／没有你的日子／云，不再有色彩／海，不再蓝"，诗人运用对比手法，也创造性地运用了类似电影中的主观镜头，将离别之情写得深沉而炽烈，如谱成曲，我想是可唱的。

再说对异性美的赞颂与艳羡。俗话说："爱美之心人皆有之。"诗人"在空中的日子多过地面"，自然可以接触较多的空中小姐。在《乍艳》中就是写诗人与一个他"空中常相遇，地面不聚首"的空中小姐以及诗人由此抒发的感情。莎士比亚说得好："爱是一种甜蜜的痛苦。"陈剑在这类诗中所流露的往往都是"甜蜜的痛苦"："……待燕儿着地／一阵冷风／丝丝蜜意吹尽／说声再见！何时再见？／／再牵一丝温馨／梦里遇。"诗写得不经意，不造作，很真实，也很感人，堪称是"人人心中所有，人人笔下所无"的诗。在这类诗歌中，诗人善于融古为今，古为今用，将古人名句"相逢何必曾相识"化为"似曾相识未曾识／有缘何必曾相识"就是一例。再如《窗前》一诗也写得很好。它写诗人与一位女性坐在窗前，女性的美貌唤起了诗人的注目："细读你的明眸／细读你的温柔。"诗中这骈句与"用眼光抚摸美丽，用语言辐射温柔"有异曲同工之妙。更值得称道的是，诗中不用"看"字而用"读"字，这"读"字就是我们平时所说的诗眼，颇见诗人选字的推敲功夫。

## （三）哲理诗

诗歌可以动之以情，也可以晓之以理。或许可以这样说，以动之以情为主的诗是抒情诗，以晓之以理为主的诗是哲理诗。古人说，诗忌以议论入诗，殊不知以议论入诗正是哲理诗的主要特点。陈剑的许多诗不一定全是哲理诗，但其中有不少哲理性的警句，很耐人咀嚼。例如："爱情来得容易去得易"（《罂花之二》）、"伤痕有时是美丽的"（《树——给一友人》）、"痛苦的笑还是比哭美"（《请别把悲伤挂在脸上》）、"千万别为捕捉不住岁月忏悔"（《假如生活容许选择》）、"云雾原飘渺，何以付重托……"（《华山不论剑》），等等。这类诗句不是诗的可有可无的点缀，而是诗的有机组成部分，是诗的"梁柱"。

另一类是我们平时所说的哲理诗，或许可称谓诗中的杂文。《树的种种》有二十四节，计九十五行。倘若我们将这二十四节看作是二十四首微型哲理诗也无不可。这二十四首写得好的随处可见，例如："枝干不挺拔焉能显现刚直"（《树的种种》之二）这是谕人表里要一致。"一心向上所以长得直"（《树的种种》之五），这是谕人要有高目标的追求。我更爱读其中的这样三首诗："立于悬崖／其乐趣／在于别人不能"（《树的种种》之三），首句写出树的生命力及其个性。身处险境，风光自有，蕴藉无垠，耐人寻味。"老爱妒羡他人／便长得歪歪斜斜"（《树的种种》之六），全诗互为因果。一个"老"字活现树的积习难改。诗中叠字传神，且含分寸，既有中肯批评，又有戏谑嘲讽。"枯干能培育最娇艳的小花／树死得最美丽"（《树的种种》之十八），以"小花"衬托和盛赞"枯干"的奉献精神。两个"最"

字，极富张力，字字千钧，令人震撼。

著名老诗人臧克家曾说："作为诗人，胸怀要宽大……没有这种胸怀，就写不出大诗篇。"① 要写好哲理诗，看来也要有这种宽大的胸怀，思接千载，视通万里，对事物知得真，思得深，方能选题有广度，破题有深度，点题有力度。因此，我们有理由说《树的种种》是首题目平常，但饱含哲理且具象鲜明的好诗。

史英先生在回顾新加坡华文诗所走过的漫长历程时说："一般来说，现实主义的诗歌普遍上有一个共同的弱点：内涵的表达太露，不够含蓄，手法少变化。而现代派的作品为顾及诗的艺术性，过于强调意象的塑造，在主题的表达上却又往往流于晦涩难懂，意象也常显得破碎不连贯……到了八十年代初，沉寂甚至可以说是消极十几二十年的现实主义诗人，纷纷从噩梦中醒转，都下定了决心，重新为华族文化的前途而奋起创作"②，新作如花般一朵又一朵地绽放。在史英先生提及的十二位诗人中就有陈剑。这也说明了陈剑的诗与其他诸位诗人的诗一样，经过正反两方面的探索，终于找到了回归现实的"源头活水"，使他的诗作上了一个新台阶。

本诗集中，陈剑只收了他六七十年代的诗计十首，我们一时还难以看到他的"噩梦"究竟是怎样的，但可看到他八九十年代无论在诗的量上还是质上都有了令人欣喜的进步。其中《惠州组诗》共六首，计一百三十行，《树的种种》共二十四节，计九十五行，很能表明他那令人欣喜的进步，也很能代表他的诗现在已达到的新水平。"他写诗，一向不走某个流派，他写诗一向不把诗当作超凡脱俗，自命清高的艺术"③，这就使他绠长汲深，不断攀登诗的高峰。

金无足赤，诗无完诗。陈剑的诗取得了一些成就，但也存在某

---

① 王一桃：《又见臧克家》，《香港文学》第一一八期（一九九四年十月），第35页。
② 史英：《三十年新加坡华文诗坛的回顾》，朱先树、饶庆年编《新加坡当代华文诗选》，北京：北京文化艺术出版社，一九八八年版，第210页。
③ 王润华：《走向整合的世界的诗歌——读陈剑诗选〈无律的季节〉》，《无律的季节——陈剑抒情诗选》，新加坡作家协会，一九九四年版，第18页。

些不足。首先是由于他忙于商务活动，对诗句字斟句酌尚嫌不够。例如在《独爱江边月》一诗中有这样的句子："青松独爱江边月儿明／情有独钟"，句中有两个"独"字，显得重复，能否将"独爱"改为"唯爱"或"只爱"呢？我认为是可以的。再说倘若要与题目呼应，"儿明"二字删去则更好，而且意思也并不改变。再如《缘》这首诗的结尾两句，原甸认为它"过于直叙"，我也有同感。诗人的目的是为了呼应题目，所以才有如下句："五十亿人有多么多啊／为什么就我和你？"其实前面两节"一朵笑靥／牵引一生一世／／一瞥眼神／永恒的回忆"与题目《缘》已有呼应的意思了，何必再叠床架屋呢？陈剑先生虚怀若谷，他出诗集意在"求教于宇内诸方先进、师尊及众诗友"，加上他的刻苦黽勉，我想他定会不断写出更好的诗来的。

（载新加坡《五月诗刊》一九九七年九月第二十七期）

# 论游记文学主题的新开拓

## 一

随着人们的生活越来越丰富多彩,随着生活节奏的日益加快,旅游已成为人们日常必不可少的部分。"最想旅游的地方,是我暗恋者的心"(李碧华《长短句》),当代徐霞客的队伍日益壮大。游记是记述旅游途中见闻的文章,或许可以说,旅游被记录成文字就成了游记。

关于游记的主题,或许已有现成的说法。知识性、娱乐性是游记文学中的应有之义,当然政治性与思想性也是游记文学中必须强调的。山清水秀,鸟语花香,天蓝地洁,树木葱茏,绿视率高,已成为人们理想的生存环境。有人说,一个国家的游记是一个国家对人民进行爱国主义教育的生动教材,这不无道理,可谓"江山如此多娇,引无数英雄竞折腰"(毛泽东词句)。自从由农业社会转入工业社会以来,特别是近一、二十年以来,游记文学越来越注入环保成分,也就是说,环保已成了有些游记文学的主题。

## 二

从郭沫若的《笔立山头展望》(写于一九二〇年六月间)到余光中的《控诉一支烟囱》(写于一九八六年初),历时半个多世纪,这很能说明作为作家群体对环保的认识过程。我曾在一首题名为《烟囱的自述》的诗中这样写道:"曾经有人/誉我为名花黑牡丹/当时我不以为耻/反以为荣//后来有人/批评我喷吐满肚子脏话/像一个流氓对着女童／在讲文明的今天／我深感问题之严重。"这诗中的"曾经有人""后来有人"就是指的郭沫若和余光中这二位先生。

中华民族是一个有着环保意识的民族，且不说过年过节的那些风俗，就是在平时的俗语中也有反映，例如"黎明即起，洒扫庭除"（明末朱柏庐著《治家格言》），"鸟生深林，兽在丰草"（唐穆宗好狩猎，白居易谏止）等，但在文学作品中反映环保的内容却较晚，或许这是因为现代工业文明在中国起步较晚的缘故。

据悉，苏雪林、叶灵凤和丰子恺是三位较早用散文（含游记）形式反映环保内容的作家。苏雪林的《青岛的树》《约写于一九二八年》、叶灵凤的《煤烟》《河》（约写于一九三三年）、丰子恺的《言语》（写于一九三五年）可以说是中国早期用文学作品反映环保内容的代表作。《青岛的树》是写青岛的绿化工作做得很好，《煤烟》和《河》是写一九四九年以前上海的环境被污染的情况。叶灵凤的作品向来以视野开阔、知识性强而著称，他在文章中也介绍了德国和加拿大的环保情况。《言语》是写都市嘈音（汽车喇叭声）给人们造成的危害。

在当代作家中，虽然每个国家每个地区都有以写环保为题材的作家，但是我认为香港的黄维樑先生是其中较为突出的一位。他有着强烈的社会责任感。他在他的散文集《至爱》中专门列了"环保意"一辑，内收六篇散文：《丰盛与简朴》《伐木丁丁，实不忍听》《莫剪柔柯》《岌岌可危的地球》《山水有清音》和《我经常把电灯关掉》。其实他写的以环保为题材的散文远不止这些，读者所熟知的《米埔观鸟记》一文即可收进该辑。在这些文章中，他提出了"地球生态，人人有责"的口号，这与一九七二年六月五日在瑞典斯德哥尔摩召开的联合国人类环境会议上提出的"我们只有一个地球"的口号相呼应；他提出了人人都应做到"三省"（省纸张省电力省食物）的主张；他提出了应取消使用"即用即弃的木筷子"的主张（这在中国内地有共鸣）；他提出了要"让国土和地球的其他地方'山水有清音'"必须从我做起，从做好每一件事做起，等等。黄维樑提出的以上口号和主张都有着很强的理论与实践意义。

## 三

　　游记的主题注入环保成分，这是游记文学的崭新开拓。在具体表现手法上，似乎可分为两种。一种是形散神不散的写法，即游记中的环保主题明晰、集中，读后或令人喜，或令人忧。前者如《茂物植物园之游》（陈华淑著）、《弱肉强食的世界——记南非野生动物保护区》（尤今著）、《米埔观鸟记》（黄维樑著）、《五重溪》（麦穗著）、《游寺耳记》（贾平凹著），后者如《把森林还给众鸟》（淡莹著）、《那树》（王鼎钧著）、《污染的溪水》（也斯著）、《救救城门河》（潘铭燊著）。需要提出的是，潘铭燊运用了犀利的笔法，将环保问题提得很尖锐："现在城门河口的吐露港水域不但无人下水，划艇亦成为历史。现在划艇，船桨拨起的大概是金属碎屑、浮油垃圾罢。谁人有此胆色潜水，大概不再会捞到海带海星，他只能盼望人们明天会捞起他的尸首。"古人说，作画令人惊，不如令人喜；令人喜，不如令人思。作文亦然。《救救城门河》一文提出的问题的确发人深思。

　　另一种形式是形散神也散，即游记中的环保主题朦胧、多义，喜忧参半，不同的读者对象或许会有不同的理解。这类游记例如《毛里求斯——印度洋中的一块乐土》（黄孟文著）、《众岳峥峥》（余光中著）、《重归自然的怀抱》（王润华著）、《松花江的神奇》（戴小华著）《最难忘情是山水》（金耀基著）等。上述游记中有正反对比的，有文章在中间点题的，也有文章在结尾点题的（所谓"卒章显其志"），手法多样，异彩纷呈。其中有两篇文章很值得一提，一篇是王润华的《重归自然的怀抱》，文中提到加拿大阿尔伯达大学东亚语文系的穆思礼教授，他是加拿大的马永顺，文中言简意赅地写道："他们夫妇两人，把终生积蓄的财富都用来购买大自然……现在他们除了拥有一个三十多亩的树林，还有一间在鹿湖湖畔的别墅。一九八九年夏天，他们夫妇的休闲活动是种植六百株松树。"穆思礼教授的事迹令人感动。或许诸位对马永顺不很熟悉，且让我对他作一简单介绍：马永顺是中国林业系统的老劳模，一九四九年，他创造了中国林区手工伐木产量纪录，被授予特等劳动模范。在当林业工人的三十四年里，他共砍伐林木三万六千棵。一九八二年退休后，他有感于森林资源过度采伐，水土流失日益严重，决心向大山"还账"。在近十六年的时间里，他带领全家共计栽树四万六千五百棵。一九九八年六月他荣获联合国环境规划署颁发的全球五百佳的光荣称号。马永顺和穆思礼，借用王润华教授的话来说，他们都是"狂热拥抱大自然的人"。

另一篇是戴小华的《松花江的传奇》，该文曾荣获中国海外交流协会等单位举办的"首届台港澳海外华文文学游记征文徐霞客奖"。游记前半部分只字未提环保问题，读者当然也不会去想该文的主题是否与环保有关。游记结尾，作者奇峰突起，用欧·亨利的笔法写道："……匆匆游罢，临别时，表弟说：'下次你来时，住久些……''我一定会再来。这里实在是个充满灵秀之气的仙地。''可惜，一切设施及工业都还比不上先进国家。''工业高度发展，固然令人有了物质上的充分享受；但也把青山毁掉，把绿水弄浑，把泥土弄'脏'。每天吃喝各色各样的化学毒素，呼吸污浊的空气，这种代价付出得太大了！'说完，我跳上车，'轰隆'一声火车开动了，表弟那似懂非懂的面容在我眼前慢慢地流逝。"看到这里读者也似乎有点似懂非懂，然而读者都无不为这神来之笔所折服。

## 四

环保问题是一个带有全球性的棘手问题。据报载，全世界每年产生城市废弃物七千二百亿吨。全球每年有五百二十万人死于废弃物引发的疾病。由于对水资源管理不当而导致世界上每天死亡二万五千人。由于商业等用途，全球每年要减少四百六十万公顷的森林面积。

在这样的情况下，有人惊呼"我们的地球污染情况、被破坏程度，已经到了亮起红灯的危机年头"（王润华《重归自然的怀抱》）。

先从中国的宝岛台湾说起。台湾有许多自然环境保护得很好的游览胜地，如台湾的玉山、垦丁公园等。但也严重地存在贪婪求利而罔顾生态的情况。早在一九七六年，也斯就根据他游览台湾礁溪所见，写下了《污染的溪水》这篇游记。曾在台湾读过大学的王润华，对台湾的生态的"四滥"（即滥垦、滥伐、滥捕、滥采）也有看法，他说："像台北市的水泥森林、交通阻塞的车辆、咖啡屋和啤酒屋中的乌烟瘴气，都不是中华文化的发源地。台湾，尤其是台北，最需要树了，室内室外都需要树林。"

至于中国内地，同样也有许多自然环境保护得很好的游览胜地。郑明娳在游记《把我的根种在九寨沟》中曾记下她游览九寨沟时的愉快心情："在这里，我拥有最干净的脸庞。色嫫留给我一百零八'湖'水、一百零八面宝镜。俯首，对着镜湖濯发；抬眼，向着宝镜岩点妆。"黄维樑在游记《莫剪柔柯》中对岳阳市内的南湖水发出由衷的赞叹，他写道："在参观岳阳师专时，真想走下草坡，用南湖的水濯手濯脸，甚至喝它一口。"但是由于我们的环保工作在有些地方没有搞好，所以香港与内地的有识之士均对此提出了批评。香港作家金耀基在《最难忘情是山水》中指出："还来不及咀嚼（苏州）匆匆的第一面，汽车、单车、人群之争先恐后，此起彼落的喇叭声，我那份准备拥抱江南半个仙乡的心情已经冷了半截……最难堪的恐还是穿插在大街小巷的小河，水仍是水，只是已成为与污物浮沉的浊流了！"内地也有作家指出中国在环保方面存在的问题："根据上海市园林管理局最近的统计，上海市绿化覆盖率仅为百分之十七点八，与国外同类城市相比，差距十分明显。"另外，有些作家以"美丽与丑景同时存在"的原则，在游记中也写了一些欧美国家在环保方面的经验与问题，很能引起人们的关注。

## 五

　　纵观历史，人们曾经历了一个从崇拜自然到希望征服自然的过程。我很赞成这样的说法："人和自然关系不是征服和被征服的关系，而应该是和平相处共生共长的关系。在这个前提下来确定发展方向、选择生活方式，才是健康的、先进的。"（赵长天《新的思考》）如果人和自然不是这种和谐融洽的关系，而是一种征服与被征服的关系，那么，人们迟早会遭到报复，"天谴迟早会降临"（淡莹《拥抱大自然》）。世界有很多地方，如美索不达米亚、希腊、小亚细亚、阿尔卑斯山的南坡，当初为了得到耕地毁灭了森林，最后成为不毛之地。（恩格斯《自然辩证法》）

　　文学家在游记中所揭示的自然环境被污染、生态平衡被破坏的事实不容置疑，所以很多国家面对现实采取了不少有力措施，如制订法律、实施奖惩条例、对一些带有共性的环保课题进行深入研究，等等。在中国陆续颁发了《环境保护法》《水污染防治法》《海洋环境保护法》和《森林法》等。在新加坡对环境管理很严格，狠抓一个罚字，因此路上没有痰迹，没有尾巴冒黑烟的汽车，海上也没有飘浮的垃圾。在德国正研制商品用简装代替塑料袋包装，这是一个向白色污染发起进攻的新举措。

　　文学是社会生活的反映。游记文学中环保主题的表现与揭示，对唤起人们对自然风景区的保护，对文化古迹的保护均起到了促进作用。开发并保护旅游资源应与环保结合起来综合考虑。"地球生态，人人有责"这应成为地球村村民们行动的出发点与归宿。

一九九八年十月五日

（此为一九九九年二月向在新加坡召开的"人与自然：环境文学国际研讨会"提交的论文，论文提要载《新华文学》第四十五期）

# 诗歌无惧

在一些谈诗歌前景的文章中,有人用了"自杀""可叹"等字眼,并预言诗歌的前途渺茫,表达了对诗歌发展前景的深重忧虑。有人问美国中生代诗人丹那·焦亚(Dana Gioia):"诗会死吗?"丹那·焦亚回答说:"不会,诗是死不了的。"中国诗人谢其规说:"只要人类的思想在,情感在,审美欲望在,诗歌就不会湮没和消失。"(《诗是我生命的元素》)中国诗人罗门更是说得斩钉截铁:"在世界上只要有一个人还在写诗,诗就永不会死。"(《彻底重认"诗"是否死的问题》)我完全赞同他们三位的看法,对诗歌的命运,或者说对诗歌发展的前景大可不必过虑。

中国自古就有"诗歌之国"的誉称。到了现代,人们对文学体裁的爱好是多元的,不可能要求今人像古人那样对诗情有独钟。尽管如此,仍会有相当数量的人喜欢诗歌、欣赏诗歌、创作诗歌。有篇文章提供了如下数据:"据有关方面最近对(中国)北京、上海、厦门、广州、重庆等五城市市民的随机抽样调查表明,只有百分之三点七的市民还喜欢诗歌,而近四成的被调查者则认为当代人已不再会欣赏诗歌。"(周骏《诗歌不受欢迎》)先不谈其准确性如何,即使如此,仍有六成多的被调查者认为当代人仍会欣赏诗歌,这是一个不可小看的数字,说明"一日不吟诗,心废似古井"者大有人在。女作家林白说:"读诗写诗是可以滋养人的精神的。"以上是个人对诗的看法,就群体而言又如何呢?事实胜于雄辩,有篇评论这样说:"据了解,本市(上海)除了作协在编的九十多位诗人外,基层业余诗歌创作队伍仍在不断壮大,如大学校园诗歌社团、市宫创作中心、'城市诗人社'等诗歌团体里的业余诗人,依然活跃于上海诗坛之中……仍有一些诗人在近期写了号角、鼓点般的政治抒情诗,并引起一定反响。"

好酒不怕巷子深,好诗不愁无人读。这就很值得引起我们的深思:如何去提高诗歌的质量?如何使诗歌摆脱不景气,走出低谷?如何用诗歌去反映现实生活与改革时代,去赢得读者而不是去埋怨读者?总之,我们应该用诗歌的精品而不是伪劣品去奉献给读者。这"精品"用里尔克的话来说就是"甘愿让一个读者读一千遍,而不愿让一千个读者只读一遍"的作品。谈易行难,这就需要我们借鉴前人的经验。

首先,诗人要有厚实的生活底子。俗语说:"有根花才香",说的正是这个意思。将诗歌看作是"任意涂抹的黄油"的人是写不出好诗的。

其次,诗要有鲜明的个性。生活是丰富多彩的,诗人们对生活的感受与体验是不同的,读者的审美趣味是不一样的,这就需要诗人写出富于鲜明个性的诗,也为诗人写出富于个性的诗提供客观条件。鲜明的个性源于思维脉点的新颖与表现手法的独特,否则就会千人一面,千口一腔,何个性之有?

再次,诗人应该视野开阔,博古通今,还要善于从外国诗中汲取营养。西方象征派诗、意象派诗与现代派诗对中国诗坛曾产生过影响,并将继续影响着中国诗坛。因噎废食并不可取,我们需要"拿来":"我们要或使用,或存放,或毁灭……没有拿来的,人不能自成为新人,没有拿来的,文艺也不能自成为新文艺。"(鲁迅《拿来主义》)

有高峰就会有低谷,只要我们走出低谷,就能攀上高峰。新加坡诗人南子说得好:"诗人无惧。无惧于创作,寂寞,诽谤,打击,失意,斗争,失败,不被当代的人了解,没有鲜花没有掌声……"(《诗人无惧》)诗歌亦然。我们不必悲观失望,也不必扼腕叹气,因为诗歌无惧！乘流疾千里，回首忆百年。有使命感的有作为的诗人不应"因为诗集没有销路，读诗的人日益减少而停止创作"，而应耐得住清贫与寂寞，积极投入到生活激流中去，用自己的睿智、胆识与汗水去开拓新路，再创诗歌的辉煌。

（载新加坡《五月诗刊》一九九八年十二月第三十期）

# 试论微型小说

小说一词，最早见于《庄子·外物篇》："饰小说以干县令，其于大达亦远矣。"他是将"小说"（小道理）与"大达"（大道理）相对举而并存的。根据美国微型小说作家罗伯特·奥弗法斯特的说法，篇幅在一千五百字左右的小说均可称作微型小说。

虽然中国古代没有微型小说一词，但微型小说古已有之。在古代较早的小说集《世说新语》里就有类似的作品。例如《王蓝田性急》："王蓝田性急。尝食鸡子，以箸刺之，不得，便大怒，举以掷地。鸡子于地圆转未止，仍下地以履齿碾之，又不得。瞋甚，复于地取内口中，啮破即吐之。王右军闻而大笑曰：'使安期有此性，犹当无一豪可论，况蓝田邪？'"到了近代，在蒲松龄的《聊斋志异》中也可以找到类似的篇什："禹城韩公甫自言：'与邑人彭二挣并行于途，忽回首不见之，唯空蹇随行。但闻号救甚急，细听则在被囊中。近视囊内累然，虽则偏重，亦不得堕。欲出之，则囊中缝纫甚密；以刀断线，始见彭犬卧其中，既出，问何以入，亦茫不自知。'盖其家有狐为祟，事如此类甚多云。"（《彭二挣》）

到了当代，微型小说更为繁荣，这是因为它能适应当代人生活的快节奏，它能以"最少的文字，表达最大的内涵，使读者在几分钟内，接受一个故事，得到一份感动和启示"。诚如鲁迅先生所说："在现在的环境中，人们忙于生活，无暇来看长篇，自然也是短篇小说繁生的很大原因之一。"（《〈近代世界短篇小说集〉小引》）我想，这也是微型小说繁生的重要原因之一。

微型小说之所以繁荣，还有另一个原因。孔子曾称赞小说为：

"虽小道,必有可观者焉。""可观者"译成现代语就是"可读性"。隐地先生说得好:"有人喜欢微型小说,因为一粒米就是一粒米,没有隐藏在'一升糠'里面",他说的也是关于微型小说的可读性。可读性是架设在作品与读者之间的桥梁,作品没有可读性就不会有读者,"没有读者就没有我"(巴金语)。因此,可读性可视为微型小说的生命。

微型小说繁荣的第三个原因,或许就是因为它有独具的特点。这特点归纳起来就是:语言简练、结构紧凑,和情节的尺水兴波。著名作家叶圣陶曾将简练与紧凑看作是短篇小说的重要特点。他说:"短篇小说跟长篇相比,当应该注意简练和紧凑。"(《跟"人民文学"编辑谈短篇小说》)与短篇小说相比,微型小说更讲求简练和紧凑。胡怀琛的《第一次恋爱》这篇微型小说就是如此。它写了一件事(作家密司忒黄与一位女读者的见面)、两个人物(密司忒黄与读者"年轻女子")、三句话(女读者的两句话与密司忒黄和他朋友交谈的话),但写得引人入胜,极具张力,是微型小说里的精品。

情节是小说里人物性格形成的历史,因此小说很注重情节的丰富性。微型小说由于受到篇幅之限制,无法容纳丰富的情节,但要注意情节的尺水兴波。悬念的设置就可以使情节尺水兴波。悬念是小说抓住读者的最大魔力,有人将它比作是"悬挂在达摩克利斯头上的剑"(这故事源出贺拉斯)。王任叔(巴人)的《河豚子》这篇微型小说的悬念设置值得称道。它写的是一个人家在灾荒岁月里度日如年,难以生存。所以小说中的"他"想出用吃河豚的方法集体自杀。小说集中笔力写了这样一个全家集体自杀的惊心动魄的场面。读者是带着担心这个人家命运而读罄小说的。小说中"妻子"的茫然无知和孩子因饥饿而贪食,更使读者增加了一份担心。

"偶然性是世上最伟大的小说家。"(巴尔扎克语)丈夫的暂时出走避开和妻子因等丈夫回来而将煮鱼的时间大大延长了,这一切又安排得那样合情合理,真实可信。最后小说以"求死不得"的喟叹结束全文，更使小说增添一层凄凉的色彩。以悲剧开端，以悲剧收尾，写得有声有色，丝丝入扣，倘若不是大手笔，是断难想象的。

俗话说："麻雀虽小，五脏俱全。"微型小说就像微雕艺术那样，需要精心构思与精湛的技巧。新加坡是个盛开胡姬花的国度，相信微型小说这株花也会像胡姬花一样，在这片沃土上茁壮生长，繁花似锦。

（载新加坡作协《新华文学》一九九九年六月第四十六期）

# 《刘延陵诗文集》编后记

　　五四著名诗人刘延陵在文学、哲学、社会学、心理学、修辞学等诸领域均有很深的造诣，贡献良多，深得人们的钦敬。

　　一般读者只知道他在一九二二年与叶圣陶、朱自清主编过我国现代新诗史上第一部《诗》月刊，和这一年他与郑振铎等人合出过一本诗集《雪朝》，而他出的其他几本著译却鲜为人知，现录如下：

　　《围炉琐谈》（短篇小说集），柯南道尔著，刘延陵、巢干卿翻译、编纂，上海商务印书馆一九一七年十二月初版，一九二〇年八月再版。

　　《社会心理学绪论》（上、下册），威廉·麦克杜格尔著，刘延陵译，商务印书馆一九二二年十一月初版，一九二七年十一月再版。

　　《社会论》（百科小丛书第三十八种），刘延陵著，商务印书馆一九二四年三月初版，一九二六年五月再版。

　　《明清散文选》（国文精选丛书之一），叶楚伧主编，刘延陵编注，正中书局一九三七年五月初版。

　　此外刘延陵还发表过数量可观的诗歌、散文、小说以及论文、译作，等等。如果用"著译甚丰"的语句来评价他的文学成就，我想是一点也不过分的。

　　我是在读大学时才了解诗人刘延陵的。当时根据老师的布置，我们课后阅读了《中国新文学大系》，阅读了被收进书中的他那两首名诗《水手》与《海客的故事》。我特别赞赏《水手》里所描写的环境"井旁"及其开得鲜明的"石榴花"，倘若少了这两者，诗定会逊色很多。但是我决定自告奋勇要编《刘延陵诗文集》，那是一九八六年读我师赵景深教授的大作《中国现代诗歌》一文以后的事。赵老师感慨地说道："像刘延陵、程鹤西那样好的诗人至今不曾出诗集，真是一件极大的憾事！"当时我就想，老师的遗憾应当由他的学生去弥补才是，于是我产生了要编选刘延陵、程鹤西二位先生诗选的想法。

一次，我去施蛰存先生家，谈及此事，施先生随即从书房里取出程鹤西先生赠他的《野花野菜集》(自印本)一书。施先生告诉我，一九八七年十二月七日，是张骏祥先生将此书托李振潼先生转给他的，并嘱我带回家看看。此书分"野花集"与"野菜集"两部分。"野花集"计收诗作八十六首，其中因在十年浩劫中散失有目而无诗的有二十首。"野菜集"收散文五十九篇。集中的诗与文均写得很好，颇多对世道人情的感慨。后来我在书肆里还见到过这本书，它已正式出版了。

刘延陵先生祖籍安徽省旌德县，生于江苏省泰兴县，本名延福，乳名福官，一九一六年毕业于复旦大学，后在江苏南通师范、如皋师范执教。一九二一年到上海，任中国公学中学部国文教员，同年加入文学研究会，并与叶圣陶、朱自清创办《诗》月刊。一九二二年去杭州，在浙江第一师范任教。同年岁杪，他申请官费赴美国进修，考入西雅图州立大学攻读经济，于一九二六年回国后先后任教于金华中学、浙江大学与上海暨南大学。抗战爆发后去吉隆坡，后定居新加坡，他的大半生是在新马度过的。要搜集他的资料十分不易。郑子瑜先生很理解我的难处，他利用回国探亲之便，将编书的信息传到新加坡，并请刘夫人张淑英女士及其女儿伍芳小姐帮忙，以及邢济众、陈哲力、潘正镭等诸位先生的鼎力协助，寄来数以斤计的珍贵资料，令我十分感动，这里首先要谢谢他们。刘延陵先生在北京的女儿刘雪琛、女婿杨零沧，在南京的堂妹刘延仁，在厦门的堂妹刘延佐与其先生马力都给我提供了不少珍贵资料。有了他们的热忱支持，我的胆子一下子壮了许多。但是有了以上这许多资料我觉得还不够，于是继续拓宽渠道，广为搜集。下面仅举两例，搜集资料的辛劳可窥一斑。

一九九三年八月下旬,我去浙江,路过杭州,拜访了浙江杭州高级中学董舒林老师,过后我们冒雨骑车至浙江大学教师宿舍曙光二村,拜访我久仰的著名诗人汪静之,并向他约稿,后来他给我寄来了《回忆刘延陵师》一文。

一九九一年暑假,我连续数天到坐落在南京西路的上海图书馆去抄录刘延陵先生发表在一九二一年《时事新报》上的译作《现在美国最好的短篇小说》五篇,凡一百一十八页。

除要衷心感谢收其大作入本书的诸位作者外,还要衷心感谢虽未收入其大作,但同样对本书给予热忱关怀与大力支持的诸位长辈、文友,他们是:张淑英、邢济众、陈哲力、潘正镭(以上新加坡)、许世旭(韩国高丽大学)、孙爱玲(香港教育学院)、苇鸣(香港浸会大学)、刘雪琛(北京师范大学附中)、魏海生(中共中央马恩列斯著作编译局图书馆)、刘延生(南京审计学院)、刘延佐(厦门第五中学)、马力(福建省出版外贸公司)、董舒林(浙江省杭州高级中学)、陈毛英(浙江图书馆)、董校昌(杭州市文学艺术界联合会)、徐重庆(湖州市电影公司)、孙继林、徐群(上海图书馆)、刘华庭(上海书店出版社)、陈子善(华东师范大学)以及施岳群、吴德润、顾潜、杨星宇、宗廷虎、许道明、苏兴良(以上复旦大学)等。

特别应该一提的是,复旦大学出版社的贺圣遂、高若海等领导始终关怀并支持本书的出版工作,并给予许多具体的指导。该社副社长兼本书责任编辑杜荣根先生辛劳尤多,陈萍小姐设计的新颖而富有创意的封面,使书增色不少,谨致深深的谢意!

许杰教授和杨零沧先生生前他们或为本书题签并提供大作,或为本书四方搜求资料,并誊写刘延陵先生的遗作,贡献良多。"极大的憾事"终于划上了句号,他们与赵景深教授都会含笑九泉的。

在本书编选启动之时,友人来函鼓励说,这是做了一件极有意义的事,也有的说这是做了一件功德无量的事。由于主客观的原因,此书延迟至今才问世，对我来说，这不仅是无功，而且是有"罪"了，但愿能将功折"罪"就好了。

二〇〇一年十月八日

（载《刘延陵诗文集》，复旦大学出版社，二〇〇三年版）

# 精笺细注，创见迭现
## ——评《〈阿Q正传〉郑笺》

一

很多学界朋友都知道郑子瑜先生是著名的修辞学家，但很少人知道他还是中国现代文学研究的知名学者。他研究的涉及面较广，著有《鲁迅诗话》（一九五二）和《〈阿Q正传〉郑笺》（一九九三）等著作。单篇论文涉及中国著名作家、学者鲁迅、周作人、郁达夫、刘延陵和朱光潜等人的，有《关于〈说"曲终人不见，江上数峰青"〉——谈鲁迅评朱光潜的诗论》（一九四八）、《阿Q确有其人》（一九四八）、《〈秋夜〉精读浅释》（一九四九）、《谈郁达夫的南游诗》（一九五五）、《论郁达夫的旧诗》（一九六三）、《谈鲁迅论陶渊明》（一九七八）、《论周氏兄弟的新诗》（一九七八）、《论周氏兄弟的杂事诗》（一九七八）、《郁达夫诗出自宋诗考》（一九七八）、《郁达夫与鲁迅》（一九八五）、《蒋祖怡著〈郁达夫旧诗笺注〉序》（一九九〇）、《〈刘延陵诗文集〉序》（一九九〇）等十多篇。量虽不算多，但篇篇字斟句酌，创见迭现，是深入钻研、花了工夫的精品。

二

在鲁迅的所有小说中，《阿Q正传》的影响最大，它是现代小说里中篇小说的开山之作，是中国现代小说史上的一座丰碑。毛泽东说，他很早就读了鲁迅的作品，如《狂人日记》《阿Q正传》等。还说，我们共产党人和红军干部应该读一读《阿Q正传》，应该像鲁迅一样去了解和认识农民群众的思想①。

"许多人看过《阿Q正传》，真正懂得这篇讽刺小说的也不会很多。"②郑子瑜先生在众多鲁迅的著作中挑选《阿Q正传》笺注是有远见卓识的。他的目的很明确：一是为了"表明著者的初旨"，二是为了"帮助读者对《阿Q正传》的了解"。读者在看了他的这本"郑笺"后，就等于是"读完一部鲁迅对于中国民族性的观感录"③。这本《〈阿Q正传〉郑笺》正像郑先生的《中国修辞学史》一样，以前没有人做过，从这个意义上说，是填补了学术空白。郑先生的《〈阿Q正传〉郑笺》有如下几个特点。

一、郑先生说，他的笺注是以鲁迅的杂文为主来注解鲁迅的小说《阿Q正传》的。作家对自己的作品最了解，也最有解释权。他这样做就使得这本著作具有了科学性和说服力。以这种方式笺注在书中占有很大比重，说明郑先生对鲁迅著作很熟悉，且下过一番钻研的苦功夫。例如鲁迅为何让作品中的某些人物姓"赵"、姓"钱"？鲁迅在《答"戏"周刊编者信》中说，"赵""钱"是《百家姓》上最初的两个字。他这样做的目的是为了消解各种无聊的副作用，使作品的力较能集中，发挥得更强烈。

二、郑先生是著名的语言学家，他对古文有着丰赡的学养，且用语言学家的眼光来检验语言的规范性。他凭借着这两方面的优势，在笺注中时有亮点出现。前者如《阿Q正传》第一章中有"从来不朽之笔"，这"笔"似乎有人认为没有什么内容可注。郑先生先引《文心雕龙》的总述："无韵者笔也，有韵者文也。"然后指出："凡

---

① 斯日：《冯雪峰晚年的遗憾》，《文汇读书周报》，二〇〇九年七月十日。
② 曹聚仁：《〈鲁迅年谱〉再版跋尾》，《曹聚仁书话》，北京：北京出版社，一九九八年版，第333页。
③ 郑子瑜语，转引自林非：《阿Q正传·郑笺》后序，《〈阿Q正传〉郑笺》，北京：中国社会出版社，一九九七年版，第21页。

是无韵的文章叫作'笔'。"这就使得读者增长了知识。后者如《阿Q正传》第五章中有这样的话："有破夹袄,又除了送别人做鞋底之外,决定卖不出钱。"郑先生认为,这是鲁迅先生用词失当,"决定"应改为"肯定"才好。

三、郑子瑜先生在笺注中往往注入自己的理解。例如小说第一章提到"未庄"这个地方。根据他的理解,这"未庄"实有"未可定为哪一个村庄"之意,也可作为"无论哪一个村庄"解。我们很钦佩郑先生笺注得这样详细,也钦佩他解释得这样全面。同时,郑先生在笺注中也有时注入别人的理解。例如小说第二章写输了钱后第二天阿Q肿着眼睛去工作。郑先生笺注道,阿Q为何肿着眼睛?据传有二说:一说阿Q那夜大哭一场,所以第二天肿着眼睛;一说阿Q那夜并未哭,只是睡不着,所以也肿着眼睛。郑先生说,究竟如何?待考。这是尊重读者的表现,给读者留有思考的余地。是否有第三可能呢?即既不是大哭一场,也不是睡不着,而是恨自己运气不好输了钱,于是用力在自己脸上打了两个热辣辣的嘴巴,所以连眼睛也肿起来了。

四、引用别人的文章,启发读者作进一步的思考。日本学者安冈秀夫著有《从小说看来的支那民族性》一文,说"支那的民族性"有一种是"事大主义"。郑先生接着指出,有人将鲁迅小说中的阿Q看作是登徒子,所以不仅年近五十岁的邹七嫂回避他,还让她那十一岁的女儿也回避他,并指出这现象在"乡村及交通不便的小市镇才有",让读者感到"事大主义"既是日本个别学者对我们的诬蔑,也说明我们的民族性中确有落后的东西。

## 三

《〈阿Q正传〉郑笺》出版后广受好评。林非先生认为,郑子瑜先生为完成此书曾克服了许多困难。这些困难表现在"世事的变迁"

和"治学的艰辛"两个方面,但是这些"都难于扼制和阻挡一位充满了事业心的强者,迈开自己坚毅和阔大的步伐。子瑜先生正是这样从《郑笺》的起点,终于攀上了治学的峰巅,成为国际上知名的学者和作家"①。

特别有戏剧性的是这部书稿的失而复得。这部书稿是一九四二年完成的,等到抗战胜利后,郑先生通过友人、厦门大学的叶国庆先生转请郑振铎先生为之撰序,后因郑振铎先生出访时飞机失事而未果,于是这部书的原稿也不翼而飞。一九九二年,幸亏北京的建筑师傅张印培先生将原稿从街头购得,才有今天它的问世。这部书稿曾于一九九三年和一九九七年分别由北京中国和平出版社和中国社会出版社出版,可见此书是很受广大读者欢迎的。

我认为郑子瑜先生笺注得很详细,很符合小说的原意,为读者阅读这部名著排了忧,解了难。郑先生给这部两万字左右的小说做了三百二十三条注释,平均每章做了三十六条注释。从这个数字可以看出郑先生笺注之详尽,治学之严谨。像这样花工夫做注释的,只有南京大学的赵瑞蕻先生可以和他媲美。赵先生在《鲁迅〈摩罗诗力说〉注释、今译、解说》(天津人民出版社,一九八二年版)一书中做了五百二十四条注释。这两部著作的注释在鲁迅书系中创造了纪录,这要付出多少夜以继日的辛勤劳动啊!

金无足赤,人无完人。郑先生虽然在笺注该书时下过苦工夫,但仍存在个别的不足之处。例如,在小说第八章的一条注释中说:"我国革命,也应该学欧美人来争自由,所以对人宣传革命党便是争自由的自由党。而其实并非真有自由党的名目。"事实是在民国初年确实是成立过自由党的,这一点林非先生业已指出。再如,小说第一章有一句:"'内传'在哪里呢?倘用'内传',阿Q又决不是神仙。"郑先生只给"神仙"做了注释,而未对"内传"做注释。二○○九

---

① 林非:《〈阿Q正传·郑笺〉后序》,《〈阿Q正传〉郑笺》,北京:中国社会出版社,一九九七年版,第24页。

年一月人民文学出版社出版的《阿Q正传》一书对"内传"注释为:"小说体传记的一种。作者在一九三一年三月三日给《阿Q正传》日译者山上正义的校释中说:'昔日道士写仙人的事多以'内传'题名。'"这样注释就周全了。郑先生说,当年他给鲁迅小说《阿Q正传》做笺注时条件是那样艰苦:"适逢敌寇南侵,沦落海外,蛰居乡曲,地瘠人稀,客窗寂然,而烽烟未熄,交通阻滞,事无可为,只得耕田为生,夜来椰风椰雨,索居无俚,乃挑灯作笺,偿我夙愿。"①因此我们是不应苛求他的。但要说的是,自一九四二年完成笺注到一九九二年原稿失而复得,正巧是半个世纪。半个世纪后研究和阐述《阿Q正传》的著作和文章容易检索,包括周作人著的《鲁迅的青年时代》和《鲁迅小说里的人物》这两本资料很丰富的书也容易找到。如果这时候郑先生在原有笺注的基础上再花工夫加以修订和补充,这本笺注就更能发挥导读作用。现在正是在这一点上似乎是留有遗憾。

我们还发现,郑先生在《自传》(一九八六)和《我的治学经过》(一九八九)两文中均未提及《〈阿Q正传〉郑笺》这一学术成果,因此我们在梳理郑先生学术成就时,应论述他在研究鲁迅为代表的现代作家方面的诸多建树,辉煌业绩。

古人说,死而精神永存的人是真正的长寿。(老子曰:"不失其所者久,死而不亡者寿。")如今海内外学人怀着崇敬的心情,阅读并学习郑子瑜先生的传世之作,钦佩他的人品和文品,感激他的帮助与教导,深感郑子瑜先生是我们永远仰慕的真正长寿的学界泰斗。

(原载宗廷虎、梁通主编《郑子瑜先生纪念集》,复旦大学出版社,二〇一〇年版)

---

① 郑子瑜:《〈阿Q正传〉郑笺》"引言",《〈阿Q正传〉郑笺》,北京:中国社会出版社,一九九七年版,第13—14页。

# 龙的传人与唐山精神
## ——试论柯清淡的小说

对祖国大陆的读者来说,菲华作家柯清淡的名字并不陌生,他的作品曾三次在北京获奖。他在繁忙的商贸活动之余从事文学创作,非常投入。虽然他的创作产量不算高,但几乎每写一篇就成功一篇,成绩骄人。他不但散文写得好,曾四度获奖,他的诗、杂文、小说乃至评论也都写得很好,令人敬佩!鉴于已有多位评论家对他的诗与散文发表了很好的意见,而对他的小说创作似乎还没有专文评论,所以我想就这方面发表一些不成熟的意见,以求教于柯清淡先生及诸位方家。

一

或许柯清淡先生已发表了不少小说,但我孤陋寡闻,仅拜读过他的四篇小说,即短篇小说《两代人》《路》(均写于一九八九年)、微型小说《命名记》(写于一九九一年秋)、《签约记》(写于一九九二年)。需要说明的是,有些人将《命名记》和《两代人》不是看作散文,而是看作小说,我同意他们的意见。作为小说的主要要素,如人物、故事、情节、细节,在这两篇作品中均有表现。

许多评论对柯清淡作品的思想意义发表了看法,首先,我想就这一问题谈一谈。中国古代文论主张:"文以载道",所谓"道非文不著,文非道不生"①。这"道"有特定的内涵,且在不同时代有着不同的内容,用现在的话来说就是文学作品应具有思想性,应具有教育作用。"无论哪一类作品,作者对故国、对家乡的那种梦萦魂牵的思念以及无时无处不在的那种深切的关怀,却是一以贯之的。"② 我们读了柯清淡的作品也会深受教育,并被他那眷恋故土、传承薪火的刻骨铭心的感情所深深感动。

具体地说,上述柯清淡的四篇小说反映了一种什么思想,或者说是哪类主题?有人将他的《命名记》《签约记》《两代人》和《路》的主题归纳为"是对儿女疏远中华文化的忧虑"③。这种忧虑在他的文章中还有两次提及。他曾说"要在强烈'非华化'的生活环境中,作个'拒绝投降'的游勇"④。(这并被看成是他从事华文写作的基本动机)他曾说:"笔者身在'盎格鲁撒克逊'人的文化势力范围内从事华文文学活动,是由于深受一种欲薪传中华文化于海外的'使命感',和一种面遭强大文化吞噬的'拒降意识'所驱策而效命出击的……只奈何螳臂挡车。"⑤

现代文学作品(含小说)的主题往往是多义的,读者对主题有不同的理解也是允许的,所谓"仁者见仁,智者见智"。细分起来,这四篇小说的主题是同中有异的:《命名记》初看起来也是高尧舜对其儿女"疏远中华文化的忧虑",因为他们给他的孙儿起了个洋名字BUSH。但是全文以很大的篇幅描写了高尧舜希望今后自己的祖国更加强大起来,更为世界所瞩目,并为二十一世纪将成为炎黄子孙的世

---

① [元]郝经:《陵川集·原古录序》,南京大学等编写《古人论写作》,长春:吉林人民出版社,一九八一年版,第12—13页。
② 钦鸿:《浓得化不开的中国情——读菲华作家柯清淡的诗与散文》,菲律宾《商报》,一九九七年十月四日,第十八版。
③ 吴亦锜、赵顺宏:《菲律宾华文文学史稿》,北京:中国文联出版社,二〇〇〇年版,第274页。
④ 《柯清淡小小说二题·作者简介》,载《小小说月报》,一九九七年第四期。
⑤ 柯清淡:《致与会(指第十一届世界华文文学国际研讨会——引者)诸文学同工及先进》,二〇〇〇年十一月。

纪而深受鼓舞,欢呼雀跃。小说中有这样的描写:"不知高老是在庆幸观龙得名,还是在祝愿巨龙腾飞,还是兼而有之,见他手舞足蹈,我异常欣慰。"这是点睛之笔,也可以将这看作是本篇主题多义性的佐证。

同样,《签约记》也是如此。小说是围绕在合约上究竟是盖"我"的中名印章,还是签下"我"的洋名展开的。要说它的主题,有人说,它是表现"菲律宾华文作家对华文的热爱,对汉文化传统的热爱"[1]。小说着重要表现的是以此引出一段回忆,来叙述"我"为薪传中华文化于海外所承受的艰辛。现在虽时过境迁,作品中的"我"仍不改初衷,希望"有朝一日途经大陆、台湾或香港时,我会找个刻印处,刻制一枚像童伴小赞刻赠我的那样印子"。这种始终如一、百折不回的精神,我认为称之为"唐山精神"倒是很适合的,因为我们中华民族历来就有这样的精神。

《两代人》和《路》是短篇小说,而非小小说,所以在表现主题方面就有更多的自由。《两代人》初看起来也是对儿女疏远中华文化的忧虑。不是么?父亲想带子女去伦礼沓的"中国公园"游览,向他们讲解中国的园林建筑,但儿女们都以各自有事而推辞。值得注意的是小说中动辄穿插进对往事的回忆,就像电影里的闪回镜头一样。这样的穿插回忆约有十处之多。所以,与其说《两代人》这篇小说是写对儿女疏远中华文化的忧虑,倒不如说是写父子两代人所走的不同道路:父辈们走的是一条异常艰辛的坎坷的创业之路,子辈们走的却是一条父辈们已经开辟了的相对平坦的道路,对子辈们来说所应考虑的是怎样去保护自身的生存和权利,去融入菲律宾社会,并向这个社会做出自己应有的贡献。

《路》这篇小说不是写两代人,而是写两辈人所走的不同道路。小说中林富贵和邝龙走的是一条"叶落归根"的路,林富贵因突然

---

[1] 凌鼎年:《八面来风·主持人语》,《小小说月报》,一九九七年第四期。

死亡未实现他的夙愿,而邝龙却终于返乡告老,回到他梦萦魂牵的广东台山县。作品中的"我"经过再三考虑,最后还是买下了林富贵开的铺子"林氏杂货店",走的是一条"落地生根"的路。诚如小说中"我"对林港生所说的那样:"叶落归根是你父亲和邝龙那老一辈的思想。不过,占华人多数的土生土长的后辈,则应争取在这国土上扎下根!"不论走哪条路对海外华人均有普遍意义。"叶落归根"与"落地生根"应并行不悖,一视同仁,不应有厚薄之分。

综上所述,柯清淡这四篇小说的主题该怎样归纳才好呢?有位论者曾扼要地概括:"华人的离乡去国,到异域去漂泊,其原因各个人可能大不同,但总与他怀着更好的生活追求相关。从漂泊、彷徨,到怀乡、寻根,到企望叶落归根(像有的菲华小说所写的,有些华人即使在海外漂泊大半辈子,还是企望将来归葬于祖宗,或与唐山久别的老伴葬在一起),再到落地生根,这种生活的二部曲,对于几代去到海外的华人都是十分典型的。这是一种典型的生活情感的经历,也是一种典型的人生命运的经历,而不仅仅是柯清淡个人的经历。"① 如果说要用一句话概括柯清淡这四篇小说的主题,我想或许可以这样表述:柯清淡的小说生动表现了海外游子从漂泊、彷徨到怀乡、寻根的情感历程,以及他们和居住国的人民一起吃苦耐劳艰苦创业的精神。

## 二

一篇小说要写得成功除了要有深邃的思想内容外,还要有娴熟的艺术技巧。当然,有人或许会说,无技巧是最高的技巧。而我却认为,运用技巧而使读者不易看出才是最高的技巧。

柯清淡的小说是运用技巧的,且思想性和艺术性水乳交融,我们读他的作品是一种很好的艺术享受。要全面论述他小说的艺术成就

---

① 王淑秧:《柯清淡的散文与"蒲公英"精神》,《台港文学选刊》,一九九八年第十二期。

有些难度,还是让我谈些片断想法吧。

先谈他的两篇小小说,有人将小小说比喻为微雕艺术,这说明要写好小小说难度很大。正因如此,有人认为"小小说,这是训练作家最好的学校"。①

《签约记》这篇小小说既写现在,又将笔触伸向历史,写了对往事的一段回忆。它遵循小说情节发展的规律,写了龙传人的文具木印子的获得,这木印子又如何招来惯欺少数华籍同学的卡里斯的注目,小说中的"我"又如何在一怒之下揍了卡里斯,以至被取消了"小学毕业典礼演讲人"的资格。这是《签约记》这篇小说结构情节的技巧,巧妙地将互相关联的两个故事穿插在一起,故事里有故事,被称为套层结构。这样描写不仅使小说内容充实,情节跌宕,更使小说中人物的思想脉络富有纵深感和历史感。孙犁说:"情节是前进的车所留下的辙,是人物行进的脚印。"②通过这些情节刻画了人物性格,使一位对汉文化传统无限热爱的海外游子的形象凸现在读者面前。

《命名记》的特色不是表现在结构情节上,而是表现在人物的语言上。高尔基说:"文学的第一个要素是语言。"③微型小说是缩龙成寸,尺水兴波,因此更要讲究语言的精炼。在介绍这篇作品背景材料时,蜀客写道:"该征文规定'以不超过一千五百字,写出一篇描绘中华文化一个侧面的优美散文'。柯君以熟练的写作技巧,用优美的文字,丰富而又深刻的内涵,用字仅近一千,以其日常生活片断为题材,套用周作人、梁实秋式的笔法,生动有力地创作出这篇既是散文,也是微型小说的作品。"④小说中的主角高尧舜一共只说了四句话,这四句话既介绍了他为何要给孙儿重新命名的缘由,他对祖国明

---

① [苏]阿·托尔斯泰:《什么是小小说》,《阿·尔斯泰论文学》,北京:人民文学出版社,一九八〇年版,第160页。
② 孙犁:《关于中篇小说》,《孙犁文集》卷四,天津:百花文艺出版社,一九八二年版,第298页。
③ 《高尔基谈文学三要素》,《外国名作家传》(上),北京:中国社会科学出版社,一九七九年版,第530页。
④ 蜀客:《编者推介〈命名记〉》,菲律宾《世界日报》,一九九六年十一月十六日,第16页。

天的憧憬,以及他对孙儿有个"唐山名"的欣喜心情。这里作家故意省略了姓氏,而让他说:"观龙,好!观龙,观龙……"这是一语双关。一是赞叹他孙儿重起的名字好,一是赞叹祖国巨龙腾飞,未来将更加美好,诗一般富有激情的语言耐人寻味。"每一位成功的小说家多少总得是个诗人,即使他从没有写过一首诗。"① 对照这篇小说,我感到此言不谬。

再谈他的两篇短篇小说。小说应有高潮,哪怕是千把字的小小说也是如此,所谓"麻雀虽小,五脏俱全"。《两代人》是怎样组织这篇小说高潮的呢?我们可以理解为《两代人》这篇小说的高潮是儿子问他爸爸的那段情节:"爸。教官告诉我们,战争一旦爆发,学生军应时刻准备受召往前线……我们表示是效忠于菲律宾还是效忠于中国?"对这个问题不能回避,又很难回答。这一悬念立即紧扣住读者的心弦。我很赞同一位评论家对它的分析:"这时恰好南沙群岛的属权问题产生了争议。儿子就向他提出一个尖锐的问题:如果一旦菲中两国为岛屿归属问题发生战斗,那么,他究竟应该站在哪一边呢?!于是,我们的主人公便陷入尴尬的处境,经过内心痛苦的斗争,最后,基于落地生根的立场,他还是作出了艰难的选择……这个决定,对他来说,也许并不合情,但却合理。虽然作这样决定的时候,他心里难过得像流了血!"② 柯清淡的小说有散文化倾向,但就这一段情节描写来看倒是很有小说味,将情节推向高潮,读后令人难忘。

在柯清淡的小说中,成功地塑造了林富贵和邝龙(《路》)、小赞(《签约记》)、高尧舜(《命名记》)等形象,或许这和作家熟悉这些小老板、小贩、厨师有关。这里分析林富贵这个人物。文学是人学,小说尤其是如此,它是以塑造人物见长的。林富贵在P岛开了爿林氏杂货店,他有个儿子叫林港生,在香港工作。他的老母、老伴和幼孙均在祖国大陆。他年近古稀,在异国他乡苦撑门面。除了做生

---

① [英]司各特:《小说家的传记》,《世界文学》,一九六三年第十二期,第36页。
② 王淑秧:《柯清淡的散文与"蒲公英"精神》,《台港文学选刊》,一九九八年第十二期。

意外，他最关心的就是中文报纸、唐人区最新的传闻，以及那买自国货店的厦门腐乳、泉州菜脯、花雕皮蛋、当归和茶叶……他最想实现的就是叶落归根，所以他准备将铺子以半价卖给"我"，好返回唐山去"归根"。但是又考虑到如果"我"买下他的铺子后会带来很多困难，于是就以"失德""罪过"来自责。由于一起劫杀事件使他突然去世，未能实现他梦寐以求的夙愿——叶落归根。他的多舛的命运很令读者同情，读者也为他未能叶落归根而深感遗憾。柯清淡洞察读者的心理，也同情林富贵的命运，所以在小说结尾处有一段出色的描写："送葬者陆续回村，我独自踯躅回望那朝夕将与南中国海相对的新坟……恍惚看到他醉痴地撞开墓门，双腋下夹着蕉叶和椰枝，狂奔向大海，用蕉叶作船，以椰枝作桨，在低飞海鸥的吱送下，向彼岸划去……划去……终于在春寒料峭的清明时节，漂流到遥远福建省南安县一个山明水秀的渔村的沙滩上。"这里作者完成了塑造这个人物的最后一笔，也是最闪光的一笔。用一句俗语来说就是使他的性格具有了某种亮度。小说家是以塑造人物为己任的。他塑造的人物要能够"进占读者的心灵"[①]，震撼读者的心灵，这样的作家才是大作家。作家也要结构情节，但情节是人物性格成长的历史，情节是为刻画人物性格服务的。柯清淡用他那支多彩的笔已经给世界华文文学画廊增添了好几个性格独具栩栩如生的海外游子形象，诚属不易，令人敬佩！

## 三

俗话说，金无足赤，人无完人。柯清淡的小说从总体上说写得好，很有艺术感染力，也很耐读，但也有一些欠缺。比如，在小说《路》的结尾，作者写道："再成为七天前那班车上惟一的华人搭客，

---

[①] 丁玲：《关于〈杜晚香〉》，《生活·创作·修养》，北京：人民文学出版社，一九八一年版，第195页。

我又奔波在 P 岛的这条公路上。左窗外,殷红的落日似朝阳;右窗外,硕长的车影、人影、树影,竟都如此稔熟。天涯夕阳,全都是无限美好!于是,我十分清楚地体会到,我正行走在自己的国土上,往日的惆怅和飘泊感,顿时一扫而空。""我"也满怀自信地认识到:"我已经找到了应该走的路!"这一段将写景与抒情结合了起来,写活了小说中"我"找到路以后的愉悦心情,应该说是写得不错的,问题是找到了路并不能改变"我"作为旅菲华侨的身份。菲华诗人云鹤在一首诗中写道:"有叶/却没有茎/有茎/却没有根/有根/却没有泥土/那是一种野生植物/名字叫/华侨。"(《野生植物》)云鹤将华侨比喻为野生植物,他有叶、有茎、有根,却没有泥土,因为他是"野生"的。小说里的"我"虽然历经千辛万苦总算找到了路,然而却"没有泥土",试问他往日的惆怅和飘泊感怎么会一下子就无影无踪了呢?"祖邦成了异邦,他乡成了家乡"①,往日的惆怅和飘泊感怎么会顿时就一扫而空了呢?既然"没有泥土",又怎么能说"我正行走在自己的国土上"呢?我以为这些都表明小说此处尚欠推敲。

或许有人将这看作是用词欠妥的问题,而我却认为这是作家应如何把握小说结构的问题。俗话说编筐编篓,全在收口,可见小说结尾的重要。《路》结尾现在这样写法,使这篇小说的思想意义和艺术魅力均有所降低,而不是提升。王蒙说得好:"经过想象,小说就与人生的普通经历产生了区别。国外有一种说法,认为小说是与生活的竞赛。什么意思呢?生活当然是最重要的,生活中的东西要比小说强烈得多,但是小说毕竟有一个特点,它给你一个自由想象的空间,它变得更有趣,或者更刺激,或者更高尚,或者更动感情,这是小说创作的一个特点。"②对这段话我的理解是:小说家具有厚实的生活积累固然重要,但是还需要在此基础上不断地提炼、概括和典型化。(王

---

① 林幸谦:《赤道线上》。这句话的全文为:"赤道线上,水色天色风景雨景——都落上我磊落奇蟠的胸头。沉郁变化之中,只有这一景最为刻骨铭心:祖邦成了异邦,他乡成了家乡。"
② 王蒙:《小说的想象》(王蒙谈小说之四),上海《文汇报》,二〇〇〇年九月二十四日。

蒙将之形象地比喻为"一个自由想象的空间"。）

还有一处值得推敲的地方是小说《两代人》中的一段话："在十年来，尽管华人的地位逐渐爬高、提高，也颇迅速地同化、融化入菲律宾大社会，我却不得不在这种毒菌到处侵袭的逆境下，向儿女们灌输适度的种族本位意识和价值观……"我认为文中的"爬高"与"同化"应删去，这是因为"爬高"的意思有贬义，而"同化"是渐进的过程，是"迅速"不了的。《两代人》是篇获奖作品，我再指出它有不足之处，会不会给人以"苛求"的印象呢？我想至少柯清淡先生是不会这样认为的。

尽管我初次拜读他的作品，但就像磁铁一样，一下子就被吸引住了。我衷心祝愿柯清淡先生继续发扬唐山精神，再攀高峰，不断有好作品问世！

（载菲律宾华文文学国际学术研讨会论文集《传承与拓展》，
海峡文艺出版社，二〇〇二年版）

# 绚丽多姿　五彩纷呈

## ——读《蓝色夏威夷》第二集

夏威夷华文作家们奉献出两部文学精品，可喜可贺！这两朵并蒂莲摇曳多姿，赢得好评如潮。经过五年努力、利用分分秒秒结出的硕果，诚如许多评论与贺信所说的那样，《蓝色夏威夷》的隆重推出，其巨大意义在于：（一）"这本书将有利于保存夏威夷华文文学的美丽"①，"同时也提升了夏威夷华文文学的精美"②；（二）是"对世界文化交流所作出的不断贡献"③；（三）《蓝色夏威夷》的成功出版，有助于"把夏威夷的本土文化特点和长久的中国传统价值融会起来，成为全新的文化"④。可以这样说，两集《蓝色夏威夷》就是这种"全新的文化"的标志和结晶！

## （一）文采斐然的议论文章

对《蓝色夏威夷》第二集（以下简称"二集"），王炯博士与刘慧琴副会长二位做了全面而独到的评论，对其中的"人物记"类，潘亚暾教授做了深入而精辟的分析。我想就其中的"散文"类发表些不成熟的意见，敬请方家惠正。

---

① 夏威夷州长本杰明·卡耶坦诺的贺信，《蓝色夏威夷——夏威夷华文作家选集》，第6页。
② 檀香山市长谢林美·哈里士的贺信，出处同注释①，第14页。
③ 美国参议员邝友良（已退休）的贺信，出处同注释①，第4页。
④ 夏威夷州众议院议长佘桂人的贺信，出处同注释①，第8页。

绚丽多姿　五彩纷呈

李泽厚说:"现在是散文时代"①,余光中说,毕竟这是一个散文的世纪。在文苑中,散文的阅读与写作成了热点,散文园地花团锦簇。个中原因,值得细究。

夏威夷华文作家对散文也十分钟爱,且有继续增长之势。在《蓝色夏威夷》第一集中,所收散文为九家十八篇,共一百零九页,而在《二集》中,所收散文为十六家二十九篇,共一百四十九页,在数量与质量上均大有提高。

就表现手法而言,《二集》中的散文可分为三类,即一类是议论的,一类是写人的,一类是叙事的。先谈议论的。这类散文有《不为死猫写悼歌》《打一个牢牢的圈套》《肤色的原罪》(以上为非马著)《爱的尺度》《傻有傻福》(以上涤然著)、《为何辛苦,为谁忙?》(连芸著)、《女人的价值》(谢丽佳著)和《革故鼎新的成功故事》(陈钟大明著)等八篇。古人说:"文以说理为上。"②散文这种文体很适合于发议论,且有以议论为主的主体,那就是杂文。不过这八篇并不是杂文,而是边叙边议兼抒情的随笔,但篇篇均写出作者的真感受,或发他人未发过的议论,文采斐然,具有很强的可读性。

非马的三篇文章,以诗人应有怎样的尊严,一般人平时怎样着装和种族歧视入题,不论是小题大做还是大题小做,娓娓道来,均写得引人入胜。有人说得好:"好的散文贯穿始终诗的韵质。"③在他的散文中或穿插日本故事,或引用他的诗作,精心地将诗与文合二而一,相互印证,相得益彰,来表达他所欲表达的思想,极富张力。可以这样说,他的散文印有诗人的明显徽记。涤然的两篇散文哲理性强,意境深远。前者从"恩慈"切入,后者形象地诠释"傻"与"福"之关系,从生活中平常事入手,化作一语破的的绝妙文,且议

---

① 《李泽厚、陈明2001年对话录——浮生论学》,北京:华夏出版社,二〇〇二年版,转引自《文学报》,二〇〇二年四月十二日。
② [宋]秦观《淮海集·通事说》,转引自《古人论写作》,长春:吉林人民出版社,一九八一年版,第232页。
③ 刘斌:《独创的秋天》,《文汇报》,二〇〇二年五月十八日。

论带情以行,读后能给人留有回味。

连芸在《为何辛苦,为谁忙?》一文中,从"中西文化的不同,对待生活态度的差异"①出发,运用对比的手法,提出了一个向"世俗"挑战的命题,发人深思。文中所引的材料,不论人还是事,均很有说服力。在读过此文后,每个人都应该问一下自己:"到底为何辛苦,为谁忙?"反思一下自己对生活的态度。倘能这样就达到了作者所预期的目的。

从古至今,有很多文章议论过女人的价值,女权主义者对此热门话题更是千思百虑,朝议夕论。谢丽佳《女人的价值》一文的结尾是这样写的:"在当今社会,女人除了继续保存有生儿育女、传宗接代的传统价值外,还多了一种,那就是成为商品的价值。对于后者,不知做为女性是该庆幸,还是该悲哀。"作者的高明之处是以反问收束,读者可以根据各自的阅历或体验去寻求答案。

陈钟大明在《革故鼎新的成功故事》一文中采用的是类似读书笔记的写法,文字洗练,中心突出,篇幅短标题也短,每则均由四字为题,易读易记。在六则以史为鉴的"故事"中,谈及曾国藩氏的就有三则,作者不仅对有关曾氏的材料稔熟,并能即物以明理,对其功过得失坦陈己见,读后不无启迪。这篇文章虽短,但要写好它却自有难度。有人说:"散文作为个人阅历、经验、智慧在语感上的折射,是一位饱经世事沧桑的老人适合的体裁。"②倘若用这段话来印证此文,我想作者定会深有同感的。

## (二)感人肺腑的亲情散文

另一类散文是写人的。这在《二集》中有《三条大路走中间》

---

① [加拿大]刘慧琴:《东西交汇,融和各地——评〈蓝色夏威夷〉文集第二集》,《珍珠港》,二〇〇二年三月第十八期。
② 王必胜、潘凯雄:《小说名家散文百题·前言》,武汉:长江文艺出版社,一九九四年版,第4、10页。

（田辰山著）、《妈，你到哪里去了？》(连芸著)、《初为人母》《又又日记拾趣》(王海丹著)、《外婆》(谢丽佳著)、《盐手印》(李延风著)，以及《初期檀香山的华人》(范纯著)、《枫叶旗下》《你我他——异乡的亚洲人》(刘慧琴著)等九篇，其中前六篇被称为"亲情散文"。这六篇有写严父的，有写慈母的，有写孩子的，有写外婆的，也有写家乡的乡亲们的，可谓人物画廊，目不暇接。

亲情散文是中国传统散文的重要一翼，其中佳作叠出，强手如林。在这类散文中，"作家的笔墨和情感集中倾注于对亲人的挚爱、对朋友的眷念、对故乡的深情、对童年的追忆"①。早在《诗经》里，就有这样感人的诗句："父兮生我，母兮鞠我，拊我畜我，长我育我，顾我复我，出入腹我。欲报之德，昊天罔极。"可以这样说，父母的恩情大如天，是做子女的一辈子也报答不完的。尽管《二集》中有的散文是作者的初垦地，但颇显示出他们写作的底蕴与才气，和对大手笔目标的执着追求。

《三条大路走中间》是田辰山写他父亲一直叮嘱他的话，作者以这句富有哲理的话为线，以一幕幕父爱子、子敬父的情感镜头为珠，串联成篇。"母兮鞠我"是伟大的，"父兮生我"也同样是伟大的。读了这篇散文，我们或许会联想到著名油画家罗工柳的那幅名作《父亲》，或许会想到那句流传久远的名言："可怜天下父母心。""三条大路走中间"这句父辈的谆谆之言定会随着这篇文章的传播而铭刻在越来越多的读者心里。

《妈，你到哪里去了？》它既是一篇很耐读的散文，又像是一篇散文诗，类似"妈，你到哪里去了"？的句子在文中重复多次，悲痛、思念之情溢于言表，也撞击着读者的心。"现在才明白：死后再孝顺是太迟了。应活着多见父母面啊！"这道出了作者之所以如此悲痛如此内疚的深层原因。渴望在梦中与慈母相见，更写得催人泪下。尽管

---

① 王必胜、潘凯雄：《小说名家散文百题·前言》，武汉：长江文艺出版社，一九九四年版，第4、10页。

回忆母亲的美文举不胜举,但这篇左右读者心灵的佳作仍感人肺腑。

虽然《初为人母》和《又又日记拾趣》都写得很好,但我更喜欢《又又日记拾趣》这篇,它表现了年轻母亲那海一般的情怀。字里行间不仅描绘了又又的诸种童趣,也描绘了做父母的那永葆的童心。细心的读者定会在读后有意外的惊喜,从中悟出教子育女的微言大义。

王海丹在《又又日记拾趣》中还写了一位令人尊敬的疼爱小辈的外婆,虽然她在散文中所占的篇幅不多。而谢佳丽不仅浓墨重彩地写出了她外婆努力奋斗不畏艰险的一生,更写出了她敬爱外婆胜过母亲的情感,这是因为母亲"没信心带活我",而外婆"不仅养活了我,还带大了我那而今五大三粗的弟弟"。最耐读的或许还是这篇的结尾,那电话祝寿的段落,仿佛信手拈来,却是别具匠心的点睛之笔,道出了外婆一生中最可宝贵的品格,即她那特有的"固执和自信"。中国著名散文家季羡林说得好:"信手拈来的妙文是在长期惨淡经营的基础上的神来之笔"[1],现读《外婆》一文,更信此言正确。

《盐手印》这篇写故乡的散文另有一种风格。作者紧紧抓住家乡的连阴雨以及用撒盐测试天气晴否的方法来写,惜墨如金,笔法老练。散文结尾句竟长达三十余字,情感一泻千里,势不可挡。不言家乡人,独表家乡物(那些在雨后的泥院子里留下爪印的小鸡),耐人寻味。

范纯教授是专攻历史的。她对檀香山的历史资料,特别是檀香山早期有关华人的历史资料,用心搜集,功夫甚勤。因此她在散文《初期檀香山的华人》中叙述时有条不紊,详略得当,如数家珍,笔带感情。

刘慧琴的两篇大作《枫叶旗下》里慈祥而乐于助人的查理伯和那在风雪中慷慨解囊的不知名老人虽着墨不多,却令人过目难忘。

"早年移民的艰苦生活使得我没有一个正常孩子应有的童年",这句简单的话,却抵得上万语千言。《你我他——异乡的亚洲人》则

---

[1] 季羡林:《读〈敬宜笔记〉有感》,《新民晚报》,二〇〇二年四月二十日。

绚丽多姿　五彩纷呈

以小寓大，词简意远。鸟鱼蚱蜢之喻，适显赤子灼热情怀。

## （三）丰富多彩的记事散文

第三类是记事的散文。在《二集》中共有十二篇，其中前四篇为游记。它们是《水火情韵》《斑斓围墙》（以上王克起著）、《又到了天尽头》（连芸著）、《四度漫游夏威夷》（叶莉莉著）、《"万圣"之夜》（王克起著）以及《江海旅程》（连芸著）、《太平洋的呼唤》（叶芳著）、《情人节》《彩虹》（以上王炯著）、《不容青史尽成灰》（陈洪钢著）、《深闺梦里人》《火烧唐人街》（以上杨炳煊著）。

先谈游记。王克起的两篇游记是介绍夏威夷的。夏威夷被人称为"世外桃源""生命之岛"[1]和"大同社会"，总之，诚如王炯所说："只要作家有一双'发现美丽的眼睛'，那么夏威夷特有的美丽就会像'天堂鸟花'一样使你望去而顿生惊奇快乐之感。"[2] 俗话说，水火不相容。这《水火情韵》的标题本就吸引人，吸引你和作者一道去观赏杨伯翰大学夏威夷分校的学生在水上表演的草裙舞，以及萨摩亚男子表演的"钻木取火"。当然看看热带鱼，闻闻热带花卉也是很有乐趣的。而《斑斓围墙》则介绍了夏威夷的居民，介绍了由花树"搭"成的围墙，有砖石铁木结构的围墙，有洁白整齐的木栅，有用凤尾竹搭成的墙，更妙的是还有一道带响的活动围墙——狗！作者观察细致，文笔生动，步移景换，具有很强的可读性。

《又到了天尽头》作者连芸写了她前后时隔八年的两次西边礁石——如诗如画的海上花园之游，作者的确有一双善于观察发现美丽的眼睛，将那环境幽静而高雅的小别墅和那城堡顶上的方洞，描绘得细致入微，令读者有身临其境之感，那惊险一幕虽已随着噩梦成了历史，人生的航船也已驰向广阔无涯的海天，但作者还是将它原原本本

---
[1] 张抗抗：《天然夏威夷》，《新民晚报》，二〇〇二年一月十九日。
[2] 王炯：《大海无边　爱心无限——〈蓝色夏威夷〉第二集出版略评》，《珍珠港》二〇〇二年第十七期。

地负责地写出来告诉后人,其深远意义是不言而喻的。

《四度漫游夏威夷》是叶莉莉的力作,她曾于一九七四年、一九九一年、一九九五年和二〇〇一年四度游览了夏威夷。这四度游览的时间跨度为二十七年,作者游兴浓,记忆好,这四度漫游均娓娓道来,引人入胜。"言有尽而意无穷"通常是针对诗歌说的,叶文的结尾意味深长:"夏威夷的确是一群美丽的岛屿,是值得我们再次前往的度假胜地,我们已开始作五度再游夏威夷的计划",亦给人言有尽而意无穷之感。

我还想对叶芳、王炯、陈洪钢和杨炳煊四位作家的作品谈些读后感。

《太平洋的呼唤》写了惊险的冲浪运动,作者叶芳选取了一个很好的视角,即在欧胡岛北端的希尔顿度假酒店海滩前居高临下地观赏两个十岁左右的少年冲浪,其惊险程度令人提心吊胆,屏息捏汗。作者不仅喜欢看冲浪,而且对冲浪的历史以及冲浪者之父杜克也有较多的了解,所以写得具体生动,舒展自如。细读此文,仿佛也和作者一起观赏了这次惊险的水上表演。

王炯的两篇大作《情人节》和《彩虹》我均喜欢读。我钦佩他在《情人节》一文中的精心构思,将送鸟、养鸟和放鸟写得极有情趣。他是研究《西厢记》的专家,三句不离本行,在此文结尾也恰到好处地引用了《西厢记》里的一句话:"愿天下有情人终成眷属",这是凝聚感情的点睛之笔,从而使爱的主题得以升华。《彩虹》我更爱读,这是因为彩虹更具有夏威夷地方特色。作家张抗抗说:"夏威夷的彩虹,就那么随随便便地在岛上游逛著,不邀自来,神出鬼没,像是岛上的流动风景。"[①] 这流动风景在王炯的文章里有着更具体更精彩的描写。作者运用散点式结构,使我对彩虹及彩虹在夏威夷的象征含义一下子了解了很多。

---

[①] 张抗抗:《天然夏威夷》,《新民晚报》,二〇〇二年一月十九日。

陈洪钢先生曾经是位军人，军人谈九一八事变自有其得天独厚的条件。鉴往是为了知来，以史为鉴，这篇文章有着很强的现实意义。历史事实不容篡改，日本政府恣意为之，只能搬起石头砸自己的脚。

杨炳煊先生以七十高龄仍孜孜不倦地努力创作，研习古典诗词，令人钦敬。《深闺梦里人》《火烧唐人街》是其老树新花，心血结晶。此两文与上文《初期檀香山的华人》一样，具有珍贵的历史文献的价值，值得一读再读。

我们为夏威夷华文作家所取得的成就感到由衷的高兴，我们真诚地祝愿他们在创作上取得更大的丰收，像天堂鸟花那样放出绚丽夺目的光彩！他们有这样得天独厚的条件，也定会有远大恢宏的抱负，以这样坚实的步伐继续走下去，相信夏威夷华文作家的创作会开出更加艳丽的鲜花，结出更多丰硕的果实。除了有这样综合性的选集问世外，还会有诗歌、散文、小说乃至戏剧方面的选集问世，我们殷切地企望着！谨献小诗一首：白日曜青春，苍穹架彩虹，世人皆瞩目，舟过山几重？

（载《握手太平洋——世界华文文学夏威夷国际研讨会论文集》二〇一一年八月，美国夏威夷华文作家协会编）

# 河声浩荡　浪花耀眼

## ——试论黄河浪文学创作的成就

　　黄河浪是以《故乡的榕树》脱颖而出,享誉文坛的。这篇著名散文一九七九年荣获香港市政局举办的首届中文文学创作奖冠军,后被编入中国内地全国性的高中语文课本中。东瑞先生说,《故乡的榕树》为香港"南下"的作家群争了光。[1]其实,黄河浪的文学创作早在二十世纪六十年代就开始了,他发表的诗作有的已被译成英、法文在外文版的《中国文学》上被刊载过。迄今他已有八本诗集(《海外浪花》(一九八〇)、《大地诗情》(一九八六)、《天涯回声》(一九九三)、《香江潮汐》(一九九三)、《风的脚步》(一九九九)、《海的呼吸》(二〇〇一)、《黄河浪短诗选》(二〇〇二)和《披黑纱的地球》(二〇〇八),一本散文诗集《海和少女》(一九九四,与连芸合出)以及两本散文集《遥远的爱》(一九九四)与《生命的足音》(二〇〇三)问世。这些著作隽永耐读,广受好评,可圈可点,可喜可贺!他用自己半个多世纪的创作实践,树立了一个给人以惊喜的"熔化古典,锻造现代"的创作路标!

　　有人说,从事诗歌创作要有两副翅膀:一副是想象力的翅膀。著名诗人余光中说:"天南地北、不伦不类的东西摆在一起,这个就

---

[1] 东瑞:《沉默诗人心中不平静的世界——序黄河浪〈风的脚步〉》,《风的脚步》,香港:获益出版事业有限公司,一九九九年版,第6页。

是想象力。"① 另一副是理论的翅膀。诗歌只有插上理论的翅膀才能越飞越高,越行越远。黄河浪曾发表过《熔化古典,锻造现代》《诗是最高级的语言艺术》等诗论文章,数量虽然不多,但在诗歌创作的一些带根本性的问题上发表了富有启发性的见解,已构成了诗歌的理论框架,诸如诗的定位、诗的生成、重视诗歌传统的传承、诗的语言和诗的发展等方面。有句格言说得好:"传统不是守住炉灰,而是热情火焰的传递。"在以上诸方面,黄河浪尤其重视诗歌传统的传承。

诗的定位。"诗是民族的思想和文化的产物,是时代在人们心灵中激起的回声,也许诗与其他文艺样式相比,对民族语言的依赖更多。因此,诗必须立足于、植根于自己民族的土壤。"②

诗的生成。"外部的现象,经过诗人心灵的观照、沉思和反省,转化成与原来生活不同的新的现实,用艺术的语言呈现出来,就成为诗。"③

重视诗歌传统的传承。"既然是中国的新诗,就绝不可能完全割断传统,完全脱离现实而生存"④,"截然割断传统的'横的移植',只能栽培出失血的花"⑤。

诗的语言。"诗是一种语言艺术,而且是最高级的语言艺术。它以最简洁的语言,表现最深、最广、最厚的思想。若与其他文学样式相比,诗人在语言的筛选、提炼、推敲、安排上所下的功夫要更多……所有成功的诗人都非常重视语言,因为语言是诗的最基本要素

---

① 余光中:《美感经验之互通——诗人余光中在浙江大学东方论坛的演讲》,《解放日报》,二〇一一年五月二十九日。
② 黄河浪简介。《台港澳及海外华人作家词典》,南京:南京大学出版社,一九九四年版,第163页。
③ 黄河浪:《诗是最高级的语言艺术(代序)》,《披黑纱的地球》,香港:大世界出版公司,二〇〇八年版,第2页。
④ 李元洛:《黄河后浪推前浪(代序)——论香港诗人黄河浪的诗歌创作》,《香江潮汐》,香港:香港天马图书有限公司,一九九三年版,第7页。
⑤ 黄河浪:《熔化古典,锻造现代》,《香江潮汐》,香港:香港天马图书有限公司,一九九三年版,第7页。

之一,诗必须依赖语言而生存。"①

诗的发展。"中国新诗如何发展?有人主张'横的移植',向西方学习技巧,有人提倡'纵的继承',从古典汲取养料。其实强调任何一方都是片面的,不妨开放自己兼收并蓄,向四面八方学习,向中外古今借鉴。纳百川为海,聚万木成林,我们需要集大成的诗人。"②

基于以上的认识,黄河浪的诗歌创作可以说是循着他的"熔化古典,锻造现代"这一创作路标而前行的。

首先是题材的开拓。古人说:"世间奇事无多,常事为多"③,诗人们常常为题材而苦恼。著名诗人吴奔星曾打过这样一个比喻:"诗人写诗有如养鱼,读者有如钓鱼,用什么钓饵去吸引鱼群,当然各不相同。"④或许这句话可以这样说,诗人要养读者愿意钓的鱼方好。黄河浪是诗坛的多面手,他写过多种诗体的诗,诸如都市诗、咏史诗、纪游诗、题画诗和爱情诗,等等。写什么诗用什么题材,诗体本身就包含题材的范畴;写一种诗,就涉足一个领域,这也是诗歌题材的开拓。以上所提的题材开拓是另一层意思,或许称得上是狭义的,诸如环保、宇宙、自然、低碳、民俗、咏物,等等。就说环保吧,这是一个带有全球性的越来越突出的问题,已为诗人们所关注。人们要诗意地栖居,就得对生存环境加大力度进行整治。黄河浪在处理这一题材时,将它提高到一个空前的高度,以引起人们对"疗效"的注意。例如《披黑纱的地球》第二节:"全世界眼睁睁看着/灼热的火舌吐出/眼镜蛇的宣言//风把滚滚浓烟/拉成一疋长长的黑纱/蒙

---

① 黄河浪:《诗是最高级的语言艺术(代序)》,《披黑纱的地球》,香港:大世界出版公司,二〇〇八年版,第1页。

② 黄河浪:《熔化古典,锻造现代》,《香江潮汐》,香港:香港天马图书有限公司,一九九三年版,第7页。

③ 李渔:《闲情偶记》卷一。《古人论写作》,长春:吉林人民出版社,一九八一年版,第114页。

④ 吴奔星:《序言——喜读风格崭新的诗集〈海的呼吸〉》,《海的呼吸》,香港:天地图书有限公司,二〇〇一年版,第13页。

住地球的脸",这里出现的三个意象"眼镜蛇""浓烟""黑纱",看了就让人怵目惊心,思索很多,给人的启示是地球已经到了非拯救不可的时候了,环保已到了非重视不可的时候了!写这类题材的诗篇还有《鹧鸪》《园中树》《谁来为一棵树站岗》等。再如,写人们对宇宙的探索,也是一个全新的题材。据说人类对月球的探索已进行了一百二十五次,现在正准备对更远的火星进行探索。这使我们想起黑格尔的一句名言:"一个民族,只有有了那些关注天空的人,这个民族才有希望。"黄河浪在这方面写了《星空》《流星》《读流星》《夏夜的星》和《陨石》等。在《读流星》中出现两个人物即"外星人"和"地球人",他们由彼此陌生而变得相互交流,给人的启示是人们对宇宙的亲密接触又上了一个新台阶。在《星空》一诗中,诗人写道:"我久久仰首/听银河倾泻/星辰呼吸/默读一行行星/都是闪光的诗句",寄托着"明天将会更美好"的寓意。

有些诗的题材别人已多次写过,黄河浪勇于再去写,原因是他有自己的新发现。古人说:"明理之文,大要有二,曰:'阐前人所已发,扩前人所未发'"①,写诗亦然。黄河浪的有些诗是属于"阐前人所已发"这一类的。例如《迎客松》,黄河浪以发散思维,对黄山迎客松有着不同于别人的理解:"都叫他是迎客松/谁听见他开口答应?……//也许他想拥抱的/只是一朵流浪的云/也许那伸出的铁臂/临风一抖,要推开/自作多情的人。"我们与其将它看作是咏物诗,不如将它看作是哲理诗。迎客松并非是广义上的什么客都迎,而是有它特定的选择标准。对"流浪的云"它想去拥抱;对"自作多情的人"它要"推开",这就应了一句古话:"物以类聚,人以群分",诗人是从哲学的层面来理解描绘迎客松的,包含着真善美与假恶丑的理念,所以新意迭出。

其次是主题的开掘。主题的开掘或许是诗歌成功的主要关键之

---

① [清]刘熙载:《艺概·文概》,《古人论写作》,长春:吉林人民出版社,一九八一年版,第235页。

一。这就像掘井一样,明明可以掘到水了,由于未能向纵深再掘几锹,所以仍不见水的影子。黄河浪的诗可读、喜读、耐读,其中一个原因就是开掘得深,写出了新意。例如《西湖女儿》这首诗,很多读者都喜欢,就是由于它不是停留在"虎跑梦泉""龙井问茶"就景论景的表面,而是追求人与自然浑然一体的效果,人与上苍合二为一的主题。诗中写道:"脉脉一回眸／两眼荡漾着西湖水／轻轻半句话／飘来龙井茶香／虎跑泉美。"著名诗人罗洛评析道:"'轻轻半句话'自然是出自人口,然而飘来的却是龙井茶的醇香和虎跑泉水的清冽。用虎跑泉水泡龙井茶可称天下一绝,这里究竟是写人还是写茶,是无法分清也不需要分清的,诗人所追求的正是这样人与自然浑然一体的效果。"① 言之成理。

  杜甫与杜甫草堂常常出现在诗人笔下。著名诗人郭沫若就写过一副《题成都杜甫草堂》的名联:"世上疮痍,诗中圣哲;民间疾苦,笔底波澜。"黄河浪写过两首关于杜甫的诗《诗圣》和《杜甫草堂》,后者围绕"草"字做文章,我想这不仅仅是因为成都有座杜甫草堂,更主要的是因为杜甫曾写过《茅屋为秋风所破歌》这首名篇,表现了他先天下之忧而忧,后天下之乐而乐的忧国忧民的博大胸怀。与其说,杜甫是因为苦作诗人而瘦,倒不如说,"位卑未敢忘忧国",他是因为忧国忧民而瘦。诗中有两处用了正语反说。一处是:"活着只配野草遮头／任诗魂常遭冷雨淋湿／死了多少年才空拥这宽大瓦屋／纵有赞美的题辞挤了一房子／能否为地下的亡灵疗饥?"另一处是:"不自量力把整个社稷驮在背上／整个民族扛在肩上,考验／脊椎的硬度……"这样就避开了对诗人坎坷经历的泛泛而谈,省去一般性的细枝末节,直奔主题将这位诗圣有血有肉地立在纸上,为世人所爱戴与敬仰!从这个角度来说,这首《杜甫草堂》和郭沫若《题成都杜甫草堂》的对联有着异曲同工之妙。

---

① 罗洛:《〈西湖女儿——杭州抒情之一〉赏析》,辛笛主编《20世纪中国新诗辞典》,上海:汉语大词典出版社,一九九七年版,第 1141 页。

再次是诗的语言和诗歌的表现技巧。有人说:"文学的第一个要素是语言……语言是一切事实和思想的外衣"①,也有人说,诗是语言的花。"诗改一字,界判人天"②,用好一个字意义真是重大。许多诗评家认为黄河浪诗的语言很有特色。我认为这是和他对锤炼语言重要性的正确认识有关,他曾说:"中国诗歌传统对语言锤炼是极为严格的,也产生了无数千古闪光的诗篇,这是我们的国宝,不要在这一代中断。"③他诗中的一些用字,往往是用得很巧妙的。例如:"远远的长堤尽头,一渔夫/把钓竿伸向汨罗,伸向/二千年前的水声汩汩/发觉每一尾鱼的呼吸/都是《离骚》的句子。"(《汨罗江》)诗人由汨罗的"汨"字和水声汩汩的"汩"字(二者字形极为相似),而浮想联翩。这"水声汩汩"的"汩"字用得很好,因为有了它就会自然而然想起汨罗江和沉江的大诗人屈原及其著作,这就像下棋一样,它下活了一盘棋。

写诗锤炼语言有很多好处。"语尽而意不穷"④,要做到诗歌含蓄,意在言外,令人思而得之,就必须锤炼语言;要做到诗歌句式不长,短小精悍,可读耐读,不作向外扩张的艺术节制,也必须锤炼语言。现举一例:"猝不及防/外星人在夜的黑板上/画一条白色的斜线/给地球人看//一闪即逝的灵光/一朵陨落的花,或是/一道刻骨铭心的伤痕/一生的痛"(《读流星》),这首诗的第二节中的"灵光""花""伤痕"和"痛",只是点到为止,均未展开,可谓惜墨如金的写法。黄河浪诗歌非常重视锤炼语言这一鲜明的艺术特色,得益于他对中国诗歌传统的透彻理解和努力实践。从这个意义上来说,黄河浪称得上是善于巧用诗歌语言的高手。

---

① [苏]高尔基:《和青年作家谈话》,《高尔基文学论文选》,北京:人民文学出版社,一九五八年版,第294页。
② [明]袁枚:《随园诗话》,长春:吉林文史出版社,二〇〇四年版,第195页。
③ 一九八六年十二月二十日,黄河浪致阿红的信,《当代诗歌》月刊,一九八七年第四期。
④ [宋]曾巩:《元丰类稿·命意》,《古人论写作》,长春:吉林文史出版社,二〇〇四年版,第308页。

诗歌的表现技巧也非常重要。这就像山珍海味，如果没有好的烹调方法，也会倒美食家的胃口。黄河浪曾说："（要）在古典和现代之间，东方与西洋之间取得平衡，吸收融化各种技法而创造出成熟的艺术，创造出有别于任何时代、任何国家的中国当代的新诗。"①他又说："不妨开放自己兼收并蓄，向四面八方学习，向中外古今借鉴。纳百川为海，聚万木成林，我们需要集大成的诗人。"② 这里的"各种技法"当然指中外古今而言。黄河浪的诗中既程度不同地吸收了西方诗学的如下技巧：如跨行（又称待续句）、象征、隐喻、通感、暗示、跳跃、无标点、意象叠加、戏剧张力、独创字汇和非节奏的文字，又娴熟地借鉴我国古诗炼字、对偶、用典、警句、含蓄、意境、呼应、照应、复沓、飞动、拟人等诸种技巧。因此，我们可以说，黄河浪正朝着使自己成为"集大成的诗人"的方向努力的，诚如他自己所说："凡是古今中外著名的诗人和诗作，我都喜欢阅读，屈原、李白、杜甫、苏东坡、辛弃疾、莎士比亚、拜伦、雨果、但丁、歌德、海涅、普希金……以至当今中国和世界各种风格流派的作品，我都乐一展阅。我觉得自己是一棵饥渴的树，哪里有水，就把根须远远地伸过去。"③ 由此，我很赞同如下的评价："黄河浪的诗似乎难以对其作归类，现实主义、超现实主义、浪漫主义、象征主义？或许，他的诗不属于任何'主义'，只是诗人心灵对大千世界的感应，是他内心真情的流露，而这种感应和流露带有时代的印迹和诗人鲜明的个性与风格。"④

　　综上所述，黄河浪通过半个多世纪的创作实践和不懈探索，博采众长，自成一家，已取得了骄人的成就，作为同行，我们从心底里为他高兴！更为他高兴的是，他是一位诗坛不倦的播种机，将源远流

---

①② 黄河浪：《熔化古典，锻造现代》，《香江潮汐》，香港：香港天马图书有限公司，一九九三年版，第7页。

③ 黄河浪语。详见《天涯回声》，香港：新天出版社，一九九三年版，第2页。

④ 汪义生：《用生命拥抱凄美的诗魂——读〈披黑纱的地球〉札记》，《披黑纱的地球》，香港：大世界出版公司，二〇〇八年版，第158页。

长的中华文化远播海外，于一九九七年十月十八日正式成立了夏威夷华文作家协会。"从此在这个美丽的海岛上，为华文作家的写作，立下了一个富有历史性的里程碑。"① 快乐每从辛苦得，梅花香自苦寒来。一九九七年至今夏威夷华文作家协会团结组织，积极带领夏威夷华文作家，在文学这块园地上耕耘、播种、灌溉、施肥，已长出堪称世界顶级的精神食粮，硕果累累，好评如潮。这一巨大的功绩，将永铭史册。同时，我们也从心底里为夏威夷华文作家们高兴，并向你们致以亲切的问候，阿罗哈（ALOHA）！

河声浩荡，浪花耀眼。最后，请让我向夏威夷华文作家协会主席黄河浪先生献上一首小诗，以表示崇高的敬意：

> 如许佳作经常吟，
> 珍珠良港喜逢君。
> 决心以您为榜样，
> 追求卓越步不停！

（载《握手太平洋——世界华文文学夏威夷国际研讨会论文集》二〇一一年八月，美国夏威夷华文作家协会编）

---

① 罗锦堂：《序言》，《蓝色夏威夷——夏威夷华文作家选集（一九九八—一九九九）》，夏威夷华文作家协会，一九九八年版，第4页。

# 试论《故乡的榕树》的艺术构思

著名作家周蜜蜜说:"随着时间的流转,《故乡的榕树》,感动着和教导着一代又一代的学生及读者,至今已成为黄河浪先生流芳文坛的传世之作了。"我很赞同她的看法。一篇好的散文会经得起时代的检验,会得到读者经久的认同。

一九七五年九月,黄河浪赴港定居。一九七九年创作散文《故乡的榕树》,同年,该篇散文获香港第一届中文文学奖散文组冠军,这是很高的荣誉。著名作家司马长风认为:"这篇散文的意境,是借榕树抒发乡愁,环绕那棵榕树,一连串景象的描写,细致生动,鲜明如画,又缭绕为诗,不止写出了个人的乡愁,并且写出了时代的乡愁、文化的乡愁。"这是言简意赅的评价。

下面我想就《故乡的榕树》的艺术构思做些分析。《故乡的榕树》这散文名篇,在构思中比较圆满地处理了虚与实、人与事、意与境这三方面的关系。

一

虚与实。"实者,就事敷陈,不假造作,有根有据之谓也;虚者,空中楼阁,随意构成,无影无形之谓也。"通篇皆虚,则显得空泛;通篇皆实,则不能传神。

《故乡的榕树》由实到虚。从近处家居周边的场景切入,写到怀念中的远处的故乡是虚,当中穿插对儿时生活的回忆,以及至今仍活在人们口头的寓意悠远的传说,这一切的一切均围绕着两棵生意盎然的老榕树。这里可分两组：一组是以老榕树为主的物，即洁白的石桥，彩石的鹅卵石，刻字的石碑，栏杆上的小石狮子，铺在榕树四周的石板条等；一组是活动在老榕树周边的人（含生活在周边的动植物），即洗衣和汲水的少女、我和几个小伙伴，村里的妇女及其孩子，既会种庄稼，又会讲故事、拉琴的壮年农民以及见多识广的村里最老的老人，说话爱唠叨的老祖母等。有人说，散文中的"乡愁为暗线"，这"暗线"就是指回忆中的这一组物和这一组人。人和物的交织，组成了当年镌刻进记忆深处的一幅幅画面，一幕幕场景，一个个故事，一件件往事。

这些记忆中的故乡往事，当年毫无疑问是实，但时过境迁已经虚化了，这里我们不妨称之为虚。越有价值的东西，越不会淡忘，越会刻骨铭心，越会融进记忆，越会走进梦境，诚如黄河浪先生在散文中所说："那古老的石桥镌刻着我深深的记忆，记忆里的故事有榕树的叶子一样多……"

## 二

人与事。在《故乡的榕树》中，的确写了一些人以及与人相关的事情。契诃夫曾说过："多余的东西是一点也不需要的。是啊，凡是跟小说没有直接关系的东西，一概得毫不留情地删掉"，小说如此，散文亦然。黄河浪深悉此理，他在文中所提及的人物都是有活动的，也就是说，文中所提及的人与事是有对应关系的。

例如，文中提到村里那位最老的老人，他有一肚子的故事。他像老榕树一样垂着长长的胡子，说明他的年纪和榕树一样苍老，他似乎见证了榕树的成长与变化。"这棵驼背的老榕树为什么会被烧成这样呢？"诸如此类的问题，村里也只有他才能回答得出。

又如，文中老祖母的出现，是老祖母会做祭祀祖先神灵的米饭，这种米饭是用饭甑炊熟的，是要在饭的四周插上榕树枝条的。

再如，长了皮癣的小孩及其母亲的出现，是因为用榕树乳白的汁液涂在小孩的患处，可以治愈皮癣。

人与事相对应的，在文中还可以举出一些，每个人每件事都少不了与老榕树有关。其中最有意思的是天上的玉皇大帝呼风唤雨，电闪雷鸣，剪除了蛇精。古人说："文人之笔，劝善惩恶也。""劝善惩恶"也正是贯穿在《故乡的榕树》主题的一根红线。

要写好人或物，最好能运用画龙点睛的细节，用法国巴尔扎克的话来说，就是"唯有细节将组成作品的价值"。小说中常运用细节，散文中运用细节也颇常见。

文中细节给我们留下深刻印象的有：

（一）"有时早上醒来，清露润湿了头发，感到凉飕飕的寒意，才发觉枕头不见了，探头往桥下一看，原来是掉到溪里，吸饱了水，涨鼓鼓的，搁浅在乱石滩上"，说明在榕树下度过的愉快夏夜，休息得很好。这从枕头掉进溪水也不知晓，反衬出榕树给淳朴的乡亲、天真的小伙伴们带来的惬意的清凉世界。

（二）那时候，慈爱的老祖母往往会蹑着缠得很小的"三寸金莲"，"笃笃笃"地走到石桥上，一边看着我爬树，一边唠唠叨叨地嘱咐我小心。而我虽然心里有点战战兢兢的，却总是装出毫不在乎的样子，把折到的树枝得意地朝着她挥舞。这一细节表现了老祖母的周到细心，孙儿的能干调皮。祖孙两代人在折枝祭神这件事情上相互配合得很好。

## 三

意与境。我国传统散文讲究意境，所谓意境就是在散文中通过艺术形象的描写形成情景交融的完整的境界。有无意境是衡量散文等次的标准之一。"黄河浪是以诗人和画家的笔来写散文的，他的散文具有诗一般的情致，又是有画一般的意境。"（陈贤茂主编《海外华文文学史》)我们评这篇散文写得好,是肯定作家对故乡的回忆与作家对故乡魂牵梦萦的感情紧密联系在一起的。说一千,道一万,作家认为故乡教给游子的是爱恨分明的立场,无私奉献的精神和永不言弃的品格。

令人难忘的是文中前后呼应的两次哨笛的吹响:一次是"我的心却像一只小鸟,从哨音里展翅飞出去,飞过迷蒙的烟水、苍茫的群山,停落在故乡熟悉的大榕树上"。一次是"那忽高忽低、时近时远的哨音,弥漫成一片浓浓的乡愁,笼罩在我的周围"。前者引出回忆故乡的往事,后者从故乡的往事凝聚成"浓浓的乡愁",这是因为:

——"我确实知道,这一觉已睡过了三十年,而人也已离乡千里万里外了!"

——"当年把驼背的树干当船划的小伙伴们,都已长成。有的像我一样,把生命的船划到遥远的异乡,却仍然怀念着故土的榕树么?"

——"有的还坐在树头的石板上,讲着那世世代代讲不完的传说么?"

——"故乡的亲切的榕树啊,我是在你绿荫的怀抱中长大的,如果你有知觉,会知道我在这遥远的异乡怀念着你么?"

——"如果你有思想,你会像慈母一样,思念我这飘泊天涯的游子么?"

这诗一般的语言,深深地震撼着读者的心灵。文章的结尾,又为这意与境的融合添了一把火。"故乡的榕树啊……"作家以单行独立成段的形式结束了全文。它是感情的井喷,也是热泪的倾泻。古人说:"一篇之妙,在于落句"(洪迈《容斋诗话》),信然!

他见故乡多妩媚,故乡见他应如是。黄河浪对他的故乡情有独钟。福建长乐、香港、夏威夷均留下他的佳作美文。美国作家福克纳说得好:"我将终身写我那邮票般大的故乡",我想黄河浪先生或许也是这样的作家吧。

　　一篇散文进入构思阶段，打个比喻，就好像一道大餐已进入最后的烹调过程。上述三部分的整合与表现得如何，关系到它成功与否。然而由于黄河浪先生的不幸谢世，这主观的分析毕竟缺少客观的印证。它的可信度如何？恳请诸位方家不吝赐教。

<blockquote>
（载夏威夷华文写作的当代价值与文化影响暨黄河浪文学研究国际学术研讨会论文集《再访故乡的榕树》，香港大世界出版公司，二〇一四年版）
</blockquote>

# 后　记

　　俗话说，好事多磨，我这本书就是如此。早在一九九九年二月，我将已发表过的六十篇论文装订成册，书名为《世纪之交的回眸》，并请著名作家柯灵老师题签。当时联系了一家出版社，后因某些原因未出，我至今仍懊悔不已。事隔二十余年，这部书稿的一些篇章虽略有调整，但总体框架不变，承复旦大学出版社接受出版该著，这是我非常感激的。

　　一九六五年我自复旦大学中文系毕业后留校，分配到中文系现代文学教研室，后虽调到另外教研室，但我对中国现代文学的情愫依然如旧。不仅如此，我的学习与研究视阈已扩大到祖国台港澳文学暨海外华文文学。著名作家、文博古今学贯中西的黄维樑教授在为这本新书撰写的序中说："（葛著）视野之开阔，尤足称道"，我很感谢他的勖勉。

　　照理说，出一本新书该谈些经验体会才好，我实在谈不出经验体会，要谈也只是不足与教训。早在二〇〇五年七月十五日，我曾写过一首《自勉》的诗，给自己画了幅自画像，现抄录如下以时时提醒自己："惧难畏苦，志小才疏。粗中少细，虽细藏粗。虎头燕尾，只种忘收。引以为戒，铭记肺腑。"

　　二〇一九年，中华人民共和国成立七十周年华诞，中文系有三位同学来采访我，我除谈了这些年来自己的成长与进步，也谈了些自己的不足，是从向同学提希望的角度道出的，这又何尝不是对我今后的要求呢？兹录如下，其旨也是为了时时提醒自己。

　　一、珍惜时间。"少壮不努力，老大徒伤悲"，这是古人留给我们的箴言。在我们年轻的时候就要有"时不我待，机不可失"的意识。老年人固然要珍惜时间，青年人同样也要珍惜。"贱尺璧而重寸阴"是有益的古训。

二、谦虚谨慎。"虚心使人进步，骄傲使人落后"这句格言永远不会过时。切记不要因为自己取得了点滴成绩就飘飘然，我们要学习为国争光的我国运动员们，他们说得好："成绩只说明过去，一切从零开始。"

三、目标专一。有人说："目标不怕大，就怕多。"这句话太富于哲理了。目标要大，才有可能"会当凌绝顶，一览众山小"。目标过多就会这山看到那山高，见异思迁。如果不及时醒悟，很可能会一事无成。

新书虽小，但关心它的好人却很多。首先是我的老师们，我校台港文化研究所的两位所长潘旭澜教授和陆士清教授热忱关照提携，让我参加所里组织的种种会议，拓宽了我的学术视野，结识了文坛名家。蒋孔阳教授带病为拙著赐序，其情感人，序中句句激励，催我奋进。香港李远荣特约研究员、黄维樑教授忙中抽暇为我赐序。序写得言简意赅，热忱暖心。香港蔡丽双博士馈赠墨宝，诗中语多褒扬，愧不敢当。陈允吉教授为拙著题签，让本书增光添彩。吴欢章教授关怀备至，每次见面总会关心此书的出版情况。施建伟、汪义生、杨宇光、潘颂德、顾国柱等诸位教授，为书稿的付梓提出过不少好建议。

我的同事好友赵蒙良、苏兴良、张新、余世谦等诸位教授经常提醒我要抓紧时间，集中精力，早日交稿出书。我的家人都很关心此事，让我倍感春天般的温暖。特别是我爱人洪云兰老师为让我有充裕时间著书整理文稿，承担了繁重的家务。

更让我感动的是我校文科科研处的领导、我校出版社的领导严峰董事长和编辑们，热忱地给予我许多具体细致的帮助指导，我从心底里感激他们！

光阴荏苒，岁月不居，人们对事物的认识也在与时俱进。祈请读者朋友们对拙著批评指正，不吝赐教。

葛乃福　谨识

二〇二二年三月六日于复旦大学

图书在版编目(CIP)数据

长河短汲:中国现代文学暨海外华文文学新论/葛乃福著.—上海:复旦大学出版社,2022.10
ISBN 978-7-309-13409-4

Ⅰ.①长… Ⅱ.①葛… Ⅲ.①中国文学-现代文学-文学研究②华文文学-文学研究-世界 Ⅳ.①I206.6②I106

中国版本图书馆 CIP 数据核字(2017)第 292922 号

**长河短汲:中国现代文学暨海外华文文学新论**
葛乃福 著
责任编辑/张雪莉
封面题字/陈允吉

复旦大学出版社有限公司出版发行
上海市国权路 579 号　邮编:200433
网址:fupnet@fudanpress.com　http://www.fudanpress.com
门市零售:86-21-65102580　团体订购:86-21-65104505
出版部电话:86-21-65642845
江阴市机关印刷服务有限公司

开本 890×1240　1/32　印张 13.5　字数 363 千
2022 年 10 月第 1 版
2022 年 10 月第 1 版第 1 次印刷

ISBN 978-7-309-13409-4/I·1086
定价:80.00 元

如有印装质量问题,请向复旦大学出版社有限公司出版部调换。
版权所有　侵权必究